教育部人文社科规划基金项目

“明清海疆幕府文学研究”（GKZY090007）

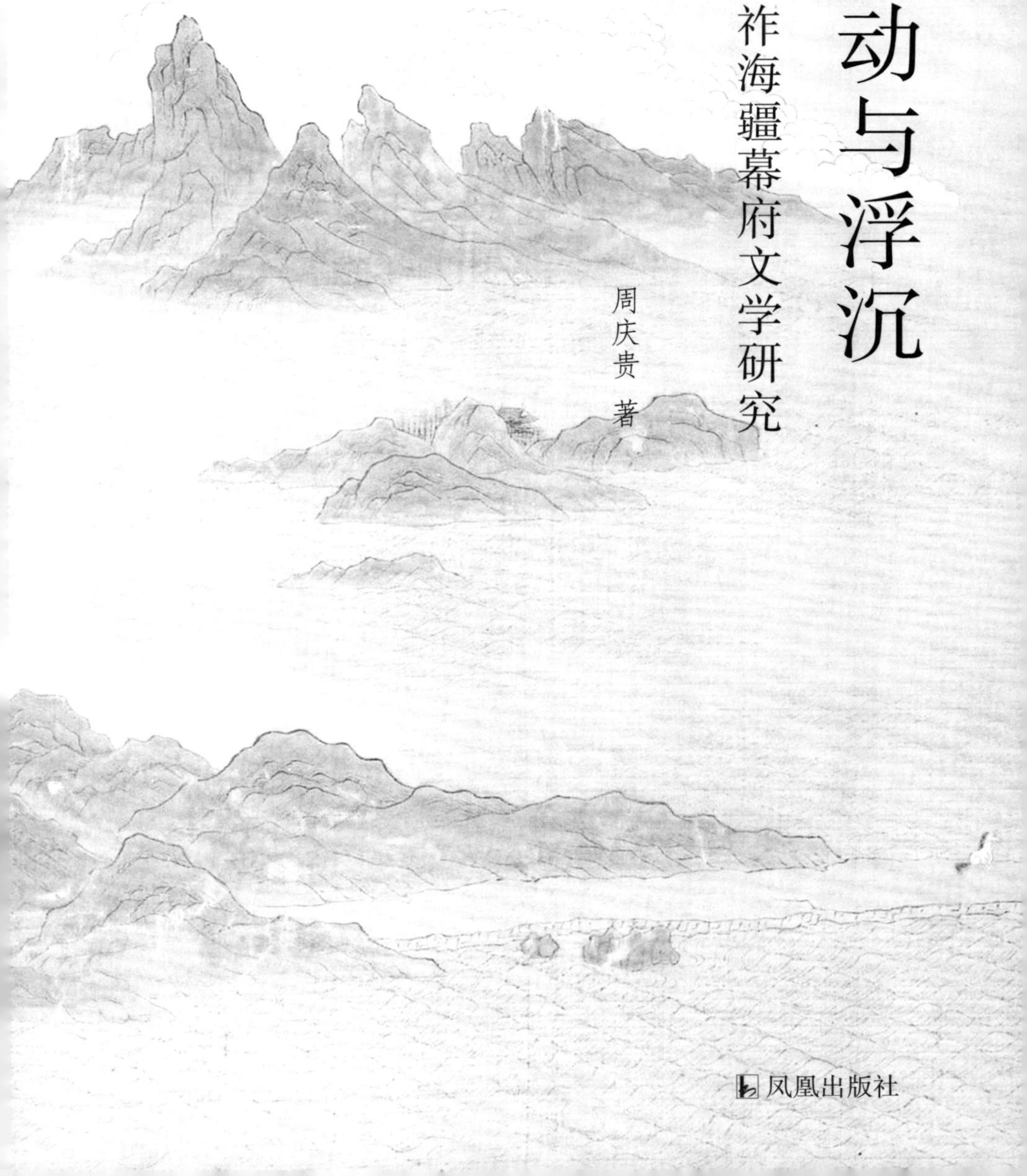

流动与浮沉

吴兴祚海疆幕府文学研究

周庆贵 著

凤凰出版社

图书在版编目（CIP）数据

流动与浮沉 : 吴兴祚海疆幕府文学研究 / 周庆贵著. -- 南京 : 凤凰出版社, 2022.12
ISBN 978-7-5506-3905-8

Ⅰ. ①流… Ⅱ. ①周… Ⅲ. ①吴兴祚一文学研究 Ⅳ. ①I206.2

中国版本图书馆CIP数据核字(2022)第256173号

书　　名	流动与浮沉：吴兴祚海疆幕府文学研究
著　　者	周庆贵
责任编辑	李相东
特约编辑	蒋李楠
装帧设计	陈贵子
出版发行	凤凰出版社(原江苏古籍出版社) 发行部电话025-83223462
出版社地址	江苏省南京市中央路165号，邮编：210009
照　　排	南京凯建文化发展有限公司
印　　刷	苏州市越洋印刷有限公司 江苏省苏州市吴中区南官渡路20号，邮编：215104
开　　本	880毫米×1230毫米　1/32
印　　张	11.875
字　　数	287千字
版　　次	2022年12月第1版
印　　次	2022年12月第1次印刷
标准书号	ISBN 978-7-5506-3905-8
定　　价	98.00元

(本书凡印装错误可向承印厂调换，电话：0512-68180638)

目　录

序

海洋是当今最受人类关注的地理空间之一，作为文化空间的海洋也日益受到学术界关注，涌现出一批研究成果。这些成果或聚焦某一作家、某一文学样式，或阐释某一海洋文化现象，对于学术史的构建皆有不可忽视的贡献。倘若说其中有一些遗憾，或者说我们对该领域研究有更多期待的话，我想，通过某一种文体或文化现象来揭示它们与海洋空间的深层联系，探寻其间相互影响的客观规律，还有大量工作要展开。就这一点而言，周庆贵博士的新著《流动与浮沉：吴兴祚海疆幕府文学研究》着眼于明清海疆幕府文学的演变谱系，选取清初名宦两广总督吴兴祚幕府中的文学生态作为典型样本加以考察，就该幕府中的文学创作、文人群体（文学流派）以及文学与社会学之互动等维度予以细致发掘，在一定程度上弥补了上述遗憾，填补了若干学术空白。

该书明确提出"海疆幕府文学"的概念，是一项学术创新，甚至堪称一个学术增长点。按照作者给出的定义，"海疆幕府文学是在海疆幕府这一特殊的文学群落生态下，海疆幕府文士以海疆为创作背景或以海疆为书写对象的文学创作活动和文化现象。它以幕府为群体的聚合中心，面向广阔的海疆时空，以幕府见闻、时代际遇、生命体验等为材料展开艺术创造"。以此概念为起点，作者构建起海疆幕府文学史的框架，尤其是明中期以降，伴随中西方海上交流的突飞猛进,海疆幕府文学的发展进程显著提速,直至晚清鸦片战争、甲午战争时期,海疆幕府文学一直保持着旺盛的生命力。

据我了解,“海疆幕府文学”这一概念的明确经过了多年酝酿。早在数年前,上海交通大学朱丽霞教授即连续出版了《海上丝绸之路与十七世纪太仓文坛》(上海三联书店 2016 年版)和《海上丝绸之路与 16 至 17 世纪中国文坛:以胡宗宪浙江幕府为中心》(中国社会科学出版社 2017 年版)两部专著。这两部“姊妹篇”堪称海疆幕府文学研究领域的奠基之作,以海上丝绸之路为牵引,将幕府与文坛绾连为一个有机整体,展现了海疆幕府文学研究的巨大潜力以及海疆幕府文学作品强大的艺术张力。虽然这两部著作尚未提炼出“海疆幕府文学”的概念,但却是在这一研究理念和方法的指导下产生的重要成果,这些成果又反过来促进了“海疆幕府文学”概念的成熟,最终借助教育部人文社科规划基金项目“明清海疆幕府文学研究”(GKZY090007)走进学术界视野。庆贵博士充分认识到这两部著作之于海疆幕府文学研究的奠基意义。庆贵博士是朱教授的高足,长期受到朱教授治学气象的熏陶,所以我们不难从这部新著中觅见朱教授幕府文学研究的“基因”。

该书依托扎实的文献功底,就埋没于历史褶皱中的游幕文士及其作品予以开掘。书中重点观照的吴兴祚海疆幕府中的作家有万树、屈大均、易宏、吕师濂,他们的经济生活与文学创作之关系是研究者不可忽略的重要方面,该书对此有相当充分的阐释。特别值得注意的是浙江山阴文士吕师濂,本书以一章的篇幅详尽论述其家世、生平、交游和文学成就,并为这位集诗人、志士与名士等身份于一体的清初传奇人物梳理了年谱,大有发覆之功。吕师濂作为明朝大学士吕本的后裔,早年与魏耕等“通海案”的主犯过从甚密;壮年进入吴三桂幕府,全程参与“三藩之乱”,高居“工曹”之位,协助杀害福建总督范承谟;“三藩之乱”后,埋名避祸,转入吴兴祚两广总督幕府。吕师濂的诗歌创作在清初文学史上颇具特色，正如姚文燮所总结的："黍字之腕丽眼疾，胆粗思巧，人知奇之，不知其所以奇者，则在神与骨，又在乎其心悲，其气锐，悲乎人忘乎悲之时，锐乎人尽乎锐之后，忍乎其所不忍，成乎其所必成者。"（《吕黍字何山草堂辛壬癸三集序》）"悲""锐""神""骨"诸语道出了吕师濂异于时人的文化心理结构和文艺创作宗尚。当吕师濂亡命岭南，海疆幕府生态导致其文学创作发生微妙变化，开始填词和戏曲创作，从"抒愤"向"娱乐"游移。庆贵博士敏锐地捕捉到该特征，由吕师濂这一个案发现海疆幕府文学生态对于文人个体乃至文学群体（流派）创作的塑造，也从中归纳出一个时代的文学风气之转型，是本书相当精彩的章节。

文学社会学与文本细读这两大研究方法的交融并重也是该书的一个显著特点。当下的文学研究或多或少存在重方法轻文本、重史料轻文艺、重文化轻文学的弊病，这不能不说是"以诗证史"思维的流弊，或者说是文学为历史、哲学打工的误区。虽然近年来不乏学者呼吁文学研究应当回归文学本位，从文学中来，到文学中去，但是积重难返，这一局面的扭转仍需青年学者不懈接力。庆贵博士在绪论部分指出，本书的研究方法是努力在文学社会学和文本细读之间寻求一个均衡点，这对于一名博士研究生而言可以说是"思出其位"的——然而，这样一份"思出其位"正是值得肯定和鼓励之处。

在上述研究方法的统摄下，本书善于在知人论世和文学审美感受的基础上展开合理推论。例如，吕师濂在康熙三年以前的行踪非常隐秘，这给研究者探寻其思想状态造成困难。庆贵博士从吕师濂的作品入手，旁及同时期文人的酬赠之作，认为此际的吕师濂在江南一带参与秘密抗清活动，将其定位为"志士"。虽然这一点并无直接证据，但是通过第三章的相关考证却十分令人信服。

又如,吕师濂在吴兴祚海疆幕府创作完成戏剧《金门马》,由于该剧散佚不传,所以学界对于该剧的主题尚未有清晰认识。庆贵博士通过吴兴祚在闽海的履历,以及吕师濂的思想演变和文学创作风格,提出《金门马》主题的两种可能性:或是怀念盘踞东南海疆的南明郑成功力量,或是歌颂吴兴祚在闽海的功绩。这也是有见地的。

整体看来,中国古代的海疆幕府文学以明清两代最为壮旺。自胡宗宪组建幕府于浙江抗倭,唐顺之、茅坤、徐渭、沈明臣、王寅等文士云集,成为文学思潮交汇的一个重镇;同时,海疆幕府文学与时代主题紧密结合,焕发出崭新的艺术生命力。甲申之变,南明郑成功集团蟠据东南海上与清廷展开旷日持久的对峙、征伐,其间大大小小的幕府漂泊海上,不胜枚举,“夫海,固今日忠义渊薮也。中多古峤,逋臣处士,率抗节其间”(张煌言《罗子木诗序》)。吴兴祚总督两广,“循良首叙群僚率,智勇全罗大幕张”(杜首昌《上大司马吴开府伯成》),达到海疆幕府文学的一个高峰。此后,虽然清朝经历漫长的“闭关锁国”,但是海疆的大门终究难以完全闭合而与世隔绝,无论是鸦片战争,还是甲午战争,海疆幕府文学依然存续。纵观中国海疆幕府文学史程,有中华民族的辉煌也有衰败,有惨遭欺凌也有顽强抗争,这些都在海量作品中有生动记录。就此展开深入而持续的研究具有相当厚重的学术价值和现实意义,有益于提炼民族精神,助力中华民族复兴。

海疆幕府文学研究任重道远,头绪繁琐,诚如庆贵博士所提出的:“目前已延展出诸多研究方向与思路,如:海疆幕府文学的发展史程是怎样的?它对中国文学产生了哪些具体影响?它对于海外文化有哪些吸收和呈现?作为文学题材或创作传统之一种,它有何规律和风格?海疆幕府的典型个案有哪些?”吴兴祚两广总督幕府的文学生态颇具代表性,就此先予剖析可为海疆幕府文学研究寻得一个突破口,并为后续研究奠定基础。当然,每一项长期而艰巨的学术任务都不可能一蹴而就。我期待庆贵博士在朱教授的引领下披荆斩棘，不断开拓学术的原野。

是为序。

陈庆元

2022 年秋

绪论　海疆幕府文学

——明清文学研究新视角

清初名臣吴兴祚以平定耿精忠叛乱、对南明郑成功海上集团作战之军功，由福建巡抚擢升两广总督。一个极富海疆特色的两广总督幕府在福建巡抚幕府的基础上空前壮旺起来。吴兴祚镇守海疆，文韬武略，尚贤礼士，幕府中汇聚了大批文人墨客，在岭南构建起清初首屈一指的文学生态群落。吴兴祚海疆幕府文学生态在诗、词、文、曲等领域皆取得了辉煌的创作和理论成就，对当时岭南地区社会风貌乃至全国的政治、经济、文化的发展态势都有深刻反映，对清初的文坛格局、中西方文化交流与传播产生了深远影响。本书即试图系统还原吴兴祚海疆幕府的文学创作实绩与发生机制，阐释其文学价值与文化意义。

第一节　研究对象与研究现状

本世纪以来，学者从文人游幕的视角就吴兴祚幕府与清初文学的关系展开研究，形成了一批学术成果。拙作《吴兴祚幕府与文学研究》（上海财经大学硕士学位论文，2010 年）是该研究的发轫之作，论文立足“经济生活与文学创作”这一学科交叉的研究思路，对吴兴祚幕府具有代表性的文人万树、屈大均、易宏进行了个案分析,并重点探讨了吴兴祚幕府与清词复兴现象之间的内在联系。业师朱丽霞教授的专著《江南·闽南·岭南:吴兴祚幕府文学年表长编》(中国社会科学出版社 2013 年版)对涉及吴兴祚幕府的庞杂的文史文献加以发掘、整理,尤其对吴兴祚幕府文人群体的生平、交游网络、作品编年等基础问题做出系统考证,全面还原了生气勃发、蔽空倒海的吴兴祚幕府文学生态。吴兴祚幕府在诗词、戏剧等领域的创作成就和文学史影响受到学界青睐,研究成果最为集中。朱丽霞师在《文人游幕与清初戏曲——兼论万树词人与戏曲家身份》(《苏州大学学报》2013 年第 6 期)一文中指出,伴随游幕文人的踪迹,昆曲从江南传播到全国各地,吴兴祚两广总督幕府的诸文士即受到万树影响而染指谱曲,俨然形成了一个个性鲜明的戏剧流派,不仅促进了岭南曲坛的空前繁荣,而且直接导致了粤剧的诞生。在该论文的姊妹篇《江南与岭南:吴兴祚幕府与清初昆曲》(《文学评论》2014 年第 2 期)中,朱丽霞师聚焦昆曲的传播机制,认为吴兴祚在昆曲的传播、传承过程中起到了重要的桥梁作用,吴兴祚幕府引领了清初岭南昆曲的勃兴,揭开了清代昆曲"如何传播"的神秘面纱。李凯丽的《吴兴祚幕府戏曲活动研究》(山西师范大学硕士学位论文,2017 年)将吴兴祚幕府的戏曲活动划分为无锡(康熙二年至十五年)、福建(康熙十五年至二十一年)、两广(康熙二十一年至二十八年)三个时期予以考察,这虽然在实际上并未超出朱丽霞师"江南·闽南·岭南"的三分法,不过其中对两广总督幕府时期的剧本创作、演出剧目、时间、场所、形式和戏剧品评等具体问题多有延展性思考。近年来,吴兴祚幕府文学的相关研究不绝如缕,有一定程度的推进。在文人个案研究维度,吕师濂进入研究者视野。《江左风华:绍兴世家文化史》(朱丽霞、于蕾、周庆贵著,中国社会科学出版社 2021 年版)一书设"清代绍兴望族:吴兴祚家族"一章,其第三节"吴兴祚与其幕府名士"中即简要介绍了

“幕府豪侠吕师濂”，通过幕府文人群体构成的复杂性进一步论证了吴兴祚幕府的开放性、包容性。该书还关注到吴兴祚与中国海关诞生的渊源关系，并论证了此时期的海上贸易活动和重商的理性思考已在幕府文学中获得直观反映和忠实记录。拙作《论清初诗人吕师濂的“诗史”书写》(《绍兴文理学院学报》2022 年第 5 期)对于吕师濂在吴兴祚两广总督幕府时期的诗歌创作内容、风格以及创作心态亦有所发覆。

然而迄今为止，在吴兴祚幕府文学研究领域尚未见系统而深入的阐释性专著问世。对于吴兴祚幕府整体文学生态的还原，尤其是进行深层次的文化阐释工作，仍是一项亟待填补的学术空白。特别值得注意的是，吴兴祚幕府鲜明的海疆属性是导致其文学生态多样性、创造性、包容性以及产生巨大影响力的根源所在，现有研究成果对这一关键点亦尚无清晰体现。在清朝江山定鼎之初，由于珠江口地区自明代中期以来发展国际化的远洋贸易，加上地理位置远离京师，接壤福建，而距离台湾亦较近，南明抗清力量长期延续，明遗民广泛聚集，且是“三藩之乱”的重要策源地之一，致使岭南成为极不稳定的区域之一。为安定社会秩序，恢复和推进经济发展，两广总督吴兴祚求贤若渴，延揽人才，组建幕府，守护海疆安全。幕府巡海、处理与粤西少数民族的关系、在广州设立粤海关等军事、文化活动和重要历史事件，幕僚文人均以文学的方式一一记载，为后世保存了重要的文献资料。政事余暇，他们登山临水，雅集唱和，在幕府迎来送往的活动中孕育了大量带有海疆特色的文学作品。这些作品极大地丰富了清代文学史的内涵，扩展了清代文学的表现疆域，成为清代文学新气象的一个鲜明标志。作为清代前期对外贸易口岸——广州的见证者和记录者，吴兴祚幕府的文学成就印证了明清文学发展的新动力、新表现。本书从“海疆幕府文学”视角出发，考察吴兴祚海疆幕府文学生态及文化成就,探讨全球化时代到来之际中国文坛的反应与创新规律,溯源明清文学发展的新动力,期待借此开拓明清文学研究的新路径。

幕府这一特殊的组织形式源远流长,自战国四公子开始,逐渐形成了稳定的幕府制度和浓厚的幕府文化,并且成就了不胜枚举的幕府名士,幕主与幕僚群策群力、唇齿依存、荣辱与共,甚至宾主共同殉难者亦不乏其例。本书探讨吴兴祚海疆幕府之文学成就亦是依托幕府生态与宾主文人群体的文学创作实践而展开,但是海疆幕府更有其特殊之处,与传统意义上的幕府有所不同。若以地理要素为标准对幕府作一粗略的类型划分,不妨分为:内陆幕府和边疆幕府,而边疆幕府则进一步可明确为陆疆幕府和海疆幕府。陆疆如我国北部疆域,历来是抵御北方少数民族政权南下的重要屏障地带。海疆虽然与陆疆并称,但其重要性却较陆疆显现得晚一些,乃是海洋走上历史舞台后才日益为国家和民众所注意的。尤其是明中期以降,郑和七下西洋已然成为世界海洋航行史上罕见的壮举,借此,"海上丝绸之路"航线空前发达;西方世界则于稍晚的时期迎来了环球航行的成功,同样谱写出不朽的史诗。于是,东西方文明在海疆之上碰撞、交流的激烈程度甚至超过陆疆。概括地讲,"海疆"是一个主权国家拥有主权的海域、拥有主权或管辖权的岛屿,以及主权海域的陆地部分,即大陆的海岸线及岛屿的海岸线部分。[①] 明清之际,"海疆"一词频繁出现。清初福建总督范承谟《祭浙督赵公文》:"公正阅视海疆。"[②]嵇永仁《李生》诗称赞范承谟在闽之海疆功绩:"公也念疮痍,开界活群氓。弃地多膏腴,屯

① 陈茗:《海疆文学书写与图像——以金门林树梅为中心》,人民出版社2017年版,第4—5页。

② [清]范承谟:《范忠贞集》卷七,景印文渊阁《四库全书》,台湾商务印书馆1986年版,第1314册,第99a页。

田在垦荒。富国兼足食，庶几撑海疆。”[①]亦采用“海疆”概念。伴随不可逆的全球化进程的加速推进，在中国万里海疆的辽阔版图上，政治军事冲突，经济贸易往来，文化信仰交汇，海疆的重要性上升到前所未有的高度。选拔良臣名将镇守海疆，成为重要的国家决策。在此背景下，辖区在海疆区域的幕府机构——海疆幕府裹挟着浓厚的军事、商业和文化属性走上了历史舞台。它们在和平年代重视商业，互通有无，鼓励文化的多元交流；在动乱年代则强调政治军事的重要性，加强海防，保家卫国。海疆幕府作为幕府谱系中的后起之秀，立于时代前沿，往往凭借雄厚的经济实力创造出辉煌的文学、文化成就。当然，这离不开游幕文人群体的涌现并汇聚于海疆幕府。究其原因，明朝中叶以后，文化教育较以往极大地普及，然而能够进入仕途的知识人毕竟有限，这造成了知识人的过剩；加之思想领域的空前解放，对传统思想的反动和对个性的追求，文人游幕之风渐起。具体而言，一方面，游幕文士出于经济原因，为稻粱谋，入幕以养家糊口；另一方面，幕府成为科举无望、仕途断绝的文士们驰骋经世济民理想的一大途径。明朝中期开始，海疆动荡，风起云涌，政治、经济、军事等活动交织，密度加大，成为历史发展的一大主线。栖身海疆幕府的文士借此投身时代的前沿浪潮，在文学书写的过程中咀嚼着世事百态和生命体验。海疆幕府既然已经普遍存在，游幕文人群体的规模亦空前壮大，“海疆幕府文学”因而能够在这块肥沃的土壤上应运而生，绽放出娇艳动人的花朵。

基于以上思考，我们不妨给“海疆幕府文学”下一个简要的定义：海疆幕府文学是在海疆幕府这一特殊的文学群落生态下，海疆

---

① ［清］嵇永仁著，刘奇玉辑校：《嵇永仁集》，湖南人民出版社 2017 年版，第 16 页。

幕府文士以海疆为创作背景或以海疆为书写对象的文学创作活动和文化现象。它以幕府为群体的聚合中心,面向广阔的海疆时空,以幕府见闻、时代际遇、生命体验等为材料展开艺术创造。其实,学术界对于海疆文学早有研究,陈茗即认为,“海疆文学书写……是以海疆为书写对象的文学写作或创作”①。如果说该论断在一定程度上尚有可完善之处,那么我们或许可以认为“海疆文学书写”不仅以海疆为书写对象,而且还包括以海疆为背景的文学创作活动和文化现象。通过对“海疆幕府文学”与“海疆文学书写”的概念比较,不难发现,“海疆幕府文学”具有“海疆文学书写”与“幕府文学”两大研究领域的结合体的意味。

“海疆幕府文学”作为中国古代文学研究领域的一个创新增长点,迄今虽未有系统全面的论著问世,但是一些学者的探索成果为该研究的深入推进奠定了一定基础,不乏启发意义。朱丽霞师长期致力于幕府文学和幕府文化的研究,在构建该研究体系的过程中发挥了不可替代的作用。其海疆幕府文学的研究思路突出体现于《海上丝绸之路与十七世纪太仓文坛》(上海三联书店 2016 年版)和《海上丝绸之路与 16 至 17 世纪中国文坛:以胡宗宪浙江幕府为中心》(中国社会科学出版社 2017 年版)两部专著当中。这两部“姊妹篇”堪称海疆幕府文学研究领域的奠基之作,以海上丝绸之路为牵引,将幕府与文坛绾连为一个有机整体,展现了海疆幕府文学研究的巨大潜力以及海疆幕府文学作品强大的艺术张力。16 世纪中后期是中国全球化(有时是被动的全球化)的方兴未艾时期,海疆领土争夺、海上贸易往来以及海疆之上多元文化的激烈碰撞等社会事件和文化现象释放出巨大的人才需求信号。大批文士

---

① 陈茗:《海疆文学书写与图像——以金门林树梅为中心》,人民出版社 2017 年版,第 6 页。

才俊纷纷选择了游幕这一生活模式，不仅赚取家庭乃至家族所需的生产生活资料，而且获得了展示才华的机会，追逐着匡济天下这一千古以来的文士梦想。在这样的背景下，产生了大批海疆幕府文学作品。传统诗词、戏剧、骈文、小说等体裁交相辉映，争奇斗艳，军事、贸易等具有海疆时代特色的文学题材亦蓬勃发展，引领着一股奔向时代前沿的文学潮流。幕府作为一种相对稳固的组织保障，将个体创作网罗起来，凝结起规模效应。而海疆幕府作为幕府的特殊形态，直接参与绘制了中国16世纪中后期的文学地图，并在很大程度上丰富了明清时期的文坛生态。由此，"海疆幕府文学"概念已然呼之欲出，为中国古代文学研究提供了一个崭新视角。目前已延展出诸多研究方向与思路，如：海疆幕府文学的发展史程是怎样的？它对中国文学产生了哪些具体影响？它对于海外文化有哪些吸收和呈现？作为文学题材或创作传统之一种，它有何规律和风格？海疆幕府的典型个案有哪些？……处于明清易代尾声的吴兴祚海疆幕府作为颇具代表性的海疆幕府之一，以点带面，为回答上述问题提供了优质的剖析样本。

第二节　研究方法与研究路径

"所有不属于我们这时代并且不属于我们的文化的艺术作品，都一定需要我们置身到创造那些作品的时代和文化里去，否则，那些作品在我们看来就将是不可理解的、奇怪的，但却是一点也不美的。"[①]明清距今虽然未为遥远，但当时的社会面貌、风俗习惯、文化氛围等与当代社会已存在相当深广的差异和隔阂，明清历史与

① ［俄］车尔尼雪夫斯基著，周扬译：《生活与美学》，人民文学出版社1957年版，第59页。

文学生态也在不同程度上被遮蔽。为尽可能准确地把握、还原当时真实的文学生态,返回明清文学现场成为一大要务。此种情况下,文学社会学犹如渡河之舟,成为将我们摆渡至对岸——明清文学现场的一个重要载体和工具。诚如罗时进先生所指出的:

> 中国古代诗文,从先秦到唐宋是各种文体的萌生、成长、形成阶段;明清诗文自然也有成长,甚至出现显性的发展,但这种发展是与回溯、总结相伴的。也正因为如此,诗文二体迄于唐宋,内部结构方面的问题很多,而至明清则外部关系问题更加突出。虽然,几乎所有称之为"外部关系"方面的问题在唐宋乃至先唐时代都有,但显然不如明清时代那样全面集中、高度呈现,这不免使人好奇。而正如文学内部结构具有相关性一样,外部关系问题之丛生往往表现为两种形态:一是链式的,一是树形的。前者是问题套连着问题,后者是主要问题旁生出诸多问题。这种复杂状态尤其能够激发出研究兴趣。因为,如欲抵达明清诗文的本真,理解其文人、文心、文本之感人处,不将诸多"外部"关系梳理清楚,多少会有些隔靴搔痒。①

这道出了明清诗文研究侧重于文学与社会关系的主要原因。当我们跳出诗、文二体而着眼于更为广阔的文学疆域,明清时期的小说、戏剧之成就尤为惹人瞩目。虽然"史诗、抒情诗和戏剧或小说一样,本身都与特定的社会命运有着密切的联系"②,但"在中晚明

---

① 罗时进:《文学社会学——明清诗文研究的问题与视角》,中华书局2017年版,第2页。

② [美]利奥·洛文塔尔著,甘锋译:《文学、通俗文化和社会》,中国人民大学出版社2011年版,第187页。

的社会历史条件下，作为大众文学消费的内容，诗文小说限于内容特点和消费条件，远没有戏剧在当时更适合做大众消费的对象”[①]。换言之，戏剧与社会关联性更为紧密，进一步佐证和深化了罗时进先生的观点主张。这也正是本书选择文学社会学的方法来研究戏剧创作成风的吴兴祚海疆幕府文学的初衷。“文学的外部与内部有时并不是那么畛域分明的。也就是说，即使着眼于文学的内部研究，也应该容忍社会学方法，甚至必须适当地加以运用。说到底，这算不上什么理论与方法的自觉，而是一种‘船到桥头’的自然取向。”[②]通过文学社会学的“摆渡”，我们可以更立体地探明吴兴祚海疆幕府中戏剧兴起的原因、表现、影响以及这一文学现象所蕴藏的深层次的政治性隐喻。

文学社会学的相关理论在中外学术界已经有较为成功的阐释及应用。美国韦勒克、沃伦的《文学理论》（生活·读书·新知三联书店 1984 年版）第九章“文学和社会”认为，“文学是一种社会性的实践，它以语言这一社会创造物作为自己的媒介”，“文学的产生通常与某些特殊的社会实践有密切的联系”，“文学实际上取决于或依赖于社会背景、社会变革和发展等方面的因素”，而且“文学具有一定的社会功能或‘效用’，它不单纯是个人的事情”。他们还认为，在文学生产过程中，“天才和时代的调谐是必要条件”[③]。以上这些论断对于海疆幕府文学研究具有很高的理论适用度和指导价值。另外，美国学者利奥·洛文塔尔的《文学、通俗文化和社会》，法国学者吕西安·戈德曼的《文学社会学方法论》，英国学者凯恩斯的

① 陈海洋：《徐渭戏剧研究》，中国社会科学出版社 2014 年版，第 42 页。

② 罗时进：《文学社会学——明清诗文研究的问题与视角》，中华书局 2017 年版，第 4 页。

③ ［美］雷·韦勒克、奥·沃伦著，刘象愚等译：《文学理论》，生活·读书·新知三联书店 1984 年版，第 92—112 页。

《凯恩斯社会、政治和文学论集》,日本学者浅见洋二的《文本的密码:社会语境中的宋代文学》,都为文学社会学理论的根深叶茂提供了肥沃的土壤。

从国内来看,新时期的文学社会学研究也已引起学者的足够关注。在理论的构建上,方维规教授主编的《文学社会学新编》(北京师范大学出版社 2011 年版)日益得到学术界的接受与认可。在实践层面,罗时进先生《文学社会学——明清诗文研究的问题与视角》(中华书局 2017 年版)是古代文学研究领域颇具代表性的一部力作。罗先生一直为完善文学社会学理论谱系和实践拼图进行着不懈努力,以《基于典型事件的清代诗史建构》一文为例,他认为,"从事件入手进行研究,可以回到历史的现场语境,体认清诗史过程的事态性质,这不仅是现象还原,更是本质追探"[①];并将"事件"大致分为三类,即自然环境事件(如自然灾害)、社会环境事件(如社会冲突、仕宦迁转、社团组织、域外交往、女性生活等)、文化环境事件(如科举取士、文人雅集、文献编纂、报刊传播等)。以上种种"事件"乃是文学社会学的题中之义,在吴兴祚海疆幕府文学这一课题的研究过程中,大大小小的诸多"事件"难解难分,贯穿始终。概言之,以文学社会学的理论来考察海疆幕府文学这一独特的文学、文化现象,展开"文学的外部研究"是有的放矢的。当然,在这一过程中我们并不会放弃文本的细读,不会放弃文学的研究本位;相反地,我们引入文学社会学恰恰是为了更好地进行文本细读,从而为坚守文学研究本位提供更为牢靠的支撑。

至于研究路径,本书采取吴兴祚海疆幕府文学外部研究与内部研究并行的架构。首先,在文学社会学的方法论指导下,必然要

---

① 罗时进:《基于典型事件的清代诗史建构》,《江海学刊》2020 年第 6 期。

求将吴兴祚海疆幕府置于明清海疆幕府文学发展谱系中加以考察。胡宗宪浙江幕府是明代最具代表性的海疆幕府之一，成为时代主题的抗倭斗争是其醒目的标签。明清之际，清军铁骑挥师南下，在海疆之上与南明鲁王幕府和郑成功幕府展开了旷日持久的交锋，自江浙至闽粤，南北纵横数千里，皆不乏海疆幕府文学书写。清初范承谟福建幕府治闽不久，事功未彰，“三藩之乱”即爆发，该海疆幕府以范承谟及幕僚、家丁等罹耿精忠之叛乱共死者达数十人之众最为人知晓。吴兴祚两广总督幕府是继此之后又一典型的海疆幕府，其取得的文学成就在清初海疆幕府文学史上首屈一指，甚至评价它是中国海疆幕府文学在清初的集大成者亦不遑多让。本书第一章即着眼于海疆幕府文学存续的社会历史背景，对海疆幕府文学出现的深层次动因以及纷繁缭乱的文学表现进行宏观的综合性论述。

其次，具体到吴兴祚海疆幕府文学的内部，本书从四部分展开系统透视。第一部分，对幕府文人群体予以宏观考察。清朝江山定鼎之后，治国之策由武功向文治倾斜，吴兴祚海疆幕府聚集起规模庞大的文人群体。本书第二章首先对该文人群体进行一次全景式扫描，简要介绍相关文人的文学创作情况及其海疆幕府文学文化活动的参与情况。在以上“大数据”的基础上，我们选取数位类型迥异的文人展开个案分析：“游于艺”的万树，重点考察其词、曲创作情况；为稻粱谋的屈大均，从经济生活与文学创作的角度分析其步入吴兴祚海疆幕府与其生活改善、文学创作以及遗民心态衍变之间的关系；我们还选择了吴兴祚的忠诚追随者——游幕才子易宏，根据易宏随吴兴祚的沉浮轨迹一窥“后幕府时期”游幕文士与幕主的知己之情以及幕主与幕宾在文学互动依存上的紧密关系。第二部分，本书第三章就吴兴祚海疆幕府的代表性文士——吕师濂作专题研究。吕师濂是一位埋没于历史褶皱中的著名文士,本章将在笔者最新发掘与整理的吕师濂诗歌文献的基础上探讨吴兴祚海疆幕府文人群体构成的包容性和海疆幕府文学体系的丰富性,不仅对吴兴祚海疆幕府文学画卷的种种细节有还原与揭示之功,而且研究过程本身即是填补了一项学术空白的创新之举。第三部分,本书第四章从吴兴祚海疆幕府与岭南诗派勃兴、清词复兴、戏剧由江南向岭南的传播,以及作为吴兴祚家族私塾教材的《古文观止》向文学文化经典转变等维度,考察吴兴祚海疆幕府构建起的"全文体"式文学繁荣景象。最后,本书第五章从文化意义层面诠释吴兴祚海疆幕府文学的价值,充分考虑其由"抒愤"到"娱乐"的显著的创作特征转变,强调这是与清朝统治者文治政策相吻合的文坛发展趋向,充分发掘其文化"娱乐"的政治隐喻,旷日持久的明清易代终于接近完结,康熙盛世的气息已经弥漫开来,清初文坛也进入了崭新的发展史程。

第三节　学术价值与现实意义

就吴兴祚海疆幕府文学生态展开系统而深入的研究,其价值主要体现在学术创新层面。首先,微观着眼,就学术界尚未充分关注的文人个体及其文学成就展开初步探讨,对于清初文学史的还原与去蔽不无裨益。屈大均、万树、易宏是学界关注较多的作家,和他们相比,未为学界充分关注的吕师濂是本书着重剖析的作家个案。吕师濂是明朝名宦后裔,甲申之变后在江南一带秘密参与抗清活动,深度介入"通海案";后参与毕际有组织的扬州红桥雅集,与王士禛、陈维崧、朱彝尊等文坛名士交游;康熙三年开始远游,由西北经蜀入滇黔,成为吴三桂幕府座上嘉宾,全程参与吴三桂反清;清廷戡平"三藩之乱",吕师濂转入吴兴祚两广总督幕府,迅速投入各项文化活动,为海疆幕府文学的极盛一时推波助澜。

整体来看，吕师濂在江南、西南、岭南等地区皆留下鲜明印记。吕师濂以诗名家，在生前即获得诸多诗坛名家的赞许。目前所见吕师濂存诗近千首，其思想内容、艺术风格及表现形式共同指向“诗史”传统，聚焦心史历程、苦难书写以及对社会现象的歌咏，由“师杜”而自铸伟辞。然而，吕师濂其人却湮没于历史褶皱中，相关研究亦极寥落。就此予以开掘，有助于还原清初文人事迹、心史衍变和诗歌生态，尤其有助于完形“诗史”的发展脉络。聚焦吕师濂对于展现海疆幕府的包容性、开放性以及文人群体的复杂性是一个绝佳的例子。

吴兴祚海疆幕府的文学成就突出，有进行系统梳理的必要。诗、词、文与戏剧交相辉映，构成了吴兴祚海疆幕府文学的盛况。“岭南诗派”“岭南词派”皆与吴兴祚海疆幕府有一定渊源或密切联系，甚至可以认为吴兴祚海疆幕府是它们的一个创作基地、交流互通的枢纽。尤其值得注意的是吴兴祚海疆幕府大批戏剧作品的诞生与传播。戏剧活动成为幕府文化生活的重要方式。词曲家万树游幕吴兴祚闽粤海疆幕府，倾力谱写出传奇二十余种，成就冠绝一时。受万树影响，吴秉钧、吴棠桢、来集之、吕洪烈、金烺、吕师濂等幕府同僚莫不染指戏剧，从而诞生了大量传奇，形成了崇尚清丽的戏剧流派，推动了昆曲在岭南的传播。戏剧集曲词创作、登台演出、观赏交流等特点于一体，在彰显幕僚文采风流的同时，建构起了浓厚的娱乐化生活场景，这事实上是一种深层次的政治隐喻——明清易代的金戈铁马、血雨腥风终于走向完结，崭新的康熙盛世的脚步越来越近。

其次，着眼于经济生活与文学创作之间的复杂关系，揭示吴兴祚海疆幕府与幕僚文学创作之间的影响与互塑。“经济生活与文学生活皆由人的原欲生发，故探寻作者、人物、接收者的原欲，寻找经济与文学在人的欲求层面的共生关系，是研究作者经济生活与文学生活关系直接而有效的方法。”[1]具体而言,从经济生活的视角研究文学的途径主要有四个方面,“寻找经济与文学在人的欲求层面的共生关系”,“寻求经济利益与文学表现在情感层面的共振关系”,“寻找利益情感与精神情感在美感层面的交融转换关系”,“寻找经济生活与文学生活在生活层面的共源性、契合性的关系”。[2]秉持该研究视角能够很好地知人论世,探讨在吴兴祚海疆幕府这一特殊的文学环境中文学活动的成就、价值和意义,系统、全面、清晰地展现吴兴祚幕府的文学生态。吴兴祚海疆幕府促进了大批海上文学的产生,记录海上军事行动、贸易场景。海疆幕府的文化生活催生了大批唱和、送别、思乡念远的文学作品。这些莫不是在利益与情感的激烈交锋中碰撞出的艺术之光。

最后,本书还试图以吴兴祚海疆幕府为代表,窥一斑而见全豹,对明清海疆幕府文学的谱系和特质进行初步考察。海疆幕府文学研究的一个重要目的就是探讨明清之际全球化历史进程与中国文学之间的互动机制,厘清其发展脉络与创作实绩,总结其存续的特点、规律与影响,进而揭示它对清初文坛的推动作用,为清初文学的深度研究提供可靠的依据和新视角、新路径。大航海时代造成的政治、经济、文化等领域的全球化新变对于中国文学发展而言是一个重要的外部影响因素,其影响也是一个漫长的历史过程。自明中期抗倭海战起始,至清康熙广州开埠通商为止,这一时期出现了引人注目的海疆幕府文学现象。胡宗宪浙江幕府的抗倭斗争,南明鲁王幕府长期漂流海上的抗清事迹,郑成功征战台海为台湾开发和东南亚海上贸易注入新鲜活力,清初尚可喜、范承谟、吴兴祚等海疆幕府生态下产生的大量文学作品莫不与海疆的政治、

---

①② 朱丽霞:《明清之交文人游幕与文学生态——以徐渭、方文、朱彝尊为个案》,上海古籍出版社2008年版,第7页。

经济局势息息相关。吴兴祚海疆幕府处于明清易代濒临结束的时期，一个崭新的盛世即将到来，它与清初海疆的政治军事活动、海上贸易兴衰关系密切，并在吕师濂、屈大均、陈恭尹等诸多幕僚的作品中都有生动体现。另外，吴兴祚海疆幕府文学还呈现出一个相当显著的特征，即由抒愤向娱乐的转变，这是由海疆幕府的政治属性和时代主题决定的。“娱乐化”不仅是吴兴祚海疆幕府日常生活的真实写照，更是康熙一朝的统治策略由“武功”转向“文治”的直接反映。类似规律性的发掘、阐释，对于吴兴祚海疆幕府文学研究的深化有着非常重要的意义。

就吴兴祚海疆幕府文学展开系统而深入的研究，还具有不可忽视的现实意义，可以指导、促进经济社会发展新时期的文化建设。明清海疆幕府留存了大量物质文化遗产和文学文化记忆，对此加以发掘、保护、宣传，不仅可以弘扬爱国主义等中华优秀传统文化，而且对于“一带一路”建设的推进，对于相关城市和地区的第三产业发展（如旅游业）亦具有不可低估的经济效益。曾大兴《文学地理学研究》称：“近年来，我国境内的所有名人故里之争……无不是由巨大的经济利益所推动的。……在现代商业社会或市场经济时代，当一切都成为商品的时候，包括文学名人故里在内的文学景观的经济价值被高度彰显，被一再放大，甚至到了不可理喻的程度。”[①]这一景象，甚至伴随一些乱象，固然与市场经济急功近利的属性有关，然而，“文学景观的巨大的经济价值，源于它的巨大的文学价值”[②]。

吴兴祚海疆幕府凭借开放性与包容性的显著特征创造并传承着大量文化遗产。在此，我们以绍兴市“吕府”为例，简要探讨海疆幕府文学的相关研究成果对地方历史古迹保存、开发的价值。“吕

①② 曾大兴：《文学地理学研究》，商务印书馆2012年版，第127页。

府”是一处古宅院,在海疆幕府文学研究的视野下,它呈现出丰富深厚的历史文化底蕴。历史上的吕府东起万安桥,西至谢公桥,占地约3.2万平方米,南向共有13座厅堂,故有“吕府十三厅”的称誉,如今仅有永恩堂保存较为完整。永恩堂原为正厅,主人去世后改作祠堂,是吕府主要建筑,面宽36.5米,进深17米,共分7间,彩绘清晰,用材硕大,结构虽然简洁,但是制作规整,因而风格朴素中见宏伟,是绍兴城区一处有代表性的明代古建筑。目前,该遗址作为王阳明纪念馆所在地,吕府主人和吕氏家族往事则为人们所遗忘。吕府主人吕本(1503—1587),余姚人,字汝立,号南渠,又号期斋,祖居余姚,后移居绍兴城中。嘉靖十一年(1532)进士,三十二年任礼部尚书,次年进太子太保兼文渊阁大学士,三十五年复掌吏部,最终位进柱国、太子少傅。著有《期斋集》《奏谢稿》《馆阁漫录》。吕本官居一品,是明代自洪武年间设立内阁后的五位阁员之一。厅中有明万历十一年(1583)神宗皇帝所赐“齿德并茂”及吕本所立“永恩堂”两匾。吕本之后,吕氏家族在明朝的文化名人当数著名戏曲家吕天成。吕天成(1580—1618),名文,字天成,号郁蓝生,吕本曾孙,以戏曲论著《曲品》最负盛名,《曲品》品评元末至当时传奇散曲作家120人、作品230种,其中多达192种是吕天成首次著录,为保存明代戏剧资料做出了杰出贡献。明清易代之际,吕氏子孙大多选择坚持明朝遗民身份,不与新朝合作,其中吕师濂早年秘密抗清,先后参与到“通海案”“三藩之乱”以及协助耿精忠杀害福建总督范承谟的历史事件中。其事迹和文学成就在本书第三章有专题研究。吕氏家族是名满江南的文化世家,尤其是吕师濂的事迹凝结着强烈的爱国主义精神,是越地悠久的卧薪尝胆、复仇复国精神的一个生动写照。总之,中华优秀传统文化需要在研究中接受,在接受中传承。在该过程中,古典文学研究成果的转化、宣传、应用处于相当重要的位置。唯有将古典文学研究与当代生产生活相关联,鼓励古典文学研究为当代文化建设提供可资借鉴的物质资源和精神财富,方能激发并提升古典文学研究应有的活力与价值。

第一章 社会历史画卷

——海疆时代的文学反映

明中期至清初，一幅社会历史画卷在辽阔的万里海疆铺展开来。全球化的巨轮滚滚向前，海上贸易不断输送着巨额利润与诱惑，海禁与海通交相错落，一开一闭关乎国运民生；倭寇沿海岸线出没劫掠，南明势力与清王朝在海疆之上血泪对峙，海战与海靖裹挟着时代主题，塑造着海疆常态；战事停歇间隙的和平年代，物阜民丰，交通畅达，大众出行更多地享受到海运便利；无论魏阙还是江湖，有关海洋信仰的内涵不断被充实丰富，海疆文化已然润入寻常百姓家。这一切将如何塑造文学？面对这一切，文学又将何为？

第一节 海禁·海通

——贸易的刺激

明朝中后期，社会上普遍形成了一股享乐奢靡之风。“今之世风，侈靡极矣，贾子所谓‘月异而岁不同’已。此岂可以剖斗折衡、裂冠毁冕以止之哉！……今天下财货聚于京师，而半产于东南，故百工技艺之人亦多出于东南，江右为夥……至于民间风俗，大都江南侈于江北，而江南之侈尤莫过于三吴。”①这股奢靡之风催生了庞大的物质与精神消费需求，其中物质汇聚往往依赖于海上贸易的发展。以郑和七下西洋为代表的远洋航行发现了海外未知领域，开辟了远洋航行路线，为后世海上贸易的蓬勃开展提供了驾轻就熟的基础。中国东南沿海一带的岛屿逐渐成为商贾云集的港湾。徐孚远《思太古》对这一经济贸易发展图景作过一番沉思：

> 兹丘初辟时，想亦自太古。艺麦与捕鱼，渐乃成村坞。何为中世来，所凑多巨贾。舟航通岛夷，转货不知数。遂令青峰巅，亦构堂与庑。人迹既杂糅，不得树蘅杜。有谷不名愚，隐者无所取。樵山山欲深，倦翮又将举。②

虽然东南沿海的岛屿在太古时即为荒岛，但是“中世”以来，昔日“艺麦与捕鱼”为业的小小“村坞”骤然巨贾云集，船只往来沟通东亚大陆与海外“岛夷”，货物的吞吐量规模空前。诗人注意到商业贸易的繁荣已然改变了当地的自然景观，青山之巅亦有人家堂庑，人迹杂糅的商业生活场景下，深山野谷亦逐渐不再适宜隐居者栖息了。

迈入中后期的明王朝已经笼罩于世界贸易体系之下，来自海外异国的商品刺激着人们的感官欲望，充斥着人们的物质消费和精神世界。作为生活的新鲜趣味，海外植物、器具在中国沿海地区日趋常见，纷纷成为诗人歌咏的对象。屈大均作为一位优秀诗人，敏锐地捕捉到了这一新颖题材，其《西洋菊》云：“枝枝花上花，莲菊

---

① [明]张瀚：《松窗梦语》卷四《百工纪》，《元明史料笔记丛刊》，中华书局 1985 年版，第 76—79 页。

② [明]徐孚远：《钓璜堂存稿》卷三，《清代诗文集汇编》，上海古籍出版社 2010 年版，第 14 册，第 372—373 页。

互相变。惟有西洋人，朝朝海头见。”[①]《粤东游记》：“粤中洋菊种类甚夥，如雉尾、龙鳞之属。”[②]《玻璃镜》其一云：“谁将七宝月，击碎作玻璃。绝胜菱花镜，来从洋以西。”其二云：“铸石那能似，玻璃出自然。光含秋水影，尺寸亦空天。”[③]《广东新语》卷十五：“玻璃来自海舶，西洋人以为眼镜。儿生十岁，即戴一眼镜以养目光，至老不复昏蒙。又以玻璃为方圆镜，为屏风，昔汉武帝使人入海市琉璃者此也。……广人或铸石为之，然殊不及。”[④]

当时，高官府邸尤其是海疆地区的显贵之家是享受海上贸易红利的近水楼台。海上丝绸之路首先为特权阶层提供了奇珍异宝和美酒珍馐。吴兴祚总督两广，幕府高张，灯火辉煌，宴集雅会不歇，吟诗作赋，观剧听曲，繁华似乎永不落幕。据吕师濂《齐天乐·五日宴锡祉堂》记载：

> 今朝刚是天中届，乡心忽飞天外。北海风高，延陵谊古，雅设琼筵恭待。登柈物怪，却都产龙宫，故屏虾菜。碗内香醪，亦从番舶万钱买。　　堂深帘静日久，命分行左舞，右歌相赛。黑鬼蹒跚，红儿窈窕，喜得宾僚无奈。擎犀掷采。竟醉倒朱家，竹床眠在。起看新蟾，半弯沉醉霭。[⑤]

盘中的新怪食物，让“虾菜”失色，碗内的“香醪”美酒也是从“番舶”花费万钱购得，无不是海上贸易所赐。娱乐之时自然少不了歌舞助兴，“红儿”“黑鬼”混杂。“黑鬼”是海外的黑人奴仆。万树《香胆词》中亦有专咏“黑鬼”之作，《归朝欢》：

---

①②③④　[清]屈大均著，陈永正等校笺：《屈大均诗词编年校笺》，上海古籍出版社 2017 年版，第 1249 页。

⑤　《全清词》(顺康卷)，中华书局 2002 年版，第 2347—2348 页。

圣代梯航通异域。钤表印文堆火漆。自言地属咬嵧吧，海南近接红毛国。人形真鬼质。黝然肌肉都如墨。最惊人，一身惟剩，双眼与牙白。　　捉得鱼虾生便吃。脚不耐靴甘履石。舌弹酷类鬼车鸣，髮除还长螺蛳粒。啼似流豆汁。看来笑面乌梅褶。更何堪，昆仑女伴，丑且短而黑。（齐孝武母黑，号黑昆仑。吴大司马常买得数人，其一婢貌尤怪绝。）[1]

词后小注明确指出这些奴仆乃是通过海上贸易贩卖而得。当然，这一行为在历史上是极不人道的一笔，甚至是应受谴责的。在此我们将这一现象拈出，乃是为了更好地了解海上贸易的全球化态势，确实，此现象也远比一般商品器皿的交易更能体现出海上全球贸易的深广度，以及这一背景下海疆幕府的介入程度。事实上，这一沿海现象早已引起人们注意。明末卢若腾有《乌鬼》诗，描写尤为详细：

乌鬼乌肉乌骨骼，鬈发旋卷双眼碧。惯没咸水啖鱼虾，腥臊直触人鼻嗌。汛海商夷掠将来，逼令火食充厮役。辗转鬻入中华土，得居时贵之肘腋。出则驱辟道上人，入则谯呵门前客。济济衣冠误经过，翩翩车盖遭裂擘。此辈殊无骁勇材，不任战斗挥戈戟。独以狰狞鬼状貌，使人见之自辟易。厚糈豢养作爪牙，威严遂与世人隔。如此威严真可畏，弃人用鬼亦可惜。[2]

---

① 《全清词》(顺康卷)，中华书局 2002 年版，第 5601 页。

② ［明］卢若腾：《留庵诗文集》，陈庆元编《台湾古籍丛编》第二辑，福建教育出版社 2017 年版，第 457 页。

可知，“黑鬼”或“乌鬼”乃是海外贩卖的劳工奴仆，被贩卖至中国后主要在“时贵”的府邸工作，成为主人尊贵身份的一个象征。无怪乎吴兴祚两广总督幕府的筵席上出现“黑鬼”，即被敏感的诗人捕捉并记录在文学作品当中。然而，这远非最早的记录，所谓“黑鬼”或“乌鬼”在开放的宋朝就已经进入文人视野，宋人朱彧在《萍洲可谈》一书中记载：“广中富人多蓄鬼奴，绝有力，可负数百斤。言语嗜欲不通。性淳，不逃徙，亦谓之野人。色黑如墨，唇红齿白，发鬈而黄。”①这里记载的也是广州风土，足见广州对外开放的历史之悠久。

参与此盛宴的幕僚万树亦作《齐天乐·五日宴锡祉堂》，有句云：“桑剉供丸，菝葜取液，欲趁良辰收炼。山颓玉软。笑客醉人扶，簟纹先展。”②金烺《南乡子·五日公宴锡祉堂，同留村先生、药庵家岳、红友、黍字、集之、韩若、雪舫分赋》：“作客海南边，佳节欣逢乐盛年。酒泛蒲香浮绛雪，中天，塔影层空荡日圆。　　幕府设华筵。十五平头小伎妍。檀板徵歌催昔昔，嫣然，墙角蕉阴翠色悬。”③又作《齐天乐·端州署中逢端午》：“玉蒲酒泛，任杂坐，嘉宾觥筹错乱。箫鼓城头竞飞，龙舸浪涛溅。”④同样记录了吴兴祚幕府葡萄美酒、红巾翠袖、宾主尽欢的盛大宴会场景。面对如此奢华的描写，毛西河评金烺此词：“贤主嘉宾欢歌笑语，是一幅西园雅集图。”⑤“西园雅集”是北宋元丰初年驸马都尉王诜在宅第花园——西园邀请当时名士聚会的典故，苏轼、苏辙、黄庭坚、米芾、秦观、李公麟等名人雅士云集，一时称盛，借此可知吴兴祚海疆幕府宴集的盛况。

---

① [宋]朱彧：《萍洲可谈》，《丛书集成新编》第117册，第20页。

② 《全清词》(顺康卷)，中华书局2002年版，第5590页。

③ [清]金烺：《绮霞词》，《清词珍本丛刊》第九册，凤凰出版社2007年版，第267页。

④⑤ 同上，第268页。

南北贯通的海上运输航线对于定都北方的政权而言堪称命脉，元朝江南一带向大都方向输送物资完全仰仗海运。在历史悠久的朝贡贸易体系中，海外诸国亦依赖海上航运，更不必说大量私人海上贸易。所以，海禁或海通直接关乎海上贸易的畅通与否，畅通则贸易繁盛，阻断则铤而走险的走私活动禁而不绝，更严重的时期则大规模的倭寇侵扰频发，乃至国家政权之间爆发战争冲突。不过，海禁或海通的政策取决于中央政府的决策，稍有变化，都会给商业贸易带来巨大影响。顺治十八年(1661)，清政府为了切断明郑海疆幕府政权与内陆的军事、物资等联系，开始了残酷的“迁海”运动。张煌言此际正漂泊海上坚持抗清斗争，他的诗作记录了“迁海”政策对海疆军事局势和居民日常生活的巨大影响，《辛丑秋，虏迁闽浙沿海居民，壬寅春，余舣棹海滨，春燕来巢于舟，有感而作》：

> 去年新燕至，新巢在大厦。今年旧燕来，旧垒多败瓦。燕语问主人，呢喃泪盈把。画梁不可望，画舰聊相傍。肃羽恨依栖，衔泥叹飘荡。自言昨辞秋社归，比来春社添恶况。一片蘼芜兵燹红，朱门那得安无恙。最怜寻常百姓家，荒烟总似乌衣巷。君不见晋室中叶乱五胡，烟火萧条千里孤。春燕巢林木，空山啼鹧鸪。只今胡马仍南牧，江村古树窜鼪鼯。万户千门徒四壁，燕来亦随樯上乌。海翁顾燕且太息，风帘雨幕胡为乎。①

虽然作者是以诗歌的艺术形式、通过燕子的拟人视角来展开记录与倾诉的，但是仍然能够为世人呈现出“迁海”所造成的荒芜凄凉景象，堪补史缺。迁海之后，大厦为败瓦所代替，恍如隔世，“呢喃

① ［明］张煌言：《张苍水集》，上海古籍出版社1985年版，第155页。

泪盈把”,不仅是燕子,更是主人与沿海居民的辛酸写照。这一“恶况”所波及的不仅是“朱门”,寻常百姓家深罹其难,尤其凋敝,杳无生机。在“迁海”政策之下,不分豪门与柴扉,皆归于“万户千门徒四壁”的凄惨景象。

康熙元年(1662)二月,清政府又“令滨海民悉徙内地五十里,以绝接济台湾之患。于是麾兵折界,期三日尽夷其地,空其人民”,次年再迁,结果“东起大虎门,西迄防城,地方三千余里,以为大界。民有阑出咫尺者执而诛戮。而民之误出墙外者,又不知几千万矣。自有粤东以来,生灵之祸,莫惨于此”。① 康熙四年,湖北李中素游幕岭南,作《廉州竹枝词》,其九写道:

> 烟墩远设大洋滨,处处频将海禁申。
> 市上能容卖珠客,港头只捉打鱼人。②

该诗记录了海禁时期的海疆情形。但事实上,海上贸易凭借高额的利润支撑拥有顽强的生命力,屡禁不止。康熙二十一年,李士桢任广东巡抚,其《抚粤政略》所录奏疏称:“自康熙元年奉文禁海,外番船只不至,即有沈上达等勾结党棍,打造海船,私通外洋,一次可得利银四五万两。一年之中,千船往回,可得利银四五十万两。”③《钦定八旗通志》“吴兴祚传”亦援引此奏疏内容,“奸徒沈上达乘禁

---

① [清]屈大均:《广东新语》卷二《地语·迁海》,中华书局 1985 年版,第 58 页。

② [清]李中素:《梅花书屋诗选》,清康熙二十三年(1684)刻本。

③ [清]李士桢:《抚粤政略》卷七《议覆粤东豁税饷疏》,沈云龙主编《近代中国史料丛刊三编》第 39 辑,文海出版社 1988 年版,第 382 册,第 813—814 页。

海之日，番舶不至，勾结亡命，私造大船，出洋为市”①。沈上达是平南王尚可喜的亲信，总管幕府的海上贸易事务。他倚仗藩王强大的特权和武装力量，无视“禁海令”，组建了一支庞大的船队，私自出海从事远洋贸易并获得高额利润。可以想象，藩王通过远洋贸易获得的财富不仅供应府邸的日常挥霍，而且也为起兵反清提供了军饷来源。

“海禁令”本是特殊时期政治形势的产物，它以政治的稳定为目标，对经济、民生、中外文化交流造成了极大破坏。随着政治局势走向稳定，越来越多的海疆官员意识到开放海禁的重要性，屡次上书陈请开海。“有当事某某者，始上展界之议，有曰：东粤背山而海，疆土褊小，今概于海濒之乡，一迁再迁，流离数十万之民，岁弃三千余之赋。且地迁矣，又在在设重兵以守，筑墩楼，树桩栅，岁必修葺，所费不赀，钱粮工力，悉出闾阎。其迁者已苦仳离，未迁者又愁科派，民之所存，尚能有十之三四乎。请即弛禁，招民复业，一以补国用，一以苏民生，诚为两便。于是孑遗者稍稍来归，相庆再造。边海封疆，又为一大开辟焉。”②此论通透，堪称利国利民的真知灼见。康熙二十二年(1683)，台湾降附。次年，康熙帝即下旨废除禁海令，并创设粤(广州)、闽(厦门)、浙(宁波)、江(上海)四大海关，允许与外界通商。是年春，屈大均作《广州竹枝词》七首③，其四：

洋船争出是官船，十字门开向二洋。

---

① 李洵等校点：《钦定八旗通志》第五册，吉林文史出版社2002年版，第3565页。

② [清]屈大均：《广东新语》卷二《地语・迁海》，中华书局1985年版，第58页。

③ [清]屈大均著，陈永正等校笺：《屈大均诗词编年校笺》，上海古籍出版社2017年版，第957—958页。

五丝八丝广缎好,银钱堆满十三行。

其五:

十字钱多是大官,官兵枉向澳门盘。

东西洋货先呈样,白黑番奴拥白丹。

“白丹”,即番酋。中国产品如广缎,源源不断地出口,赢得超额的贸易利润;东西洋货汇聚在广州口岸,外国人士的面孔和身影也司空见惯起来。这些作品描绘了开海通商后立竿见影的一派繁荣景象。同一年,王渔洋奉旨南下广东祀海,亦作《广州竹枝词》六首,其六云:“才到花朝似夏阑,雨纱雾縠间冰纨。洋船新买红鹦鹉,却苦羊城特地寒。”①对于广州的贸易现象亦有较为深刻的思考。此外,类似题材屡见不鲜。朱树轩《羊城竹枝词》:“番舶来时集贾胡,紫髯碧眼语暗呜。十三行畔搬洋货,如看波斯进宝图。”②江仲瑜《羊城竹枝词》:“夷商交易用洋钱,万里来瞻上国天。货物到关齐纳税,海珠湾泊火轮船。”③一时间,广州成为清朝对外贸易最重要的城市之一。“在十九世纪中叶五口通商以前,来华贸易的欧洲人几乎都在广州贸易,其中英国、荷兰、瑞典等国都维持有相当长时间的垄断性贸易公司。”④

通商贸易的繁荣在一定程度上促成了粤海地区竹枝词创作风气的大盛。屈大均的《广州竹枝词》七首可谓开风气之先,为后世

---

① [清]王士禛著:《王士禛全集》,齐鲁书社2007年版,第1210页。

② 雷梦水等编:《中华竹枝词》,北京古籍出版社1997年版,第2971页。

③ 同上,第2754页。

④ 陈国栋:《清代前期的粤海关与十三行》,广东人民出版社2014年版,第4页。

各地描写港口贸易的《竹枝词》创作奠定了基调，清中期以后，各类竹枝词创作数量大增。[①] 这一景象影响深远，后世定海进士陈庆槐作《舟山竹枝词》云："闽商蛮语杂钩辀，岁岁渔期入市游。昨夜西洋估客集，海风送到大红头。"[②]与屈大均的作品相比较，风格、风貌如出一辙。以各类《竹枝词》为代表，连同吟唱十三行的篇章一起，聚焦繁荣忙碌的贸易场景、人物形态、货币流通样态等海港贸易描写，成为清代诗歌较为普遍的题材，进而成为一项客观记载当时真实商业活动的文学传统。

事实上，吴兴祚正是倡导开放海禁、发展海上贸易的诸多封疆大吏中的一位典型代表，他在两广总督任上屡次上疏陈请，努力为海疆贸易发展营造良好的环境。康熙二十五年(1686)二月，他与广东巡抚李士桢合上《请豁市舶澳门旱路税银疏》，二十六年四月又合上《请豁市舶旱路税饷疏》，后一奏疏中有云："今荷皇恩驰禁开洋，一切商民货物，俱由海上船运。自康熙二十四年起，商人俱赴监督纳税，今日监督征收海上出入洋船之货税，即是市舶司昔日禁海时征收在旱路界口贸易之货税，原是一项，此收则彼停，乃理之必然者也。……今粤东舶饷，事同一体，既设监督征收，则提举司饷额自应停止，万万不能重征。……从此商旅闻风云集，课饷无亏，百货日见充盈，而民生永赖矣。"[③]吴兴祚所奉行的海上贸易理念是非常值得肯定的，它不仅有"便商民以足国用"的经济与财政价值，而且对于繁荣海疆文学与文化事业也显现出强大的影响力。

---

① 叶春生：《岭南俗文学简史》，广东高等教育出版社 1996 年版，第 214 页。

② 潘超等编：《中华竹枝词全编》，北京出版社 2007 年版，第 391 页。

③ [清]李士桢：《抚粤政略》，沈云龙主编《近代中国史料丛刊三编》第 39 辑，文海出版社 1988 年版，第 382 册，第 250—254 页。

第二节　海战·海靖
——战争的强化

明中叶至清初,海疆军事著作的大量涌现扩展了文学疆域,深化了文学表现内涵。此间的海战隐患主要来自倭寇侵扰以及台湾郑氏等抗清力量与清廷的交锋。倭患问题其来已久,早在明初,防倭抗倭已经为政府所重视:

> 太祖洪武二年夏四月,时倭寇出没海岛中,数侵掠苏州、崇明,杀略居民,劫夺货财,沿海之地皆患之。太仓卫指挥佥事翁德帅官军出海捕之,遇于海门之上帮,及其未阵,麾兵冲击之,斩获不可胜计,生擒数百人,得其兵器海艘。①

这是史料所载的最早的抗倭战斗之一。至明太祖朝中后期,倭患已相当严重,"二十年二月,置两浙防倭卫、所。夏四月戊子,命江夏侯周德兴往福建福、兴、漳、泉四郡视要害,筑海上十六城,籍民为兵,以防倭寇。增置巡检司四十有五,分隶诸卫。"②然而,痈成大患,抗倭斗争遂成为明中期以来的一大主题。

历史重担落在了胡宗宪、戚继光等明中期将领的肩头,他们领导的抗倭斗争在历史上书写了浓墨重彩的一笔。此际,为数众多的游幕之士不但对抗倭斗争的胜利功不可没,且有力推动了海疆文学之发展。胡宗宪浙江幕府在抗倭斗争中取得了辉煌成就,其

---

① ［清］谷应泰:《明史纪事本末》卷五十五"沿海倭乱",中华书局 2015 年版,第 839 页。

② 同上,第 841 页。

幕僚多有军事著作,《筹海图编》是最具代表性的一种。戚继光继承了胡宗宪开辟幕府抗倭的经验,亦广罗人才入幕,海疆军事著述延续了胡宗宪幕府时期的旺盛创作态势,亦堪瞩目。戚继光本人即有《纪效新书》《练兵纪实》《莅戎要略》《武备新书》等著作。《纪效新书·总叙》云:"若夫阵势之制,特因浙江一方之地形,倭贼出没之情状,以形措图,以熟愚民分合之势,以教畎亩初用之官,随敌转化,苟用之异地,是诚难免父书之忧也。"[①]该书乃戚继光"官浙江参将时前后分防宁波、绍兴、台州、金华、严州等地,练兵备倭时作"[②],故具有鲜明的沿海地域特色,移用异地恐有不妥。书中特列《水兵篇》,以应对水(海)战。"封侯非我意,但愿海波平",一代名将的豪情壮志倾注海疆。四库馆臣对《纪效新书》评价甚高:

其下十八篇,……各系以图而为之说,皆阅历有验之言,故曰纪效。其词率如口语,不复润饰,盖宣谕军众,非如是则不晓耳。或问第一条云,开大阵,对大敌,比场中较艺、擒捕小贼不同,千百人列阵而前,勇者不得先,怯者不得后,只是一齐拥进,转手皆难,焉能容得左右动跳;一人回头,大众同疑,焉能容得或进或退。可谓深明形势、不为韬略之陈言。第四篇中一条云,若犯军令,便是我的亲子侄也要依法施行。厥后竟以临阵回顾,斩其长子。可谓不愧所言矣,宜其所向有功也。[③]

军事题材作品的涌现形式多样,除了留诸上述专门的军事著作之外,还广泛地保存于零散的诗文别集中。身处明清易代之际

---

① [明]戚继光:《纪效新书·总叙》,明万历十六年(1588)刻本。

②③ [清]永瑢等撰:《四库全书总目》,中华书局1965年版,第840页。

的王忠孝虽无专门军事著作传世,但其在诸多奏疏、书翰中阔谈军事。王忠孝《与巡方韩廷勋书》是其中一篇颇有代表性的作品:

> 今时艰岌岌矣,兵饷交困,战守无策,此时而欲募兵,兵难猝募也;欲议饷,饷莫猝措也。治,某以为惟在集贤州县,悉心讲求兵之卫所。卫所有额军,向属虚冒,今不必究其从前虚冒也,只据见在者,立行训练,稍加月饷。再将各县机兵民壮、平时供勾摄者悉编部伍,而择世职中有韬略者统之,刻期整顿,兵可立集也。月粮无可措,则各县存留项下,视其略可缓者,清出应用,或以递年积谷充之。时至今日,当于旧额料理,不能创设经营。一方之饷,或足以供一方之兵;一方之官,自足以办一方之事。忙理急做,泉郡如此,他郡亦将效行。然后就中抽出劲旅一支,以备上流声援,此今日一大急务也。[①]

卫所制度是明朝最为主要的军事制度,于明太祖时创立。卫所,外统于都司,内统于五军都督府,从组织架构上看,都指挥使司管辖若干卫,卫下辖若干所。所辖兵力,有战事则征战,无战事则固定屯田,休养生息。由于卫所隶属兵籍,明中期时地位显得较为低下,所以不同程度地出现过逃匿或阑入的现象,即上面引文中所谓“虚冒”。然而,卫所的建制毕竟相对完善,兵力也相对稳定,既然募兵为难,则不如重启卫所兵源,“立行训练,稍加月饷”,能够较快形成战斗力,在兵力涣散之际不失为一项事半功倍的明智之举。除卫所兵力,王忠孝建议组建“民兵”——“各县机兵民壮、平时供勾摄者”,显然也是可行性极强的选择,“兵可立集也”,“民兵”的巨

① [明]王忠孝:《王忠孝公集》,福建人民出版社 2010 年版,第 121—122 页。

大力量已在历代军事史上得到了印证。战争时期，兵力与粮饷是最为重要的两个方面。至于粮饷，则“各县存留项下，视其略可缓者，清出应用，或以递年积谷充之”，但是王忠孝明确指出，“当于旧额料理，不能创设经营”，期待以节俭、高效为原则，形成化整为零、各郡县自给自足的格局。如此，权责清晰，操作灵活，便于执行，亦便于调动辖区居民的积极性，不至于因税赋征派问题产生军民冲突，从而降低整体的防御力量。当然，各地兵力并非完全隔绝，互不相关，而是在此基础上，“抽出劲旅一支，以备上流声援”，选拔出一支作战能力强的劲旅作为灵活的援军。可以说，这些策略都是极具可行性的，惜乎南明小朝廷的决策群体精神混沌，力量涣散，相互倾轧，最终良策难以推行，南明小朝廷也逐渐走上了末路。

张煌言《北征录》是一篇专门记录南明郑成功北伐进入长江之役的珍贵文献，大体来说，前半部分记录长江之役，重点记录了兵溃江上的始末，后半部分则是张氏流亡内陆、辗转生还的史实。张氏特意分析了此次北伐失败的原因，充满了一位军事家的远见卓识。他总结郑成功北伐军在决策中有四大失误。第一，大军进发长江，须有根据之地作为后方支援，张煌言建议首先占据长江口之崇明岛作为根据地，“崇沙乃江海门户，且悬洲可守，不若先定之为老营”，然而郑成功不听，贸然入江攻城。考虑到是役最终败退的结局，尤觉张煌言之建议颇有远见。第二，郑成功部队攻陷润州后，当由陆路迅速集结攻打南京，“若从水道进师，巨舰逆流，迟拙非策”。及张煌言自芜湖前往南京城外准备合力攻城，“不意藩师竟从水道来，故金陵得严为之备。余（张煌言）舣棹观音门两宿，所统战船，无一至者”。[①] 这是指出郑成功行军贻误了战机。第三，

① [明]张煌言：《张苍水集》，上海古籍出版社 1985 年版，第 193 页。

郑成功围困南京却迟迟不进攻,不仅战机再误,而且导致清军援兵的到来。“延平大军,围石头城者已半月,初不闻发一镞射城中,而镇守润江督帅,亦未尝出兵取旁邑,如句容、丹阳,实南畿咽喉地,尚未扼塞,故苏、常援虏得长驱入石头。”[①]第四,长江溃败,郑成功大军顺江入海,未作战略性埋伏,使得恢复之城池复失,并置芜湖一带张煌言队伍于孤军无援之危险境地。对此,《北征录》云:“初意石头师即偶挫,未必遽登舟;即登舟,亦未必遽扬帆;即扬帆,必且退守镇江。余故弹压上流不少退。……讵延平不但舍石头城去,且舍铁瓮城行矣。留都诸虏,始专意于余,百计截余归路。”[②]就当时形势而言,张氏持论无疑是理性而准确的。事实上,此败之后,南明郑成功海上幕府集团再难组织起大规模的北伐,明祚中兴的志愿被无情的海浪吹打远去,而南明史上的这一经典战役被文学书写定位在了永恒的叹息声中。

清军入关,明朝覆亡,东南沿海陷入长期动荡。据守东南一带岛屿的南明力量与清军的战斗也由陆地延展到海上,十分惨烈,谱写出一曲浩荡的末世悲歌,正所谓“忠义一脉,正与狂波荡楫,方识砥柱”[③]。张煌言亦就此指出:“夫海,固今日忠义渊薮也。中多古峤,逋臣处士,率抗节其间。”[④]据王忠孝《自状》记载:“辛丑,清兵从海澄、同安港南北夹击,谓投鞭可渡也。我师临战,东风一发,彼舟不支,北人浮尸蔽海,二岛烽火不惊,将谓今而后彼不敢复问岛矣。不谓赐姓移师台湾,亡禄即世,同事诸公,水火互争,开清以隙,二岛遂失,居民掠杀甚惨,癸卯十月十日也。”[⑤]在南明政权苦

① [明]张煌言:《张苍水集》,上海古籍出版社1985年版,第195页。
② 同上,第195—196页。
③ [明]王忠孝:《王忠孝公集》,福建人民出版社2010年版,第173页。
④ [明]张煌言:《张苍水集》,上海古籍出版社1985年版,第17页。
⑤ [明]王忠孝:《王忠孝公集》,福建人民出版社2010年版,第40页。

苦支撑的最后时段，频繁的海战溃败已成常态。后人总结明亡之由和清军蹂躏中原之罪状，多将目光投向沿海。朱舜水在日本著《中原阳九述略》，其中《虏势二条》分析："今所防者，浙、闽边海而已，内陆义师未敢突起，已自络绎旁午，十室九空；如此其沿海诸营，甚至半年无饷。"[①]《虏害十条》历数清军蹂躏中原十大罪状，其中"沿海有防边、养兵、藏匿、接济之害""近海有造船、帮工、值匠之害""签发舵梢之害"，此三条皆关海事[②]。

"天留一岛作华夏，茫茫海外长相望。"[③]清廷与台湾郑氏的军事对抗长达数十年之久，直至康熙二十二年（1683）施琅平定台湾，东南沿海战事才彻底结束。闽海沿线是主战场，此间众多的军事幕府实际上也是卓越的文学幕府，故幕僚的文学创作对战时生态的记录就显得格外突出，格外有价值。康熙十三年，三藩乱起，耿精忠以福建叛应吴三桂，进攻江西、浙江、广东，并邀台湾郑经攻打潮州等地。康熙十五年，清廷升江南无锡知县吴兴祚为福建按察使。自此，吴兴祚幕府在平定台湾过程中发挥重要作用，对闽南、岭南的文学和文化繁荣亦做出巨大贡献。几乎每一次军事行动都能在众幕僚的文学作品中找到记录。《潮州府志》卷四十载吴兴祚《重建广济桥碑》云："康熙二十一年，予以福建巡抚，奉命总督两广，明年，巡视海滨，遵碣石卫而西，至潮。"[④]"巡海"被视为大战在即的信号，因而在幕僚群体中引发强烈反响，或斗志激昂，或避祸

① [明]朱舜水著，朱谦之整理：《朱舜水集》，中华书局 1981 年版，第 5 页。

② 同上，第 6—8 页。

③ [清]屈大均著，陈永正等校笺：《屈大均诗词编年校笺》，上海古籍出版社 2017 年版，第 924 页。

④ [清]周硕勋：《（乾隆）潮州府志》卷四十一，清光绪十九年（1893）重刊本。

离粤,不一而足。万树有《宴清都·新正六日公宴,时大司马将有巡海之行,幕中宾从辞归者将二十人》:

嫩月琼芽吐。东风把、碧油旌节留住。阿咸头上,银旛正袅,合欢春缕。鸡丝燕蜡犹新,且暂殢、王尊远驭。好顿催、一部珠歌,来喧桃桂芳处(岭南正月桃桂盛开)。　何当客去梁园,烟樯渌桨,分向吴楚。巴山绛烛,平原翠盏,几时重聚。他年明日相忆,只柳色、梅花寄语。怕曲终、催解沙棠,城头曙鼓。①

该作主要以巡海前夕众多幕僚辞归为背景,抒发天涯聚散的惜别之情,从词中涉及的"吴楚""巴山""平原"等区域来看,可知吴兴祚海疆幕府人才之盛,来源之广。这些文人中的多数毕竟是为了经济收入而游幕岭南,在面临战事危险的情况下,趋利避害的本性便暴露出来。万树又有《望海潮·八日送大司马巡海》词:

田横弃岛,刘䘲衔壁,东南万里波澄。风撤雁垣,机空虎落,平坡土暖沙明。丹奏下瑶京。许雪鹾宵煮,玉粒春耕。天语东来,五云飞到一双星。　炎荒十载鏖兵。叹鲛人泪尽,龙伯魂惊。谋国孔戣,忧民李勉,屯边计重金城。冲雾驾屏星。喜春真有脚,雨共车行。黎母猺童,会看合浦起歌声。②

该词一改上一首的幕僚惜别之情,写海疆战时形势并对太平生活

① 《全清词》(顺康卷),中华书局2002年版,第5596页。
② 同上,第5608页。

产生无限憧憬。“东南万里波澄”，既是着眼于当下的东南海疆形势，亦包含着对吴兴祚所建立的海疆功勋的赞美，“谋国”“忧民”，这是吴兴祚的品格，“屯边计重金城”则是强调吴兴祚的重要性。难能可贵的是，词中充满了对民生的关切，“炎荒十载鏖兵”，长期的海疆战事对国计民生莫不造成巨大的破坏性，词人发出“鲛人泪尽，龙伯魂惊”的喟叹。这就将吴兴祚巡海事件置于和平正义的角度和利国利民的高度。同时期待总督巡海凯旋，结束战乱，“黎母猺童，会看合浦起歌声”。吴棠桢亦有《望海潮·八日送大司马巡海》词：

云流珠海。天围铜柱。炎州节钺儒臣。金鹊织衣，玉鱼入佩，曾劳去岁朱轮。粉荔乍迎春。见画旗再列，牙节重巡。天上星轺，共窥波里问鲛人(时有二巡海使者偕行)。　梅花绽，雨香新。护摩崖古字，勒石雄文(去年多诗文，勒之石上)。布谷蚕娘，包盐马户，不须细绘流民。先后画麒麟。是一门枢府，丹券功勋(先高祖环洲公，由蓟辽总督晋爵大司马)。自愧经生，碧山深处柴门。①

该词主要赞颂吴兴祚在岭南地区的文治武功，围绕“炎州节钺儒臣”来写。词人将巡海队伍的行进场景作为第一层，除了“画旗再列，牙节重巡”的队伍，还有巡海使者的陪同，词人喻之为“天上星轺”。下阕，勒文摩崖为第二层，预示着凯旋。继而顺着凯旋来写，憧憬流民消失、熙和安定的社会景象，为第三层。第四层转写吴兴祚祖上吴兑曾总督蓟辽，凸显其家世之显赫。吴棠桢和万树等人的作品一起勾绘出了吴兴祚巡海时的英武形象。

① 《全清词》(顺康卷)，中华书局2002年版，第6173—6174页。

当然,吴兴祚海疆幕府文学中径直记录战场情状之作也非常多。万树《南浦·共岳忠标登平远台,在福州》:

铙箫引奏,看旌幢、初返义阳侯。莲府从征人去,虎盾墨花流。赢得铁衣生虮,博一方、金篆伴吴钩。想帽边飞炮,箸前落镞,魂碎白螺舟。　　此日太平酣咏,吹台高、登眺夕阳洲。试望降王宫殿,荒草带烟愁。谩忆故山杯酒,向秦园、亭榭蒋家楼。且一编相约,细笺风物岭南游。①

上阕追忆战阵中的惊心动魄,“想帽边飞炮,箸前落镞,魂碎白螺舟”一句尤有令人身临其境的艺术效果。杜首昌《上大司马吴开府伯成》一诗高度概括了吴兴祚的声望之隆、功勋之著以及幕府规模之宏大,其颔联、颈联云:“一代望隆泰斗并,八闽烽靖海天长。循良首叙群僚率,智勇全罗大幕张。”②康熙十九年(1680),“饥躯奔走”③的金烺入吴兴祚福建幕府,作《金明池·上吴大司马伯成公》:

九叶金珰,三千珠履,开府中丞棨戟。铃阁外、组练山河。柳营中、樽俎几席。看频年、烽燧全消,却岛屿、鹅鹳鲸鲵咸息。更横海楼船,伏波铜柱,万里梯航重译。　　自笑书生无剑术。愧坦腹、羁栖参军记室(家岳为大司马公借筹幕中)。黄羊炙、琱盘粉腻。绿蚁倒、玉壶清滴。绕阑前、叶缀梅英(秋时梅花盛放,叶尚带枝头),恨未得亲尝,离支红擘。且学赋登

① 《全清词》(顺康卷),中华书局2002年版,第5591页。

② [清]杜首昌:《绾秀园诗选》,《清代诗文集汇编》,上海古籍出版社2010年版,第111册,第486页。

③ [清]金烺:《绮霞词》,《清词珍本丛刊》第九册,凤凰出版社2007年版,第205页。

楼，从戎入幕，日接令公香侧。[①]

从本质上讲，这是一封自荐信，上阕赞誉吴兴祚威震海疆的武略，下阕写渴望"从戎入幕"之情，希冀接承吴兴祚的风采气度。此词有当时文人的评点二则，董榕庵曰："冠冕异常，何减近比晋公、远同郭令之句。"商子贞曰："龙跳天门，虎卧凤阙，有此气象。"[②]这不唯是对金烺此词的认可，亦是对吴兴祚武功威望的称道。此外，明遗民吕师濂辗转吴三桂、耿精忠、吴兴祚幕府，有诗记录海疆幕府文人的草檄情景："夜半草完平海檄，舵楼寒月白于霜。"（《何山草堂诗稿》卷七）俞樵亦有《楼船将军歌》。"楼船"意象屡见不鲜。类似记录海战情势与海靖颂歌的作品不胜枚举。要而言之，幕府文人群体是此际文学创作的重要力量，推动了海疆军事书写系统的建构。

第三节　信仰·交通

——民生的需求

伴随海靖与海通局面的出现，海上丝绸之路的红利逐渐渗透到大众的日常生活中。海外物品、器具进入特权阶层的日常生活，久而久之也飞入寻常百姓家。与大众民生关系最为紧密的"红利"体现在两大领域：第一，伴随对海洋环境和海外贸易的熟悉与接受，普罗大众对海洋由来已久的恐惧感渐趋淡化，进一步突出并巩固了对海洋的信仰崇拜；第二，海上交通航运的稳定性与安全性获

① ［清］金烺：《绮霞词》，《清词珍本丛刊》第九册，凤凰出版社 2007 年版，第 223—224 页。

② 同上，第 224 页。

得前所未有的提升,这无疑便利了人们的远游出行。

对海洋神灵的精神信仰建立在人们对海洋空间深层次接受的基础之上,具有非常深刻的文化象征意义。古老的华夏民族之于神明呈现出多神崇拜的特征,明中后期的海上神明崇拜亦如此,妈祖和南海神是其中较有代表性的。妈祖,本姓林,福建莆田湄洲屿人,生前以巫祝为事,能预知人事祸福,殁后,民众为之在湄洲屿立庙供奉。北宋宣和五年(1123),给事中路允迪奉使高丽还,奏获神佑,御赐"顺济"庙额,自此标志着妈祖获得官方认同。妈祖信仰在东南沿海地区迅速发展起来。元代,海疆辽阔,北至山东、天津,南至海南岛海口、崖州、感恩等地,都有了天妃庙的踪迹。明永乐年间,郑和在下西洋期间,多次至天妃宫祭祀妈祖,并在航行途中广建天妃宫。沿途兴建天妃庙,使得妈祖信仰的传播达到一个峰值。永乐二十二年(1424),琉球国所建天妃宫成为中国境外第一座妈祖庙。明代隆庆年间,马六甲地区、日本、菲律宾也有了天妃庙。清代大臣王渔洋奉命南下广州祀海,曾在珠江岸边瞻拜天妃①。当下,中国全境包含港澳台在内,妈祖庙的总数大致达到3000座。②

东南沿海地区是天妃信仰的发源地,也是天妃信仰氛围最为浓厚的区域。关于天妃之信仰,最初乃是祈祷保佑航海之平安,随着天妃信仰的传播,其信奉内容已经大大丰富和深化。在军事战争期间,天妃是兵将祈福寻求护佑、祈祷凯旋的对象。永历七年(1653),"五月初一日,赐姓(郑成功)至海澄,调兵守御。……赐姓驻扎天妃宫,亲行督战";"初四日,金固山率马步数万扎营天妃宫

① 朱丽霞:《海上丝绸之路与十七世纪太仓文坛》,上海三联书店2016年版,第21页。

② 宋建晓主编:《"一带一路"视野下妈祖文化传承发展研究》,人民出版社2021年版。

前，安大小铳炮数百号，日夜连击不停，木栅崩坏，官兵多被击死。”[①]无论是郑成功驻扎天妃宫，还是军队在天妃宫前安营扎寨，寻求天妃庇佑的心理是相通的。

时局动荡的南明时期，闽海地区依然保持着赛天妃的风俗习惯。流寓海岛的南明廷臣徐孚远在诗歌作品中对赛天妃的风俗作了忠实的记录，并且借由天妃信仰以抒发其愤郁不平的情绪，增强了文学表现力。《海问》是借海书愤之作，但也透露了许多明代天妃信仰演变的信息。“……近有贵神曰天妃，桂为楫兮荷为衣。前朝寂寞无灵迹，我明二祖扬光辉。锡以尊名异神鬼，殿宇峥嵘拟宫闱。”诗人指出，前朝的天妃信仰显得颇为寂寞，进入明朝方才大放光彩，不仅“锡以尊名”，使得天妃形象从万般神鬼当中脱颖而出，而且为之兴建殿宇。这基本上是符合实际的。该诗作于诗人逃徙海疆之初的半年多时间，其间诗人业已准备椒浆纸钱拜祈天妃两次，向天妃诉说世事的无常，言辞哀伤。诗人由祈拜天妃联想到沉江而亡的爱国诗人屈原，“三闾昔已从巫咸”，进而慨叹道：“丈夫魂气无不之，何用萧萧松柏列丘垄。”[②]丈夫不必“托体同山阿”，茫茫江水海洋亦可寄托英魄。这是初至海疆的诗人充满豪情的言志。

“天妃灵迹古来垂，不到闽南那得知。”[③]在东南海疆盛行“赛天妃”的祭祀风俗。徐孚远对于祭祀天妃之场景有着细致的描绘。《腊月二十四日祀天妃》：

---

① [明]阮旻锡：《海上见闻录定本》，福建人民出版社 1982 年版，第 18 页。

② [明]徐孚远：《钓璜堂存稿》卷五，《清代诗文集汇编》，上海古籍出版社 2010 年版，第 14 册，第 399 页。

③ [明]徐孚远：《钓璜堂存稿》卷十四，《清代诗文集汇编》，上海古籍出版社 2010 年版，第 14 册，第 545 页。

尘雾杳冥杂飞霙,此日诸神朝玉清。中夜婆娑至日旰,鸣钲击鼓声訇訇。橘柚芬芳荐桂醑,纷纭纸马空中舞。灵之来兮本乡曲,至今长年犹称姥。逋臣曩亦吏兹土,奉诏历时徒辛苦。杀羊酾酒囊无钱,撰词慷慨须一吐。明年兴废竟如何,还应便作采薇歌。①

声势浩大,"鸣钲击鼓声訇訇",自中夜至日旰不断。祭品丰富,橘柚果品、桂花佳酿,亦有扎制的纸马随风起舞。在乡土风俗上,因天妃相传是闽人,故而当地乡民依然称天妃为"姥"。这是一场生动的民间祭祀活动,为考察明清之际海疆的天妃祭祀场景提供了参考。强烈的风俗感染着诗人,徐孚远笔下赛天妃的情形所在多有,《赛天妃》云:

季春下瀚海南头,喧喧钲鼓赛湄洲。天妃降真在此地,相传灵迹无时休。我昔游此当高秋,与客联步登妆楼。云梳雨栉山作鬟,仙衣窈窕风飕飕。桂之醑兮茝为羞,真官驾者龙与虬。长年作歌我不辞,满堂欣欣纷少留。②

人们在日常生活中既然颇为重视天妃信仰,那么对于海疆幕府文人而言,海疆气象、景物都被人为地与天妃信仰相关联,影响着人们的情绪、决策,文学创作更是充满了海疆信仰的印记。徐孚远《天妃诞日常雪嵩过寓赋情》:"常年当神诞,狂风吹浪满。百灵肃骏奔,蛟龙如蜓蝘。今年朝始旰,淡云散西隅。波静粲如绮,玉女

① [明]徐孚远:《钓璜堂存稿》卷五,《清代诗文集汇编》,上海古籍出版社2010年版,第14册,第400页。

② [明]徐孚远:《钓璜堂存稿》卷六,《清代诗文集汇编》,上海古籍出版社2010年版,第14册,第426页。

出弄珠……”[①]天妃诞日是个特殊的日期，是日海上“狂风吹浪满”，“百灵肃骏奔，蛟龙如蜓蝘”，而今年则一反常态，海波平静，一派安宁。诗人捕捉到这一气象的反差，特地记录下来。又如《岁暮村赛作》一首：

> 海潮激浪风排树，日色徘徊岁将暮。老夫枯坐惨不欢，掩扉寂寂自裁赋。他年准拟龙兴云，今日还思豹隐雾。菜鲑不继朋知疏，移床把卷课童孺。墙外吹笙羯鼓喧，村人作赛香满路。薯浆糍饼迎天妃，神之来兮若可呼。岁事已毕朝玉皇，云车纸马旅相赴。我今稽首一问之，十年之诚聊为吐。南国旌旄何日挥，西方美人几时遇。年老筋衰奔命难，风帆往返徒自误。苏卿回朝如可期，屈子投湘亦有数。何为长在沧屿间，青蝇群飞乳虎怒。久觍其颜那可度，自古死生同一趣。[②]

此诗显然不是专写赛天妃，而是诗人心情郁结之际适逢赛天妃的活动出现故而借题发挥。所以，全诗前八句皆是诗人情绪的说明与铺垫，接下来六句对赛天妃的情形略加陈述，旋即又转入到深沉的抒情。“吹笙羯鼓喧”，焚香满路，薯浆糍饼、云车纸马等祭品，皆似曾相识，在徐孚远其他诗作中出现过。诗人目的正是通过这一次又一次的重复，来营造枯燥的审美意味，从而发出后续的深刻感怀，“十年之诚聊为吐”。我们注意到“十年”这一强烈的时间信号，积蓄深久的愤懑将喷薄而出：何时才能够挥师北上，收复失地？何

① [明]徐孚远：《钓璜堂存稿》卷四，《清代诗文集汇编》，上海古籍出版社 2010 年版，第 14 册，第 389 页。

② [明]徐孚远：《钓璜堂存稿》卷七，《清代诗文集汇编》，上海古籍出版社 2010 年版，第 14 册，第 440 页。

时才能陛见南明皇帝,君臣复位?为何流落海岛之上,还要面对海疆幕府内部的种种内讧倾轧?诗人愤慨道"死生同一趣",实际上是发泄对于现状的强烈不满。在该诗中,与其说天妃是诗人倾诉的对象,毋宁说天妃已经成为诗人情感火山喷发的突破口。

张煌言亦不乏涉及天妃的作品,时迁事异,往往借天妃表达出不同的思想情感。《登湄洲谒天妃宫》:

> 苍茫一曲带烟霞,闻说飞仙此驻家。
> 石髓沁香流乳酪,云根滃雾想铅华。
> 楼前缥缈凌波袜,槛外参差贯月槎。
> 湘女雒妃多往迹,曾无精爽遍天涯。①

此诗以记游写景为主,首联将全诗笼罩在天妃传说和苍茫烟霞当中,颔联写景颇具体细腻,颈联则气象宏大,全诗几乎没有消极情绪的表达。至《重登蓁港天妃宫》一首,则情绪迥异:

> 群山依旧枕滃洲,风雨萧然杂暮愁。
> 梅蕊经寒香更远,松枝带烧节还留。
> 荒祠古瓦兴亡殿,绝壁回潮曲折流。
> 身世已经漂泊甚,如何海外有浮鸥。②

诗人久栖海上,身经百战,知交零落,兴亡满目,天妃宫的破败更加衬托出大变革时代中的身世漂泊、家国兴亡之感。可以说,天妃不仅是海疆时代人们最重要的精神信仰之一,天妃宫更是文士登临

---

① [明]张煌言:《张苍水集》,上海古籍出版社 1985 年版,第 98 页。
② 同上,第 120 页。

送目、凭吊古今、感怀身世的重要文化景观。

除了天妃，海神也受到人们空前的信仰崇拜，这反映了海洋信仰的广泛性和普遍性。张煌言《祭海神文》乃是代鲁王所撰写，其目的是祈求海神保佑海师北伐之顺遂成功，匡复明祚。文中率先回顾了海神受明祚崇祀的历史："自高皇帝驱逐胡元，奠宁方夏，怀柔百神，凡江河川渎之神，无不崇祀。而神于水中最尊且大，春秋命所在有司致祭惟谨，盖三百年于兹矣。"①自明朝开国，海神即享受崇高的祀拜。文章继而对海神数载以来的庇佑予以感恩称颂："两载泊于此，风不扬波，雨能润土，珍错品物，毕出给鲜。"②从海上气候、物产给养等方面言之，"实受其福也"。随后文章进入正题，祈求海神进一步护佑北伐大事，"启行之后，日月朗曜，星辰烂陈，风雨靡薄，水波不惊，黄龙蜿蜒，紫气氤氲"，如此"功成事定"之后将"崇封表灵"，誓愿"神且食我大明之馨香于万世"。③这是将海神祭祀提升至国家祭祀的高度，可见海神信仰在当时受重视的程度。

庙堂之上对待海神是这般崇高郑重，那么，民间的海神信仰又是何种状况呢？通过考察，我们发现民间的海神崇拜亦极为盛行，这恐怕与当时海上贸易的发达、民间消费欲望的激活等因素不无关系。商人对海洋神明的信仰崇拜是相当普遍的。屈大均《阳江天妃庙碑》："吾粤之人，凡以乌白艚船自大小虎门放洋，经乌潴独潴二洲而出，历大佛灵昆屯之山，以贾于东西二洋诸番者，必祈祷于天妃焉。盖天妃者，奉上帝命而治南海。南海之神，男为祝融，女为天妃，而新息、邳离二侯佐之，皆百谷王之司命也。……岁春秋二仲癸日，有司继祝融而致祭，则于城郭之中制也。而二月二十三日，为神诞日，土人歌舞婆娑，报赛尤盛。有番贾某者，尝祷于阳

①②③ [明]张煌言：《张苍水集》，上海古籍出版社1985年版，第2页。

江之祠,得蒙神祐,因请予为乐歌以享神,俾用金缕丝绣出屏幛之上,以为观美;且复镌之于石,用作崇碑,垂不朽焉。"[①]屈大均上文所记载的是广东阳江地区祭祀天妃的情貌,陈恭尹对于佛山地区的天妃庙也作过一篇《天妃神庙纪事》,他认为:"江湖空旷,阴气所凝,怪风异类,发作无时,非有鬼神为之护持,则人之罹于不测者众矣。"[②]因此,"吾乡海滨,所虔事之神,则英烈天妃为最。……故神之名号,莫不家奉而户祭之,甚于事其父母"[③]。虽然"甚于事其父母"之说不免夸大,但是也可以想见其信仰之深入人心。于是,"庙貌之建,在在有之"[④]。佛山地处沿海,商人海客云集,"佛山为商客所归,其殿宇尤为壮丽。每三月神诞,香花火爆之盛,旌旗仪卫之设,牲腯报赛之具,阗咽衢陌,歌舞累月而不绝"[⑤]。以上屈大均与陈恭尹的记载中"神诞日"具体时间有异,或许是各地风俗不同所致。这无碍于我们通过类似材料窥见明清之际的商人对于海上神明的迷信程度。

其实,不仅商人迷恋海洋崇拜,在海疆生活的文人墨客或者普通民众也形成了海洋信仰。屈大均《南海庙作》三首[⑥],其一:

金银宫阙映朝暾,火帝南兼水帝尊。
万里朝宗来百谷,中华形胜尽三门。
云开帆席洋船过,月出楼台海市屯。
元气茫茫全化水,不知天外有渔村。

---

① [清]屈大均:《翁山文钞》,《清代诗文集汇编》,上海古籍出版社2010年版,第119册,第59—60页。

②③④⑤ [清]陈恭尹著,郭培忠点校:《陈恭尹集》,人民文学出版社2018年版,第687—688页。

⑥ [清]屈大均著,陈永正等校笺:《屈大均诗词编年校笺》,上海古籍出版社2017年版,第959—960页。

此诗描写海庙景致，正是着眼于海神守护着“洋船过”“海市屯”的平安与繁华，对于海神崇拜的这一诉求可以说是以海洋为纽带的全球化时代到来之际，受外来文化冲击而形成新文化形态的题中之义，更现实或者更功利地说，这关乎财富的积累和民生的改善，所以必然引起海疆居民的重视。其二：

南越人祠尽祝融，章丘平处有行宫。
三江水到扶胥大，万里天归涨海空。
潮汐旧从狮口入，帆樯新与虎门通。
天留一岛苍茫外，可惜田横事不终。

该诗虽然亦从海神的保佑视角来写海疆气象之宏大，然而落脚点却在尾联，郑成功海疆幕府集团盘踞台湾，“天留一岛苍茫外”，遗憾的是未能实现光复明祚的历史使命。这对海神不无无可奈何的埋怨之情，和张煌言代鲁王所撰《祭海神文》所传递出来的祈盼社稷中兴的思想相近。其三：

扶桑影逐海云过，蜃物春来变怪多。
日暖羊城来士女，月明龙户有笙歌。
家家水帝祠南海，岁岁天朝使暹罗。
汉将神灵铜鼓在，风吹音响满沧波。

诗中记录了当地人“祠南海”的习俗和热闹场景，并寄寓故国之思。南海神庙又称波罗庙，是古代帝王和劳动人民祭祀海神的场所，亦是海上丝绸之路的重要文化地标。

明代中期以降，海疆居民对于海神信仰的外延呈现不断扩容的态势，这也不难从若干文献中得到印证。屈大均《哭亡儿明道》：

忆从南海帝,祷得石麒麟。
德薄难留汝,门寒每畏人。
徒然劳岳渎,不得照星辰。
夭折皆予罪,从何赎此身。①

诗中自注:"先是予祷波罗庙,因生亡儿,予以金大书'南海之帝'四字于额,以答神贶。"可知,至少在屈大均所处时代,南海神的信仰范围已经不限于海涛之事,而广泛进入到了保佑生儿育女的世俗生活中。这无疑是海洋信仰的扩展与升华。海洋信仰得到官方和民间的双向推动,这在明清之际已呈现出非常显著的普遍性和稳定性。

海靖与海通的海疆格局不仅造成商业贸易的迅速繁荣,而且为私人海上交通航行提供了极大便利。海上贸易为私人海上航行提供了相对成熟的路线和航海技能,是不难推测而予以确认的。屈大均《沙子游草序》记录了一番里程漫长而路线娴熟的私人航行事迹。开篇即云"尝闻闽越之人,工为海贾,来往东西二洋,倏忽数万里,若过衽席。岁以为常,盖习俗使然,非好奇也。"②随即讲述了福清沙子雨的航行事迹:

子雨为名诸生,非海贾比,而辄乘昆仑之舶,蹈不测之渊,与鳍鱼争其出没,与昆虻逐其沉浮。遂东至于日本,西至于暹罗、满剌加诸国,以求其父之所在。……又南游交阯以求其兄,至鬼门之关,铜柱之界,则跳夷守隘以无符信,逡巡不得

① [清]屈大均著,陈永正等校笺:《屈大均诗词编年校笺》,上海古籍出版社 2017 年版,第 875 页。

② [清]屈大均:《翁山文钞》卷一,《清代诗文集汇编》,上海古籍出版社 2010 年版,第 119 册,第 21 页。

前。……今岁甲戌春，囊其书策，从宁波泛海八日而至琼厓，又泛海五日而至穗石，将取道邕州，再趋交阯，以求其兄焉。[①]

一位“非海贾比”的儒生，海上航行到达日本、暹罗、满剌加、交阯、宁波、琼厓等地，其航程之远令人赞叹。这表明当时海上丝绸之路的航线从商人到平民皆已习以为常。值得注意的是，类似的航行体验已经为文学创作提供了营养。文中沙子雨“途阻新江坪”，“向马流子孙泣赋二诗而返”。屈大均评价道：“子雨喜为诗，所至留题山川风土，纤秾毕写，其著诸篇者五七言各体，吐鸡含凤，皆可以歌以诵也。”并作《送沙子雨浮海之日本》诗二首[②]，其一：

东浮穷日出，海舶望如山。
五月开洋去，三冬趁国还。
省亲旸谷外，题赋岛夷间。
若木花连叶，朝朝为我攀。

其二：

绕指真柔甚，吾思日本刀。
雌雄期作佩，长短要吹毛。
甚欲求徐市，从君上白艚。
平生浮海志，梦里是波涛。

---

① ［清］屈大均：《翁山文钞》卷一，《清代诗文集汇编》，上海古籍出版社2010年版，第119册，第21页。

② ［清］屈大均著，陈永正等校笺：《屈大均诗词编年校笺》，上海古籍出版社2017年版，第1048页。

其一指出时令与航程的关系，其二则联想到“日本刀”，言说“平生浮海志”则又赋予了抗清复明的深意。抛开深意不谈，说屈大均对沙子雨航海事件非常熟悉是可以成立的。在屈大均的时代，浮海前往东亚、东南亚等海外地区的现象已经比较普遍。他还有一篇文章题曰《送张超然浮海往日本序》，其文略曰：“吾友超然张子，其性好游，以海内之地，山之高峻者止于五岳，川之宽广者止于四渎，其相距不过数千里而近，周流堂奥未足以言游，游必于海之外。如彼鸿蒙者，始蓬蓬然至于东海，俄蓬蓬然至于西海，又蓬蓬然至于南海、北海，而后其游始畅，而襟抱乃极其开拓焉。……张子生长闽中，闽之人以乌艚白艚为家，终岁之间，东走流求、吕宋，西走荷兰、红毛、曼丹，随风所向，倏忽数千万里，若日本则亦在门户之间矣。”①至于张超然日本之游的目的，屈大均指出：“闻徐福之墟在日本，其所赍尚书百篇未经秦火，且三千童男侲女之裔与百工技艺巫医卜筮之子孙久陷为蛮夷者，张子思以其身为师，进而教之，使邪马台以东，萨摩州以西，周回六十六岛其人民家诗书而户礼乐，焕然文明，遂与诸夏比美，斯亦君子之乐，而其游为不徒也。”②说明张超然渡海赴日本乃是希望传播华夏文明，这一理想无疑是相当高远的，同时也说明交通的便利为文化的传播提供了必要条件。

事实上，屈大均本人即有丰富的“浮海”经验，康熙二十六年(1687)，海南定安县知县张文豹、教谕梁廷佐请屈大均修《定安县志》，屈大均作《浮琼海》三首③，记录了渡琼州海峡的情景，其一：

---

①② ［清］屈大均：《翁山文钞》卷一，《清代诗文集汇编》，上海古籍出版社 2010 年版，第 119 册，第 19 页。

③ ［清］屈大均著，陈永正等校笺：《屈大均诗词编年校笺》，上海古籍出版社 2017 年版，第 1159 页。

风帆朝自石塘开，白浪如山万里来。
白是海天青是水，茫茫不辨有琼雷。

其三：

岛屿沉浮一点青，鸡声仿佛在空冥。
断虹一片天边起，乱落风帆向翠屏。

不难想象，当时海上交通已相当普遍。我们可以说，一方面，私人航行者所到之处记以诗文，丰富了文坛创作；另一方面，大量的海上体验、纪闻、传说则为各类文学形式的发展提供了充沛素材。

通过以上论述，我们大略可以知道，以诗、词、文为代表的传统雅文学全面而深入地参与到了海疆文学生态构建的史程中。与此同时，“中晚明社会掀起了一股崇尚民间文学、世俗文学的文学消费风气，并随之引起文学内容、体式的丰富多样化。”①以下，我们就以小说为代表的通俗文学创作中的海疆因素做一浅要论说。

毋庸置疑，上文所述如奢华之酒宴距离寻常百姓家尚远，但是像海疆见闻类的新奇“传说”恰恰能够调动市井百姓的欲望。不仅为小说家创作提供了灵感，也为小说叙事意图的达成提供了新的途径。在郑和下西洋以后，明话本小说中即多出现以海洋贸易为叙事背景的作品，在此后日益繁荣的通俗文学里，西洋物件也愈发常见。《初刻拍案惊奇》卷一《转运汉遇巧洞庭红　波斯胡指破鼍龙壳》多有描述海上贸易的情节，例如下面这一段落：

一日，有几个走海泛货的邻近，做头的无非是张大、李二、

① 陈远洋：《徐渭戏剧研究》，中国社会科学出版社2014年版，第30页。

> 赵甲、钱乙一班人,共四十余人,合了伙将行。他晓得了,自家思忖道:一身落魄,生计皆无,便附了他们航海,看看海外风光,也不枉人生一世。……原来这个张大,名唤张承运,专一做海外生意,眼里认得奇珍异宝,又且秉性爽慨,肯扶持好人,所以乡里起他一个混名,叫张识货。①

类似的从事航海贸易的剧情设置不仅对故事展开起到了一定推动作用,而且由于其描绘新颖、逼真,合情合理,能够开广读者见闻。例如对贸易差价牟利的介绍,就很符合商业实际:

> 三五日间,随风漂去,也不觉过了多少路程。忽至一个地方,舟中望去,人烟凑聚,城郭巍峨,晓得是到了什么国都了。……原来这边中国货物,拿到那边,一倍就有三倍价。换了那边货物,带到中国,也是如此。一往一回,却不便有八九倍利息?所以人都拼死走这条路。众人都是做过交易的,各有熟识经纪、歇家、通事人等,各自上岸找寻,发货去了。②

话本小说的作者对于海上生活是相当熟悉的,不然这许多细节也就无从写出,更不能使读者身临其境。又如入海开洋前的一处叙述:"众人事体完了,一齐上船。烧了神福,吃了酒开洋。"③虽然寥寥数语,却将开洋前的风俗习惯叙述得极为详细真切。

甚至,海洋文化因素在一些小说作品中成为叙述的枢纽所在,对于推动故事情节起到不可替代的作用,这亦是小说发展至明清

---

① [明]凌濛初编著:《初刻拍案惊奇》卷一,陕西人民出版社1993年版,第4页。

② 同上,第5页。

③ 同上,第7页。

之际的一个新特征。李渔作为明清之际最为卓越的小说家之一，兼为商人的身份使他对于小说的新颖性、技巧性更为看重。在李渔名著《十二楼》之《宜夏楼》①中，西洋物件“千里镜”作为一个重要的叙事意象，为叙述意图的达成起到了关键作用。瞿吉人借用“千里镜”窥视娴娴小姐的日常起居状况，冒充神仙来谋姻缘，最终依靠“千里镜”的神奇功能通过多番考验，二人喜结连理。“一日，(吉人)同了几个朋友到街上购买书籍，从古玩铺前经过，看见一种异样东西摆在架上，不识何所用之。及至取来观看，见着一条金笺，写着五个小字贴在上面道：西洋千里镜。”吉人扬言：“不上一年半载，就叫他建立奇功，替我做一件终身大事。”喜结连理后，夫妻二人“就把这件法宝供在宜夏楼，做了家堂香火，夫妻二人不时礼拜”。小说充满新奇感与戏剧性。“西洋千里镜”为作者、传播者、接收者的心理需求重叠、交汇、共振提供了契机②。该小说还不惜闲散笔墨，一一介绍了“显微镜”“焚香镜”“端容镜”“取火镜”等物，大似西洋镜的科普读物。

经济发展的不均衡自古以来如是，在一定程度上影响了明清小说家的创作视野、风格甚至整体成就。明清小说家对海洋的认识和把握程度并不同步，运用方式也因人而异。张法在《怎样建构中国型海洋美学》中指出，中国文化里的海洋具有“夷”“荒”“奇”三大特征③。伴随海上丝绸之路的历史演进，“荒”逐渐淡化，“夷”虽然存续时间较长，但“奇”已是最主要特征。《聊斋志异》因其关注点在“异”，仍聚焦于表现海外环境的传统印象与陌生化之“奇”，而诸如《宜夏楼》一类较为前卫的通俗小说则将关注点具体到海外物

---

① ［清］李渔：《十二楼》，人民文学出版社 1991 年版，第 57 页。

② 许建平：《意图叙事论》，人民出版社 2015 年版，第 5 页。

③ 张法：《怎样建构中国型海洋美学》，《求是学刊》，2014 年 5 月，第 41 卷第 3 期。

件之奇上。蒲松龄《聊斋志异》约有十篇涉及海洋的作品,海上情节简单,多作为小说叙述的宏观背景,未脱传统海洋印象之窠臼。蒲松龄生平主要活动于北方内陆,而李渔频繁往返金华、杭州、南京等近海城市,故而两者对海上丝绸之路的信息接收与处理不无差别。这也从侧面表明了海上丝绸之路对中西方文化的沟通和灵感输送起到的重要作用。

总而言之,海疆文学的出现是世界文明历史演进的必然产物,其中,经济因素居重要地位,不容忽视,在某种层面上甚至可以说,明清两代的历史很大程度上就是在"海上丝绸之路"上写就的。"海上丝绸之路"首先可谓商业财富之路,从私人到群体甚至国家都逐渐加入到利益的争夺当中,最后不惜付诸武力。于是,海战与海靖,海禁与海通,民生与信仰,各种矛盾叠加,给全球化的历史以空前的强劲推力。同时,"海上丝绸之路"又成为文化交流之路,对于社会生产模式变革的推动,对于大众生活方式的改造,对于消费心理和文化样态的塑造,堪称无孔不入。在军事局势多变与商业贸易流转的背景下,尤其在海疆稳定和平的时代,海上贸易线路畅通无阻,民间不仅物质生活日益丰富,而且海洋信仰亦获得较大程度的发展。当然,各种矛盾的交织、激化亦多有之,但无论何种情形,海洋题材的文学作品遂层出不穷,此际的文学成为历史的忠实记录者。明中期文坛勃然兴起的"海疆文学书写"正是在这样的背景下展开的。海疆文明在中华大地上呈现出纷繁多彩的历史画卷,一方面是"海疆文学书写"的深刻诱因,另一方面又成为"海疆文学书写"的生动呈现。

文学兴衰转变的影响因素颇为复杂,但海疆文化活动当为中晚明文学新变的重要诱因之一。历来,"一代有一代之文学"多被阐释为文体演变视野下的思考。当我们将这一命题扩展到广阔的历史、文化场域，海疆则为“一代之文学”打上深刻烙印。换言之，具体到某“一代”，如中晚明、清初；具体到某一地域，如江南、岭南，它们或许在文体革新上并无创获，而其文学气质和风貌却不乏新变，即“一代之文学”的特殊性。

当下，中国率先提出“一带一路”的倡议已在世界范围内获得热烈响应，关于“一带一路”的各项研究也正如火如荼地推进。近年来，不少学者纷纷表示，丝绸之路研究中“文学艺术”不该缺席[①]。刘跃进先生在《走上丝绸之路的中国文学》一文中讨论了传统的西域丝绸之路、草原丝绸之路、海上丝绸之路所蕴含的丰富的文学记忆，他指出，“从张骞出使西域、玄奘西行，到鉴真东渡、郑和下西洋，中华文化确实有这样一种海纳百川、有容乃大的大国气度”[②]，从文学研究上升到文化自信的高度，侧面验证了这一文学研究思路确实具有广阔的实践空间。

海疆文学是“海疆幕府文学”发展的积淀与先导，两者之间不乏重叠之处，当海疆文学趋于成熟之际，海疆幕府文学也将以青出于蓝而胜于蓝的态势步入文学发展史程，在中国古代文学研究的舞台上一展动人光彩。

---

① 黎羌：《丝绸之路研究中“文学艺术”不该缺席》，《中国社会科学报》，2013 年 6 月 14 日，A04 版。

② 刘跃进：《走上丝绸之路的中国文学》，《中国纪检监察报》，2017 年 9 月 8 日，007 版。

第二章　武功后的文治

——吴兴祚海疆幕府文人群体考察

明清易代犹如一道历史的断崖，士人与风物裹挟前行，飞流直下，瞬息千里，一任浮沉。轰鸣着的加速度告诉人们：这是一个流动的时代。海上、路上、江河舟中，涛声、桨声、车辕马蹄声，人们行色匆匆，岭南与海内外的隔阂正在消解，时空前所未有地贯通起来。旅途之上的晨雾夕晖带着犹未散去的吴兴祚海疆幕府的酒香、灯红与诗兴，饱经风霜与炎凉的身躯牵引着思绪，恍然如梦。

第一节　政治漩涡与海疆红利

——清初文人在岭南的空前聚合

清初，岭南地区的地缘优势凸显。一方面，不与清廷合作的明遗民往往远赴岭南，追寻、凭吊南明永历帝的遗踪，寄托明清易代的哀思。另一方面，清朝统一台湾之后逐渐放弃了禁海政策，设置了四大海关，其中就包括广州，促使广东成为中外交流的前沿窗口。在此背景之下，多方要素相互叠加，反映在岭南文学发展的史程上便是作家与作品的琳琅涌现，渐成流派之势。岭南文坛在清初即展现出睥睨全国的影响力，整体成就达到了从未有过的高度，为后世的传承演变奠定了雄厚的基础。

清初的岭南文学进入了一个空前繁荣的发展时期，就该时期岭南文学发展动因予以探讨，有助于宏观把握岭南文学发展史的整体风貌和独树一帜的艺术风格。而引入幕府与文学生态这一话题，无疑有利于对岭南文学，尤其是吴兴祚海疆幕府生态下的文学创作进行深入研究。任何时期的文学的发展都是政治、经济、文化等诸多要素交互影响、共同推动的结果。本节首先对清初近半个世纪（顺治元年至康熙三十年）的岭南文学发展的原因加以探究，从随南明朝廷南下文人的岭南留寓、清初江浙文人的岭南仕宦、清初江浙文人的岭南游幕、江浙文人与岭南文人的诗文交流以及遗民为主体的岭南文人诗文结社等五个方面进行宏观阐述，然后对吴兴祚海疆幕府文人群体作整体梳理，以明了其规模和成就之巨。

一、随南明朝廷南下文人的岭南留寓

自古以来，以经邦济世为己任的文士对于政治有极强的依附性，往往表现为向政权所在地的靠拢，“致君尧舜上，再使风俗淳”的杜甫就是一个很典型的例子。明清易代之际，南明朝廷以抗清相号召，以匡扶明祚相砥砺，迅速凝聚起大批有志之士。崇祯十七年(1644)三月十九日，李自成攻占北京城，明朝覆亡。五月二十七日，清军入关。入关后的清军在一年多时间里打败了李自成的农民起义军，摧毁了南明弘光政权，但这仅仅是清朝夺取全国政权的开始。多个南明小朝廷在南方陆续建立，顽强抵抗。清顺治二年(1645)七月，明太祖第十世孙鲁王于绍兴建立政权，仅存在不足一年便垮台了。与此同时，在福建军阀郑芝龙、郑鸿逵和旧明官吏黄道周等人的扶持下，明太祖第九世孙唐王在福建称帝，年号隆武。这个小朝廷在清军攻灭鲁王政权之后也随即覆亡。顺治三年

(1646)十二月,明官僚苏观生等拥立隆武之弟在广州称帝,年号绍武。次年一月,清军攻陷广州,存在不足四十天的绍武政权旋即土崩瓦解。与绍武朝廷同时出现的还有建立于肇庆的永历小朝廷,也是南明最后一个政权。永历小朝廷甫一建立,便到处逃奔。顺治四年初,清军攻陷广州,永历帝慌忙离开肇庆逃往梧州,梧州告急,又仓皇逃至桂林,此后又接连逃往全州、柳州,虽然狼狈,却苟延残喘了十五六年之久。[①]

这些南明政权虽然实力衰微,但却是汉族知识分子的希望所在。在这些南明小朝廷的周围,始终聚集着众多文人,尤其是永历政权被海内外文士视为明祚中兴的希望和最后的精神寄托。明清鼎革之际,民族矛盾尖锐,文人气节再次一跃而成为历史的焦点。为了不屈服于“异族”和“伪朝”,大量文人不远万里,由北而南追随着南明小朝廷,“还我河山”的希冀成为他们的精神支柱。这些文人怀抱光复的信念,即使过着奔波流离、饥寒困顿的生活,依然以文天祥为榜样,不改其气节,方以智便是其中的一位。明亡之后,方以智誓死不降李自成政权和清政权,在死里逃生后,相继投奔南明弘光小朝廷和肇庆永历小朝廷,自明崇祯十七年(1644)至清顺治九年(1652)间,长时间留寓岭南。当历史的波澜再一次平静下来,这些抗清志士最后的努力也付诸东流,他们纷纷选择入僧、隐居,拒绝清王朝的征召。于是清初岭南出现了大批具有极高文化修养的遗民隐士,他们借入僧、行医、授徒、入幕等方式谋生,并在谋生的过程中实践着“诗穷而后工”的法则,创作了许多篇章,记录下生活的点点滴滴,这在一定程度上为岭南文学的发展起着推波助澜的作用。“明末永历之世,滇黔实当日之畿辅,而神州正朔之所在也。故值艰危扰攘之际,以边徼一隅之地,犹略能萃集禹域文

① 戴逸:《简明清史》,人民出版社 2004 年版,第 123—125 页。

化之精英者，盖由于此。及明社既屋，其地之学人端士，相率遁逃于禅，以全其志节。”[①]陈寅恪此论虽然是着眼于滇黔地区，其实用于思索岭南地区文人与政权之间的离合关系也是合适的。

二、清初江浙文人的岭南仕宦

江浙历来是文化渊薮，教育兴盛，人文荟萃。清初，大量江浙人士到岭南为官，他们大都拥有良好的文化修养，在他们周围逐渐聚集起一批贫寒的底层文人，平时以备起草公文之用，闲暇时间则宾主雅集，诗酒风流，遂成为幕府文化的有力倡导者。为了证明这一现象的普遍性，我们从当时岭南地区的两个重镇广州、肇庆入手，对顺治元年至康熙三十年间知县及以上职务的官员进行统计，我们发现，在这近半个世纪里，官员中数量最多的是江浙人士。

当时广州地区包括：广州府、南海县、番禺县、顺德县、东莞县、新会县、香山县、新安县、从化县、龙门县、新宁县、增城县、三水县、清远县、花县。其知县及知府籍贯、人数的统计情况如下[②]：

表 2.1　广州地区知府、知县籍贯及人数统计

江南	浙江	旗人	辽东	直隶	山东	福建	山西	河南	陕西	湖广	江西	四川	广西	贵州	甘肃	其他
22	21	21	20	17	13	12	11	10	10	8	7	5	2	1	1	2

当时肇庆地区包括：肇庆府、高要县、四会县、新兴县、阳春县、阳江县、高明县、恩平县、广宁县、开平县。其知县及知府籍贯、人数的统计情况如下[③]：

① 陈垣：《明季滇黔佛教考》，中华书局 1962 年版，第 1—2 页。

②③ 据文渊阁《四库全书》史部第 519—526 册《广东通志》进行统计。

表 2.2　肇庆地区知府、知县籍贯及人数统计

江南	浙江	辽东	福建	陕西	山西	山东	直隶	旗人	四川	江西	湖广	广西	盛京	河南	贵州	其他
19	19	14	13	9	9	8	8	5	4	3	2	2	1	1	1	4

从以上统计数据中我们可以清晰地看出，自顺治元年至康熙三十年间，近半个世纪的时间段里，作为岭南经济、文化、军事中心的广州地区和肇庆地区，官员之籍贯最多为江南、浙江一带。充分说明当时仕宦于岭南的江浙文人数量之多，他们对于岭南文化的影响是可想而知的，其中最显著的一个表现就是以这些仕宦文人为中心形成了众多幕府，直接推动了岭南文化的进程。

三、清初江浙文人的岭南游幕

有学者认为，"清代士人游幕曾出现过三次高潮。第一个峰头出现在……康熙十三年(1674)至康熙四十二年间"。[①] 姑且不论该说之三次划分恰当与否，单就"康熙十三年至康熙四十二年"而言，是符合清初实际的。

清初，大量文人来往于江浙与岭南之间。浙西词派的灵魂人物朱彝尊就是其中较有代表性的一位。顺治十三年(1656)夏，时任广东高要县知县的海宁人杨雍建聘请二十八岁的朱彝尊为塾师教授其子。此时，曹溶正担任广东布政使一职，在吴兴祚幕府之前，岭南地区的幕府以曹溶幕府为盛。朱彝尊抵达广东后，与曹溶多有往来，并为曹溶甄录《岭南诗选》。曹溶于一年之后回归浙江嘉兴，朱彝尊赋诗送别。在与杨雍建、曹溶等人往来的同时，朱彝尊还与广东诗人屈大均交往，有诗酬答。屈大均《过朱十夜话》诗

① 尚小明：《清代士人游幕表》，中华书局 2005 年版，第 6 页。

有“过雨收红豆,连波狎白鸥。夫君若萱草,一见即忘忧”[1]的句子,足见二人非泛泛之交。后来朱彝尊集粤行之诗 130 余首以及和曹溶诗 32 首为《南车草》一卷刊行。

又如吴兴祚幕府重客之一的万树,江苏宜兴人,于康熙二十年(1681)赴福建巡抚吴兴祚幕府,并于康熙二十一年随吴兴祚入广东,成为两广总督府的幕僚。吴兴祚有家庭戏班,其子吴秉钧雅好词曲,万树在幕府优越的环境中从事大量的文学创作,并以这一时期的创作奠定了他在文学史上的地位。康熙二十八年,吴兴祚降调离任,万树无所依傍,只得抱病还乡,传闻他不幸殁于西江舟次。万树作为底层文人的一个典型,他的文学创作和游幕经历有着不可分割的关系。

清初仕宦岭南的文人颇多,成为幕府文学生态形成和发展的倡导者,而江浙文人大量游幕岭南,则为幕府文学生态的形成和发展提供了参与者。羽翼渐丰之后,幕府中的文学生态散发出了蓬勃的生命力,润物无声地推动了岭南文学的发展。吴兴祚两广总督幕府作为此时期的一个典型代表,其规模之盛,一时罕有其匹。

四、江浙文人与岭南文人的诗文交流

文人唱和之风古来有之,但类似于江浙文人与岭南文人之间如此普遍唱和的现象却不多见,究其原因,清初文人在游幕的过程中相逢相识,以至相慕相知,经历了一个较为完整的过程。江浙与岭南文化差异较大,但是通过两地文人之间的诗词唱和,不仅促进了两地的文化交融,而且繁荣和丰富了文学创作。

---

① [清]屈大均著,陈永正等校笺:《屈大均诗词编年校笺》,上海古籍出版社 2017 年版,第 45 页。

朱彝尊为浙西词派之领袖,曾多次到达岭南,并且与“岭南三大家”等诗人、词人群体相友善,与屈大均、陈恭尹、梁佩兰等人多有唱和。屈大均不仅有《送朱十》《又寄朱十》《怀朱十》《曲中赠朱十》《答锡鬯》《别锡鬯》《朱太史竹垞至五羊苦不得见诗以寄之》等许多酬赠朱彝尊的作品,对朱彝尊之弟朱彝玠亦有《送朱上舍》一诗,诗中有“汝才峥嵘亦奇辟,开元大历羞比肩。参差似兄腾笑集,埙篪同开风气先。逃唐归宋计亦得,韩苏肯让挥先鞭。大雅只今久沦替,吾衰难起黄初前。老岂争名向轻薄,自来可杀惟青莲”[①]等句,足见屈大均对朱彝尊兄弟的文学风格和创作理念是相当熟悉的。正是在这样的频繁接触、相互切磋的过程中,江浙文人与岭南文人的诗学思想得到交流融合,两地文人的情谊也得以加深增厚,进而促进了文学创作的繁荣。

陈维崧为阳羡词派之首领,万树长时间栖身岭南吴兴祚幕府之中,两人交情深厚,从二人诗词文集中也可以发现二人唱和不歇。万树有《鹧鸪天·怀其年金陵》等作,其《临江仙·戏书》称“昨岁余游豫章,小除始返。其年自白门归,亦已腊尽,两未相闻也。元日,忽把晤于大士斋头,因戏书此,以为一笑”[②]。康熙十六年,陈维崧丧子,欲移居,万树闻之,填词问讯。万树《香胆词选》有《满江红·自九龙归,即卧病石亭僧舍,因怀其年,以此柬之,兼闻有迁居之事》[③]。陈维崧与大汕也有诗文交流。康熙十四年,大汕自广东来商丘,为陈维崧画《天女散花图》,陈维崧填词谢之。时大汕以兵戈道阻滞留梁园。康熙十七年闰三月二十四日,大汕为陈维崧

---

① [清]屈大均著,陈永正等校笺:《屈大均诗词编年校笺》,上海古籍出版社 2017 年版,第 1542 页。

② 《全清词》(顺康卷),中华书局 2002 年版,第 5537 页。

③ 陆勇强:《陈维崧年谱》,中国社会科学出版社 2006 年版,第 384 页。

传神写照，作《迦陵填词图》[1]。陈维崧评论大汕诗称："石翁和上，赋性超然，诗情深远，体格字句，雄丽流轶，经文以质，论物以志。古诗擅灵运、长沙，少陵高伟、李青莲豪迈之胜，且无俚辞浮响流及其间。近作则全以开大为归，风思雅调，洵极作者能事，超出习气之外，扩焉一人而已。"[2]其文学互动往往如此。当陈维崧早逝，大汕有《过毗陵哭陈其年太史》：

出处各不同，生死同关切。尚不忍生离，何堪悲死别。生离还有复相逢，死别从今成永诀。君不见，荆溪之水清且长，当时陈子名飞扬。著作绝胜江淹富，笑傲高超阮籍狂。忆昔与君良会日，君年三九我廿七。不期探古滞梁园，论文不让因相识。到处风人雅爱才，殷勤手进中山醅。沉醉羲之笔底见，返魂老杜诗中来。气吐虬髯翻霹雳，大内声闻徵上客。弘词直达九重天，召对风流过李白。帝里春光乐更饶，看花蹀躞紫骝骄。野僧踪迹庾关隔，相思日望共逍遥。往岁忽传蓟北信，闻君续史修秦晋。谁知一病不能回，可怜万里无归榇。满天风雪断鸿哀，令人痛哭心神摧。生恨未寄书一纸，死惭未奠酒一杯。昨过毗陵泊桥陌，梦君向我谈今昔。楚亚父，汉留侯，勋名利达等蜉蝣。魏子建，唐居易，八斗佳句终何益。嗟君奄忽同古人，欲见无由思不歇。记得分明一片心，醒来徒对空天月。[3]

---

① 陆勇强：《陈维崧年谱》，中国社会科学出版社 2006 年版，第 391 页。

② ［清］大汕和尚著，万毅等点校：《大汕和尚集》，中山大学出版社 2007 年版，第 20 页。

③ 同上，第 79 页。

大汕在诗中回忆了与陈维崧交游的经历,对陈维崧的才华给予高度肯定,陈维崧殁后,大汕故地重游得以凭吊祭奠,展现了深厚的情谊。类似的江浙文人与岭南文人之间的诗文交流的例子可谓不胜枚举,这一现象对于岭南文学的影响无疑是深远的。

五、遗民为主体的岭南文人诗文结社

自明朝以来,岭南文人诗文结社之风不歇。屈大均《广东新语》“诗社”条云:“广州南园诗社,始自国初五先生。越山诗社,始自王光禄渐逵、伦祭酒以训。浮丘诗社,始自郭光禄、王光禄学曾。诃林净社,始自陈宗伯子壮,而宗伯复修南园旧社,与广州名流十有二人唱和。……陈云淙云:‘五先生以胜国遗佚,与吴四杰、闽十才子并起,皆南音,风雅之功,于今为烈。’”[①]这一风气直接影响了岭南后世,屈大均在《广东新语》“诗社”一条中还说道:“予尝与同里诸子为西园诗社,以追先达,然时时讨论,亦自各持一端。”[②]可见,这一文学传统一旦形成,便有很强的惯性和生命力。

但是,岭南诗文社团的真正繁荣却始于清初。杨凤苞《秋室集》云:“明社既屋,士之憔悴失职,高蹈而能文者,相率结为诗社,以抒写其旧国旧君之感,大江以南,无地无之。”[③]据何宗美统计,“清顺治至康熙初各类文人会社至少有七十余家,其中,明遗民之社超过五十家。”[④]而由于南明朝廷以及各类抗清斗争在岭南地区

① [清]屈大均:《广东新语》,中华书局1985年版,第355页。

② 同上,第356页。

③ [清]杨凤苞:《秋室集》卷一《书南山草堂遗集后》,清光绪九年(1883)刻本。

④ 何宗美:《明末清初文人结社研究》,南开大学出版社2003年版,第308页。

的长期存在，遗民结社在岭南地区更是为数众多。岭南地区的明遗民结社一方面为众多遗民抒发亡国之痛、表达故国之思，提供了场所和机会；另一方面为联络志在光复的同志、砥砺民族气节也贡献了一定的力量。

随着清朝统治的日益巩固，康熙二十二年(1683)郑克塽降清，清朝统一全国，与此同时，众多明朝遗民进入晚年，而且迫于生计，不得不向清统治者妥协。例如，康熙二十一年，吴兴祚上任两广总督，“岭南三大家”之首的屈大均便开始与之交往，每年都要去端州给吴兴祚祝寿，而且多有诗词文相赠。又如“岭南三大家”之一的陈恭尹，晚年寄情诗酒，因频繁地与官府贵人往来，时人曾讽讥他：“可怜一代夷齐志，错认侯门是首阳。”[①]这是岁月蹉跎的悲哀，更是历史发展的一种必然。明朝遗民的结社也必然为和平时代的诗酒雅集所取代，但是，文人结社在文学、文化方面的积极作用和巨大影响却是不可抹杀的。

上述几个要素相互作用、相互影响，使得岭南文学空前发展，无论在诗、词、文，还是戏剧创作领域，都大大超越了前代，取得了巨大成就。这些成就的取得，又为今后的文学发展培养了人才，创造了良好的发展环境。我们甚至可以说，这个时期是岭南文学、岭南文化的大发展时期，为此后岭南地区文学、文化的发展铺平了道路。而在这个过程中，幕府与文学生态的繁荣发挥了重要作用，功不可没。吴兴祚幕府正是在这样的大时代背景下应运而生的，它对岭南乃至整个清初的文学发展都产生了一定助推力。

在以上诸多要素之中，官员的幕府机构往往随着幕主的辗转升迁而持续存在，这使得文人易于形成相对稳定的群落，在不同的

① ［清］温肃：《陈独漉先生年谱序》，《陈恭尹集》，人民文学出版社 2018 年版，第 770 页。

地域之间迁徙。以吴兴祚幕府为例,吴兴祚任无锡知县的时候,交游文士,幕府高张,开启了辉煌的一生,并为其南下福建、广东,再续昔日之盛,并成就清初首屈一指的幕府,奠定了雄厚的人才储备和礼贤下士的声望。陈玉璂《尺木堂公宴诗序》:

> 岁辛亥秋,梁溪吴大令伯成集四方名士之至其地者十有六人,燕署中尺木堂。予忝坐末座。酒半,各分韵赋诗,成若干首,汇书卷中,而命予为序。予尝慨今世之真能好客者百不得一二也。真能好客者,不视其人好客之道,恒视其客为何如人,彼庸庸不足数者,固不可言客;即以诗文名,往往名不称实,亦不可言客。……今伯成之客,率多文士,赋诗饮酒,不减邺下,而伯成每作一诗,必从苦吟而得,恒遍示诸客,人人许可,而后脱稿。否则,虽数易弗惮也。古来称好客者其心每不能虚,不能虚,则多忌。……伯成虚怀若谷,不啻饥渴之于饮食,宜乎客日益至,而于易大有有交之说为当也哉。予固喜而书其端,十六人姓氏别载。①

该序总结吴兴祚幕府能够网罗天下文士的原因,首先得益于吴兴祚"真能好客",往往能够选拔特立卓群、名实相符者;其次,吴兴祚性情喜好风雅,多有诗文创作,且颇有造诣,这是他能够团结文人幕客的重要基础;再者,吴兴祚"虚怀若谷",勇于接受众人的意见,以作诗为例,"恒遍示诸客,人人许可,而后脱稿。否则,虽数易弗惮也",这是极容易令文士产生亲切感的儒雅风范。在吴兴祚的诗词中就保存了多篇宴会地点在尺木堂的作品。通过吴兴祚的作品

① [清]陈玉璂:《学文堂集》,《四库全书存目丛书补编》,齐鲁书社 2001 年版,第 48 册,第 138—139 页。

也可以洞悉其较高的文学造诣，诗词兼工，“惭非北海，座中都是英杰”（《念奴娇·雅集尺木堂，用东坡韵》）是对幕客的高度赞誉，从而展现出吴兴祚的谦逊之风。“尺木堂前忘漏尽，兴酣落笔欲惊人”（《步秦留仙元夕饮尺木堂》）则是对宴会雅集之际吟诗作赋场景的记录，宾主何等尽兴，对于创作出惊人的作品又是何等充满期待。甚至仅从《立春后二日宴集尺木堂即席限韵》这样的诗题便可依稀想见限韵赋诗的热闹非凡。有如此幕主，如此幕府氛围，如此期待，那么吴兴祚幕府的文学成就之高自然是水到渠成的了。正是吴兴祚将这一传统带到了岭南，岭南文学的繁荣迎来了一个难得的契机。

吴兴祚的传记有多种，为了印证本书所述及的史实，阐释相关问题，兹不惜篇幅将《钦定八旗通志》卷二百《人物志》八十《大臣传》“吴兴祚”传中官闽粤时期的记载摘录如下：

> 吴兴祚，汉军正红旗人。……（康熙）十五年升福建按察使。时逆藩耿精忠降，诏命仍留靖南王爵，率所属官兵进剿海寇。逆贼朱统锠先受耿精忠救远将军伪印，闻精忠已降，遂自称宜春藩，盘踞贵溪，为江、浙、闽三省大患。兴祚抵任，轻骑至光泽，招抚伪都督陈龙、施廷宇等，统锠窜入江浒山，兴祚计令投诚之伪总兵蔡淑佯回贼营为内应，随遣陈龙率所部导大军直捣贼穴，获朱统锠子朱义潜、侄朱义质，贼势大蹙，伪总兵冯珩等缚朱统锠以献，获其伪救远将军银印，降伪官一百八员，兵九千余。十七年五月，擢福建巡抚。时海贼郑锦以台湾为窟穴、厦门为门户，分遣其伪帅刘国轩等窥伺漳、泉、兴三府。兴祚始受事，漳、泉属县相继告陷，泉州被困日久。七月，兴祚率标兵由兴化陆路进剿，抵仙游县，伪总兵黄球等拥众数千，结连沿山土贼万余，屯据白鸽岭。兴祚分兵三道，自当中

路,与贼遇。自辰至酉,贼殊死战不退,我兵从旁奋击,遂夺取白鸽岭关口,斩级六百余,堕岸溺水死者无算,贼大溃,复追,败于岭头湾,克复永春县城,遂遣兵分左右翼进剿,再复德化县城。贼帅刘国轩闻风遁去,寻仍以巨舰数百出没于赤屿、黄崎诸处。兴祚遣发水师总兵林贤扬帆出海,游击王祚昌、徐德济,通判陈君翼,同知陈子威,乘风前进,千总陈春、张景咸以火箭飞射,三路夹攻,贼大溃,焚沉贼船六十余,擒斩贼众六千余,焚溺死者不可胜计。兴祚谓欲绝海寇,全借水师,疏请增募水师二万,诏从所请。七月,兴祚遣驿传道王国泰等,招降伪总兵蔡冲琱、林忠等三百八十五员、兵丁万二千五百余人,招回岛民男妇一千二百人,得其伪关防札谕印记无算,获船六十有七,分拨水师营。是年叙功,晋秩一品。十九年正月,兴祚疏言郑逆盘踞厦门,沿海数千里受其荼毒,臣自去冬新造战船工竣,水师提督万正色分配将士由闽安镇驾出大洋操演,惟视旧存大小船艘,修理工毕,江南炮手齐集,即行配驾,相机进剿。若过二月,风汛转南,我师反在下风,难以制胜。今郑逆悉调贼兵,厚集海坛,距我驻师之地,咫尺相对,恐贼船一得顺风,肆出侵犯,我师必抽回内港,以逆其锋,沿海各汛,更滋扰累。莫若乘风势利便,先攻海坛,毁贼门户,并水陆夹攻,以分贼势。今议以水师攻取海坛,臣统标兵捷赴同安,会同总督将军调度陆兵,配驾八桨船,由海仓、松屿、浔尾、石浔,分路进取厦门。疏下,王大臣会议如所请行。于是,兴祚自泉州港会同宁海将军拉哈达、总兵王英,道同安,进取厦门。贼将分据沩州、浔尾二要口。兴祚发红衣炮,攻克之,直趋厦门,斩溺无算,贼大败溃散,遂克厦门。复遣兵取金门,余贼悉窜台湾。兴祚因请留澳民防守,蠲免荒田粮、减关课,提督万正色亦疏请于海澄、厦门等十四处设镇分防。上命兵部侍郎温岱前往,会同详阅定议。温岱至闽，姚启圣与言克复海坛时，正色与伪总兵朱天贵密约投诚，然后进兵，并无杀贼攻取之处。温岱回京，兵部据其言入奏，上谕曰：进剿海贼一事，吴兴祚、万正色会同定议，志靖海氛，不俟荷兰舟师乘机进取，正色水师先行出洋，兴祚率陆兵声援，驱除海逆，迅奏肤功，不得以朱天贵密约投诚，谓冒滥军功，仍即与议叙。二十年四月，予骑都尉又一云骑尉世职。时海逆郑锦死，奉诏乘机规定澎湖、台湾。以原任右都督施琅熟悉海寇情形，充水师提督，克期进师。施琅疏奏，巡抚吴兴祚决意进兵，臣职领水师理应独任，且未奉有督抚同进之旨。奉诏吴兴祚有刑名、钱粮之任，不必进剿。二十一年正月，擢两广总督。兴祚疏言，粤民受逆藩数十年之害，利尽锱铢，如盐埠一项额课，一十四万有奇，此盖千百商民凑合资本，行运逆藩以盐为利薮，强占盐田场埠，盐课无出，商民并累，此粤民受困之一也。广属渡税三百八十余处，逆藩兵卒罗踞津口，重加税钱，又不许增船分载，往往人多载重，渡民被溺，此又粤民受困之一也。粤货至境，旧有落地税名，逆藩创立总店，铜锡铁木之属，已纳税者重加私敛，下至鸡豚蔬果，一概截抽，此又粤民受困之一也。渔课旧额通省五千四百余两，藩役委官重敛苛征，岁入巨万，此又粤民受困之一也。至市舶一项，原与民无害，奸徒沈上达乘禁海之日，番舶不至，勾结亡命，私造大船，出洋为市，今廷议许番舶自来，在香山澳与商民陆地贸易，内地之民，既不出洋，仍与海禁无碍，宜照旧抽税以资国用。伏读恩诏有云，逆贼盘踞地方，横征税课，该督抚查明，悉行除免，粤东一省如盐埠、渡税、总店、渔课四项，或应豁免，宜听部议施行，奉旨悉行除免。二十二年，又疏请分驻广东两镇官兵，左镇统陆兵一千、水兵二千，驻扎广州，分防要汛；右镇统陆兵三千，驻扎韶州，居中调度，分防连阳、英清各要汛，事下兵部。又疏奏，旧例广西南、太、思三府俱食廉盐，郁林等府俱食高盐，拆运良便。后因盐田尽迁，改销梧引。今高廉二府，盐田既复，请仍旧例改食高廉盐，路近价贱，有便于民。部议如所请行。又奏请广州沿海地亩，招民耕种，上谕曰：前因海寇未靖，故令迁界，今若令民耕种、采捕，甚有益于沿海之民，浙、闽等省亦宜有之。尔部遣大臣一员，前往展界立限，其详阅确议，勿误来春耕作之期。二十五年疏论，潮州水师官兵向裁归潮镇水师统辖，今开洋贸易，恐宵小潜踪，应以澄海协达濠营水汛官兵改归南澳水师镇统辖。其南澳与碣石海汛相近，令互相联络，以密巡防。部议允行。初，两粤钱法不行，兴祚疏请拨铜设炉鼓铸。二十八年六月，给事中钱晋锡、御史王君诏，疏核兴祚鼓铸浮冒，部议降三级调用。①

由以上传记材料可以大体明了吴兴祚在海疆的仕宦生涯及政绩。康熙十五年(1676)，吴兴祚升福建按察使，十七年五月擢福建巡抚，先后在平定耿精忠余党叛乱、收复台湾等大事件中立下汗马功劳。二十一年正月，因功擢升两广总督，自此开启了吴兴祚最为风光的海疆幕府时期，也是其平生与文学生态关联最为紧密的一个时期。杜首昌《上大司马吴开府伯成》诗云："东南半壁领岩疆，雅量真逾叔度黄。一代望隆泰斗并，八闽烽靖海天长。循良首叙群僚率，智勇全罗大幕张。自顾不才希策驽，嘶风伏枥企孙阳。"②诗中高度赞美了吴兴祚在闽粤海疆取得的文治武功，认为吴兴祚雅量堪比东汉贤士黄叔度，而正是在"望隆""循良""智勇"的封疆大

① [清]铁保等纂：《钦定八旗通志》，台湾学生书局 1968 年景印清嘉庆四年(1799)刊本，第 13763—13778 页。

② [清]杜首昌：《绾秀园诗选》，《清代诗文集汇编》，上海古籍出版社 2010 年版，第 111 册，第 486 页。

吏的形象之下，群僚如众星拱月，形成了极盛一时的庞大幕府。诗人在尾联委婉表达了加入吴兴祚幕府并得到赏识的希冀。可以说，怀有杜首昌一样想法的文士并不少见。

吴兴祚文采风流，礼贤下士，从无锡知县、福建巡抚直至两广总督，吴兴祚幕府中持续汇聚着众多文人。朱丽霞师的《江南·闽南·岭南：吴兴祚幕府文学年表长编》（中国社会科学出版社2013年版）就吴兴祚幕府的文人聚散、命运浮沉尤其是他们在吴兴祚幕府中的文学创作情况做了深入而系统的发掘、整理，已经相当完备了。单就吴兴祚两广总督幕府时期的游幕文士而言，就包括万树、屈大均、陈恭尹、梁佩兰、吴绮、吴棠桢、吴秉钧、吴秉仁、吴寿潜、吴盛藻、吴观庄、吴昆玉、吴文炜、吴子陶、宋俊、宋李颙、沈受宏、张梯、张莼庵、吕师濂、吕洪烈、徐釚、徐凤池、顾辛峰、黄辉斗、钱目天、季煌、易宏、释大汕、余怀、陈集生、王世桢、金烺、姜宸英、姜汝皋、孙韩若、叶方霭、来集之、曾灿、朱凝阳等数十人，这还不包括短暂往来岭南、进出幕府的大批官员和文士，如朱彝尊、王士禛、叶燮、高层云、王又旦、刘长发、查容、黄与坚等人。关于这些文士的生平事迹以及出入吴兴祚海疆幕府的时间、相关的文学创作活动都可以在朱丽霞师的著作中了解到，兹不赘述，仅就笔者新发现的文人事迹及相关文学成就略作一些补充。

吕师濂（1626—？），字黍字，号守斋，浙江山阴人。吕师濂出身江南望族，是明朝内阁大臣、大学士吕本的玄孙，著名戏曲家吕天成的族侄，在诗歌、戏剧、书法、篆刻等领域皆有不俗的成就，有《何山草堂诗稿》《何山草堂诗二集》《守斋词》传世，戏剧《金门马》及各类文章则散佚不传。作品为清人多种著述所收录。《两浙輶轩录》卷一录吕诗7首，《晚晴簃诗汇》卷十七录吕诗12首，《百名家词钞》收录《守斋词》一卷15首。笔者对吕师濂作品加以搜集、整理，共得诗近千首,古体近体兼备,尤以古体诗见称。五言古诗 69 首,七言古诗 69 首,共计 138 首,若以字数体量论,则古体诗占比约二分之一。

"黍字生长华胄,负奇才异能,轻轩冕而事汗漫,声动宇内,举世无不知之。"[①]其生平踪迹散见于多种文献。"黍字裔出相家,甲申后散财结客。好谈兵,慕徐文长之为人,遍历九边,游滇南,为幕府上客,后乃去,之粤、闽而归。其踪迹颇奇。"[②]方孝标《何山草堂诗稿序》略曰:"黍字擅文藻,遭乱事定一,省古墓而去。浮大江,渡黄河,顿辔于梁、宋、燕、齐之郊,历九边,至酒泉、张掖,久之,挟策入滇中。滇人士比之枚乘、刘桢焉。"王士禛序略曰:"吕子,故明太傅文安公曾孙。游于滇,为上客。"[③]《南野堂笔记》:"山阴吕黍字,豪于诗酒,醉中自为月旦。"[④]吕师濂与清初文坛领袖王士禛、陈维崧、朱彝尊等人皆有交往,以陈维崧为例,陈氏《湖海楼诗集》卷一甲辰稿有《赠山阴吕黍字兼怀钱去病》《酬赠姜桐音兼怀吕黍字》《和吕黍字红桥诗》等作品。《迦陵词全集》卷三有《好事近·坐姜家墩怀吕黍字》,下片道:"忆昔悲歌痛饮,有疏狂吕八。"[⑤]由于抗清经历,尤其是参与到吴三桂政权发起的"三藩之乱",吕师濂的作品多遭禁毁,相关资料搜集难度较大。更为可惜的是,至今尚无针对吕师濂的专门研究。

关于吕师濂的身世及文学成就,在清初就已经形成了较为一

---

① [清]李符:《何山草堂诗稿序》,见《何山草堂诗稿》,清康熙刻本。

② 徐世昌编:《晚晴簃诗汇》卷十七,民国十八年(1929)退耕堂刻本。

③ "曾孙"误,应为玄孙,吕师著的族弟,吕洪烈的族叔。见张萍《明代余姚吕氏家族研究》,浙江大学出版社 2012 年版,第 121 页。

④ [清]阮元:《两浙輶轩录》卷一,清光绪浙江书局刻本。

⑤ [清]陈维崧著,陈振鹏标点,李学颖校补:《陈维崧集》,上海古籍出版社 2010 年版,第 1005 页。

致的评价。王士禛认为:“吕子……善书,亦不依古法。古文滔莽雄浑,填词峭雅而旨艳。尝醉而自数曰:‘诗一、字二、酒三、文四、词五。’”[①]对其诗、书法、文、词等方面皆有好评。由吕师濂自道,可知他对诗歌的自负态度。事实的确如此,其诗歌在生前即获青睐。朱彝尊视吕师濂为“惊才伟人”,“示箧中所携之诗数章,三复叹赏,倾慕久之”[②]。方孝标与吕师濂一见如故,认为若将吕师濂“拟之古人”,则在“李昌谷、徐文长之间”,且“今黍字得天者既胜于昌谷,得人者复多于文长,则异日造诣又岂二公可及”[③]。吴夏将吕师濂比之南宋的陈亮,而吴晋则将吕师濂与杜甫相提并论,评价尤高。《百名家词钞》收《守斋词》15 首,附吴绮、聂先评语[④]。吴绮认为:“黍字读书破万卷,壮游远万里而不遇。若此不得已而漫兴填词,出入于秦、柳、辛、陆之闲致,况萧瑟良可哀也。然读其词华流丽,铿锵和雅,若出金石,宛然正始之音。吾于是不奇黍字之才,而奇黍字之养矣。”就守斋词的整体风格、语言特征等方面加以关注。聂先则援引殳山夫之言,“黍字天下才也,其为诗词章法雄横,有清庙明堂之声,力致太平之气”,并指出,“洵知黍字之作岂独为词坛药石也哉”,对殳山夫的观点表示支持,认为吕词有超乎词体本身的社会价值。

吕师濂于康熙二十三年(1684)暮春,自襄阳至汉口,买舟启程前往端州吴兴祚两广总督幕府。当年至端州,屈大均即以莞香结相赠。屈大均《以莞香结赠吕黍字系以诗》云:“百年香有胆,生结一精华。得自珠官手,来从莞女家。但令存一气,不必作双霞。日

① ［清］王士禛:《何山草堂诗稿序》,《两浙輶轩录》卷一。
② ［清］李符:《何山草堂诗稿序》,见《何山草堂诗稿》。
③ ［清］方孝标:《何山草堂诗稿序》,见《何山草堂诗稿》。
④ ［清］聂先、曾王孙编:《百名家词钞》,清康熙绿荫堂刻本。

夕君怀袖,人疑处处花。”[①]该诗系于康熙二十三年。由于吕师濂与屈大均皆是抗清志士,最早在顺治年间的江南地区应该就已相熟,后来各自加入“三藩之乱”的经历无疑更使得二人惺惺相惜。吕师濂秉持抗清志节和名士风范,在吴兴祚海疆幕府获得众多遗民和游幕文士的敬重,广泛地参与到文学创作和文化活动当中,为研究吴兴祚海疆幕府文学生态以及明清之际遗民心态提供了可靠的样本。基于这一考量,本书将在第三章对吕师濂作专题研究。

吕洪烈(? —1702),字清卿,又字弦绩,号药庵,山阴人,是吕师濂的族侄,游幕文人金烺的岳父,有《药庵词》传世。毛奇龄《西河集》之《山阴金司训雪岫墓志铭》:“康熙壬午春,弦绩又死。”[②]知吕洪烈卒于康熙四十一年(1702)。康熙二十年前后,吕洪烈与万树同客吴兴祚闽粤幕府。此后吕师濂入吴兴祚海疆幕府即是通过吕洪烈的推荐。吕洪烈与幕府宾客多有唱和,如《探春慢·送姜苍崖归里》《金菊对芙蓉·咏弄色芙蓉,步万红友韵》《望海潮·吴雪舫订余同归,乃别我先行,漫作送至》等。值得一提的是,吕洪烈的祖父是著名戏曲家吕天成,吕洪烈继承了家族精通戏剧的传统,在吴兴祚海疆幕府中多有创作。吴秉钧在《风流棒序》中称:“惟时药庵吕君(吕洪烈),亦有《回头宝》《状元符》《双猿幻》《宝砚缘》诸撰。”[③]吕洪烈虽然不是第一流的作家,但是他以

① [清]屈大均著,陈永正等校笺:《屈大均诗词编年校笺》,上海古籍出版社 2017 年版,第 1001 页。

② [清]毛奇龄:《西河集》,台湾商务印书馆景印文渊阁《四库全书》本,第 1321 册,0173c 页。

③ 吴毓华:《中国古代戏曲序跋集》,中国戏剧出版社 1990 年版,第 425 页。

望族后裔的身份参与各类文学文化活动却极为积极，不失为一代风流名士。康熙二十七年(1688)春，吕师濂离粤还乡，当年秋，吕洪烈亦辞幕回归江南，吴兴祚作《戊辰秋送吕清卿东归》诗四首相送，诗云：

十载相依瞬息过，知君久已恋岩阿。
归途若遇南来使，为报梅花岭上多。

白云飞尽众山青，握手销魂十里亭。
漫道人生多聚散，请看断梗与浮萍。

回首秋空月一钩，遥遥离绪压轻舟。
欲知此后相思梦，常在榕阴百尺楼。

青草黄茅瘴百蛮，倦飞岂但鸟知还。
到家莫待闻交谪，速解归囊买笑颜。[①]

由闽至粤，十年的朝夕相处，吕洪烈与吴兴祚已经情同家人，幕府之中已经见惯了人生聚散，何止游幕文士随波浮沉，就连幕主不也宛如“断梗与浮萍”吗？吕洪烈追随吴兴祚的十年间，与之多有唱和，《留村诗钞》还有《和吕清卿韵》《海丰道中用吕清卿韵》诸作，“昔年说剑曾无敌，此夜论文未肯降”(《和吕清卿韵》)是二人在幕府中论文谈艺的记录。

释大汕(1633—约1704)，是享誉岭南的一代诗僧，著有《离六

① ［清］吴兴祚：《留村诗钞》，清康熙刻本。

堂集》、《离六堂二集》三卷、《潮行近草》三卷、《海外纪事》六卷。吴兴祚两广总督任上,大汕多与之往来,其离六堂常常成为幕府文士雅集的场所,《独漉堂诗集》卷十有《大司马留村吴公招同茹琼山子苍、张惠来时公、刘将军季翼、新安王我昌、山阴娄子恩、同里屈翁山奉陪京卿紫阁张公,集石公离六堂即席用张公韵送之》即是一例。值得注意的是,大汕在参与吴兴祚幕府文士雅集期间创作了不少颇具海疆特色的文学作品,其《西番莲歌》自注"与留村吴制军署内诸君同赋",诗云:

> 莲枝高,莲花小,宛如织锦蟠香草。枝高高于蔓,一叶三枝左旋右转,枝连生花小。小于菊,一节两花上仰下覆花不了。托英六瓣先芳芬,细看乃有鲛绡纹。层层倒卷相回互,云白水绿迥不群。铁篠亭亭无媚态,支风擎雨颇经耐。半开不开叶边横,发几茎,甚微妙,欲落未落花中吐出一朵真光怪。昔日在西番,远移巨航载。泛海珠江来,奇葩烂漫开。到岸人争买,进植粤王台。粤王台,杂劫尘。可怜异国花,看尽几朝人。君不见天府莲花开,十丈藕如船。又不见吴宫莲,西施一去成荒烟。纷纷金谷花无倚,芙蕖又怕秋风起。此种偏宜陆地敷,今我移向长寿里。竹栏横架草堂前,纵不开花亦可喜。夜眠迟,朝起早,殷勤浇灌如珍宝。但有馨香一时折剥恐不久,唯觉雅淡幽嫣自然好。莲枝高,莲花小。①

这是对海外舶来物种的描绘,海疆文学特色非常鲜明。尤其值得称道的是,该诗由海上贸易所得的西番莲发出"可怜异国花,

---

① [清]大汕:《离六堂集》卷四,《清代诗文集汇编》,上海古籍出版社2010年版,第130册,第67—68页。

看尽几朝人”的感慨，这就借海外风物的吟咏抒发了明清易代的幽思，是相当巧妙且有深意的，不应当只是作为对海外花卉的肤浅的吟赏。陈恭尹《集长寿禅林咏西番莲花歌》：“西方佛有青莲眼，西番花有青莲产。朱丝作蔓碧玉英，缭绕疏篱意何限。世间只尚紫与黄，此花无色能久长。百花香者争高价，此花不售自开谢。唯有幽人最惬怀，竟日盘桓倚僧舍。”[①]由“长寿禅林”可知，此作正是大汕诗序“与留村吴制军署内诸君同赋”所指，陈恭尹属于吴兴祚海疆幕府的“诸君”无疑。将上面大汕和陈恭尹的诗相比较，则高下立判，大汕之作将异域的新奇与时代的沉痛相结合，远比陈恭尹单纯咏物之作深刻得多。屈大均评价大汕诗：“体物幽深，指事笃切。而天人阖辟之机，万化显微之本，皆以宫商和谐，一唱三叹而出，超然独远，婉而多风，盖得三百篇之微者也。盖不以禅为诗，而以诗为禅，其禅化而诗亦化者也，使人展卷读之，自有一片云行水流之致，是其以天胜者也。”(《离六堂诗序》)黄河图亦认为：“(大汕)古诗朴奥精洁，自然沉健，气格在十九首之上。至律诗之雄浑，其源出于李杜，而澄滤于王孟。杂体诸作，如梗柟杞梓，轮困离奇，深入物情而真体之，常于字句之外复流余响。”(《离六堂诗评》)[②]以“体物幽深，指事笃切”“深入物情而真体之，常于字句之外复流余响”数语来评论《西番莲歌》是非常恰当的。

大汕多次献诗为吴兴祚祝寿，也往往着眼于吴兴祚之于海疆的恩泽与功勋。《寿伯成吴大司马》其二：“太平节度更风流，锦帐牙旗控上游。禁苑宏钟传象阙，平湖明月出南楼。千春宝鼎资调

---

① [清]陈恭尹著，郭培忠点校：《陈恭尹集》，人民文学出版社 2018 年版，第 145 页。

② [清]大汕：《离六堂集》，《清代诗文集汇编》，上海古籍出版社 2010 年版，第 130 册，第 20 页。

和,百粤雄边借睿筹。从此海邦多雨露,新阳佳气满皇州。”①称颂吴兴祚坐镇岭南,在赢得“太平”局面的基础上更得“风流”,倡导文治,形成了“海邦多雨露”的社会景象。大汕另有《都门怀留村吴大司马》一诗,对吴兴祚治粤期间的“海国风流”极力称颂:

雁翅城西开绀宇,五百僧众清幽幽。三餐日饭米十斛,安禅树下风飕飕。问余朝昏何取给,吴公此地建龙旗。吴公官贫世莫比,铃轩日饮灵山水。岩石青花采赠人,贪泉一勺先君子。在昔东西连百粤,山海奥区称难理。鼋鼍蜃市日浮沉,豺虎昼嗥狐狸阴。翡翠寂寞明珠去,瑶华不御苍梧森。琅玕委野白发馁,炎交廿载寒风侵。帝眷东南辄垂涕,敕大司马往节制。水火父母宜兼综,井田学校兴次第。自古经猷仰大儒,厘奸剔蠹无纤翳。烽堠山川谨要津,旌旗相望鼓角陈。军资就近屯荒土,养兵不费钱一文。富郑公,宋名臣,今与先生同等伦。溪峒穷檐衣食苦,冶炉随山开鼓铸。意仿前人向敏中,煮海况能跨仲父。沿山濒海得谋生,经时废典皆复古。古学陵迟近百年,白沙之后惟甘泉。岭海颓波藉振挽,儒风理学识渊源。三年底绩循教养,东南治化无乃全。政成不讳谈风雅,吟诗不在少陵下。分题醉上阅江楼,行春几度星岩马。石钟石鼓响琅琅,扣出神工应挥洒。座中唱和尽名流,主人爱客贫不忧。嘉鱼银脍出丙穴,紫驼峰进雕盘羞。归来不见弹冯铗,阙下时闻荐马周。端州北枕韶蒙里,芙蓉山泻曹溪驶。宗风希阔向谁论,肉身圣人今往矣。静中体道鉴同源,相关引切瓶罍耻。怜余继席五羊城,许与华宫作栋楹。欲得譬龙蟠雁寺,玉

① [清]大汕:《离六堂集》,《清代诗文集汇编》,上海古籍出版社 2010 年版,第 130 册,第 146 页。

鞭送我长安行。上林叶落秋风起，思君此日难为情。尺书数寄南飞雁，海国风流想如见。梅花几夜梦罗浮，不断清芬回竹院。西山到处亦阳春，香雪何如飞匹练。[①]

吴兴祚在两广地区的一系列治理政策使得"沿山濒海得谋生，经时废典皆复古"，成绩斐然。至于幕府中宾客云集，大汕强调"座中唱和尽名流，主人爱客贫不忧"，可以推测吴兴祚为幕僚的物质生活和文学活动一掷千金的豪迈气度。这些成为大汕念念不忘的"海国风流"。

吴棠桢（？—1692），字伯憩，号雪舫，浙江山阴人，康熙三十一年（1692）冬卒[②]。"毛奇龄称其：'掞华披藻，艳才绝世。'然终不遇，竟以幕宾书记终其身。有《吹香词》《风车词》传世。"[③]吴棠桢和吴绮都以骈文著称，可见吴兴祚海疆幕府文学生态的多样性。在吴兴祚海疆幕府文学生态中吴棠桢非常活跃，积极融入词曲创作活动，与万树、宋俊、吕师濂、吕洪烈等人皆友善，多有唱酬。吴棠桢创作了《赤豆军》《美人丹》二传奇，并且先后为金烺《绮霞词》、万树《风流棒》《空青石》作序。宋俊有《一萼红·晓妆，同伯憩限韵四首》《春风袅娜·闰上巳，同伯憩、子静》《满庭芳·赋影，次伯憩原韵》等作品。吴棠桢擅长骈文，这是幕府书记工作所需要的。宋俊《柳亭诗话》卷五"雪舫"载：

---

① ［清］大汕：《离六堂集》，《清代诗文集汇编》，上海古籍出版社 2010 年版，第 130 册，第 71—72 页。

② ［清］宋俊：《柳亭诗话》卷五，《四库全书存目丛书》集部，第 421 册，第 379 页。

③ 《全清词》（顺康卷），中华书局 2002 年版，第 6152 页。

吴雪舫以骈体艳词,擅名当世。然其诗,实有出于正宗者。《松风集》,授梓过半,遂赴玉楼。梨枣不可问矣。《岭南游草》一帙,幸存余箧中。俟与有力者,共谋剞劂。又甲寅年,与余晤言晨夕,记其《孤山谒正气祠》一首:"灌木动悲风,荒祠枕碧空。中原无故主,天上有遗弓。伏腊衣冠在,君臣涕泪同。西湖歌舞地,不敢哭孤忠。"又《纪异》一首:"浙水称天府,吴山实帝畿。风先土穴出,城傍海门飞。"自注云:"三月六日,暴风大作,省中候潮门城楼,飞入海中。""赤仄官铜贵,苍生米市稀。安危由宰执,不敢说兵机。"如此体裁,岂规模徐、庾、温、李者所能颉颃耶![1]

姜垚(1638—1698),字汝皋,号苍崖,余姚人,姜定庵(希辙)之子,姜亦载之侄。生而状貌奇伟,识量过人,幼从学于黄宗羲。康熙十五年(1676),以岁贡生授新昌县学教谕,迁国子监学正。为代父供养祖辈,辞官归里。著《易源》《苍崖诗草》《樗里山房文稿》《一参五》等。嘉庆《山阴县志》有载。姜垚曾入吴兴祚广东幕府,时间未久便北归,临行,同邑诸子皆有赠别之作,万树有《探春慢·姜苍崖归里赋别》、吕洪烈《探春慢·送姜苍崖归里》。吕师濂《何山草堂诗稿》卷五有五言排律《端州与苍崖》:

瓜葛潘杨旧,炎荒笑语新。以饥违故土,垂老奈依人。往岁投京日,尊公步省辰。云霄初搢笏,风力俨埋轮。荐草陈琳檄,心知敬仲贫。谊高忘不得,感在意终伸。未几烽烟烂,空教魂梦亲。赵张声正赫,泉石癖何真。尔果能承志,谁如善款

① [清]宋俊:《柳亭诗话》卷五,《四库全书存目丛书》集部,第421册,第379页。

宾。征君师蒋诩(调华亭蒋大鸿),才子爱僧珍(谓舍侄药庵)。诗礼趋庭畅,斑斓绕膝频。但花皆购植,无味不横陈。雏翮抟秋劲,孙枝映玉匀。寻仙重入粤,览胜必经旬。爱砚逢开峡,移舟许问津。琢成光夺锦,捧着滑于莼。尝墨何其腻,耽吟宛有神。三都嗤十载,一寸值千缗。渭水璜同袭,荆山璧可嗔。寿而翁席上,应喜写庄椿。

吴兴祚发现端溪砚石“老坑”是在康熙二十四年清明,“爱砚逢开峡”当是此后之事,因而推断姜垚入粤当在康熙二十四年清明以后。

通过对以上多位文士的交游及创作情况的补充,我们对于吴兴祚海疆幕府的文人群体能够有一些更加清晰的认知,从幕僚身世的复杂性中,不难发现吴兴祚海疆幕府具有极大的包容性。接下来,我们将篇幅留给吴兴祚海疆幕府中富有典型性的文人个案。

第二节　“游于艺”
——以词曲为生命的万树

万树是以词曲才华得到吴兴祚青睐的游幕文人,我们不妨称之为“游于艺”的一种类型。万树之于吴兴祚海疆幕府,似乎就是为了营造一种浓厚的艺术氛围而存在,他辞别吴兴祚海疆幕府后,旋即病殁江上舟中,幕府中的词曲创作不仅是他的一种宿命,更成为他垂名后世的价值所在。

万树(约1627—?),清代著名的戏曲家,早年与梁溪(今江苏无锡)侯杲、侯文灿父子有交往,与吴兴祚的最初结识亦在此时。康熙二十一年,万树追随吴兴祚进入两广总督幕府,康熙二十八年吴兴祚遭弹劾,解职调用,有病在身的万树辞归,于西江舟中不幸去世。万树一生著述甚丰,主要有《词律》《香胆词》以及戏剧作品多种,取得了相当高的文学成就。然而据史料记载,万树终身为布衣,家徒壁立,穷困潦倒,以游幕为生,且依附吴兴祚时日最久。可以说是吴兴祚海疆幕府给了万树词学创作的良好环境和资金支持,不然,其《词律》等著述能否产生并流传将是未知数。本节将着重探讨万树的幕府生活与其词学成就之间的关系,深入了解万树这位作家,从而进一步展现吴兴祚海疆幕府的文人群体风貌。

一、创作概况

万树是吴兴祚海疆幕府中的"活跃分子",宴会雅集、诗词唱和是万树幕府生活的重要内容。万树在吴兴祚幕府颇受礼遇,每逢良辰佳节,幕府中的各项活动总少不了他的参与,而填词遣兴已经成为幕府的文学传统。首先,万树参与了包括吴兴祚在内的幕府文士的诗词唱和。中秋佳节,制府开宴,并且吴大司马词作先成,万树填《明月逐人来》词;又如《莺啼序》词,上元赋呈吴大司马;《苏幕遮》词,新秋时节,大司马命座中俱和清真原韵。以《明月逐人来》为例:

> 天悬空翠,霞收残绮。微云接、半江烟水。夜深月到,须识婵娟意。为助南楼佳致。　　还共周郎,倾听凤吟鸾吹。华灯下、好风扶醉。谢公秀句,四座都霑被。胜挹天香花气。(小史清歌,周琴山仪部为之霑醉。)①

类似公宴、美景、佳肴、听曲、赋诗,是和平时代幕府中的典型娱乐场景。

---

① 《全清词》(顺康卷),中华书局2002年版,第5540页。

其次，佳节之外，但凡良辰美景，幕府之中宴酣之乐无日不有，此类娱乐颇有制造文学事件以消遣暇日的意味。万树往往以词来记录这些事件场景，如《满江红·庆投琼六赤词》《大酺·鹿羹》等。《大酺·鹿羹》小序云："公宴宁远堂，大司马命烹巨鹿佐觞，因属同人赋词，谨献此词。"词云：

> 束绿沉枪，黄间弩，衅甲同归西库。投壶高会罢，集平原宾从，洛阳词赋。芍药山堂，芙蓉水幕，鹊尾群沾花露。晶柈罗山海，道空擘韦馔，未堪何箸。早新荐芳羹，美逾熊腊，贵偕麟脯。　　鸾刀初劈处。已先有、芗泽流雕俎。竟不待、牛心遍割，鼋鼎先尝，倩伊尼、菜园来住。尝记烧羊宴，呈雪里、龙洲佳句。怎如得、南州孺。长扫尘榻，拌饭还陪珍具。老饕且容自誉。①

词中描绘美酒佳肴，一派欢愉。在幕府频繁的文学活动中无不有万树出众的词笔，正是因为万树有一种近乎偏执的纵才使气的作风，幕府中事无巨细都得以记录，堪称吴兴祚海疆幕府的一部"词史"。

吴兴祚对万树亦相当器重，二人多有同题唱和。吴兴祚《明月逐人来》："遥峰积翠，落霞散绮。黄花后、碧天如水。挥杯劝影，谁识其中意。追想柴桑高致。　　华月今宵，分外还多鼓吹。筵前客、几人醒醉。夜凉促坐，玉露秋衫被。肯负一天佳气。"②诗词唱和使得幕府宾主消除了身份差异，得以潇洒同乐。吴兴祚亦有专门次万树韵的作品，比如《南乡子·午日，次红友韵》一词："良会在高堂，一树红蕉满院凉。剪取安期蒲泛斝，端阳。客兴都忘滞瘴乡。　　鸲

① 《全清词》(顺康卷)，中华书局 2002 年版，第 5634 页。
② 同上，第 6247—6248 页。

鸽语如簧。帘外声声唤蔗浆。座上谁人能畅饮,朱郎。鬓插榴花三两行。(是日席上朱生大醉。)”[1]此类唱和,尤其是次韵之作不仅起到了“重章叠唱”的作用,强化了幕府之中的酣饮之乐,更为重要的是彰显出万树作为著名词家在吴兴祚海疆幕府中的核心地位。

以上这些例子体现出万树在幕府中与吴兴祚的交往之密。下面简要考察万树与其他幕僚之间的唱和、交往情况。根据《全清词》(顺康卷)粗略统计如下:

表 2.3　万树与吴幕词人酬唱情况一览

万树与吴秉钧	《山亭宴·七月初,饮琰青新亭、送姜亦载游广州》
	《无闷·琰青新葺小斋》
	《最高楼·琰青新楼落成宴席》
	《御街行·琰青约天霁游七星岩》
	《点绛唇·美人试笔,琰青索咏》
	《贺新郎·六月七日饮琰青台上》
	《贺新郎·同人俱有和章,再叠前韵》
	《鹧鸪天·月夜过西斋,闻笛声出留云幕中,则琰青方扃户听清吹三弄也,赋此戏之》
	《金菊对芙蓉·咏弄色芙蓉。初放微黄,次全白,渐浅红,而深红,有一朵数色者,琰青招饮亭下、醉中作》
	《水龙吟·为玄猿招魂。琰青蓄一猿雏,乃从其母甫毓而来者,久之甚驯,忽焉告卒,赋此哀之》
万树与吴棠桢	《曲游春·慎庵自梁溪来粤》
	《玉簟凉·红藤簟。同雪舫作》
	《满江红·赠慎庵。时将归江南》

① 《全清词》(顺康卷),中华书局 2002 年版,第 6247 页。

续表

万树与吴棠桢	《天仙子·慎庵见饷水仙》
	《天仙子·慎庵见和，因再用韵》
	《意难忘·隔帘闻屧声，同慎庵作》
	《喜慎庵来端州·去岁归梁溪僦居，今夏来粤，述吴山之游甚畅》
万树与伦公	《青玉案·塘西道中有怀伦公》
	《玉楼春·雨后伦公来》
	《鹧鸪天·寄伦上人》
	《瑞鹧鸪·寄伦公》
	《八犯玉交枝·怀伦公》
万树与金烺	《子夜歌·金雪岫自嵇山来，喜赠》
	《子夜歌·送雪岫游羊城，用前韵》
万树与吴瑶圃	《水龙吟·喜吴瑶圃内史至自武林，兼读近稿》
	《向湖边·瑶圃新居与西湖最近，因述近来风景，怆然有怀》
万树与子静	《苏武慢·瘴。和子静》
	《摸鱼儿·怀子静羊城，前韵》
	《临江仙·题潘廷和画梅轴。子静笔。》
	《水龙吟·和子静夏日苦雨》
	《水调歌头·月中听曲，和子静》
万树与庾先	《集贤宾·庾先招诸同人饮深樾堂有觥录事刘娘》
万树与吕洪烈	《行香子·吕药庵招饮》
万树与姜亦载	《山亭宴·七月初，饮琰青新亭、送姜亦载游广州》
	《喜迁莺·人日送亦载还稽山》
万树与徐筠皋	《渔歌子·筠皋于署斋。菊最富，为作小词》
	《斗百花·徐筠皋明府招余游襄陵入署作》

续表

万树与陈集生	《鹧鸪天·平望道中望陈集生后舟不至》
万树与陶慎先	《沁园春·送陶慎先归会稽》
万树与徐釚	《五彩结同心·啖荔枝,和徐电发大史韵》

万树与幕府同僚之间有着广泛的交往,其《香胆词》中有大量的唱和、赠答之作。终日徘徊于诗酒之间,衣食无忧,这给万树进行词学创作和研究提供了优越的环境,是其取得巨大成就的一个重要因素。

二、艺术接受

《全清词》(顺康卷)第十册收录万树词共计 528 首,我们有理由相信这并非万树词作的全部,比如《全清词》(顺康卷)第十一册吴兴祚词集中有一首和万树的原韵的词《南乡子·午日,次红友韵》,而在万树词集中并没有找到。又如《莲子居词话》"万树词"一条云:"今人学辛稼轩,叫嚣打乖,堕入恶趣。无迦陵先生才,不作可耳。万红友《金缕曲》云:'三野先生者,谓野居野心野服,自称三野。人不知其何从至,姓氏知之者寡。在陋巷,门无车马。人不堪忧,君独乐,且䜣然乐以忘天下。天山遁,是其卦。萧然四壁惟图画。于吟诗读书之外,亦能书写。闲则云山随所至,多与渔樵答话。或共饮,极欢而罢。赞曰:夫人生世上,每劳劳名利而无暇。如是者,一人也。'(《三野先生传赞》)又云:'乙巳春之季,与吴君、曹君诸子,会于槐里。遂往游于石亭间,少长群贤毕至。兴不减兰亭修禊。此地崇山多峻岭,有茂林修竹清流水。堪畅叙,坐其次。气清天朗风和惠,共欣然、形骸放浪,兴怀托寄。俯仰彭殇皆妄作,莫问世殊事异。且一觞一咏相继。客曰:斯游真足乐,不可无韵语传于世。予曰：诺。是为记。'(《游石亭记》)二词犹不失为刘改之。"[①]而《全清词》(顺康卷)以及《全清词·顺康卷补编》皆未载。由此可见，万树词的创作数量是相当大的。诚然，量多并不代表质优，但至少可以证明万树在词的创作上是相当用力的。

清初聂先、曾王孙二人纂辑的《百名家词钞》即收录万树《香胆词》41 首。关于《百名家词钞》刊刻的年份，孙克强《清代词学年表》系于康熙二十三年(1684)甲子[②]，严迪昌、张宏生皆认为系于康熙二十五年丙寅。不过，无论是康熙二十三年还是康熙二十五年，万树都栖身于吴兴祚海疆幕府中，可见当时万树词作在词坛已有相当影响，并为一些词选家所看重。另外，江苏无锡人侯文灿所编《亦园词选》共收录 280 家词，其中收录万树词作 24 首，仅次于朱彝尊(36 首)、陈维崧(32 首)、董以宁(27 首)、僧宏伦(26 首)。刊刻于康熙四十八年的《草堂嗣响》共收 120 家词，录有万树词作 2 首。刊刻于康熙五十五年的《古今词选》共收 215 家词，有万树词作 1 首。由此我们可以看出，万树词作在其生前及殁后皆进入众多选家的视野，并在一定程度上得到了认可。

评论家对万树词有许多观点迥异的评论，或褒或贬，莫衷一是。例如，陈廷焯在其《白雨斋词话》"万树词与《词律》如出两人手"一则云："万红友《香胆词》，颇多别调，语欠雅驯，音律亦多不协处。与所著《词律》，竟如出两人手，真不可解。"[③]又如，清代丁绍仪所撰《听秋声馆词话》卷一"万树词"一则云："格调之舛，明词

---

① ［清］吴衡照：《莲子居词话》，《历代词话》，大象出版社 2002 年版，第 1443—1444 页。

② 孙克强：《清代词学年表》，《南阳师范学院学报》(社会科学版)2003 年第 8 期。

③ ［清］陈廷焯：《白雨斋词话》，《历代词话》，大象出版社 2002 年版，第 1730 页。

为甚，国初诸家，亦尚不免。盖奉程张二家《啸馀图谱》为式，踵讹袭陋，如行云雾中。康熙初，宜兴万红友断断辨证，定为词律，廓清之功不小。惜所收各调，错漏尚多。其所自著，亦鲜杰作。殆与考据家罕工古文相似。”[①]此二人对于万树词作，不无微词。而像本书前面所引清代吴衡照《莲子居词话》“万树词”一条所云，则对万树学稼轩风赞誉有加。清人沈雄在《古今词话》“万树《香胆词》”一条中云：“读红友词，已见细心微诣。近得《词律》一书，留情倚声，服其上下千载，有功词学，固当以公瑾望之。”[②]更是推崇备至。

在长期的幕府生活中，对词曲的投入与专注使得万树词体现了明显的曲化特征。尽管词的曲化从晚明已经开始，但是什么因素使得词的创作出现曲化倾向则需要具体分析。值得我们注意的是，谢章铤在其《赌棋山庄词话》中已经注意到万树词受到了曲的创作的影响，这也可以验证万树词具有较明显的曲化倾向。《赌棋山庄词话》卷八“万红友词”一条云：“红友《词律》，去矜《词韵》，皆声名极盛之作。而二君于词，都非超乘，但红友较强耳。”[③]在列举万树《苏幕遮》《贺新凉》两首词之后，谢章铤指出万树这两首词的毛病所在：“论文有疏气，而无深情。论调是奇格，而非雅令。作者见奇，读者称妙，而词之古意亡矣。”[④]为什么会出现这种情况呢?谢章铤解释道：“去矜红友，皆工院本，红友所撰杂剧传奇至十六种之多。（黄文旸《曲海》）盖红友为吴石渠（炳）之甥，石渠以四种得名，渊源固有所自。……然而文则必求称体，诗不可似词，词不可

---

① [清]丁绍仪：《听秋声馆词话》，《词话丛编》，中华书局 1986 年版，第 2575 页。

② [清]沈雄：《古今词话》，《词话丛编》，中华书局 1986 年版，第 1049 页。

③④ [清]谢章铤：《赌棋山庄词话》，《词话丛编》，中华书局 1986 年版，第 3424 页。

似曲，词似曲则靡而易俚，似诗则矜而寡趣，均非当行之技。”[①]他认为，万树词的曲化倾向是由于受吴炳之影响。

由于万树长年依附于幕府之中，本身是一位多产的戏剧作家，其词作在某些程度上有曲化的倾向，“语欠雅驯”就不足为奇了。对于万树词作的客观评价还有待进一步商榷，而在进一步的商榷过程中我们不应该忽略幕府生活对于其创作倾向的影响。万树词的曲化倾向正如同诗的散文化、词的诗化倾向一样，是一种变通。每一种文学样式都有其发展变化的轨迹，我们不必要求其一成不变，相反，正是由于出现了这样那样的变化，文学才有了新鲜而持久的生命力。在此，我们只是指出万树词的曲化这一现象，至于这一倾向对于万树词所造成的影响是好是坏则溢出了本书所探讨的范围。

三、词学成就

（一）《词律》的刊刻

《词律》是一部关于词学声韵、格调方面的著作，学者们称这一类的学问为“专门之学”。万树《词律》在我国词学发展史上具有重要地位，产生了深远影响。可以说正是《词律》奠定了万树在文学史上不可忽视的地位，而吴兴祚海疆幕府在《词律》的刊刻过程中功不可没。僧人弘伦《璇玑碎锦序》有云：“大司马三韩留村先生爱其（万树）才，依留最久。在肇庆著《词律》二十卷。”[②]《词律》一书是在吴兴祚海疆幕府中完成的，这在万树《词律》的两篇序言以及

① ［清］谢章铤：《赌棋山庄词话》，《词话丛编》，中华书局 1986 年版，第 3425 页。

② ［清］万树：《璇玑碎锦》，《四库存目丛书》集部第 238 册。

万树的自序里都有记载。

《词律》的写作及刊刻得到了吴兴祚的支持。吴兴祚在《词律》序中写道:"……因辑成此集,考究精严,无微不著,名曰《词律》,义取乎刑名法制,若将禁防佻达不率之为者,顾推寻本源,期于合辙而止,未尝深刻,以绳世之自命为才人宿学者也。夫规矩立而后天下有良工,衔勒齐而后天下无泛驾。吾知嗣是海内词家必更无自轶于尺寸之外,而词源大正矣。爰喜而授之梓。"①吴兴祚指出了《词律》的重要意义,并对万树及其《词律》称赞有加,因而"喜而授之梓"。严绳孙在另一篇序文中也有类似记载:"吾友万子红友,盖于声音之道,深浃情性,未尝斯须去之,久而得其所以然者也。所著《词律》,不独剔抉诸谱之讹谬,至无遗憾,若其所论上去二声之别,皆得之口吟神会,若发天地之藏,而适合古人已然之迹。凡其所驳正,一准以前人之成作,而无所穿凿附会于其间,故其可贵在是。余昔闻其书,未见也。兹来岭表,则吴大司马留村先生已加赏定而付之梓矣。"②这篇序则更为明确地讲明《词律》一书的完稿和付梓都是在吴兴祚海疆幕府中。毋庸置疑,吴兴祚所提供的帮助对于万树著作付梓而言是至关重要的。

万树《词律》的写作及刊刻也得到了吴幕众多幕僚的大力支持。康熙二十四年(1685),吴兴祚 54 岁。是年,万树《词律》情结未泯,打算继续编辑,《自序》云:"丑春,在端署。蕉窗寄琴尊于阁上,因审旧业,拟卒前编。"③万树此举得到了幕僚们的鼓励,"时公子琰青,方有志于声律家之学,其小阮、雪舫复夙负乎长短句之名。闻述鄙怀,咸资鼓励"④;甚至有人为其投入到校对、誊抄等具体工

① [清]万树:《词律》,中华书局 1957 年版,第 4 页。
② 同上,第 5—6 页。
③ 同上,第 10 页。
④ 同上,第 11 页。

作当中，“时则慎庵吴子相为助阅于其初，苍崖姜君更共编摩于其后，录之成帙，稍有看观，计为卷二十，为调六百六十，为体千一百八十有奇”①。书成，“会制府有梓书之役，故琰青为订稿之谋，率付杀青”②。借助于吴兴祚大量刻印书籍之机，在吴琰青的申请下，《词律》得以顺利出版。在这个过程中，我们看见的是一个相互协助的文人团体，在他们共同的努力下，《词律》诞生了。

吴兴祚资助万树刊刻《词律》，这对于万树来说是一件大事。如果不是这样，单靠万树一人的微薄之力，《词律》有可能被历史的洪流湮没无闻，这将是词学史乃至文学史的巨大损失。吴兴祚对于万树的资助在纷繁的海疆幕府文学事件中是极具代表性的一个案例。文人落魄，养家糊口往往成为难题，积攒刻书资费殊非易事。然而通过吴兴祚的资助，刻书发行成为可能，文人之作品得以流传。从经济生活与文学创作的视角来考察万树这一案例，我们能够得到意想不到的效果，甚至是对作家和作品更加透彻、更加实质性的认识。下文关于屈大均的个案分析，我们也将本着经济生活与文学创作的研究思路展开。这一思路其实是文学与社会学研究方法的一个重要组成部分。

（二）《词律》的影响

《词律》是一部承载着万树鲜明个性的著作，所以此书一出就注定面临毁誉相加的命运。吴衡照《莲子居词话》“万树词宗护法”一条云：“万红友当轇轕榛楛之时，为词宗护法，可谓功臣。旧谱编类排体，以及调同名异，调异名同，乖舛蒙混，无庸议矣。其于段落句读，韵脚平仄间，尤多模糊。红友词律，一一订正，辩驳极当。所论上、去、入三声，上、入可替平，去则独异。而其声激厉劲远，名家转折

① ［清］万树：《词律》，中华书局1957年版，第11页。

② 同上，第12页。

跌荡,全在乎此,本之伯时。煞尾字必用何音方为入格,本之挺斋。均造微之论。”[①]杜文澜《憩园词话》卷一“论词三十则”云:“我朝振兴词学,国初诸老辈,能矫明词委靡之失,铸为伟词。如朱竹垞、陈迦陵、厉樊榭诸先生,均卓然大雅,自成一家。阳羡万氏红友,独求声律之原,广取唐、宋十国之词,折衷剖白,精撰词律二十卷。虽不免尚有遗漏舛误,而能于荆棘之内,力辟康庄,实为词家正轨。”[②]

诸如此类的赞誉举不胜举,然而后世学者也发现了《词律》在一些方面还有不足,这也为历代学人所指责。吴衡照《莲子居词话》卷二云:“红友词律,如南歌子、荷叶杯等体,多注双调。西林先生云:双调乃唐宋燕乐二十八调、商声七之一曲之大段名也。词中雨淋铃、何满子、翠楼吟,皆入双调。万氏失考,误以再叠当之,有此卮言。”[③]又云:“红友词律,于明人自度腔概置弗录。既录金元制矣,何独于明而置之。谓律吕有未协,又安知律吕之必不协也。窃意王太仓之怨朱弦、小诺皋,杨新都之落灯风、误佳期,徐山阴之鹊踏花翻,陈华亭之阑干拍,皆当补列。惟汤临川添字昭君怨,本出传奇,宜从乾荷叶、小桃红例,以示界限。”[④]又有“词律遗漏”一条云:“词八百二十余调,二千三百余体。红友词律录止六百六十余调,千百八十余体,则此外渗漏正多矣。”[⑤]《听秋声馆词话》亦指出《词律》多处不足,如卷十三“词律沿词综之误”,卷十四“词律讹错”“词律脱落字句”“词律中脱字衍字”“词律分段之误”等条。基

---

① [清]吴衡照:《莲子居词话》卷三,《历代词话》,大象出版社 2002 年版,第 1443 页。

② [清]杜文澜:《憩园说词》卷一,《历代词话》,大象出版社 2002 年版,第 1651 页。

③ [清]吴衡照:《莲子居词话》卷二,《历代词话》,大象出版社 2002 年版,第 1425 页。

④ 同上,第 1426 页。

⑤ 同上,第 1432 页。

于此，后代学人对于《词律》多有补充完善。如陈匪石《声执》、清人江顺诒辑《词学集成》对《词律》多有补充。总之，后世学人对待万树《词律》无论是褒是贬，还是进行纠正、补充，我们可以确定的是他们对于《词律》都极为重视，《词律》成为词学研究的一部经典之作，万树对于词学理论也有着不可忽视的贡献。

幕府中词曲唱和、创作的兴盛促使万树对词学理论有了进一步的探索，于是在吴兴祚海疆幕府期间创作完成并且刊刻了《词律》一书。词学理论的规范、完善、发展又反过来促进了词曲的创作，由此形成了良性循环。幕府中的这一小型的循环和清词复兴的大循环情况是相一致的。云间词派对清词的复兴产生了重要影响，此后词的创作渐渐复兴并且形成了阳羡词派、浙西词派、常州词派等大的词学流派，以及以王士禛等人为核心的词的创作群体。到了康熙二十年前后，清词的创作已经蔚为壮观。而此时创作的繁盛要求词学理论相应的发展，为词的创作服务，于是出现了大量词作选本，并且关于词学理论的讨论也已兴起。可以说，万树《词律》的完成、吴兴祚海疆幕府词学的兴盛为清词的复兴起到了推波助澜的作用，众多类似的群体创作犹如汩汩细流最终汇入清词复兴的汪洋中。

最后我们可以得出这样的结论：万树为吴兴祚海疆幕府增光添彩，而吴兴祚海疆幕府则成就了万树在词学领域的卓越建树。

第三节　“稻粱谋”
——岭南诗坛盟主屈大均

屈大均（1630—1696），初名绍隆，字介子、翁山，广州府番禺县人。父宜遇，字原楚，号澹足。屈大均幼年寄养于南海邵氏，其父四十八岁以屈大均补诸生，携大均归沙亭，复姓屈氏。著有《翁山文外》《翁山文钞》《翁山诗外》《翁山易外》《广东新语》《四朝成仁录》《永历遗臣录》等二十余种,被称为"屈沱二十四种奇书"。《翁山易外》《四朝成仁录》《广东新语》《登华山记》《寅卯军中集》《屈翁山词》等十三种在清代皆为禁书。屈大均以诗名家,其诗富于民族意识,关怀人民疾苦,诗风高浑雄肆,兼有杜甫、李白之长,与梁佩兰、陈恭尹齐名,为"岭南三大家"之冠,堪称"岭南诗派"的代表性人物。

一、思想位移

屈大均的一生是富有传奇色彩的一生,也是著作累累的一生,他对岭南文学的发展产生了非常大的影响。"甲申之变"当年,屈大均十五岁。此后数十年间,屈大均志在恢复,遍游大江南北,联络反清力量。直至康熙二十二年(1683),屈大均五十四岁,这一年对屈大均来说是一个重要转折,其思想发生了重大转变,由以前矢志抗清复明转变为渐渐与清朝官员相往来,由反抗到无奈地接受现实。造成这一转变的原因是多方面的。

第一,深层次的历史原因。康熙十二年(1673)"三藩之乱"爆发,政局陷入长达数年的混乱,"当平乱进入后期,清政府已获得军事优势时,康熙于 1678 年开'博学鸿词科',次年又下谕纂修《明史》,表示戎马倥偬之际,尚不忘文事,进一步拉拢汉族的地主知识分子"[①]。经过康熙十八年和康熙二十年的两次大规模的、相当宽松的科举考试,清政府已经将明朝遗民和浪迹江湖、不与清廷合作的汉族知识分子网罗殆尽。这使得屈大均处于一个空前孤立无援的境地,无疑对屈大均的交游和心理产生了巨大影响。

① 戴逸:《简明清史》,人民出版社 2004 年版,第 266 页。

第二，直接导火索。康熙二十二年七月，郑克塽以台湾降清，明正朔绝，这在精神上给屈大均以相当大的打击，并且促使他在思想、生活上有所转变。多年的奔走联络、志在恢复，虽然人到暮年依旧无成，但是因为台湾尚有明祚一脉孤悬，所以多少可以给自己一番安慰。他在《季伟公赠我朱子纲目诗以答之》诗中道："年来辞赋已无心，早岁春秋元有志。书法只今在草野，一部成仁吾史记。上师尼父下紫阳，空名不敢遗天王。天留一岛作华夏，茫茫海外长相望。"[①]然而当台湾降清之后，屈大均在精神上的这点寄托也被瓦解了。在这样的背景下，屈大均的抗清思想逐渐缓和，开始和一些当地官员往来。吴兴祚于康熙二十一年任两广总督，直至康熙三十年离粤还京，在此期间，屈大均与吴兴祚一直保持着密切联系。吴兴祚于"（康熙）二十一年正月，擢两广总督，而康熙二十二年七月，郑克塽以台湾降清，明正朔绝。大均闻郑克塽降清，有《感事诗》四首（《诗外》十一），同年冬至端州，为粤督吴兴祚祝嘏"[②]。自此，吴兴祚对屈大均的资助成为屈大均取得巨大文学成就不可忽略的重要原因之一。

第三，屈大均家境贫寒，迫使他为养家糊口而放弃了与新朝对抗的姿态。除了历史原因、直接导火索以外，屈大均清贫的家境也是一个迫使其改变态度的重要原因。正因为如此，在本节从经济视角入手对屈大均的文学成就进行研究的过程中，屈大均清贫的家境以及吴兴祚依托海疆幕府雄厚的经济实力对屈大均经济上的资助所形成的显著的因果关系，成为一个重要的研究切入点。

---

① ［清］屈大均著，陈永正等校笺：《屈大均诗词编年校笺》，上海古籍出版社2017年版，第924页。

② 邬庆时：《屈大均年谱》，广东人民出版社2006年版，第190页。

二、清贫家境

屈大均晚年家境相当贫寒,究其原因,大概是因为老母在堂,妻妾子女众多,而数十年来,屈大均一直以遗民自居,游历大江南北,所以家中资财积蓄难多。

康熙二十二年,屈大均母亲黄氏已然年届八旬,康熙三十二年乃卒。弟大城、大威,皆以力耕为业。妻为同邑仙岭乡刘氏,不落家,无所出。继室榆林王华姜。妾有代州陈西姨、高要陆墨西、东莞石香东、南海丘辟寒。子女颇多,儿子有明道、明德,陈氏所生;明洪,梁氏所生,字甘泉,号铁瓢,拔贡,历任潮州、惠州、雷州教谕;明泳,刘氏所生,又名腾汉,字乳泉,生员;明治,梁氏所生,字龙泉,廪生;明渲,刘氏所生,字涌泉,为天津佟氏养子,后改名佟湜;明万,陆氏所生,字温泉;明潚,刘氏所生,字香泉。女儿明洙,刘氏所生,字珍泉;明泾,刘氏所生,字玉泉。[①] 如此众多的儿女,对于并无储蓄的家庭而言,无疑是沉重的负担,生活窘迫可想而知。

屈大均贫寒的家境在其诗文中多有反映。他在《定风波》一词中写道:

> 又离家、两月高要,劳劳做客自苦。落羽摧颓,残英冷淡,老大谁为主?典裘来,碎琴去。一代文章委尘土。无补。令饥寒不免,啾啾儿女。　　白头未遇。怎英雄、事业多衰暮。喜萍花无恙,阴山玉在,磨得龙精吐。向庞公,咏梁父。谁识

---

① 邬庆时:《屈大均年谱》,广东人民出版社 2006 年版,第 11—14 页。

英高有文武。须许。凤雏人往，南阳惟汝。[①]

《屈大均诗词编年校笺》笺注云："大均晚年曾数至肇庆，多为糊口之计。"[②]而审视此词，真是屈大均贫寒家境之写照："做客自苦""一代文章委尘土""饥寒不免，啾啾儿女""白头未遇""事业多衰暮"。

康熙二十七年(1688)十一月，屈大均为谋衣食，携子明洪赴肇庆，途中填有《白苧》词，无限辛酸：

又凄凉，上端水，天寒独宿。家园正吐、朵朵红梅紫菊。苦饥驱、向人求食愧麋鹿。无禄。为沙田，阙白露、秋分秥谷。秋收又无，云子依稀一斛。留作麋、芋魁兼煮如肥肉。　空腹。肝肠地锦，咳唾天花，不堪平卖，持作高堂水菽。当此际萧条，有惭僮仆。哀蝉咽咽，与悲弦不断，怨箫相续。欲返巾车，雪霰频飞，催驾黄犊。是处穷途，老去还多哭。[③]

康熙二十五年(1686)，吴兴祚赠屈大均田地，但是此后屈大均的生活仍然贫乏困顿，这首词即是此时的生活写照。虽然屈大均有了田地，但是在靠天吃饭的农耕社会里，偶尔也不免于饥荒。康熙三十二年(1693)，秋飓肆虐，翌年春寒阴雨，均伤禾稼，屈大均生计因之大窘。此时吴兴祚已经离开岭南，无奈之下，经济拮据的屈大均甚至只得变卖墨与砚来维持生计，他在《卖墨与砚不售感赋》诗二

① ［清］屈大均著，陈永正等校笺：《屈大均诗词编年校笺》，上海古籍出版社 2017 年版，第 1954 页。

② 同上，第 1955 页。

③ 同上，第 1957 页。

首(其二)写道："愁非善价偏难售，枉说奇珍不易图。金错囊中羞涩甚，少陵长是一钱无。"[①]

康熙三十四年，屈大均作《质古玩行》，诗前小序称："古玩者，一玉杯，一玉小盘，一玉镇纸，皆汉代物也。一珊瑚笔架，以紫檀文具贮之，副以象箸三十矢。是数物者，价可不赀。以空乏故，倩赵生质于押钱之家，委屈求请，仅得银两许，感恨作歌。"[②]诗中有"妻孥朝夕作书蠹，食尽万卷仍长饥"的句子，可见家口众多给生活带来的牵累之甚。

另外，屈大均在《书朱母沈孺人墓志后》一文中回忆母亲在贫寒家境中的生活状况，抱憾道："予母今年八十有一矣，茹蔬啜水，朝夕寡欢，偕隐之计虽就，而肯甘之奉缺如。"[③]屈大均有时直书贫困，相当真实，《贫居口占》五首，有"八旬堂上老莱母，盐豉加餐暮复朝"的句子，又说"七龄黄口谢家儿"。[④] 此组诗作于康熙二十三年，是年翁山母亲八十一岁，故曰"八旬堂上老莱母"；子明洪七岁，故曰"七龄黄口谢家儿"。通读全诗可以想见翁山家境之窘迫。

经济的拮据，使得这位矢志恢复、"不食周粟"的明朝遗民在思想上发生了巨大的转变，虽然气节凛然，但毕竟英雄气短。当我们对屈大均的研究除去高尚光彩的外衣，细致地考察其经济处境，更能够还原历史的真实，对于研究屈大均的生平、作品的创作背景以及屈大均思想的转变有着非常重要的意义。

---

① [清]屈大均著，陈永正等校笺:《屈大均诗词编年校笺》，上海古籍出版社 2017 年版，第 1568 页。

② 同上，第 1572 页。

③ [清]屈大均:《翁山文钞》卷八，《清代诗文集汇编》，上海古籍出版社 2010 年版，第 119 册，第 105 页。

④ [清]屈大均著，陈永正等校笺:《屈大均诗词编年校笺》，上海古籍出版社 2017 年版，第 960 页。

三、幕府往还

（一）屈大均为吴兴祚祝寿

自从吴兴祚上任两广总督，屈大均几乎每年都要前往端州为吴兴祚祝寿，即便有时不能亲自登门拜谒，亦往往赋诗、填词、作文以赠。康熙二十二年冬，吴兴祚刚刚坐镇两广，屈大均即登门祝寿，并接连赋诗《上两广制府》《代寿两广制府》，有文《嘉鱼颂并序》一篇，另有词《宝鼎现·寿制府大司马吴公》云：

> 蚤梅初吐，香泛长至，氤氲春酒。贺亚相、含元难老，滋润东南膏泽厚。似瑞雪、自羚羊三峡，是处炎荒沾透。致出穴、嘉鱼十里，破冻来充笾豆。　　吐握公旦今难觏。尽人贤、依恋裳绣。倾西海、朝宗节钺，欲卷牂江归大斗。奋武烈、与文谟千载，铜柱重标岭右。看白雉、西屠再献。拜舞台门恐后。　　幕内多才，新乐府、铙歌齐奏。愿年年、张仲留作，堂前孝友。请燕喜、稍听丝肉，福共康侯受。教至道、双曜同流，直与天长地久。①

整首词无非是对吴兴祚功绩、幕府中人才济济的赞颂，以及美好的“与天长地久”的祝福。在屈大均以后酬赠吴兴祚的作品中我们发现，感谢、感恩的内容逐渐增多，这也是随着时间的流逝屈大均与吴兴祚经济往来日多、交情日笃的体现。

康熙二十三年(1684)十一月二十日，屈大均为吴兴祚祝寿，作

---

① ［清］屈大均著，陈永正等校笺：《屈大均诗词编年校笺》，上海古籍出版社 2017 年版，第 1943 页。

有《两粤督府祝嘏词》四首、《寿两广制府》三首。《寿两广制府》第一首称赞吴兴祚:“吉甫兼文武,诗多肆好风。”①第二首又赞曰:“元老多风雅,西京一代才。繇来大司马,诗冠柏梁台。”②第三首则曰:“名世生东浙,文成复有人。天南开节钺,岭外起经纶。”③事实上,武略兼文才是大多数文人赞颂吴兴祚的取径。是年,屈大均还作有《崧台颂并序》一文,亦是表彰吴兴祚功绩的作品。康熙二十四年冬,屈大均作《寿两广制府吴公·冬至前六日》诗三首,第一首有云:“三度嘉鱼候,端江鼓棹回。”④屈大均自癸亥(康熙二十二年)至乙丑(康熙二十四年),每年仲冬都前往端州为吴兴祚祝寿。第二首有云:“炎方有公在,春色不教迟。”⑤对吴兴祚称赞有加。词有《春从天上来·寿制府大司马吴公》(作于康熙二十四、二十五年间)。康熙二十六年,有诗《赋得山大丹花为大司马留村吴公寿》三首。康熙二十九年,有诗《前制府吴公以生日往罗浮山赋此寄寿》二首,有词《春从天上来·为前制府大司马吴公寿》。

历史上所记载的屈大均是一位品行高上、矢志恢复、反清复明的义士文人,但是当我们深入细致地对他的生活进行分析,发现自康熙二十二年起,屈大均与吴兴祚等官僚有着密切的联系,甚至是主动地攀附。借助文献的深入解读有助于我们还原历史真相,有助于对屈大均的生活、思想有一个更为清晰、客观的评价。正如屈大均的知交陈恭尹所自道:“予中年倦于游,而食指日繁,取资于笔

①② [清]屈大均著,陈永正等校笺:《屈大均诗词编年校笺》,上海古籍出版社2017年版,第1010页。

③ 同上,第1011页。

④⑤ 同上,第1073页。

墨，遂不能不与人廿往来。干戈之际，又往往以不出见人，积为疑谤。”[①]这实际上是从经济谋生和政治避祸两方面解释了遗民入幕、交游唱和等行为，尤其“取资于笔墨”是非常普遍的生存处境和心态。

（二）屈大均参加吴兴祚幕府宴会雅集

吴兴祚对屈大均礼遇有加，而屈大均对吴兴祚也相当敬重。二人不仅仅在每年的吴兴祚寿辰才得会晤，吴兴祚还经常邀请屈大均参加一些宴会、雅集活动，而这些宴会、雅集的参与者不仅仅有幕府中的文人，甚至也不乏一些朝廷官员。究其相处甚欢的原因，笔者以为屈大均等遗民在明亡之后便成无家可归之人，而吴兴祚海疆幕府中的大批文人背井离乡，客居蛮地，亦是有家难归。屈大均与游幕文人在这一点上有一定的相似之处，这使得他们在相处的时候更易产生一种同情，无形间拉近了距离。这在屈大均的诗文集以及众幕僚的作品中多有体现。

例如，康熙二十四年（1685）夏，吴兴祚邀请屈大均与幕府文士共同游览七星岩，屈大均写有《吴制府招同诸公游七星岩有作》诗二首，其一：“峰峰开石室，一一作云根。树有飞梁势，厓多瀑布痕。花来频送酒，月上更开尊。谢傅风流甚，娱宾有笑言。”[②]借东晋风流名士谢安来指称吴兴祚；其二：“乳多晴更滴，处处湿人衣。石气含云冷，花光出水肥。渔樵元得性，簪组亦忘机。向夕闻笳吹，山公醉未归。”[③]颈联写出了幕府宾主同乐的融洽场面。康熙二十四年四月九日，吴兴祚招大均与王士禛、黄与坚饮于端州石室岩，屈

---

① ［清］陈恭尹著，郭培忠点校：《陈恭尹集》，人民文学出版社2018年版，第183页。

② ［清］屈大均著，陈永正等校笺：《屈大均诗词编年校笺》，上海古籍出版社2017年版，第1054页。

③ 同上，第1055页。

大均填《八声甘州》词,此词为登崧台怀永历帝之作。康熙二十九年夏,吴兴祚又邀请屈大均与众幕客齐集城西禅院,为张京卿送行,屈大均《庚午仲夏承大司马吴公招同诸公奉陪京卿张公宴集城西禅院,次张公元韵四首并以送行》一诗记录颇为详细。直至康熙三十年,吴兴祚奉命还京,屈大均于广州赠吴兴祚《奉送吴大司马还京》四首,其四曰:“画船珠海动,铙吹满离声。百粤壶浆泪,三军乳哺情。武溪思北发,漓水怨西征。怆别崧台下,从今望玉京。”[①]诗中表达了留恋、感恩、敬重的感情。正是在这样一次次的交往中,屈大均与吴兴祚海疆幕府的关系日益紧密,并且得到幕府的资助,改善了屈大均并不富裕的家境。

(三)吴兴祚对屈大均的资助——以赠田为例

康熙二十五年,吴兴祚以茭塘黄女官沙质田三十七亩惠赠屈大均。屈大均感激非常,作《大司马吴公惠田赋此奉答》二首,其一:

公怜乌有母,发满白头霜。
有耻归薇蕨,无才致稻粱。
文章徒卖力,舂杵枉辞乡。
十亩承嘉惠,从今菽水香。

其二:

繇来仁者粟,方与养亲宜。
更受山田赐,弥惭石父知。
自今为黍早,不惜采兰迟。

---

① [清]屈大均著,陈永正等校笺:《屈大均诗词编年校笺》,上海古籍出版社2017年版,第1438页。

勤动同妻子，长怀粒我私。[1]

从第一首诗里我们可以清楚地了解屈大均的贫寒家境。老母在堂，“发满白头霜”，然而家中并无“稻粱”，只能以“薇蕨”之类的野菜侍奉高堂，使得屈大均感到耻辱、惭愧。“文章徒卖力，春杵枉辞乡”，无异于在埋怨自己“百无一用是书生”，“文章”虽然“卖力”，“春杵”频繁“辞乡”游幕，但结果却收获了了，“徒”“枉”二字凝结着诗人的无限酸楚。第二首诗中说，一直以来靠着“仁者”之粟养活家人，现在又受赠了田地，更加显得有些惭愧。显然吴兴祚就是这里所谓的“仁者”。屈大均继续道：“自今为黍早，不惜采兰迟。”为了田间作物的成熟，他也“不惜采兰迟”了。这一句里包含着诗人复杂的心情：复国无望，生活窘迫，只好为稻粱谋了，哪里还顾得上“采兰”呢？哪里还有清高避世的想法呢？迫于生计，屈大均不得不向现实低头。

“不惜采兰迟”的屈大均为庄稼的成熟日夜忙碌，当到了收获的日子，他的心里充满了喜悦和欣慰。康熙二十六年(1687)秋，吴兴祚所馈赠的田地大获丰收，屈大均《获记》一文描写收获的过程极其详细，为稻粱谋的诗人发自内心的欣喜之情溢于言表：

岁丁卯秋分之后三日，予所耕黄女官沙田，其早秥已熟。予具泥船三船，各十人，以九人执钩镰，一人司爨，自予家石坑涌以出。历一沙二沙，至七沙，至于茭塘乃泊。予田凡十有八棱，有长短，首棱抵茭塘涌口者短，尾棱抵蚊洲者长，与邻田一一相间，未得纯为亩者，三十有七也。获之自首至尾，一棱终，

① ［清］屈大均著，陈永正等校笺：《屈大均诗词编年校笺》，上海古籍出版社2017年版，第1107页。

乃复一棱。禾秆长六七尺,连谷输载以归。计一人之力,日获不能半亩,凡四日而获始毕。纳诸场,以二牛躏之,不以连枷。计一亩播种十升,谷成可得三石。芒长而粒大,其色花白。秆以为薪,灰以为粪,稻孙以为豔,遗谷在田者以饲鸭,此吾亲耕之利如是。使予而佃与人耕,则每亩仅得一石有半,其利尽在佃人。佃人之利以多人功,其妻子皆能勤动;予之利以有天,幸今岁西江水大,咸潮不生,而大禾易滋育也。然而,予亦甚劳矣。始则及冬而锹田,夷田心之坟,补田唇之崩,去一泥枕而复还一泥枕。继则以牛犁其莱,以人犁其污。其莳或一而再耘,或再而三。蟛蜞出则吾苗半去其稺,飓风作则吾苗半去其壮,盖自夏徂秋,吾无日不以此芃芃者为忧也。幸而得及成熟,惠徼干田祖之灵,以为曾孙之庆。诗曰:不稼不穑,胡取禾三百困兮。噫嘻!今而后,吾可以无愧夫伐檀之君子矣。[①]

吴兴祚赠田给家境贫寒的屈大均,使得屈大均的文学创作有了一定经济基础,这对屈大均来说无疑是一件大事。正是在这样的相互交往和了解中,屈大均与吴兴祚推心置腹,建立并保持着密切的情谊。屈大均的作品为吴兴祚歌功扬名,吴兴祚的经济资助则为屈大均的生计提供了支撑。经济生活与文学创作的关系在二人的交往中得到了深刻的诠释。

四、晚年转型

屈大均的大半生都在为反清复明而奔波,往返于大江南北,但是到了后半生尤其是晚年,屈大均的思想却发生了天翻地覆的变

① [清]屈大均:《翁山文外》,《续修四库全书》集部第1412册,第46页。

化。屈大均开始为地方官员编书、修史，从而谋取生活资料。屈大均晚年生活方式的转变也与他和吴兴祚海疆幕府之间的交往有密切关联。他为地方官员编选文集、修撰地方史志的生活，可以视为他与吴兴祚海疆幕府关系的扩展和延续。屈大均既然已经与两广最高行政长官吴兴祚相互交往，自然可以在岭南地区以较为权威的身份接受地方官员的邀请从事若干文化工程，从中获得养家糊口所需的酬劳。明朝遗民形象的悄然改变，或许是由于生活所迫，或许是由于复国无望，总之，屈大均的思想已经变得更加圆融变通。

康熙二十五年(1686)，屈大均应定安知县张文豹、教谕梁廷佐之聘，纂修《定安县志》八卷；刘茂溶、陈肇昌助屈大均纂修《广东文集》三百余卷，后以卷帙浩繁，拔其优者为《广东文选》四十卷。康熙二十六年，屈大均五十八岁，六月，广州知府刘茂溶聘修《广州府志》；七月，至永安为知县张进箓修《永安县次志》十七卷。十月，《广东文选》成，刘茂溶资助刊刻。①

这些编纂工作已经不是清朝官僚个人的事务，而屈大均的这些工作也已经不是单纯的与贤明官员的交往活动。由于这些编纂工程实际上是清朝政府出资，在一些官员的带领、监督之下完成的，所以屈大均的这些工作实际上已经是服从于清朝政府的管理了。矢志不渝地恢复明祚的屈大均的遗民形象在岁月的波影中渐渐模糊，一个慢慢顺应历史发展潮流、服从朝廷管理的屈大均形象随之清晰起来。

尤其值得注意的是，康熙三十三年(1694)，也就是屈大均65岁的这一年，其长子明洪补博罗县学生员。这从一个侧面表明，屈大均这一代明朝遗民已经融入到历史的洪流当中了。遗民复国已

① 邬庆时：《屈大均年谱》，广东人民出版社2006年版，第208—221页。

成为淡淡的回忆,下一代已经面向新朝开始了别样的生活。

总而言之,屈大均之所以能够取得如此巨大的文学和学术成就,与其游幕生涯有着密不可分的关系,尤其是他与吴兴祚海疆幕府的互动。当我们立足社会学视角对屈大均的文学成就进行研究的时候,这一点应当引起研究者的足够重视,只有这样才能够更加真实、准确地还原历史、云除遮蔽、阐释现象。

第四节 "生前知己逢吴季"
——吴兴祚的追随者易宏

易宏出生于一个文人家庭,其父易奇际(1607—1670)是明崇祯年间举人,明朝覆亡之后讲学乡间,著有《吾豫漫笔》《侨梧集》《拂剑草》等。父亡,易宏闭门攻读,善诗,三十多岁时游广州海幢寺,题《赠悍和尚》诗于壁,"大司马吴留村总制两粤,游海幢寺,见壁间诗有'十年王谢半为僧'语,延致幕下"①。康熙三十年(1691),"(吴兴祚)及迁沈阳,邀之行。因遍历宇内,五岳登其四"②。陪同吴兴祚北行的易宏得以遍游岭南之外的广阔区域,足迹遍及燕赵乃至塞外。这一时期他创作了大量诗歌,并开始编辑《云华阁诗略》。易宏与吴兴祚共事十余年,康熙三十七年吴兴祚卒后,易宏回归故乡,蛰居肇庆法轮寺,息交绝游.以著述自娱,不复出,后病逝于寺中。遗作有《道德经注》六卷、《坡亭词钞》一卷等。有"鹤山才子"之称的易宏与吴兴祚结下了不解之缘,其文学创作的巅峰时期是伴随吴兴祚度过的,而吴兴祚给予他的巨大帮助和扬誉使其文学成就得以展现并且流传。

①② [清]伍元薇:《云华阁诗略跋》,《粤十三家集》,清道光二十年(1840)南海伍氏诗雪轩刊本。

一、幕府际遇

易宏与吴兴祚的结识非常具有戏剧性。易宏与端州法轮寺的惺和尚往来，一次偶然的机会易宏游览广州海幢寺，留下了题壁诗《赠惺和尚》：

岩烟深处碧层层，传得西来未绝灯。
龙影静沉孤钵水，镜台空尽一心冰。
吟边香绕闻花落，定里光悬见月升。
莫怪鲁儒稀子弟，十年王谢半为僧。

吴兴祚发现该诗，相当赏识易宏的才华，立即延请易宏至两广总督幕府，自此易宏成为幕府重客。正月十五，细雨之中，易宏来到吴兴祚幕府。恰好文人王楚臣、周万山在府中，吴兴祚当即邀请易宏和王、周一道联句赋诗，易宏《元夕宴吴大司马幕府赋得粤台春雨》：

雨暗梅花国（吴留村），云迷赵尉台（王楚臣）。一林滋润泽（周万山），五岭绝尘埃（易秋河）。虹影天边没（吴），蜃楼海面开（易）。烟深藏嫩柳（周），雪重落寒梅（王）。龙德乘风合（易），豹文隐雾堆（吴）。新花生艳色（周），陈物起寒灰（王）。满座犹珠履（王），销寒倾玉杯。青蛾频度曲（吴），白雪独呈才（易）。对此金钗落（王），何须玉漏催（易）。洒人东阁集（吴），公子西园来（周）。纵饮无人敌（吴），高吟有客陪（易）。灯花开幕府（王），烟火彻云衢（易）。秉烛期三鼓（吴），为霖遍八垓（易）。芙蓉殊艳丽（周），鹦鹉散潆洄（易）。歌绕梁尘坠（王），

> 樽倾北斗颓(周)。欢歌同百粤(易)，壮志薄三槐(吴)。①

诗后跋语云："公(易宏)至，宴幕府，王楚臣、周万山，江南名士也。时夜春雨，吴命赋诗，迟者罚酒二觞，客几被困。吴举杯饮公曰：'以此酬君敏捷。'"易宏文思泉涌，出口成章，给其他三人留下深刻印象，赢得吴兴祚的钦佩，一再举酒祝贺，称赞易宏才思"敏捷"。易宏获得吴兴祚召见之后，作《承制府吴大司马见召赋呈》：

> 乾坤资巨丽，日月表环瀛。紫极三台座，雄边万里城。威行山岳动，笔下鬼神惊。寿国金瓯永，分茅铁券荣。清华传奕叶，绣衮绍簪缨。气奋风云壮，才高勋业成。花封留抚字，豸府振廉声。吉甫宪文武，仲淹富甲兵。麟仁滋小草，虎旅系长鲸。四野哀鸿集，七闽硕鼠清。奇功著绝域，伟业达神京。阃外诸蛮靖，天中一柱擎。彤弓隆大赉，赤舄任专征。南岭烽烟断，西瓯锁钥宁。治民希管葛，用武失良平。陬隅遵礼教，草木识威名。司马朝中相，皋夔殿上迎。南人借寇恂，东阁仰孙宏。烟画东风暖，麟图晓日明。龙门天半启，骥足枥间鸣。负戟渔阳士，横经鲁国生。衙官呼宋玉，门吏宠侯嬴。音辨枯桐响，光分玉烛莹。威尊知礼盛，恩重觉身轻。七尺捐何日，寸心已独倾。②

此诗主要内容是对吴兴祚文治武功的歌颂，可以视为春夜联句赋诗之后情感的补充表达，虽然联句诗中易宏对吴兴祚已有"为霖遍八垓""欢歌同百粤"的称赞，但是寥寥数语显然不足以充分表达易

①② ［清］易宏：《云华阁诗略》卷四，《粤十三家集》，清道光二十年(1840)南海伍氏诗雪轩刊本。

宏的感情。不过，此诗与其他文士类似的颂美作品并无特别大的差异。值得注意的是"威尊知礼盛，恩重觉身轻"一句，"威尊""礼重""恩重"云云显然是易宏感受到的吴兴祚礼贤下士之风，这说明在易宏入吴兴祚海疆幕府之初即已将这份恩情铭记于心，因而"寸心已独倾"想必不是虚言。这一时期，易宏还作有《上吴留村制府启》一文，文中表达了对吴兴祚知遇之恩的感激和惶恐之情。此文以"伏以伯乐，别为千里，则驽马超群；中郎加以七丝，而枯桐发响"为开端，然后写了吴兴祚海疆幕府在岭南地区的巨大影响力，继而表达出感激和惶恐之情："幸邀三生，奇逢千古，比孔融之谒司隶，尚藉通家；方贾岛以遇昌黎，曾无睹面。在昔人得此，已属非分之荣。况今日逢之，实出旷世之典。直是云天雨露，不择草野；芳菲自顾，何人滥承宠渥。亲朋亦喜，寤寐犹惊。初闻命而感极涕零，继忖心又惭深汗下。恐辽阳献豕，千里愧回；黔地载驴，一鸣技尽。贻羞小儒之党，有辱大贤之名。则粉身不足赎愆尤，而没世再难期知遇。"[1]饱含着对吴兴祚的知遇之恩，易宏自此便开始了与吴兴祚相伴十余年的游幕生涯。

易宏的友人苏楫汝以诗歌的形式记载了吴兴祚聘请易宏的经过，其《梅冈集》有《送易渭远赴大司马吴公召》[2]一诗，写易宏家境贫寒之状："猗欤坡亭子，十载卧瓮牖。室无担石储，读书穷二酉。"写吴兴祚对易宏的器重与礼遇："吴公大司马，人物待臧否。闻名倒屣迎，延引一何厚。骅骝伯乐顾，璞玉良工剖。相知在文章，称赏不容口。"又写易宏陪同吴兴祚的经历："历览纪山川，留题诗千首。悲歌黄金台，大醉燕市酒。"易宏与吴兴祚宾主之间的深情厚

① [清]易宏：《云华阁诗略》附录，《粤十三家集》，清道光二十年（1840）南海伍氏诗雪轩刊本。

② [清]苏楫汝：《梅冈集》，清康熙刻本。

谊洋溢在字里行间。

康熙二十八年(1689),吴兴祚由于鼓铸不实而降职调任古北口都统,康熙三十年乃离粤北发。易宏不离不弃继续追随吴兴祚,借此机会游历了全国的大好河山,“南极百粤,北尽穷边,东逾宁台,西出雁塞”(杨鹜《云华阁诗略跋》),五岳登其四,大大开阔了眼界,学识亦得以精进,对其文学创作产生了巨大影响。在此期间,易宏创作了大量诗歌,登览怀古,意兴遄飞,如《淮阴侯祠》《铜雀台吊古》《项王庙题壁》《豫让桥题壁》《登西岳》《居庸北望》《无定河》《玉门关》《登东岳》《蓬莱阁望海》《登南岳》等,并且开始编辑《云华阁诗略》。吴兴祚题诗于《云华阁诗略》卷首:

> 思入风云传绝响,力穷天地识惊才。
> 齐驱鲍庾归毫颖,平揖荆高入酒杯。
> 缑岭月明怀往事,楚峰云起忆荒台。
> 三年不断扬州梦,莫是前生小杜来。[①]

吴兴祚指出易宏诗具有鲍照、庾信一般清新俊逸的气象,具有荆轲、高渐离一样慷慨悲歌的风格,还将易宏喻为晚唐诗人杜牧,这都是极高的评价。吴兴祚在诗歌中亦记载了与易宏分韵赋诗的场景,康熙三十一年(1692),吴兴祚由京城赴任大同,易宏随同,吴兴祚《登阳台山神女祠后入茅店沽饮同易秋河诸子分韵》:

> 云雨遥从峡里来,文章情种属多才。
> 荒台旧梦成虚幻,战垒遗踪付劫灰。

---

① [清]易宏:《云华阁诗略》卷首,《粤十三家集》,清道光二十年(1840)南海伍氏诗雪轩刊本。

一片秋声鸿影过，半山残照笛声回。
悠悠千古何须论，且向荒村醉绿醅。①

在吴兴祚的诗中丝毫感觉不到易宏身份之低微，而是一位酒朋诗友，安慰了吴兴祚风波不定的漫漫征程。在跟随吴兴祚十余年的生涯里，易宏的行动比较自由，和吴兴祚的关系也较平等，常常称呼位高权重的吴兴祚为"留村夫子"，其《寄呈留村夫子》：

十载曾为泽畔吟，自甘憔悴老空林。
频垂暗泪终怜璧，偶响枯桐便作琴。
五岭山穷疑地尽，百川流合觉波深。
他年未识捐躯日，酬赠空劳一寸心。②

该诗在自嗟自怜身世之外，颈联写出了吴兴祚坐镇岭南的高贵地位，其气度有如大海吸纳百川，其幕府才士汇聚亦如大海不嫌细流，而易宏无疑就是这样一道溪流汇入了吴兴祚海疆幕府的汪洋之中。康熙三十七年(1698)，吴兴祚辞世，易宏谢绝了其他官员的聘请，返回家乡广东新会，从此息交绝游，归隐山林不复出游。在《春日归冈城作》一诗中易宏抚今追昔，感慨道：

世路风尘欲息机，九秋曾作断蓬飞。
邯郸梦散故人远，华表云深独鹤归。
崖截海门银作浪，台高圭岭玉成围。

① ［清］吴兴祚：《留村诗钞》，清康熙刻本。
② ［清］易宏：《云华阁诗略》卷五，《粤十三家集》，清道光二十年(1840)南海伍氏诗雪轩刊本。

江山有恨雄心老，便拟移家入翠微。①

吴兴祚辞世，万树、屈大均、陈恭尹等人也先后作古，易宏独自返还故乡，风流散去，感慨无限。十余年的幕僚生活宛如邯郸梦散，充满了物是人非的感慨和对故人的怀念之情。其《卜算子·夜景》一词道：

萤火槛边明，烟锁空林静。静倚栏杆夜色寒，山暝花无影。　　寂寞剔孤灯，往事休重省。纸帐梅花入梦迟，一枕西风冷。②

易宏一生中最光辉的时光是与吴兴祚相伴的十余年，随着吴兴祚的去世，繁华落尽，复归于平淡，"寂寞剔孤灯"的新生活里，虽云"往事休重省"，但是如何能够不去回忆？晚年的易宏栖身肇庆法轮寺中，在生命最后的三十多个春秋里息交绝游，以著述自娱，殁后由挚友惺和尚葬在西郭的梅庵之右。

二、诗文流传

易宏晚年编辑诗集《云华阁诗略》，其《自序》云：

天地蘧庐，光阴过客，行云流水，庸何心哉！予也风云为骨，月露为怀，每寄心于有恨之人，而兴哀于无情之地。时于

① ［清］易宏：《云华阁诗略》卷五，《粤十三家集》，清道光二十年（1840）南海伍氏诗雪轩刊本。

② 《全清词》（顺康卷），中华书局2002年版，第9526页。

山巅水涯，丛林破冢，荒墟古庙，残城废苑，战争之场，歌舞之地，吊遗香于夜月，哭旧垒于秋风，辄徘徊不能去。其间山川登临，河梁遇合，得以愉快而无憾者，则有天幸焉。岳五也，予登者四。其余胜迹名山，仙灵窟宅，与夫绮罗佳丽，文酒烟花之场，为游人士女所歌呼而管弦者，无不纵恣而极乐焉。岂非天哉！故有所阅历，诗以纪之；其不及纪与纪而不及存者，尚十倍焉。嗟夫！方夫得意而书也，收山川林壑于毫端，吐月露风云于纸上，琴招艳魄，诗感山灵，其中神怪鬼异，花情柳态，详言而悉述之，以资谈笑之一噱，亦一时遇合之奇而兴致之乐哉！然乐者哀之先，而合者离之始，异日酒余梦醒，展读徘徊，忆其地之或远或近，其人之或存或亡，生死交情，前尘往事，将有掩卷戏吁而流涕不禁者。是知东风无不谢之花，碧海少长圆之月，而叹行乐及时时已晚者，岂不惜哉！况乎仆本恨人，时逢幻遇，茫茫千古，怅往事之何穷；脉脉寸心，问他年而谁解？扬子云曰：后世有扬子云者，当知之矣！芙蓉城客云华君书。①

易宏由一名贫困书生转变为“胜迹名山，仙灵窟宅，与夫绮罗佳丽，文酒烟花之场，为游人士女所歌呼而管弦者，无不纵恣而极乐”的风流文士，很大程度上是由于追随吴兴祚所获得，所以其作品“忆其地之或远或近，其人之或存或亡，生死交情，前尘往事，将有掩卷戏吁而流涕不禁者”，吴兴祚正是这“生死交情，前尘往事”。

易宏的诗歌虽然受到封疆大吏如吴兴祚以及名重一时的岭南诗坛领袖如陈恭尹的称赞褒奖，但是却没有得到较为广泛的流传，甚至易宏这个名字也险些被历史所遗忘。然而，易宏终究是幸运

① ［清］易宏：《云华阁诗略》卷首，《粤十三家集》，清道光二十年（1840）南海伍氏诗雪轩刊本。

的,这幸运不仅体现在其生前,更体现在其身后。

对于易宏的作品再度被人发现并得以流传,《听松庐诗话》有如下感慨:“无不散者,世人富贵之场;有不散者,文士英灵之气。往往几绝而复续,几亡而复存,莫或为之,若或使之,自古及今,未可更仆,即如易秋河《云华阁诗》亦其一也。秋河受知于留村制府,邀往沈阳,因得纵览名山,五岳登四,倦游归里,借寓僧庐,身殁无人,僧为殡葬,可谓穷矣。迨至阮宫保修《通志》,不载其人,温舍人辑《诗海》,不载其诗,不独穷于生前,抑且厄于死后。虽《雁山文集》有传一篇,《岭海诗钞》存诗四首,然土中剑气,大半沉埋;水底珠光,孰为探取?乃谭玉生明经意切桑恭,情敦竹素,见之故人箧里,拔之故纸堆中。六卷内才人心血,收于蠹穿蟫蚀之余;百年前穷士篇章,寿诸忠简文忠之列。云华之诗,于是复存;云华之气,于是不散矣。”①易宏的作品之所以能够再度流传,全赖谭玉生的收集、整理之功,这一点对于易宏来说不可谓不幸运,所以说“生前知己逢吴季,死后桓谭有玉生”的评论是极中肯的。

正如上述《听松庐诗话》所言,我国当下的古代文学研究亦应该起到发掘“土中剑气”“水底珠光”的积极作用,尽量恢复文学史原貌,将优秀作家、作品介绍给当代人知晓,则文化传承乃能不堕入口号与空谈。

三、诗词特色

纵观易宏现存之诗词,我们可以明显看出易宏“诗词有别”的文体意识,李清照“词别是一家”的观念在易宏的文学理念中仍是

① [清]张维屏:《听松庐诗话》,《国朝诗人征略》,中山大学出版社 2004 年版,第 883 页。

不可动摇的。易宏在其《云华阁诗略》中多表现故国之思、建功立业之志、祖国山河之美，大气磅礴，苍凉慷慨；而在其《坡亭词钞》中则主要表现儿女之情、羁旅之愁，缠绵婉约，欲说还休。下面即从诗词有别的角度，分别论述易宏诗词之特色。

（一）易宏诗的艺术特色

《听松庐诗话》云："吴留村《赠秋河》诗云：'思入风云传绝响，力穷天地识惊才。'陈元孝《赠秋河》诗云：'入群野鹤能惊众，出土新松即傲秋。'想见云华倜傥不凡之气。"[①]的确，从现存的作品来看，易宏不失为一位优秀的诗人。陈伯陶在《胜朝粤东遗民录》中评价易宏说："所为诗，清丽芊绵，间作苍凉沉郁之句，时谓诸名辈中，宏诗可称秀绝。"杨鸾《云华阁诗略跋》云："云华先生，旷世逸才，早明至道，遗落世资，迈俗离尘。且又南极百粤，北尽穷边，东逾宁台，西出雁塞。海岳云游，多遇仙灵奇幻，收归翰墨，飘飘然有凌云之气。"[②]其中，伍元薇《云华阁诗略跋》所云实为确评："先生诗在吾粤，例以屈、陈、梁诸子自较逊一筹，然清丽芊绵间，作苍凉沉郁之句，在国初名辈中，亦可云秀绝人寰者。"[③]易宏之诗虽不及"岭南三大家"，但也不失为有特色的作家。

首先，易宏诗歌多咏史、怀古之作，吊古伤今是其一贯的基调。易宏首先是一位遗民诗人，从始至终，其作品字里行间充满了故国之思，这在清初遗民群体中是极普遍的现象。正如易宏所自述："予也风云为骨，月露为怀，每寄心于有恨之人，而兴哀于无情之地。时于山巅水涯，丛林破冢，荒墟古庙，残城废苑，战争之场，歌

① ［清］张维屏：《听松庐诗话》，《国朝诗人征略》，中山大学出版社 2004 年版，第 883 页。

②③ ［清］易宏：《云华阁诗略》卷末，《粤十三家集》，清道光二十年（1840）南海伍氏诗雪轩刊本。

舞之地,吊遗香于夜月,哭旧垒于秋风。”[①]浓郁的悲情是这类作品的基调。《崧台怀古》一诗,怀念故国,感慨深沉,堪称典型之作:

门掩西风水一涯,故宫犹锁旧烟霞。
千年有恨悲黄屋,六诏无因返翠华。
浩浩风涛秋涨急,萧萧禾黍夕阳斜。
行人莫上崧台望,满眼兴亡对落花。[②]

崧台在肇庆西江边,今人称之为观音岩。1647 年,南方抗清力量拥戴明宗室桂王朱由榔在肇庆称帝,年号永历,这个闻警即逃的南明朝廷在何腾蛟、郑成功等人的拥护下,苟延残喘了十五年之久,但最终难免于覆灭的命运。该诗正是凭吊崧台遗迹,抚今追昔,悲叹明朝政权的覆亡。

此类作品不仅局限于岭南南明朝廷覆亡的区域,而是贯穿于易宏游历的全程。创作于跟随吴兴祚游历时期的大量诗歌是其精华所在,苍凉慷慨,感情充沛,得到后人的较高评价。《国朝诗人征略》就收录了易宏若干精彩的诗句:

英雄气为红颜短,肠断虞姬与戚姬。(《刘项》)
尺地英雄血,千秋战伐场。(《榆林》)
露冷金盘仙亦泪,月残华表鹤空愁。(《燕中秋怀》)
易暴有天留二子,行仁无地复三分。(《夷齐庙》)

---

① [清]易宏:《云华阁诗略》卷首,《粤十三家集》,清道光二十年(1840)南海伍氏诗雪轩刊本。

② [清]易宏:《云华阁诗略》卷五,《粤十三家集》,清道光二十年(1840)南海伍氏诗雪轩刊本。

恩酬故主寒灰日，衣斩仇人热血时。(《豫让桥》)

淮边古庙依流水，地下冤魂泣大风。(《淮阴侯祠》)

统绍高光还割据，道侔伊吕但偏安。(《武侯祠》)

风急银涛飞伍浪，月明瑶瑟吊湘魂。(《厓门吊古》)

入地定能成碧血，问天真欲挽银河。(《赣五忠祠》)

这些作品从历史遗迹或历史典故中借题发挥，抒发胸中不平与苦闷，大多概括力极强，并且对偶相当工整，用典允洽，笔力雄厚，气势宏大，显示了一名优秀诗人的敏锐感受力和高超表现力。

其次，描写大好河山的作品在易宏的诗集中也占有重要地位。易宏跟随吴兴祚离开广东，眼界空前开阔，笔力亦随之愈加深厚，这些雄奇瑰丽之观助长了易宏的豪杰峻拔之气。“山川登临，河梁遇合，得以愉快而无憾者，则有天幸焉。岳五也，予登者四。其余胜迹名山，仙灵窟宅，与夫绮罗佳丽，文酒烟花之场，为游人士女所歌呼而管弦者，无不纵恣而极乐焉。岂非天哉！故有所阅历，诗以纪之；其不及纪与纪而不及存者，尚十倍焉。嗟夫！方夫得意而书也，收山川林壑于毫端，吐月露风云于纸上，琴招艳魄，诗感山灵，其中神怪鬼异，花情柳态，详言而悉述之，以资笑谈之一噱，亦一时遇合之奇而兴致之乐哉！”①诗笔得到山川之助，锦上添花，易宏创作出大量描写大好河山的诗篇。在这一类诗歌中，登临五岳之作颇具代表性，例如：

玉女高寒不肯孤，莲花落雁隔烟扶。

三峰天外悬青影，万壑云中锁绿芜。

---

① [清]易宏：《云华阁诗略》卷首，《粤十三家集》，清道光二十年(1840)南海伍氏诗雪轩刊本。

虞狩已闻藏碧简,轩游曾此受璿图。
洞天深处逢毛女,犹有琴声隐玉壶。

——《登西岳》①

千秋玉简有遗风,北面群山识岱宗。
肤寸云为天下雨,鸿蒙气化日边龙。
瀑流飞练银潢散,岭势蟠霞紫翠重。
七十二君无问处,大夫犹自识枯松。

——《登东岳》②

嵩高延伫接青霞,二室峰寒万仞斜。
河洛分流蟠下界,江山平望尽中华。
灰飞劫火留槐影,风散仙坛落柏花。
我欲乘鸾归碧落,好从翠黛觅丹砂。

——《登中岳》③

《云华阁诗略》也有一些作品于苍凉慷慨之中不乏清新俊逸之气,《黄鹤楼》是此类作品的代表:

梅花声散笛悠悠,笛歇花残独上楼。
天远树连云梦晓,月明人隔洞庭秋。
千年事业英雄泪,万里烟波旅客愁。
我识蓬莱今有路,好随黄鹤御风游。④

---

①②③④ [清]易宏:《云华阁诗略》卷五,《粤十三家集》,清道光二十年(1840)南海伍氏诗雪轩刊本。

（二）易宏词的艺术特色

《坡亭词钞》存词23首，正如前文所述，易宏对于诗词有着不同的分工，于是其词风与其诗风有着比较大的区别，尤其是在题材、内容上有着巨大的差异。现存的易宏词作数量较少，内容也较简单，主要有两个主题：一是写儿女之情，可以明确判断出写这一类情感的作品有12首之多，占《坡亭词钞》总量的一半还多。二是写羁旅之愁，可以明确判断出写这一类情感的作品有7首，将近《坡亭词钞》总量的三分之一。

表2.4　《坡亭词钞》中儿女之情题材的作品统计

题材内容	作　品	摘　句
儿女之情	《如梦令·戏赠》	情种本无根，生处自来难解。无奈，无奈，合欠生前花债。
	《海棠春·赠妓》	日日伴张郎，莫是桃花命。
	《鹧鸪天·闺情》	宿雨初消日未红，冷吟声在落花中。
	《临江仙·感旧》	洛浦重来人似旧，认他秋水双眸。停桡欲语又还休。红潮微绽，抬眼复低头。
	《唐多令·客恨》	怪得独无言。分明似负心人。那堪看、锦字回文。不道负心还道错，空辜负，玉楼春。
	《醉春风·赠妓》	眼角不曾停，对客独含情。
	《河满子·赠妓》	楚雨秦云常怨别，莫教误损容华。
	《青玉案·感旧》	杯共情传将眼转。绿云低拥，杏红微绽。半晕桃花艳。
	《凤凰台上忆吹箫·寄怀》	念名缰利锁，总不如闲。莫为多情多感，误损了、玉貌朱颜。辜负汝，盈盈秋水，淡淡青山。
	《解连环·留别》	见汝飞涕如雪。恐回文织泪，字痕都灭。

续表

题材内容	作品	摘句
儿女之情	《蝶恋花·夜景》	泪似红冰心似火。雨断巫山,春梦成还破。子细思量无一可,多情不似无情呵。
	《忆王孙·感旧》	立黄昏,月在中天感负恩。

诚如易宏诗中所写:“生平真有无穷恨,不向娥眉何处销?”(《舟泊石头城与诸姬》)[①]易宏长期漂泊,常常结识一些名妓,并与之交往,这成为其打发时间的一种方式。但是从这些作品中我们可以看出,易宏是饱含真情实感来写这些作品的。才子与佳人,同是天涯沦落之人,惺惺相惜的感情给了易宏心灵上很大的安慰。

表 2.5 《坡亭词钞》中羁旅之情题材的作品统计

题材内容	作品	摘句
羁旅之情	《点绛唇·杜鹃》	泣月啼风,只是声声道:归去好。伤人怀抱。自恨天涯老。
	《点绛唇·秋怀》	可惜多情,总为浮云误。伤心事,天涯久住。
	《西江月·闻雁》	野店离愁凄绝,红楼别绪难禁。
	《清平乐·春草》	春来如织。满地和烟碧。肠断王孙何处觅?目穷天南天北。
	《秦楼月·铁马》	凄凄切切冷清清。晓霜残月真关情。真关情,绝无人处,寒梦初醒。
	《踏莎行·客恨》	目断天涯,魂销故国。回头往事真成错。
	《唐多令·客恨》	黄鹤楼头望故国,有一个,断肠人。

另外,《醉落魄·春恨》《鹧鸪天·潇鞋》《南柯子·秋千》三首,

① [清]易宏:《云华阁诗略》卷五,《粤十三家集》,清道光二十年(1840)南海伍氏诗雪轩刊本。

为遣兴咏物之作，无多深意。

总体而言，易宏之词婉约居多，但很少有堆砌辞藻、典故的弊病，所以显得流畅易懂，这与吴兴祚海疆幕府中的词风是较为一致的，也从一个侧面印证了吴兴祚海疆幕府中确实存在共同词风的判断。易宏的词作中有一首《满江红·金陵怀古》是比较特殊的，它豪放慷慨，迥异于集中其他婉约之作——这也说明易宏的作品风格是有所变化的，其才华也不拘于某一样式：

虎踞龙蟠，最堪叹、六朝事业。望长江万里，流云漂月。汩汩乍沉歌舞梦，滔滔犹荡英雄血。便化成、清泪哭兴亡，流不竭。　　且莫恨，沉江铁。且莫羡，临春结。念豪华竞逐，都归烟灭。玉树歌残佳气尽，烟花梦散风流歇。剩年年、杜宇吊荒陵，声声切。①

该词感怀金陵的六朝兴亡旧事，“长江万里”“豪华竞逐”“玉树歌残”“烟花梦散”等句使人不禁联想到王安石的《桂枝香·金陵怀古》：

登临送目。正故国晚秋，天气初肃。千里澄江似练，翠峰如簇。归帆去棹残阳里，背西风、酒旗斜矗。彩舟云淡，星河鹭起，画图难足。　　念往昔、繁华竞逐。叹门外楼头，悲恨相续。千古凭高，对此谩嗟荣辱。六朝旧事随流水，但寒烟芳草凝绿。至今商女，时时犹歌，后庭遗曲。②

纵观易宏的一生以及其作品的主要内容，我们可以得出这样

① 《全清词》(顺康卷)，中华书局 2002 年版，第 9529 页。
② ［宋］王安石：《临川先生文集》，中华书局 1959 年版，第 400 页。

的结论:倘若没有吴兴祚的赏识、知遇,没有追随吴兴祚游历大江南北的经历,易宏不会有“五岳登其四”的机会,他极可能只是个平凡书生,其文学成就远不会达到现有的高度。易宏不同于前文所讲的万树、屈大均,他由追随吴兴祚的经历当中直接获得了创作灵感,这也正是吴兴祚之于易宏的重要之处。而易宏能够在吴兴祚遭弹劾陷入人生低谷之际,坦然面对“落落将三载,衣冠疏礼仪。病多游子倦,金尽故人疑”(吴兴祚《九月四日郊游步韵四首》其二)的幕主,不离不弃,亦是游幕文人中知恩图报的典范。在“心画心声总失真,文章宁复见为人”(元好问《论诗三十首》其六)的文学史上,易宏提供了一个人品与文字相一致的例子,多少可以慰藉那些对文学秉持单纯而美好的审美情结的读者吧。

第三章 历史褶皱的记忆还原

——明清易代与吕师濂的“诗史”书写

岭南历来距离政治权力中心较为偏远，故往往成为与朝廷不睦者的“乐土”。这些士人，或贬谪，或隐遁，虽云“乐土”，实具深意。韩愈如此，苏轼如此，屈大均如此，吕师濂亦如此。吕师濂作为一心恢复明祚的志士，在深度参与“三藩之乱”后终于领悟大事不可为，遂转入岭南投奔吴兴祚。烈士暮年终归好过英雄末路。吕师濂在苟全性命之余，绽放出文学名家与文化名士的异彩。吕师濂以诗名家，其《何山草堂诗稿》《何山草堂诗二集》存诗近千首。吴兴祚海疆幕府之于吕师濂具有非同寻常的意义，吕师濂之于吴兴祚海疆幕府文学生态的意义亦然。本章我们就吕师濂的生平、交游、诗歌书写的“诗史”特色展开探讨，以期从历史的褶皱中还原吕师濂。由吕师濂的个案，我们可以进一步领略吴兴祚海疆幕府中幕僚群体构成之多元，幕僚文学创作及相关文学活动之繁富，从而见出吴兴祚海疆幕府之开放包容的文化特征以及文学创作的非凡活力。

第一节 “秦楚关山历艰平”
——吕师濂的生平交游

诚如钱穆先生所言,明末人物“较唐宋之亡,倍有生色。以整个奋斗力言,亦为壮旺”①。该时期,规模庞大、形象鲜活的遗民群体已为学界关注。然而,受遗民群体文献失缺所囿,尚埋没于历史褶皱者不乏其人,吕师濂即是其中一位。更为遗憾的是,吕师濂至今游离于文学史之外,尚未引起学界足够关注,更未得到应有评价。在海疆幕府文学体系中,吕师濂是一个充满传奇色彩且颇具人格魅力的存在。在其生前,身世已为时人频频误解,例如,王士禛误认为吕师濂是“故明太傅文安公曾孙”②,而据张萍教授考证当为“玄孙”③;又叶燮《赠山阴吕清卿》诗中自注“吕为文安公曾孙”④,亦误,吕清卿即吕洪烈,乃是吕师濂的族侄。近年来,吕师濂虽为学界论及,可惜研究成果不同程度地存在可商榷之处。例如,张萍教授《明代余姚吕氏家族研究》将吕师濂与吕师著合作一节论述,但对吕师濂行踪未有准确梳理,故对诗歌创作背景的考证以及思想寄托的解读多有舛误。朱丽霞师《吴兴祚幕府文学年表长编》着眼吕师濂与吴兴祚的交游,所涉作品编年亦或存疑。再如,“守斋”是吕师濂的自号,而《全清词》(顺康卷)则误解作斋名,

---

① 钱穆:《国史大纲》,九州出版社 2011 年版,第 890 页。

② [清]王士禛:《何山草堂诗稿序》,《两浙輶轩录》卷一,浙江古籍出版社 2012 年版,第 68 页。

③ 张萍:《明代余姚吕氏家族研究》,浙江大学出版社 2012 年版,第 121 页。

④ [清]叶燮:《已畦集》,《清代诗文集汇编》,上海古籍出版社 2010 年版,第 104 册,第 629 页。

遂致句读谬误[①]。这些都是亟需厘清的。针对上述历史遮蔽和研究偏差，我们尝试在新见吕师濂诗集——《何山草堂诗稿》(中国科学院图书馆藏，清康熙刻本)、《何山草堂诗二集》(清华大学图书馆藏，清康熙刻本)[②]的基础上加以系统考察，从海疆幕府文学的角度对吕师濂及其作品作较系统的研究，不仅为吕师濂的个案研究寻求突破，亦期待为清初诗歌史构建以及文人思想领域的研究提供参考。

一、生卒年考

吕师濂其人其事虽于明清易代之际多有流传，但因其参与“通海案”“三藩之乱”等抗清、反清事件，著述遭禁毁而身名与之共磨灭，今日知之者甚少。其基本信息已见第二章第一节文人概览部分，兹不赘述，特就其生卒年加以考证。

《何山草堂诗二集》卷一有《一百句简怀留村制军》：“别公戊辰(康熙二十七年)春，岁籥俄三历(康熙三十年)。昨夏(康熙二十九年)闻左迁，买舟拟把觌。酷暑虐虚脾，患厥河鱼疾。停就汉口医，迨冬方饮食。裁书遣野童，千言布寸臆。后读批答笺，事已十了七。遥期麦及秋，便道接颜色。梦寐帆樯过，风雨江干立。”知此诗作于康熙三十年，“昨夏”得知吴兴祚左迁，欲往探视，却病阻汉口，遂遣野童寄信前往探视。又据同卷《生日早起有感书于小像之

① [清]万树《满江红》序：“次日宴集守斋，亦掷全红，用前调为赠。”句读误，当作“次日宴集，守斋亦掷全红，用前调为赠。”见《全清词》(顺康卷)，中华书局 2002 年版，第 5564 页。

② 《何山草堂诗稿》卷首有朱士稚、刘廷俊、吴夏、方孝标、李符、葛芝所撰序言各一篇，《何山草堂诗二集》卷首有薛熙、吴晋所撰序言各一篇，本书多有引用，为行文简洁，不再重复注释。

后》:“端州接家书,祖墓侵风湿。仓卒束装去,由闽趋井邑。”此即前诗所说的“别公戊辰春”。该诗又写道:“有友延陵君(留村),节钺新左谪。羁旅瘴疠方,百口虑委踬。连宵梦见之,繁言半记忆。泥首别庭闱,买挂珠江席。讵忽二竖淫,滞楚究药石。……南望神空驰,遣童候消息。报章隔岁回,无他但窘涩。我病正同斯,号呼沓将伯。……六十五年来,蓬莱几浅溢。”两诗参照,推测康熙三十年吕师濂六十五岁,则生于明天启六年(1626)。

关于吕师濂的生辰,李良年《秋锦山房集》卷四《吕黍字以诗集属分虎见寄有此赠》:“十龄学为文,十五爱结客。破产掷秋烟,瘗笔等山积。二十羽陵蠹,缥锦肆剥蚀。三十塞上鸿,秋南更春北。天使为散财,甲第编苇荻。被褐赴国门,贤豪许相识。”[①]诗中“十龄”“十五”“二十”“三十”虽为文学作品的惯用书写模式,但吕师濂十五岁左右“结客”“破产”较为可信;而据史料中“甲申后散财结客”的记载,生于明天启六年的推测,与此相吻合。另外,据陈维崧《湖海楼诗集》卷一甲辰稿《赠山阴吕黍字兼怀钱去病》有句“江东一半酒徒尽,而我与君非少年”,根据诗义,可知吕师濂与陈维崧为同辈人,年龄相仿。陈维崧生于天启五年,与以上吕师濂生于天启六年的推测亦可相佐证。

至于吕师濂的卒年,仍未见确凿的证据。康熙三十七年戊寅(1698)刊刻的《留溪外传》“校阅同人”中有吕师濂,考虑到“校阅”可能经历了一个时间周期,不能断定吕师濂此时是否仍然在世,但是亦不妨大胆推测吕师濂卒年或在是年前后。陈维崧卒于1682年,享年仅有57岁,吕师濂较之已属高寿了。

---

① [清]李良年撰,朱丽霞整理:《秋锦山房集　秋锦山房外集》,上海古籍出版社2011年版,第169页。

二、生平交游

由吕师濂《何山草堂诗稿》《何山草堂诗二集》可以大体梳理、勾勒出吕师濂的生平履迹和交游情况。我们将其划分为三个阶段，下面略作阐述。

第一阶段，甲申（1644）至康熙三年（1664），吕师濂主要往来于江南一带。虽然我们尚未发现这一时期的吕师濂参与秘密抗清活动的直接证据，但是仍然可以从吕师濂及友人的文学作品中寻觅到蛛丝马迹并做出适当的推断。甲申后，吕师濂散财结客，与“通海案”的主要人物魏耕等人密切往来。魏耕有《送吕八师濂》《山阴吕师濂宅留题》《同吕八师濂诸公游陶太史曹山别业》诸作。顺治十六年（1659），朱彝尊《曝书亭集》卷四中有《梅市对雨迟朱士稚不至，同吕师濂、祁理孙、班孙分韵，得泥字》，其中朱士稚、祁理孙、祁班孙皆为此际的秘密抗清人士。吕师濂曾为钱谦益作《钱虞山先生属题书榻之嵋》诗：“入暑新嵋雾縠悬，属吾题咏墨亲研。欲留高士谁徐稚，若揖奇人必鲁连。酒满床头容易醉，月窥窗里不难圆。东山夙负匡时略，何日苍生尽稳眠。”（《何山草堂诗稿》卷四）诗中流露出“匡时”和心系“苍生”的志愿。另外，蔡仲光《谦斋诗集》卷八有《送朱士稚魏耕吕师濂之吴门》，魏耕《雪翁诗集》有《晓发苏州逢故人》，吕师濂亦有《早发姑苏》（《何山草堂诗稿》卷七），当作于同时。秘密组织抗清斗争是吕师濂在这一时期的活动主题。吕师濂《早发姑苏》诗境悲壮凄凉，而又不失清丽，可以一窥吕师濂此阶段的情感主基调和艺术风格：

放舸金阊晓露晞，霸图怀古欲沾衣。
城边不见要离冢，草上低看黄蝶飞。

康熙三年暮春,吕师濂参加通州刺史毕际有组织的依园集会。《陈迦陵文集》有《依园游记》:"同集者闽中林那子先生古度、楚黄杜于皇濬、秣陵龚半千贤、新安孙无言默、山阴吕黍字师濂……共十有七人。"[①]同年,王士禛与诸名士于红桥修禊,王士禛作《冶春绝句》二十首,和者众多,吕师濂有《广陵冶春辞和阮亭先生》九首。康熙三年前后,吕师濂与陈维崧结下深厚情谊,并与毕际有、陈玉璂等人有诗词往来。此际交游事迹可详见附录《吕师濂年谱》"康熙三年"条。

第二阶段,吕师濂游历九边,入蜀,取道鄂、湘赴滇,进入吴三桂幕府。顺治至康熙初年,遗民西北游蔚然成风。顾炎武、朱彝尊、屈大均、毛师著等人皆有北上游历的经历。究其动机,"盖关中僻远,清人势力尚未能顾及。故明末宗室及二三遗老,尚得盘游其间,遁影无涯。是以远方之士,若屈大均、顾宁人,皆不远千里而来,亦即其因。"此外,还有更深一层原因,"及后三藩之乱,吴三桂独立云南,王辅臣即相应于陕西。盖与此二三遗老,不无有相当之原因。当夫清初之时,其内地各省故已帖服,然若西北之山陕、东南之闽粤,均有二三遗老倡和结社,外以吟诗为名,内即有起义之意。"[②]

值得一提的是,吕师濂在甘州与清初名将张勇的交往。方孝标《何山草堂诗稿序》:"历九边,至酒泉、张掖间止焉。日与卖浆屠狗者悲歌游市上,其节帅张公闻而致之礼馆。"张公,即张勇,清初名将,在平定"三藩之乱"的过程中功勋尤著,《四库全书》收录其《张襄壮奏疏》。吕师濂《登甘州城楼呈大将军张公》(《何山草堂诗稿》卷三):

---

① [清]陈维崧著,陈振鹏校点,李学颖校补:《陈维崧集》,上海古籍出版社2010年版,第139页。

② 谢国桢:《顾宁人先生学谱》,商务印书馆1930年版,第153—154页。

神皋严锁钥，形势此西偏。
博望空能凿，匈奴臂不联。
八门屯铁阵，一壁障金天。
约扫昆仑雪，摩崖到上边。

吕师濂与仕清的汉族将领多有联络，顺治朝至“三藩之乱”戡平期间的此类联络多有游说反清的动机，“三藩之乱”后恢复明室无望，吕师濂转而寻求这些人物的庇护。张勇之子张云翼，袭封靖逆侯，于康熙二十五年(1686)授福建陆路提督，吕师濂多次赋诗赠答，并且得到他的生活资助。康熙二十七年以后，吕师濂作《奉寄又南张侯帅》有句云：“一介得知己，天也非人谋。猥辱敦世讲，折简招遨游。”可知吕师濂因与张勇有旧交，故而张云翼亦对吕师濂礼遇有加。

康熙五年新年，四十一岁的吕师濂抵达昆明，其《寄怀行先开先两表弟》道：“新年马口进昆州，劳发呻吟病在痔。伏枕调停夏略差，忽然兴尽车将脂。”至昆明后，吕师濂旋即进入吴三桂幕府，成为一方侯王的座上嘉宾。自此至“三藩之乱”爆发前，其生活状况如李良年《吕黍字以诗集属分虎见寄有此赠》诗中所言：“不见山阴生，啸傲王公侧。蛾眉乞题诗，虎旅待飞檄。非无燕拥彗，亦有赵襒席。生视若敝屣，倔强犹往昔。”[①]吕师濂迅速地投入到广泛的交游活动中。其《九叙袁大中丞邀游鹦鹉山用壁间韵》(《何山草堂诗稿》卷四)云：

长松浩浩作龙吟，风气秋崖日半阴。
云界袖边生羽翼，仙源意外得招寻。

① ［清］李良年撰，朱丽霞整理：《秋锦山房集　秋锦山房外集》，上海古籍出版社 2011 年版，第 170 页。

丹鸡白犬秦人洞,豪竹哀丝谢傅心。

王粲不须嗟失路,故乡无此好登临。

“九叙袁大中丞”即袁懋功(1612—1671),字九叙,顺治十七年,授云南巡抚,抚滇九载。康熙六年,以父忧归。九年,起授山东巡抚。故《九叙袁大中丞邀游鹦鹉山用壁间韵》当作于袁丁忧归之前,可知此诗即作于入滇后不久。鹦鹉山位于云南楚雄南华县城西,原镇南州八景之一的“鹦鹉来青”就在此处。

在“三藩之乱”爆发之前,吕师濂度过了数年相对安逸的幕府生活,多与文人诗歌唱和,包括方孝标、方亨咸、李符、王础臣、程封、姚文燮等人。康熙九年至十年间,吕师濂与方孝标、方亨咸兄弟有诗文往来。方孝标《钝斋诗选》卷十九《滇南留别诗》其四:“把酒幸逢陶令菊(陶石长),怀人先命吕安车(吕黍字)。……遥知彦会南楼夕,定亦临风忆索居。”[①]方孝标于康熙九年三月初九日发金陵,于六月二十四日至昆明,同年即返,故有“幸逢陶令菊”之句。吕师濂《简邵村并烦致意楼岗令兄》(《何山草堂诗稿》卷一):

绝塞得生还,修髯惊半白。当年骢马声,道路犹藉藉。初逢廿四桥,飞觞弄秋月。重晤苴兰城,裁绡画奇石。堆垛硬于冰,嫣润柔无骨。气势欲飞翔,风烟恍出没。米颠首必稽,李广弓思射。捣炼可补天,煮餐或拔宅。临池饶媚姿,得句果秀发。自君返白门,屈指岁一隔。从来旷达人,只抱林泉癖。倡和况元方,足以乐晨夕。为予道相思,穷愁今更剧。

① [清]方孝标:《钝斋诗选》卷十九,清钞本。

邵村即方亨咸，楼岗即方孝标。康熙九年(1670)冬，方孝标、方亨咸离开云南。吕师濂此诗作于次年，从诗中可知吕师濂与方亨咸初逢于扬州(廿四桥)，重晤于昆明(苴兰城)。而两次会面之间，则是吕师濂“绝塞得生还，修髯惊半白。当年骢马声，道路犹藉藉”遍历九边的经历。张萍《明代余姚吕氏家族研究》将此诗视为吕师濂晚年所作，“从抗清起义的明遗民到放下干戈，从激烈对抗、斗争转为平和、容忍，从政治、军事领域转向学术、文化领域，走上了明清之际许多文人士大夫经历的一条共同的道路”，误；将《老柏行》亦视为晚年作品，而据上文考证，《老柏行》应作于康熙三年至康熙六年“遍历九边”或更早的顺治年间北上之际，张说亦误。①

吴三桂贵为平西王，威震云贵，后举兵反清，致使清朝半壁江山陷入战火。在此背景下，吕师濂在滇期间与吴三桂关系紧密，成为幕府重要谋士，深受器重。抱阳生《甲申朝事小纪》卷五《吴三桂始末》载：“凤翔府知府傅弘烈，参桂必有异志，宜预为防备。部议弘烈越职言事，劾奏亲王，革职充广西军。中城御史李棠，亦以参桂革职。浙人吕黍字言于桂曰：‘王权尊势重，致使傅、李参劾。盍营园亭，多买歌童舞女，日夜欢娱，使朝廷弗疑。’桂以为然，即命黍字督造安福园于王府之左。松柏高五六丈者，移种皆活。历三年，园成。与吴复庵等弹琴赋诗，徜徉其间。又使赵璧采买吴伶之年十五者，共四十人为一队。”②康熙十二年，清廷下令撤藩。吴三桂自称周王、总统天下水陆大元帅、兴明讨虏大将军，发布檄文。吴三桂反，“方献廷与黍字，铸伪印百科颗”③。又以方光琛为吏曹、

① 张萍：《明代余姚吕氏家族研究》，浙江大学出版社2012年版，第124—125页。

② [清]抱阳生编著：《甲申朝事小纪》，书目文献出版社1987年版，第127页。

③ 同上，第128页。

来度为户曹、钱点为礼曹、韩大任为兵曹、冯苏为刑曹、吕师濂为工曹。①

“三藩之乱”期间,吕师濂创作了大量诗歌作品,军中之篇什对于还原三藩之乱始末、战事胶着之际的文人心态等方面都有以诗证史的价值,这在本章第二节将重点论述。在此,我们注意到若干登临怀古之作,是吕师濂排解胸中块垒的重要方式,颇能展现吕师濂在滇时的故国之悲。登上昆明附近的苴兰城头,可以眺望南明永历帝五华山故宫,他在《苴兰送春辞》(其二)一诗中写道:

五华寺上散斜晖,怕向江头看翠微。
多事莫如双燕子,还衔春色故宫飞。

诗中一派凄凉景象,故国之思、国破之恨溢于言表。另外一首《九日眺苴兰城楼》(《何山草堂诗稿》卷四)同样满眼黍离之悲:

睥睨秋高接大荒,苴兰亦是旧金汤。
槟榔不贡秦宗庙,筇竹先登汉职方。
百战关门屯虎豹,一天殿瓦冷鸳鸯。
迷离禾黍沾衣袖,野客还来泛菊觞。

“三藩之乱”期间,吕师濂受吴三桂委派,由滇赴闽,入靖南王耿精忠幕府。康熙十三年(1674),吴三桂反清的烽火迅速燎原,耿精忠于福建起兵响应。吕师濂具体何时赴闽协助耿精忠行事尚待考证,大抵是奉吴三桂之命以协调三藩之间的军事行动。康熙十

① 李治亭:《吴三桂全传》,人民文学出版社 2017 年版,第 379 页,误作“吕忝子为土曹”,据《甲申朝事小纪》改。

五年九月，清兵突破仙霞岭，逼近福州。十六日，吕师濂协助耿精忠杀害被囚狱中三年之久的福建总督范承谟。这说明，吕师濂已经成为吴三桂乃至耿精忠所倚仗的心腹之士，在三藩谋士中拥有非常高的地位，发挥过重要作用。郭棻《范忠贞公传》："丙辰王师破仙霞岭，精忠降，饰辞希免死，虑公白其实，于九月十六夜遣逆党来害公。公时方侧卧，闻变，微笑曰：'今日方毕吾事。'索赐冠。贼党吕八者，夺而掷诸地，复蹴之。公怒，以械索捽其头，几毙。乃披衣露顶，遥望阙，九叩首曰：'罪臣奉职无状，死迟矣。'遂遇害。"①

需要特别指出的是，在闽期间的活动进一步丰富了吕师濂海疆幕府的阅历。无论是范承谟福建总督幕府，还是驻藩福建的靖南王耿精忠幕府，都具有明显的海疆属性。范承谟总督福建的一个重要任务就是规划闽海局势，防范台湾郑氏集团军事力量的侵扰；而耿精忠幕府则凭借王权，巧取豪夺，搜刮民脂民膏的同时积极开展海上贸易牟利。"三藩之乱"爆发后，范承谟及幕僚、家丁等罹耿精忠之叛乱，共死难者达数十人之众。范府幕僚许旭、嵇永仁、王龙光、沈天成、林可栋等幕僚聚焦耿藩之乱的书写，尤其是范承谟、嵇永仁等人的狱中唱和制造出一个引人瞩目的事件，在清初文学史上留下了可歌可泣的一笔。身陷囹圄，穷途末路，范承谟与诸幕僚借文学创作以明心志、以记苦难、以求不朽。《百苦吟》是嵇永仁在狱中首倡的一组七言绝句，"写禁中状，及其愤郁欲飞之情"②，范承谟、王龙光、沈天成、林可栋皆参与唱和，创作规模达500余首。在此事件中，禁锢经验实现了文学转化，突破了文学

① ［清］范承谟：《范忠贞公文集》卷一，清康熙四十七年(1708)刻本。

② ［清］薛镕：《百苦吟书后》，见［清］嵇永仁著、刘奇玉辑校：《嵇永仁集》，湖南人民出版社2017年版，第302页。

书写困境,并且借助多种文体的不同文学效果延展了传播链条。以《百苦吟》为代表的诗歌书写,以《和泪谱》为代表的散文书写,以《双报应》《续离骚》为代表的戏剧书写,文体纷呈,共同指向"一时传诵至涕下,如亲见公及嵇子音容者。是公与诸子虽死,不死也"[①]的文学价值与生命诉求。身临其境的吕师濂对此文学事件不可能不知晓,亦不可能无触动,可以大胆猜测,吕师濂对于海疆幕府文学的生态是日益熟悉的,这为他进入吴兴祚两广总督幕府提供了心理准备。

第三阶段,吕师濂辗转进入两广总督吴兴祚幕府。"三藩之乱"戡平,故人零落,明祚恢复再无希望。和许多遗民的思想转变轨迹相类似,吕师濂由慷慨激愤转为悲哀潜藏。康熙二十三年(1684)暮春,吕师濂自襄阳至汉口,买舟前往端州(今肇庆)吴兴祚两广总督幕府,当年抵达端州,从此与吴兴祚建立了延续一生的情谊。吕师濂在吴兴祚幕府中的交游和文学文化活动的参与情况在本章多有涉及,他与吴兴祚的交往情况也将在下文作专门论述。

三、吕吴厚谊

(一)交游动机

就普遍意义而言,每个遗民入幕的动机皆有其一定的相似性。然而,遗民个体情况的不同为探究遗民心态提供了条件。吕师濂入吴兴祚幕府的初衷总体有二,即避祸与谋生。而如何能够在吴兴祚幕府中被接受,甚至成为其人生中相当安逸自得的一段时光,则是多方面因素共同导致的。

---

① [清]薛铭:《百苦吟书后》,见[清]嵇永仁著、刘奇玉辑校:《嵇永仁集》,湖南人民出版社2017年版,第302页。

第一，同乡之谊。吴兴祚祖籍浙江山阴，虽自幼生长北地，但仍以江南雅士自居，更怀有祖籍上的认同感。吕师濂祖上居浙江余姚，吕本时迁居山阴，并在鉴湖之畔营建了吕师濂萦怀一生的“何山草堂”别墅。同乡之谊是二人文化对话的基础。事实上，虽然吴兴祚位高权重，但是对于山阴同乡关怀备至，充满了浓厚的乡土情结。“总督两广大司马留村吴公推俸赡族之人，饥者得食，寒者得衣，少者得婚，老者得养，死者得葬，可谓敦族之极轨矣。”[①]基于吴兴祚的慷慨乐施，“诸族人谋勒石以志不朽”。吴兴祚对于族人和乡人的这份深情并非一朝一夕，而是数十年如一日，“公初令锡山，族人至其治者踵相接也。公谊笃宗支，无论戚疏，必使称愿，盖十余年如一日焉。及公膺特简，乘宪入闽，道远数倍于锡，其至闽者不减于锡也，而公待之则有加。迨公由秉宪晋开府，方海氛未靖，公身涉波涛，亲冒矢石，诚有如古人无以家为者，而独于族人羁旅致拳拳焉。今膺新命，节制两粤矣。公言念族人，何可使跋涉蛮烟瘴雨，不远六千里至岭外乎？爰为计贫乏者数百余家，差之以三等，约所惠者七千余金。而宗人之为侨若干者，又汲引奖借，俾纳资通籍，更仆未易数也。”[②]自无锡至福建，再至两广，吴兴祚对族人乡人之资助未曾倦怠，仅在两广总督任上，他即分山阴族人为三等，供给白银七千余两。

第二，祖上姻亲。在吴氏家族中，吴兑、吴兴祚堪称双子星，前后交辉，造就了吴氏家族的绵延鼎盛。嘉靖三十八年(1559)，吴兑进士及第；万历六年(1578)，担任宣大总督，并且主持过盟国俺答封贡；万历九年，转任蓟辽总督，终以兵部尚书加太子少保致仕。吴兑娶妻骆氏、妾王氏，共育二子八女，枝叶蔚然。吴兑姻亲皆属名门，包括绍兴陶堰陶氏(参政陶大年、副使陶大有家族)、会

---

①② 吴邦枢纂修：《山阴州山吴氏族谱》，民国十三年(1924)铅印本。

稽商氏(大理寺少卿商为正家族)、峡山何氏(参政何继高家族)、林头王氏(南兵部侍郎王元敬家族)、余姚吕氏(大学士吕本家族)、绍兴姜氏(礼部尚书姜逢元家族)等名门望族。[①] 吕师濂所在吕氏家族赫然在列。这层关系,在文化认同上多了几分血脉亲情上的温馨。

第三,吕洪烈引荐。吕洪烈是吕师濂的族侄,戏曲家吕天成之孙。康熙二十年(1681)左右,吕洪烈与万树追随吴兴祚自福建入两广,在吴兴祚幕府中资历颇深。康熙二十一年,远在武汉、邓州一带寄居的吕师濂致信吕洪烈,有诗《药庵在征蛮幕府孟秋朔四日为六袠诞辰闻其纳姬以娱寄此长句当询当祝》,除了祝贺吕洪烈六十诞辰和"纳姬以娱"之外,更多是询问岭南的生存氛围如何。次年,即康熙二十二年,吕师濂才接到吕洪烈回信和人参若干。吕师濂精神为之一振,赋《灯下得药庵岭外书并参若干》诗:"幼同笔砚壮分襟,北辙南辕信久沉。岭表忽来云朵字,函中横叠鸭江葠。剪灯细读情殊切,沦水文煨味转深。气力觉强思亦慰,愁人今夕罢呻吟。"吕师濂不仅因回信而颇感欣慰,而且"气力觉强",常年处于穷愁境况下的诗人竟然"今夕罢呻吟"了。想来吕洪烈的反馈带来了很多积极信息。康熙二十三年暮春,吕师濂自襄阳至汉口,买舟启程,经过福建,终于在当年抵达位于端州的吴兴祚两广总督幕府。

第四,生活所迫。吕师濂与吕洪烈取得联系之际,已在荆楚一带漫游四年之久,在故人的资助下过着相当没有尊严的生活。此际,接到山阴好友钱去病的手札,兴奋之下作《晡矣忽得去病手札》诗,吐露生活之困窘:"负郭田倾久苦饥,因而汗漫失归期。当春懒问新烟柳,觅食慵耕旧砚池。时命坎轲眉尽案,章缝束缚悔同

---

① 杨海英:《山阴世家与明清易代》,《历史研究》2018 年第 4 期。

迟。……”因为丧失了田地，所以只得在外谋生，导致漫无归期，而觅食谋生手段也无非是寄人篱下游幕而已，不禁感慨生活艰辛，命途多舛。同时，在山阴故宅还有老母、妻小，他们生活资料的取得都要仰仗自己。此情此状，他亟需改变漫无目的的飘泊生涯。而吴兴祚幕府坐拥海疆，经济富饶，自然能够给幕僚提供相当有诱惑力的待遇。

第五，避秦首选。岭南远离清朝的政治中心，对于遗民、尤其是吕师濂这样投入激烈抗清斗争的战士而言，岭南就成为他相对安全和稳定的避难地首选。清朝作为一个异族新政权，在征服了全国之后，以往过当的武装征服手段也在逐渐发生转变，文治和优抚已经成为稳定社会局势的重要方式。在此考虑下，将闲散移民纳入幕府，既减少了敌对力量，又能使之为朝廷所用，是一种智慧的选择。在当时兴起了一股修地方志的浪潮，究其实质，亦是朝廷“文治”的考量。所以，类似吕师濂、屈大均这样的夙有抗清“恶行”的人士能够进入吴兴祚幕府也是可以理解的。

（二）幕中交往

幕府生活丰富多彩，登高望远、赋诗填词、唱和联句、欣赏昆曲成为幕府中主要的娱乐方式。吕师濂在总督府担任“簿书”的文职工作，幕中多暇，既是遣闷，也是入乡随俗，他迅速投入到群僚的文学生态当中。以下重点就吕师濂与吴兴祚的交往情况加以分析。

首先，赋诗联句，相得益彰。吴兴祚幕府群僚满座，宴会之乐，举不胜举，在此，我们将视线从杂乱、喧嚣的宴会场景聚焦于吴兴祚与吕师濂两位三人公，一睹二人的知音之雅、意气相投。吕师濂《秋夜留村先生饮中联句》（《何山草堂诗稿》卷五）：

昨原谋节饮，微醉亦何妨。况值秋将老（留村先生），休辜夜正长。纵谈今古暇(守斋)，岂受簿书忙。久旱伤农事(留村先生)，能忧胜岁穰。风偏窥竹牖(守斋)，月未吐花墙。结蕊灯光紫(留村先生)，无尘镜影凉。晚蛩鸣唧唧(守斋)，宿蝶梦茫茫。抚剑嗟神瘦(留村先生)，临池爱墨香。输公才似海(守斋)，喜子气如霜。友道敦忠信(留村先生)，朋怀恼隐藏。问奇开武库(守斋)，耽懒负奚囊。寒暑催双鬓(留村先生)，功名赫太常。赤松期早在(守斋)，绿野愿迟偿。忽忽愁时态(留村先生)，滔滔藉纪纲。城砧千片起(守斋)，戍鼓一更当。今夕饶清兴(留村先生)，天涯不易忘(守斋)。

这是一次秋夜雅集。但这次幕府雅集只有吴总督与幕僚吕师濂，秋深夜寂，二人对饮联诗。由“岂受簿书忙”可知，吕师濂在总督府担任“簿书”的文职工作。总督曰：“友道敦忠信。”守斋对：“朋怀恼隐藏。”这个清风徐徐的秋夜，他们敞开襟怀，倾吐心声，使得吕师濂发出“天涯不易忘”的感慨。需要顺带说明的是，明代学者徐师曾就“联句”这一文学创作形式曾经指出：“必其人意气相投，笔力相称，然后能为之。”[①]吕师濂与吴兴祚的联句具有很丰富的象征意义。吕师濂以诗名家，而吴兴祚作诗只能视为一位封疆大吏在公务之外的雅兴，二人联句未必能超越宾主身份的差异性，倘若能够超越这一点，则极大程度地彰显出知音之间的深情厚谊。无论如何，此次联句是对吴兴祚诗艺的极大肯定和扬誉。

锡祉堂、文来阁是幕府主宾雅集的重要场所。金烺《绮霞词》有《月上海棠·文来阁坐月同吕黍字先辈》《南乡子·五日公宴锡祉堂，同留村先生、药庵家岳、红友、黍字、集之、韩若、雪舫分赋》诸作。吕师濂《守斋词》亦有《齐天乐·五日宴锡祉堂》，记载了海外

① [明]徐师曾：《文体明辨序说》，人民文学出版社1998年版，第111页。

美酒和歌舞演出盛况。毛西河在《绮霞词》的点评中赞道：“贤主嘉宾，欢歌笑语，是一幅西园雅集图。”①

其次，陪同吴兴祚外出游览是吕师濂幕府生活的重要内容。康熙二十四年（1685）清明，吕师濂入吴兴祚幕府还不足一年，便已迅速融入幕府的文化生态中。清明，五十九岁的吕师濂与吴兴祚、万树、朱凝阳等泛舟端溪，探寻端砚遗址。吕师濂《泛端溪诗序》（《何山草堂诗稿》卷四）云：

> 世所谓水坑砚，实产端溪岩洞中。赵宋时，凿开旋亦禁闭。留村先生嗜古情深，意将复启。约清明，偕仆辈往探。适阴雨浃旬，虑弗能果。至期忽霁，移舫成游，及诣洞所，扪得“治平四年丁未内官魏奉旨封”十二字，其郑重如此。考治平为英宗年号，而丁未迄今之乙丑盖六百十九年矣。

“今之乙丑”即康熙二十四年（1685）。据《序》可知，宋英宗“治平四年丁未”为公元1067年，至吴总督率众幕僚登览探寻，其间相距恰619年。

康熙二十六年底，吕师濂萌生离粤返乡的念头，创作《奉赠留村先生十六首》（《何山草堂诗稿》卷四），赠诗抒怀，二人交往达到一个情感峰值。这是一组七言律诗，每一首从不同角度颂扬了吴兴祚的家世门风以及文治武功，其间流露着深深的感恩之情。因该组诗尚未进入学界研究视野，兹录于下，除了作为二人交往厚谊的见证，亦可窥见吕师濂近体诗创作风格之一斑：

---

① ［清］金烺：《绮霞词》，张宏生编：《清词珍本丛刊》第九册，凤凰出版社2007年版，第268页。

其一:

史记世家推第一,仲雍华胄炽州山。
九重赐履尚书贵,百战安边堠燧闲。[①]
铁券辉煌盟带砺,金吾亲密冠朝班。
更闻侍御能绳武,谏草犹留天地间。

其二:

郁葱佳气见关东,尊大人高攀附功。
先绾州符传美政,后持宪节著清风。
居官只以慈为念,负我何妨厚处躬。
阴德积深宜食报,长公声望近逾隆。

其三:

如公才调世无双,词浪文澜欲涨江。
才十七时廷对策,略经营处敌争降。[②]
即膺开府恩三锡,独救泉州血一腔。[③]
力战解围修废堕,仍携书卷卧南窗。

---

① 诗间小注:“令祖太公出制三边,以战功晋尚书,荫锦衣世职。”

② 诗间小注:“公任观察时计擒朱统锠辈。”

③ 诗间小注:“海孽围泉数月,粮援并绝,危在须臾,公请提师独往,夺险深入,力战而围始解。”

其四：

门名金厦海咽喉，狡窟台湾缩里头。
谁敢横戈投死地，不殊挼索缚凉州。
同时屡捷全凭气，一举双收总借谋。
禹甸尧封荒服外，扩开郡县畅皇猷。

其五：

天子临轩受捷书，楼船下濑可能如。
歌闻杕杜开麟阁，诏带云霞降玉除。
专阃将军应避席，纳沟士女得还居。
东南两粤资弹压，又拜新纶拥画舆。

其六：

香山珠海瑶蛮杂，铜柱藤桥瘴疠浓。
时值乱余难尚法，民当穷极易为凶。
五年调护群情得，万国梯航远译重。
翡翠珊瑚殊不爱，一泓秋水湛高胸。

其七：

不以家为为祖庙，买田负郭助蒸尝。
既虔伏腊馨香远，载考笙镛功德彰。
家乘散亡新锓版，本支昭穆秩成行。
万金曾恤宗人遍，疏广王珪敢颉颃。

其八:

怜才爱客是生平,片刺投来吐哺迎。
博论古今何痛快,纵谭经济更高明。
守谦自觉身名小,然诺常令百万轻。
周旦季心方躅远,相逢恍见古人情。

其九:

牡丹岭外最难栽,去腊江南数树来。
地暖得春花悉放,天香侵晓蝶齐偎。
朱阑日丽红迷眼,嫩叶风翻绿映杯。
薄醉主人□□就,□能依和即高才。

其十:

半壁安危系一身,指麾清暇坐花茵。
何须大树夸冯异,岂不投壶比祭遵。
较射每悬金作的,游山必借酒娱宾。
联倾三斗方舒啸,可似仙中第几人。

其十一:

推让休言惟卜式,友于还许过王商。
清宵拥被长思共,春草临池必寄将。
终鲜欲伤形影独,在原空羡鹡鸰翔。
年来鬓已浑堆雪,惭愧孤踪八座傍。

其十二：

宋英宗凿端溪石，制砚风流司马追。
蕉叶人皆夸火捺，青花谁复数红丝。①
隃麋略试浓偏易，毛颖轻投饱欲驰。
昨日晴明看莲腕，云烟蓬勃斗蛟螭。

其十三：

汉阳鼓棹到崧台，留滞三秋腊又催。
衙散定提如意过，月明常唤洞箫来。
论兵起翦应低首，落笔班扬俨夺胎。
昨夜红灯悬木杪，银花火树一时开。

其十四：

国家最亟惟财用，九府规模本太公。
配入铅铜宜四六，持来滑泽费磨砻。
一时出纳民情便，万里舟车货殖通。
欲致富强元有术，夷吾煮海意教同。

其十五：

退食围棋一散心，斯时残照已全沉。

---

① 诗间小注：“砚石以蕉叶白青花为上品，火捺文则又次之。红丝，古砚名。”

双烧高烛冰盘浸，兼赌春醪椰盏斟。
风故有情穿竹到，月能无约入帘深。
三更报尽还寻劫，始信樵柯烂石林。

其十六：

四载追随尔我忘，解衣推食岂寻常。
从今懒读田文传，何忍将肩赵壹装。
别自销魂应不免，情于知己更难当。
愿公葆啬强精力，好待封留访赤黄。

如前所述，吕、吴二人的友谊延续余生，后幕府时期，吕师濂继续漫游荆楚滇黔之间，但是与吴兴祚一直保持联系。康熙二十八年(1689)六月，给事中钱晋锡、御史王君诏，疏劾兴祚鼓铸浮冒，部议降三级调用，“公(吴兴祚)为国重臣，方骎骎向用。既而以奏请拨钱，本设炉鼓铸，一疏遽被劾，降调”①。吴兴祚“自崧台解组，待命五羊城”②。得知这一消息后，吕师濂忧心忡忡，当即派书童南下广东问候消息，其《生日早起有感书于小像之后》：“有友延陵君，节钺新左谪。羁旅瘴疠方，百口虑委蹶。连宵梦见之，繁言半记忆。泥首别庭闱，买挂珠江席。讵忽二竖淫，滞楚究药石。……南望神空驰，遣童候消息。报章隔岁回，无他但窘涩。我病正同斯，号呼杳将伯。”可知，吕师濂对于吴兴祚的消息非常关注。“报章隔

① [清]秦松龄《副都统前光禄大夫总督两广军务兵部尚书兼都察院右副都御史正一品世袭拜他喇布勒哈番又一拖沙喇哈番留村吴公行状》，《苍岘山人文集》卷六，《四库未收书辑刊》本。

② [清]阮元修、陈昌齐等纂：《广东通志》卷二五五《宦绩录》二十五，商务印书馆 1934 年版，第 4435 页。

岁回”，直到第二年即康熙二十九年童子才返回，“无他但窘涩”，得知吴兴祚在广州安然无恙，只因经济困窘而难以启程北归。得知这一消息，吕师濂一方面为吴兴祚被罢官后的自由感到欣慰，另一方面也为总督的困窘以至于起程的路费难以措置而感到悲哀，但“我病正同斯，号呼杳将伯”，吕师濂并不比被罢免的总督境况更好一些。

吴兴祚滞留广东，直至康熙二十九年冬，在友人的资助下，才得以起程北上。吕师濂《一百句简怀留村制军》曰：“别公戊辰春，岁钥俄三历。昨夏闻左迁，买舟拟把觌。酷暑虐虚脾，患厥河鱼疾。停就汉口医，迨冬方饮食。裁书遣野童，千言布寸臆。后读批答笺，事已十了七。遥期麦及秋，便道接颜色。梦寐帆樯过，风雨江干立。”“戊辰”为康熙二十七年，是年春，吕师濂辞别吴总督。三年后，即康熙三十年秋，吴兴祚北上途经汉阳，与吕师濂相聚。二人一同郊游，登神女台，吕师濂作《九月八日与留村尚书郊游》四首（《何山草堂诗二集》卷三），其一“星岩登眺日，也逼近重阳”，不禁怀念在肇庆的美好时光；其二“养士投醪惯，豪吟倚马迟。须知谢太傅，出处系安危”，称赞吴兴祚的礼贤下士和政治功勋；其三写眼前景色，并表示“秋光都说好，耽赏几人同”，抒发陶醉与不舍之情；其四则感慨人生苦短，后会难期，“月知今夜有，人恐百年稀。良会休轻放，狂奴老布衣”。当年的除夕之夜，吕师濂在《辛未除夕寓汉阳和十唐人》（《何山草堂诗二集》卷三）之《和曹松》一诗即专门怀念吴兴祚：

忽忽思迁客[①]，音尘怅不闻。
帆从烟浦挂，手向夕阳分。

---

① 诗间小注：“留村制军。”

那处更车骑,何时履殿云。
孤灯吟伐木,有梦定逢君。

表达了真挚绵长的思念。汉阳相聚后,吴兴祚北上,参与康熙平定葛尔丹的战争。从此,二人再未谋面。不过,吕师濂对吴兴祚一直挂念在心,并且曾推荐进京人员拜谒吴兴祚,《郭西别业觞菊》(《何山草堂诗二集》卷三)是"子晦北发""将离惜别"之际所作,其四云:

去岁吴司马[①],邀登神女台[②]。
云霞笼舞袖,珠玉吐英才。
有帽都簪菊,无人肯放杯。
此翁京邸在,投刺莫徘徊。

这表明,吕师濂与吴兴祚的交谊是极为笃厚的,否则,断然不会引荐他人到吴兴祚在京的府邸投刺以寻求庇护与扬誉。

四、布衣名士

纵观吕师濂的一生,是从抗清志士转变为文化名士的一生。首先,不忘恢复明祚是其人生底色,吕师濂不忘祖德,心系故国,志在恢复。《御香歌》(《何山草堂诗稿》卷二)追叙祖辈的功绩,"忆昔吾祖参庙谋,中安外攘功名优。纶扉劳瘁十三载,始蒙予告林中投。复赐黄金营甲第,恩深养老娱春秋";抒发国家倾覆的悲愤,"谁酿西陲炽妖火,未央长乐俄荒丘。群盗纵横鬼昼哭,青毡旧

① 诗间小注:"留村。"
② 诗间小注:"汉川县。"

物鲜遗留”；无奈于自己“畏闻往事”“从此学锄耰，污邪蕃熟满车篝。衣食之外无他求”的壮志消磨；但永无穷尽的羞耻感却挥之不去，“佣书糊口岂得已，真惭弗克承箕裘”，以至于喟叹“芳草实贻王孙羞”。

明灭清兴的历史狂澜无法挽回，吕师濂沉浸于沉重的悲哀中，但由于他的另一层身份是修养深厚的文士，这为他的物质生存和精神生活提供了能量。《（乾隆）泉州府志》卷七十五拾遗上“淳化阁帖十卷”条附《马蹄淳化帖考》，文中记载了作者向吕师濂请教的经历：

> 余所得旧枣拓与石拓各一部，乃明初旧拓，其中浓嫣遒劲，大不类今所存者。质之张家之裔，亦不能辨。复质之山阴吕黍字先生，先生曰：“得一足矣，二部恐触造物之忌。”余因喜而藏之，不敢以见闻之陋自出臆度，以为真赝。又不禁复装潢之，垂诸后人识。时戊辰岁九月望之三日。[①]

显然，人们已经将吕师濂作为文化权威看待了，足见吕师濂在书法艺术上的造诣之高。

陈鼎创作于清康熙四十一年（1702）的《滇黔纪游》载有一段轶事：

> 犀牛潭有五色云起，潭有伏犀，水从峭壁直下，两水相激成雾，飞洒数百步，沾人衣裾。相传潭中逆变时解饷官弃金十余万于内，人多垂涎之。有善泅者，没水以求。一犀熟睡波底，绕皆珍宝，遂择巨者攫之以行。犀觉，遂至岸，泅者与之

① ［清］怀荫布修、黄任纂《（乾隆）泉州府志》，清光绪八年（1882）刻本。

斗,力竭掷还,犀始退,类齐东之语然。山阴吕黍字,名士也,作歌以记其事,摹写极工,好事者书于庙壁。①

文中直呼"山阴吕黍字,名士也",是对其文化影响力的高度肯定。

清人魏锡曾《绩语堂题跋》中有《跋蒋香生太守所藏岭南三家诗册后》:

岭南三家诗最为渔洋所称。……此册三家骖靳后附高云谷砚石考。适有梁、屈、陈一语可当。跋尾又皆为黍字先生书,同一纸幅诗册中,似此浑成完美之迹,百不遇一,洵精品也。黍字先生姓名未详,据梁款上署南海,陈款上署罗浮,则黍字非粤东人。祥符周季贶太守云,似曾见之某书,当续叩之,辛巳闰七月香生太守出视,命缀数言,因识。②

以上三例,一出于福建,一出于滇黔,一出于岭南,皆吕师濂足迹所及,具有相当高的可信度。不难发现,吕师濂已作为文化名士广泛参与到岭南的文化活动中。

在文化生活领域,以上"志士"与"名士"两个文化符号往往是重叠在一起的。这正如《守斋词》仍不时流露出和其诗一样"章法雄横,有清庙名堂之声,力致太平之气"的特点。聂先曾称赞道:"吾友殳山夫常道黍字天下才也……今读《守斋词》一编,洵知黍字之作岂独为词坛药石也哉。"③陈鼎纂《留溪外传》,"校阅同人"百余人,吕师濂赫然在列。考察该书,即可知以上言之不虚。该书有

① [清]陈鼎:《滇黔纪游》,清康熙刻说铃本。

② [清]魏锡曾:《绩语堂题跋》,《石刻史料新编》第3辑第38册,新文丰出版公司1986年版。

③ [清]聂先、王曾孙编:《百名家词钞》,清康熙绿阴堂刻本。

多篇序言，如“康熙戊寅孟夏朔旦新安张潮撰”，“同郡弟顾彩谨序”。凡例介绍此书主要内容称：“一是传稗史也。比正史不同。正史所载，皆缙绅先生，德业事功及关国家兴废大纲，此则俱草野隐逸韦布之士而能立名节者。间有一二前朝通显，皆忠贞贯日，杀身成仁，他书不载，诚恐湮没，故陈鼎及之。一是传所载忠义，多前朝遗老，知天命攸在，不敢忘思一奋与彼苍争气数，然其心眷眷，其志郁郁，未尝一日忘情故国，或终身穷饿山林，或没齿不入城市，或披麻戴白以至盖棺，皆国家之桢干，人伦之模范，俗所谓人种子也，足以标榜一时，启发后世，故陈鼎急为表草。……一是传所载皇冠缁衣或抗击清时以明其高，或亡国旧臣，遁入空玄，以明其义。”①这分明是明朝忠烈、遗民的人物传记。而吕师濂参与此文化工程，寓意不言自明。

从“志士”到“名士”的过程正是吕师濂遗民思想的演变历程。吕师濂借助“名士”身份，在清朝官员与遗民群体之间游刃有余，行使其“布衣权”。虽然“‘布衣’以文学书写及清谈风议营造舆论、评点人物与事件，进而影响权力网络之构成与政局之走向，乃是文学与政治互动关系的常态”②，但是，明清易代之际的布衣文士，尤其以明遗民为代表的“布衣权”的践行与发扬则具有相当的特殊性，是避祸、谋生以及精神栖息的结合体，甚至关系到子孙辈摆脱遗民烙印、出仕新朝的思想转型。从这个角度来审视吕师濂的身份转变和交游网络，对于我们理解吕师濂个体及一代遗民群体之心史不无裨益。

为了较为直观地呈现吕师濂行使“布衣权”的情况，我们制作

---

① [清]陈鼎：《留溪外传》，清康熙三十七年(1698)自刻本。

② 安家琪：《魏阙江湖：中晚明“布衣权”的可能及其文学史意义——以布衣山人与朝中官员的关系为视角》，《苏州大学学报》(哲学社会科学版)2022年第2期，第134页。

了简要表格,一览吕师濂交游的清朝官员层次之高、分布之广。

表 3.1　吕师濂与官员交游一览

序号	人物	官职	代表性酬赠之作
1	毕际有	江南通州知府	《赠别吕黍字归越州》
2	王士禛	扬州推官	《广陵冶春辞和阮亭先生九首》
3	张　勇	甘肃提督	《登甘州城楼呈大将军张公》
4	张云翼	福建陆路提督	《奉寄又南张侯帅》
5	吴三桂	平西王	《猎游诗并序》
6	袁懋功	云南巡抚	《九叙袁大中丞邀游鹦鹉山用壁间韵》
7	耿精忠	靖南王	—
8	徐元禹	华容县知县	《双虎行纪华容尹徐荆庵事》
9	蔡毓荣	云贵总督、绥远将军	《奉别大将军尚书蔡公》
10	吴兴祚	两广总督	《奉赠留村先生十六首》
11	余国柱	文华殿大学士兼户部尚书、光禄大夫,入阁为相	《大冶师相六袠八龄一百韵》

第二节　“杜陵野老悲歌久”
——吕师濂的“诗史”书写

目前所见的吕师濂诗歌大体可以分为三个创作阶段:康熙三年北上游历以前为第一阶段,虽然早年不无艳丽之作,但是嗟叹国破家亡的基调很快便得以确立,逐渐形成了雄健苍劲的诗风。对此,朱士稚指出,吕师濂“怀忧抱愤,发为诗辞,语必当机,事必极情,去一切淫靡浮丽、柔缓轻妖之态,喜怒不颇,哀乐合宜,时或过哀而不轨于怒者,和之至也”,具有“英雄快志,不屑绳墨之间”的豪放不羁特征①。第二阶段自康熙三年北上游历始，辗转入吴三桂幕府并参与“三藩之乱”，继而凄惶托命荆楚数年，至启程赴吴兴祚两广总督幕府止，凡二十载。此阶段正值吕氏壮年，诗风愈发成熟雄肆，方孝标以“杜少陵夔州之后诗”②誉之，加之饱阅乱离浮沉，故沉郁哀绝尤剧。第三阶段，自吕师濂进入吴兴祚幕府起，直至他辞幕还乡，漫游荆楚滇黔终其一生。该阶段吕诗以古体为主，“不拘于法而法未常或失”③，跳脱诗法之外，随意挥洒，较以往更加朴厚自然。概言之，在独特的时代背景与个体生命经验的交织中，吕师濂的诗歌创作继承和发扬了“诗史”传统，蕴含丰富的文史价值。从“诗史”角度予以考察，可以发现吕诗的书写重心、思想内涵和艺术特征。

一、书写内容

（一）身份咏叹

作为名宦后裔，吕师濂充满自豪而不甘平庸；作为抗清志士，吕师濂参与到“通海案”“三藩之乱”等军事活动中；作为遗民，气节的坚守使他备尝出处抉择的煎熬与生活的窘迫。受这三重身份的裹挟，吕诗写人状物皆容易生发出饱含历史意识的观照与同情。由于遗民身份是吕师濂各种身份的底色，所以该部分仅略论其余两种对其诗歌的影响。

首先，甲申之变后，吕师濂名宦后裔的优越感在动荡的社会现实的冲击下消磨殆尽。组诗《述怀》十二首（《何山草堂诗稿》卷一）

① ［明］朱士稚：《何山草堂诗稿序》，见《何山草堂诗稿》。

② ［清］方孝标：《何山草堂诗稿序》，见《何山草堂诗稿》。

③ ［清］吴晋：《何山草堂诗二集序》，见《何山草堂诗二集》。

有诗人对身份认同的集中思考。考虑到吕师濂作品为学界少见,且下文还将多次论及这一组诗,故不嫌繁琐,抄录如下:

我祖钓磻溪,心迹良幽独。不以才智求,乃从梦魂卜。阴符死商辛,漂杵未为酷。乾坤动歌舞,夷齐饿岩谷。惟王德务滋,事功霸始速。咄哉三千年,兴亡寄吾目。(其一)

四岳繁苗裔,历历垂明时。太傅参军国,实荷特达知。万几下政府,操纵则首揆(严分宜)。忍默负衾影,举措随倾危。高堂切温凊,锡类忠允移。超然而勇退,贤哲贻良规。岛彝屡深入,杀掠及孩提。劳心谋侮御,脱俸创城池。形势犄角成,端坐歼鲸鲵。耕凿藉以安,犹苦徭偏亏。急公自我始,均平去等威。愿言着令甲,妇子得嬉嬉。(其二)

陟岵陨清涕,我生何不辰。八龄即孤儿,六尺行负薪。就师限章句,怫郁无所申。跂足望霄汉,陵谷俄濡沦。莺花触大愤,丝竹悲当樽。蹙蹙辞乡县,蒙首淹风尘。欲投怀中刺,一举一逡巡。原尝迹已扫,自亦嫌其身。肝胆薄披沥,鬼即揶揄人。不如扪我舌,甚而惭仪秦。(其三)

时运何震荡,客里烽烟惊。咫尺迷秦越,谭笑无韩彭。千金装宝刀,风雨闻龙鸣。帐下罗健儿,举动咸恣情。征歌醉北里,绝技夸东陵。百万只一掷,亦惯呼癸庚。无何笳鼓作,神色非生平。铁衣殊蹴踖,介马殊狰狞。阵云团杀气,借问谁先登。(其四)

荆璞古所弃,龙精夜或飞。屈伸有钝速,天宝为之机。凡人而蹭蹬,和光与心违。道逢李伯阳,教我养木鸡。当食不得啄,当曙不得啼。雌伏待丰满,一奋惊天池。扶桑在东峤,灵兔隐西陲。恒距亿万里,朝暮犹致之。(其五)

高台置旨酒,歌镛涔激发。欲御忽起叹,愁来讵能遏。玄黄战龙蛇,烽火甘泉达。饥鸢啮人肠,倒挂满林樾。红日即晓升,青磷未暮灭。孤儿役鹰狗,鳏夫荷靺鞈。东作怅蹉跎,巧炊难粗粝。失蚕断流黄,空床啼寒月。游子贵赏心,所触奈悁怛。何处召伯棠,从容憩车辙。(其六)

济川凭方舟,樵山资利斧。厥用傥乖违,儿童得我侮。八音分清浊,协律究宫羽。五味当适调,入口忌辛苦。蠕蠢各有情,或亦使吞吐。圣人御天下,万物咸安堵。一夫苟向隅,泣下竟如雨。(其七)

碱砆笑结绿,玉工亦颐使。鱼目欺夜光,鲛人剧欢喜。姑莫详真赝,慎弗希意旨。何处多忧人,自言生于杞。请谢叶之龙,请璧辽之豕。深山有逸民,即是广成子。愿君竭精诚,推置入腠理。以正问获禽,王良御焉诡。(其八)

山堂卜芳燕,敦致贤豪车。小子总丱弱,言动慎遗书。明星烂冠盖,德凤辉衣裾。历阶遵长幼,入席节笙竽。长跪寿三爵,众宾雅以娱。姓氏傥许闻,不负奉步趋。东向张子房,西顾马相如。邹枚狎董贾,陶谢江鲍俱。或笑主簿短,或美参军须。此为古之人,乌得聚堂隅。公但敦吐握,庶几广规模。异代不借才,交臂失亦愚。何乃拒声色,戕人而自诬。暮春媚景光,且共投高壶。(其九)

蠲吉事宵征,遵行岂获已。至后既恒阴,雨霰况弥弥。湿火爇不红,冻泉凿不起。捧轡腕指僵,惊飙复斗齿。鸟道挂峰巅,羊肠入云里。牵藤度危杠,拆线缀敝屐。欲诣天有阶,遥瞰地无底。寒枝落野猿,黑箐啼山鬼。盥沐废晨昏,饮食分恶美。刀锥怀袖间,写作膝为几。憔瘁安足论,蓊茏可容拟。苍天何悠悠,感激故知己。(其十)

华木号慈乌,画夜号不歇。孤雏学高飞,十载云霄别。巢愁风雨摇,饥可伊谁说。关山震鼓鼙,音尘怅睽绝。讵料雏惊弓,如鲋困涸辙。何以鼠与狐,城社公忝窃。溪壑不测深,美名盗贞洁。作福更作威,穷奇而饕餮。上帝俨鉴临,一一蒙歼厥。除苛洗甲兵,天下因大悦。雏也翩跹归,反哺力能竭。(其十一)

兔丝依乔松,恩爱固胶漆。仰承雨露滋,自许冰霜质。比翼羡鸳鸯,谐情鼓琴瑟。泰畤禅云亭,铿锵造其膝。岁月易迁延,欢娱从此失。眷顾旧山阿,宿莽迷春色。下马立蘼芜,临风念俦匹。芗泽闻不闻,征裳泪将湿。(其十二)

其一上溯吕尚,“我祖钓磻溪,心迹良幽独”“惟王德务滋,事功霸始速”,面对吕尚的功绩,诗人发出“咄哉三千年,兴亡寄吾目”的感慨。其二则言及明朝大学士吕本的显赫,“太傅参军国,实荷特达知”,并记叙了吕本修建城池抵御倭寇的事迹。在此身份认同下,吕师濂思出其位,发而为诗,歌咏对象的同时也使自身情感毕现。《双松歌》(《何山草堂诗稿》卷二)作于顺治十五年(1658),吕师濂游天坛时所作:

从来松叶贵五针，含云吐雾常阴森。香脂入地幻琥珀，飞花铺水浮黄金。我向山僧购得两，尺寸仅可丈六仰。茏葱伴植堂东西，迎风辄作江涛响。帝京天坛郁紫烟，戊戌秋见龙鳞缠。颇有乌鹊喧客耳，何无甘露垂梢尖。黄冠指说长陵种，彼时重译梯航贡。流贼西来火烛天，万年枝断鸣阳凤。我之踪迹日踞蹐，树此双松又何益。不如艺秫酿为醪，取醉开愁还得力。君不见殷周柏粟久无踪，徂徕大夫亦枉封。蛟宫剩有珊瑚树，也入而今铁网中。

双松乃“长陵种”，是非常名贵的。诗人联想到祖上事迹与自身困窘，自嘲双松高大名贵亦无益处，“君不见殷周柏粟久无踪，徂徕大夫亦枉封”；结尾“蛟宫剩有珊瑚树，也入而今铁网中”，将不遇与困顿皆归咎于严峻的政治形势。康熙三年，吕师濂辞家远游，途经华山，作《老柏行》（《何山草堂诗稿》卷二）。虽经兵燹，老柏“婆娑翠色还无恙”，诗人先为之庆幸，旋即又为之不得其用而慨叹不幸，“翻愁材大人偏弃，借问工师知不知”，这正是吕师濂在身份认同语境下的夫子自叹。吕诗写人亦持此种同情与关照，注重揭示人物事迹或性格的深层次象征意义，折射出鼎革之际的厚重历史背景，这以《八子咏》《七哀诗》为代表，堪补史缺。《八子咏》（《何山草堂诗稿》卷一）云：

刘子孟雄：七岁共学书，尔须今白九。遘乱复多故，方壮坐老丑。投将明月珠，按剑遭毒手。所以鲁仲尼，往往丧家狗。

钱子去病：莫邪未跃渊，汗血伤伏厩。去病何狷狂，饥卧眉懒皱。天河旧砚池，一泻弥宇宙。绛帷风吹开，公然烂红袖。

严子端溪:七夕黄金台,驽骀我无价。能擎瓜李邀,压燥珍珠醉。顾眄报恩刀,弦月向人射。恶少正偏偏,俯首淮阴胯。

祁子奕庆:奉亲晚酤酒,引笑哗斑斓。樽空计无出,饮泪能佯欢。可怜忠孝儿,那不摧心肝。阶前见彩雏,剧爱滞归鞍。(奕庆佳儿字符朗)

毛子大可:大可笔如花,艳蒨销人魂。当筵闻谐谑,舌咋淳于髡。偶然击琴碎,累月恒杜门。草阁逼江口,呼客观龙翻。

童子振公:鸢肩负盛气,观书十行下。莺花烂白门,金散当垆者。还卧谢公桥,霜雪鼻兀把。孰可报君欢,双控春堤马。

赵子禹公:文章真绝物,之子枉五车。得已岂逃禅,具鼓还爱挝。画法厌泥旧,凤肯安绔筵。丈山与尺水,招隐思移家。

陈子仲文:晚近三语掾,大都乏风流。独怪侠可喜,力亦拔犇牛。天津酒楼别,契阔十换秋。班生掷毛锥,尔我将无羞。

《七哀诗》(《何山草堂诗稿》卷三)云:

朱公子朗诣:丞相孙何愤,中宵涕泗零。迹怜张俭窘,笔继马迁灵。苦雨当三月,双亲老一庭。倩谁还负米,知目不曾瞑。

陈待诏章侯:西子苎萝红,伊人绰约同。黄金酬一笔,白眼走三公。击楫分崩后,诙谐鼎镬中。余生犹纵酒,魂逐大江东。

舅氏谢公：一木思扶夏，捐糜志夙存。杲乡同此舌，枋得有其孙。渗血何年碧，骑箕万古魂。昨宵雷电里，旌旆一何翻。

张才子朗屋：爱汝悬河口，生倾万斛珠。不曾将履进，孟浪请缨输。宿草今蝴蝶，荒春只鹧鸪。昨令妻子累，翻怪独存吾。

徐记室云吉：风华端似舅，倜傥颇难兄。掉舌游秦楚，逢人记姓名。三征官不屑，一刻赋偏成。不杀翻无赖，千年两祢衡。(徐为倪文正公甥，某师忌才害之。乃弟谦吉亦名士。)

程秀才耳瞻：贫贱交难得，生平岂不闻。若知君入地，真悔浪从军。掌上珠怜掷(程以“爱息”字吾六儿)，囊中金听分。念情须铸铁，挂剑到秋坟。

孟明经元晦：季心知缓急，结纳必朱家。剑客来弹筑，髡奴故隐车。舍生事游侠，痛哭阻天涯。寒食沙杨绿，风狂不作花。

《八子咏》是对八位友人风采和事迹的歌咏，《七哀诗》则写七位死难烈士，其中朱士稚、张宗观等皆名著于时，这为“以诗证史”“知人论世”提供了可贵线索与文献资料。

其次，作为“抗清志士”，吕师濂留下颇多作品。其战斗生涯有两段，一是顺治年间，一是“三藩之乱”。顺治朝对汉族知识分子持续高压态势，江南地区的抗清斗争极隐秘，这时期的吕诗创作时间多难考辨。作于顺治十三年(1656)的绝句《早发姑苏》是目前可确定纪年的为数不多的一首：“放舸金阊晓露晞，霸图怀古欲沾衣。城边不见要离冢，草上低看黄蝶飞。”(《何山草堂诗稿》卷七)诗境凄丽哀惋。该诗当是吕与魏耕秘赴姑苏开展抗清活动时所作，魏耕有《晓发苏州逢故人》可参考。《述怀》其四追忆了此际斗争情景,“百万只一掷”,即指诗人散财结客,组织抗清力量的事迹;“癸庚”,是军旅生活的代称;至于“宝刀”“帐下”“笳鼓”“铁衣”“介马”“杀气”等意象,使读者有身临其境的艺术效果。

(二)心史记录

吕师濂之“心史”,真实细腻,曲折动人。“三藩之乱”后,诗人幸免于难,作五言古诗《述怀》十二首总结了生平经历,不乏特色,尤有“心史”意味。其中,他对吴三桂的态度转变为考察遗民群体对待这场浩劫的复杂情愫提供了参照。

《述怀》其九记录了吴三桂幕府的盛大场面,“东向张子房,西顾马相如。邹枚狎董贾,陶谢江鲍俱。或笑主簿短,或美参军须”,军中人才济济,毫不吝惜赞美之词,并指出是吴三桂的礼贤下士成就了这一局面,“公但敦吐握,庶几广规模”。《述怀》其十记录某次行军途中的见闻感想,“蠲吉事宵征,遵行岂获已。至后既恒阴,雨霰况弥弥。湿火爇不红,冻泉凿不起。捧啓腕指僵,惊飙复斗齿。鸟道挂峰巅,羊肠入云里。牵藤度危杠,拆线缀敝屣。欲诣天有阶,遥瞰地无底。寒枝落野猿,黑箐啼山鬼。盥沐废晨昏,饮食分恶美”,虽然条件如此艰苦,但吕师濂对草檄的工作却十分亢奋自豪,“刀锥怀袖间,写作膝为几。憔瘁安足论,蒭荛可容拟。苍天何悠悠,感激故知己”,对吴三桂的知遇之恩溢于言表。

然而,当吕师濂认清了吴三桂集团的自私面目后,心态逐渐发生转变。《述怀》其十一:“何以鼠与狐,城社公忝窃。溪壑不测深,美名盗贞洁。作福更作威,穷奇而饕餮”,所以他认为“上帝俨鉴临,一一蒙歼厥”,吴三桂势力被歼灭,实属天意。“除苛洗甲兵,天下因大悦”,战火熄灭,天下太平,诗人也心生喜悦。《述怀》其十二,以“兔丝依乔松”比拟诗人与吴三桂的关系,以“泰畤禅云亭,铿锵造其膝”借指吴三桂登基称帝,野心暴露,“欢娱从此失”,二人之间的信任烟消云散。

吕师濂深居吴三桂幕府多年，在未起兵反清之前即长期从事文案工作。《对芙蓉怀椒峰》(《何山草堂诗稿》卷一)作于康熙十一年(1672)，吕师濂栖身吴三桂幕府已六年之久，“仆犹捧刀锥，动辄愁束缚”，直言不讳工作之苦闷。这与《述怀》其十的乐在其中形成强烈心理落差，表明诗人对于吴三桂起兵反清在初始阶段确是支持态度。康熙十六年后，战事恶化，吴三桂称帝，吕师濂隐退还乡的意愿空前强烈，“江声来浩浩，何处是钱塘”(《重阳前一日同诸公登回雁峰饮李子而醉座客成诗八首促和如数》其八，《何山草堂诗稿》卷三)，“乡心秋更切，不为忆鲈莼”(《思归作》，《何山草堂诗稿》卷三)，这些诗句皆是此际的心声。

(三) 苦难书写

吕师濂记述苦难之作洋溢着感染力，具有两个鲜明特征。其一，作者不是旁观者，而是在场者、亲历者。对于“三藩之乱”的诗歌书写，吕诗不同于众多非亲历者的空洞感怀。以严绳孙《平滇恭进诗》其二为例：“六诏南交地，昆明控百蛮。天连花马国，山拥碧鸡关。雨露知新泽，疮痍动圣颜。赦书怜父老，扶杖泪痕斑。”[①]虽也有“泪痕”，却不免隔靴搔痒之讥。其二，此类书写不仅是即时性的，亦是历时性的，贯穿吕师濂一生。“三藩之乱”后，诗人通过鲜活的回忆进入到苦难书写这一主题，堪称对“三藩之乱”期间史实和情感的真实补录。里尔克认为，“一个人早年作的诗是这般乏意义，我们应该毕生期待和采集，如果可能，还要悠长的一生；然后，到晚年，或者可以写出十行好诗。因为诗并不像大家所想象，徒是

① [清]严绳孙：《秋水集》，《四库禁毁书丛刊》集部第133册，北京出版社1997年版，第581页。

情感,而是经验。”[①]漫长余生,吕师濂将记忆融入血液,置于更广阔的时间和空间,从而增强了诗歌沉郁苍凉的感染力。康熙二十七年,吕师濂辞别吴兴祚,返回山阴故居,在《生日早起有感书于小像之后》详细回忆逃离衡阳的情状,哀切凄惨,不忍卒读。“三藩之乱”的苦难已由身体侵入灵魂,成为诗人一生挥之不去的噩梦。此诗在后文另有详说,兹不赘述。

吕师濂的目光还投向更为深切的社会苦难,充满了强烈的忧国忧民、悲天悯人情怀。张献忠在成都建立政权,各方势力之间攻伐屠戮,生灵涂炭,对此,吕师濂作《寄怀行先开先两表弟》(《何山草堂诗稿》卷二)一诗,记载入蜀期间目睹的社会凋敝,对张献忠的虐政予以抨击,对民生寄予了深切同情:“西风飒飒度阴平,我亦迢迢入锦城。白骨如山恼献贼,龙孙邸第遭焚倾。丰碑虽仆字还楚,低徊细读沾秋襟。新都风景更荒恶,猿啼鬼哭凄黄昏。次早忽见双桂树,芬芳花朵开断垣。棘蔓之中何有此,戍卒说是杨家园。丞相状元昔在日,花里楼台绾金碧。流寇残屠鲜孑遗,县官住此门为席。且弗多言防虎来,翻身走别惊心魄。”这一触目伤情的景象持久地留存在吕师濂的记忆中,当他抵达昆明随同吴三桂猎游路过杨升庵太史祠,不禁又联想起蜀中见闻,写道:“伤心昨岁过新都,城郭曾遭献贼屠。”(《猎游诗》,《何山草堂诗稿》卷四)正是这种难以磨灭的可贵精神增添了吕师濂诗歌的多元价值。

(四)对社会现象的歌咏

吕师濂还对各种社会现象予以关注。进入吴兴祚两广总督幕府,吕师濂迎来“三藩之乱”后的一段安逸生涯,广泛参与文学创作、文士雅集、作品评点等文化活动。吕师濂的许多作品记录了吴兴祚幕府的日常状况,并且敏锐地捕捉到明清易代的完结乃至康

---

① 宗白华:《美学散步》,上海人民出版社1981年版,第18—19页。

熙盛世即将来临的气息。清初，海上贸易全球化的趋势已经不可逆转。康熙二十三年(1684)，清廷废除禁海令，设立粤、闽、浙、江四大海关，广州的海外贸易空前兴盛起来，影响到社会生活的方方面面。吕师濂在吴兴祚幕府得以率先享受到通商贸易的红利，其《齐天乐·五日宴锡祉堂》[①]不仅呈现了丰盛的海外佳肴美酒，“登柈物怪，却都产龙宫，故屏虾菜。碗内香醪，亦从番船万钱买”，更有“黑鬼蹒跚，红儿窈窕，喜得宾僚无奈”的生动宴乐情景。吕师濂在岭南期间，融入幕府的娱乐氛围，为不堪回首的苦难人生增添了一抹亮色，同时，对于贸易全球化背景下的特权阶层生活也做了忠实记录。

吕师濂具有敏锐的洞察力，以异域景物、风俗入诗自不必说，他还擅长概括繁琐细微的社会现象，进而阐发真知灼见。《奉赠留村先生十六首》(《何山草堂诗稿》卷四)是他离粤还乡之前所作，通过联章的形式对吴兴祚的家世、才干、品德、功业等方面做了系统的总结和颂扬，其十四强调财政是国家百废待兴的当务之急，指出吴兴祚在广东铸币的金属比例为“铅四铜六”，这既为百姓提供了便利，又促进了通达万里的商品贸易。他还认为，与海外国家通商是富国的重要策略，相比闭关锁国、重农抑商等传统观念，这是非常进步的商业思想。

二、风格达成

以下，我们就吕师濂“诗史”风格之生成加以探究。“‘诗史’是中国古代文论中的一个重要概念，唐人用它概括了杜诗部分作品的现实主义特点，揭示了杜甫与他所处的时代、社会之间的密切联

① 《全清词》(顺康卷)，中华书局2002年版，第2347页。

系。……在创作实践中,‘诗史’却以丰富而活泼的生命力陶染着历代饱经忧患的诗人,其内在精神和外在形式都给盛唐以后的中国诗歌以重要的影响。许多作家在继承的基础上发展了诗史传统……从后代继承诗史传统、发展诗史形式的创作实践的视角更能把握‘诗史’的题中之义。”[①]以下,笔者试从杜甫精神、艺术风格和诗歌形式等方面就吕师濂“师杜”手法加以梳理,进而探求其“诗史”风格的生成路径。

(一) 吕师濂对杜甫精神与艺术风格的接受

吕师濂的人生阅历与杜甫既近,师承杜诗法度亦显得水到渠成。他的“师杜”意识及创作实践贯穿一生。显然,吕师濂从“师杜”到自铸伟辞的诗歌创作实践是成功的,其作品的“诗史”特征和成就在其生前即为学者所称道。作为一种高度的肯定,有学者将吕师濂与杜甫建立联系,试图探求二人的相似性:

> 黍字学力富而才气弘,且久蹈艰危,其经济智虑不难出险守常,因念世之读何山诗,当取少陵集比类而并观之,始知黍字所造之大,则益信诗人之不易矣。子美遭逢丧乱,窜身失志,与黍字事异而迹同,共感时触事,托讽寓怀,一一自写胸臆,以故忠厚悱恻,沉雄博大,不拘于法而法未常或失,入之甚深,出之甚婉,极其排宕,极其蕴藉,非学力与才气欤?其久蹈艰危,非经济智虑有以出险守常欤?是子美固唐之诗人,黍字实今之诗人,信不诬也。余于此道未知津逮,若工力得失,颇觉了了,黍字之诗具在,天下后世有识者共见之,非余阿好,独设谀妄。虽然,黍字岂仅诗人也哉![②]

① 罗时进:《论“诗史”》,《宁波大学学报》第5卷第1期,第27页。

② [清]吴晋:《何山草堂诗二集序》,见《何山草堂诗二集》。

吴晋从身世、学力、才气等方面着眼，认为二人在身世上极为接近，虽然时代和所经历的事件不同，但是步伐踪迹或心灵轨迹却异常相似，“遭逢丧乱，窜身失志”；在学力方面，强调“感时触事，托讽寓怀，一一自写胸臆”，故而能够达到“忠厚悱恻，沉雄博大”的境界；论才气，则关注他们对于诗法的高超驾驭能力，“不拘于法而法未常或失”，“入之甚深，出之甚婉，极其排宕，极其蕴藉”。刘熙载《艺概》云：“杜诗高、大、深俱不可及。吐弃到人所不能吐弃，为高；涵茹到人所不能涵茹，为大；曲折到人所不能曲折，为深。”[①]此论与吴晋所持观点异曲同工。若说吴晋此序作于康熙三十三年(1694)，吕师濂时年六十九，年薄古稀，有老杜之风固不足奇，那么方孝标作为一时名家，早在康熙十年游滇时即指出：“(黍字)诗更进往时，则又若杜少陵夔州之后诗也。”[②]尤足证明吕诗之似杜诗实乃一漫长过程，且早已臻于成熟境界。

作为“师杜”的具体表现，吕诗频繁言及杜甫，可概括为三个层次的联想。其一，关于诗人才华的联想。康熙二十四年，在吴兴祚幕府一次限杜甫韵的诗歌创作中，吕师濂即以杜甫喻吴兴祚，“公才今杜甫，欲愧浣花留”[③]。其二，关于诗歌风格的联想。吕师濂在观马时联想到杜诗风骨，“画里劳韩干，诗中想杜陵”[④]，以杜甫诗风喻马，体现出对杜诗的深切体悟。再者，吕师濂还重视杜甫诗歌意象的联想。与友人分别，他以杜甫自况，而以友人为李白，“当

---

① [清]刘熙载：《刘熙载文集》，凤凰出版社2017年版，第101页。

② [清]方孝标：《何山草堂诗稿序》，见《何山草堂诗稿》。

③ [清]吕师濂：《月下赏菊留村先生限用杜工部韵》，《何山草堂诗稿》卷三。

④ [清]吕师濂：《观马有感》，《何山草堂诗二集》卷三。

初愁杜甫,最想李青莲"[1],倍增深情。其《老柏行》有"昔日孔明庙前有,杜陵野老悲歌久"句,华山之巅的老柏与杜甫《蜀相》诗"丞相祠堂何处寻,锦官城外柏森森"的形象相重叠,借杜甫之酒杯,浇自己之块垒,寄托深沉的复国之思。

下面以《何山草堂诗稿》卷一之五言古诗《雪霁送人从军》为例,一窥吕诗对杜诗的效仿:

> 雪霁寒愈酷,一雁江天低。尔乃束轻装,秣马役关西。新妇垂啼痕,膏泽已慵施。深颦倚镜台,婀娜若不支。玉手注杯茗,欷歔前致辞。妾父曾牧民,中道苦见遗。朝夕兄嫂边,寒暄谁复知。薄命二十余,今秋始结褵。绸缪未两月,从军将远离。人生重恩爱,封侯终何为。羽书但紧急,蓐食争驱驰。鼓角杂鸣笳,野战殊凶危。辽阔是沙场,梦路先愁迷。日月辘轳然,秾华能几时。衣绵总厚实,塞外风如锥。驿酪易醉人,自爱毋倾欹。妖倡出垆头,任惑毋荡移。到处遇鳞鸿,音信毋乖违。珍重再丁宁,掩袖入房帏。闻兹断肠语,忍不为之悲。忆及昔西游,闺中亦牵持。所赖珊瑚鞭,一挥越前溪。桃李每开落,十载愆归期。慎弗学浪子,绿鬓坐成丝。

该诗是杜甫《石壕吏》与《新婚别》的结合体。在全篇结构上,该诗极为接近《石壕吏》,主体部分是新妇"前致辞",与《石壕吏》的主体部分"听妇前致词"如出一辙;开篇交代背景,结尾抒发诗人感想,亦较为一致。"闻兹断肠语,忍不为之悲"在叙述上的功能一如"夜

---

① [清]吕师濂:《李孝廉归觐后枉札存讯答此二篇》其一,《何山草堂诗稿》卷三。

久语声绝，如闻泣幽咽”[1]。不过，吕诗的情感抒发较杜诗更进一步，末尾转向自身体验，是在继承杜甫经典之作基础上的创新。又如，吕师濂《老柏行》与杜甫《古柏行》亦可并观：

太华之柏高十丈，我来避暑坐相向。骨硬皮坚势矗天，何异杰士老益壮。依崖逼水郁如轮，一枝斜放惊心魂。初疑绿凤衔花舞，再怪苍龙挟雨喷。天之产物各有说，柏也槎枒耐冰雪。不同桃柳斗先春，爱与松筠敦晚节。闻尔植自沐黔宁，雅共衣冠际太平。叶上常呈甘露瑞，枝头曾见彩云生。半壁河山盟带砺，家家歌舞风前醉。雨旸时若燥湿宜，草木都沾天子惠。从经兵燹变风雷，琪树琼葩付劫灰。婆娑翠色还无恙，惹我灵光鲁殿哀。昔日孔明庙前有，杜陵野老悲歌久。今朝何事到山中，逢尔如逢岁寒友。要知造化岂敢私，栋梁之用须待时。翻愁材大人偏弃，借问工师知不知。

杜甫《古柏行》：

孔明庙前有老柏，柯如青铜根如石。霜皮溜雨四十围，黛色参天二千尺。君臣已与时际会，树木犹为人爱惜。云来气接巫峡长，月出寒通雪山白。忆昨路绕锦亭东，先主武侯同閟宫。崔嵬枝干郊原古，窈窕丹青户牖空。落落盘踞虽得地，冥冥孤高多烈风。扶持自是神明力，正直原因造化功。大厦如倾要梁栋，万牛回首丘山重。不露文章世已惊，未辞剪伐谁能送？苦心岂免容蝼蚁，香叶终经宿鸾凤。志士幽人莫怨嗟，古

---

① ［清］钱谦益：《钱注杜诗》，上海古籍出版社2009年版，第76页。

来材大难为用。[①]

吕诗“昔日孔明庙前有,杜陵野老悲歌久”,直接吸收杜甫《古柏行》的艺术和精神遗产,接力创作。吕诗结句“翻愁材大人偏弃,借问工师知不知”与杜诗结局“志士幽人莫怨嗟,古来材大难为用”遥相呼应。在章法上,二诗皆将柏树融入浑厚的历史背景中展开描摹歌咏,突出其荣辱沧桑、遇与不遇之感。这些皆可见出吕诗对杜诗的鲜明承继脉络。再如,吕师濂《示表侄陶憬》十二首(《何山草堂诗稿》卷三)小序:“陶憬,字景一,其祖母为予之姑,其父与二叔氏为予之兄。”其一:“我姑尔祖母,芳岁即空房。”其二:“尔父吾兄事,肩随小四年。”皆可视为杜甫《送重表侄王砅评事使南海》“我之曾祖姑,尔之高祖母”的互文性书写,因同是送别“表侄”之作,故而产生创作的联想与模仿。

吕师濂还往往学习杜甫诗歌的形式,客观上延展了某些诗歌传统。杜甫有《八哀诗》,吕师濂借鉴并创作了《七哀诗》。吕师濂对杜甫此类作品的传承虽然不是唯一的一位,如明人徐渭即有《哀四子诗》,吕师濂同时代的诗人陈维崧亦有《五哀诗》,但是这仍然构成了吕师濂诗法杜甫的一个重要途径。杜甫《八哀诗》序:“伤时盗贼未息,兴起王公、李公,叹旧怀贤,终于张相国。八公前后存殁,遂不诠次焉。”[②]这是以联章的形式,构成组诗,在主题或中心思想上具有一定关联性。吕师濂诗中虽多次提及“七哀”,如“闻道游荆楚,愁吟过七哀”(《示表侄陶憬》其五),“歌鱼扪虱俱多事,兀坐挑灯读七哀”(《除夕八首》其六)。然而,这几处“七哀”特指王粲

① [唐]杜甫著、[清]钱谦益笺注:《钱注杜诗》,上海古籍出版社 2009 年版,第 175 页。

② 同上,第 200 页。

的《七哀诗》：“西京乱无象，豺虎方遘患。复弃中国去，委身适荆蛮。……”[①]抒发动荡时局中背井离乡的苦闷。至于《七哀诗》的体制则沿袭杜甫《八哀诗》，以联章的形式记载七位友人的事迹。不难发现，吕师濂以《七哀诗》写离世的故人，而以《八子咏》写健在的友人。吕师濂《七哀诗》和徐渭《哀四子诗》一样，沿袭了杜甫《八哀诗》“伤时”“叹旧怀贤”的基调。不过，徐渭《哀四子诗》仍是对杜甫《八哀诗》五言古诗形式的坚守，而吕师濂《七哀诗》则转而采取五言律诗，不能不说是一种创新。

值得注意的是吕师濂跨度十年之久创作的三首“和杜诗”。康熙十年(1671)除夕，身在吴三桂幕府的吕师濂、李符、程封等人集体和十唐人诗，其中就有和杜甫《杜位宅守岁》韵；十年之后的辛未除夕和壬申元旦，吕师濂寓居汉阳，再和杜诗，得《和杜甫》(《何山草堂诗稿》卷三)凡三首：

自知无可喜，挑落紫灯花。
死痛填江鸟，生惭反哺鸦。
美名还没分，客鬓漫颠斜。
此夜君亲梦，沾裳天一涯。

前夜惊雷雨，催开萼绿花。
折来倍守岁，思发一涂鸦。
春气闻香饱，疏枝射烛斜。
故人凋谢尽，欲寄怅无涯。

---

① [汉]王粲：《七哀诗》，《文选》卷二十三，上海古籍出版社2019年版，第1106页。

少年闺阁里,彩胜簇金花。
宿火香迷鸭,新妆鬟倚鸦。
祖慈高坐稳,婢仆两行斜。
半世分悲乐,萍踪困楚涯。

通观三首诗,颇得杜诗神韵。如果说第一首中"客鬓""君亲""沾裳"等意象的营造,以及对仗的沉郁顿挫,尤其尾联将"君亲"和"天一涯"相关联,都颇能彰显老杜神彩;那么后两首则淡化"君",突出"亲"("故人"与"祖慈"),是三藩兵败后复国无望的心态写照,诗境已与第一首有较大差别。第二首娓娓道来,如话家常,只在尾联发以"凋零"的悲叹;第三首则有令人愉悦的追忆,并在尾联结以沉痛之音。可以说,以上两种笔法皆深得杜甫精髓。至于内容的冶炼,刘熙载认为,"'不敢要佳句,愁来赋别离'二句,是杜诗全旨。……无非离愁而已矣。"④该论断移植到上面吕诗的内容分析中亦属贴切,可视为吕诗与杜诗契合的又一例证。

(二)吕师濂对"诗史"形式的自觉

诗歌是内容与形式的有机统一体,两者不可偏废。除了对杜甫精神财富和诗歌风格的继承外,诗歌形式的匠心善运亦是"师杜"的重要一端。正如罗时进先生曾指出的:"仅仅在创作中将'诗史'的诗意突出出来,仍然显得不够正宗,还必须设法使史的因素变得鲜明才行。为了达到这一效果,他们都力图在'诗史'创作中调动艺术手段,在形式上加以改进,使纪实、叙事特点得到充分的表现。大致说来,诗人们通过铺叙、联章、加注三种手法引入历史,增加纪实色彩。"⑤

---

④ [清]刘熙载:《刘熙载文集》,凤凰出版社 2017 年版,第 101 页。

⑤ 罗时进:《论"诗史"》,《宁波大学学报》第 5 卷第 1 期,第 26 页。

为突出铺叙功能，吕师濂极重视古体诗的创作，尤其五言古诗。古体诗的格律较近体诗相对宽容，提升了诗歌语言的灵活性；篇幅长短自如，往往可以扩展诗歌容量。刘熙载正是从铺叙的角度着眼，指出“少陵深于古体”①的创作特征。以下就吕师濂的古体诗试作分析。

首先，古体诗在吕师濂作品中占比较重。目前所见吕诗 920 首，其中古体诗 138 首（五言古 69 首、七言古 69 首），占比 15%；若以字数体量论，则古体诗占比约二分之一。尤其具体到《二集》，存诗仅五言古（23 首）、七言古（28 首）、五言律（106 首）共计 157 首，古体诗篇数占比高达 32%，且《二集》中古体诗的体量明显高于《一集》。薛熙在《二集》序中认为，吕诗后起者愈工，《二集》胜于《一集》。虽然这是就《二集》的整体评价，但考虑到《二集》中古体诗占比之巨，则不可不对吕师濂的古体诗创作加以适当肯定。

其次，吕师濂的古体诗达到较高的艺术境界。刘熙载论杜诗：“五七古叙事，节次波澜，离合断续，从《史记》得来，而苍茫雄直之气，亦逼近之。”②以此观诸吕诗，如出一辙。吕师濂以诗名家，尤其古体诗苍凉沉郁，时人比之杜甫，其《生日早起有感书于小像之后》一诗凡 128 句，是此中代表作：

乡山隐最佳，遗书读颇得。负郭鲜寸田，瘦骨支饥色。糊口役四方，惭借涂鸦笔。浪荡海岳穷，寒暑头颅白。中间患难奇，刀兵兼盗贼。万死而一生，性命寄呼吸。揽镜自猜疑，扪心犹特特。端州接家书，祖墓侵风湿。仓卒束归装，由闽趋井

---

① ［清］刘熙载：《刘熙载文集》，凤凰出版社 2017 年版，第 102 页。

② 同上，第 101 页。

邑。芒屩叩山灵,佳城冰雪觅。土晕太极图,气暖阳春日。群峰拱护严,龙真穴且的。祖骸定妥安,孙心庶万一。入门岁欲除,薪米忙买籴。四壁殊萧然,百端俄猬集。诸儿俨丈夫,衣食仍仰给。诸孙或丱髫,诗云咽枣栗。诸妇名家媛,汤羹慵调炙。宾祭若酰盐,琐细必手历。孰谓结发妻,动辄予怨谪。贫困固难堪,柔顺亦内则。颜舌羞昂藏,糟糠累今昔。所赖母贤慈,欢喜降怜惜。依然怀抱中,摩挲顶至膝。焦糜焚灼瘢,股肱牵心肋(戊午秋,余四体为群盗烧烂,死三日而苏)。恐令母见惊,遮掩故周密。侍饭命加餐,征尘劳洁拭。久辜倚闾恩,忍负反哺责。吾虽菰芦人,耻为儿女迹。曾冀搏九霄,能弗悲伏枥。陆橐原不垂,苏貂早褪黑。事势复馁寒,公私聿交逼。白日键荆扉,畏人甚虎敌。低头告母知,如此死必即。有友延陵君(留村),节钺新左谪。羁旅瘴疠方,百口虑委踬。连宵梦见之,縈言半记忆。泥首别庭闱,买挂珠江席。讵忽二竖淫,滞楚究药石。微缠罄参苓,徒手怯羽翼。南望神空驰,遣童候消息。报章隔岁回,无他但窘涩。我病正同斯,号呼杳将伯。踯躅侨汉阳,山苍水澄碧。四儿乏舟资,秋闱阻入棘。身畔第七男,可以授婚室。不无羔雁需,桃夭时渐失。展转费支吾,向平羡莫及。今夜长于年,愁躯局枕侧。霜黄落木轻,月光烂窗隙。远鸿哀离群,寒风悲促织。披衣开巾箱,残灯慎挑剔。小照何郎图(何挺生,侯官人),无憀怅独立。非僧首通髡,方袍恃野僻。万愤填厥膺,握固学缄默。未审造化儿,袒可分回跖。六十五年来,蓬莱几浅溢。苍狗幻白云,春梦恍晨夕。床头剩浊醪,倾倒姑酣适。邻鸡喔喔鸣,扶桑逗琥珀。缓步巡东篱,邀菊为寿客。况是金鹤翎(菊佳本名),傲霜更香泽。几时携种归，珍重盆盎植。每当瓣吐黄，助我吟咏力。[①]

该诗开篇回忆平生经历，“糊口役四方，惭借涂鸦笔。浪荡海岳穷，寒暑头颅白。中间患难奇，刀兵兼盗贼。万死而一生，性命寄呼吸”，历“三藩之乱”而不死，虽“难”亦“奇”。次写自吴兴祚两广总督幕府返山阴故居与家人相见情景：“所赖母贤慈，欢喜降怜惜。依然怀抱中，摩挲顶至膝。焦糜焚灼瘢，股肱牵心肋。恐令母见惊，遮掩故周密。侍饭命加餐，征尘劳洁拭。”老母摩挲诗人形貌而诗人遮掩遍体伤瘢的特写画面感人至深；“白日键荆扉，畏人甚虎敌。低头告母知，如此死必即”，诗人仍凄惶于痛苦回忆的折磨和官兵搜捕的威胁之下。继而转念吴兴祚，“有友延陵君，节钺新左谪。羁旅瘴疠方，百口虑委踬。连宵梦见之，繁言半记忆”，遂买舟前往探望，无奈病滞汉阳；养病期间，复忧心儿辈前途，“四儿乏舟资，秋闱阻入棘。身畔第七男，可以授婚室”。在“寒风悲促织”的深夜，诗人“披衣开巾箱，残灯慎挑剔”，目睹“非僧首通髡，方袍恃野僻”的真实写照，纵使“万愤填厥膺”，却因是朝廷通缉之人，只得“握固学缄默”，嗟叹何极。诗以天明赏菊作结，情绪再度高昂，“缓步巡东篱，邀菊为寿客。况是金鹤翎，傲霜更香泽。几时携种归，珍重盆盎植。每当瓣吐黄，助我吟咏力”，以菊自喻，犹不失一贯的桀骜不屈之气。此诗不仅见出诗人坎坷的生命历程，更可见矢志不渝的爱国主义精神。

全诗开阖跌宕，现实与回忆交错，情绪激越悲壮，置诸杜甫集中亦无逊色。“不靠句法而仅凭句意的勾连构成叙述句诗行的内在节奏感”，“善用叙述句调展开议论，议论中又充满激情”[②]，是该

---

① ［清］吕师濂：《何山草堂诗二集》卷一。

② 葛晓音：《杜诗艺术与辨体》，北京大学出版社 2018 年版，第 95 页。

诗的特色,亦是杜甫五言古诗的特色;下字极有力度,“助我吟咏力”之“力”,恰是顾随推崇的杜诗的重要特征。[①] 以上的简要分析有助于我们领略吕师濂古体诗“不拘于法而法未常或失”的艺术效果,且臻于“意欲沉着,格欲高古”[②]的境界。事实上,吕师濂古体诗笔力之雄健,早在“三藩之乱”爆发前即获认同,方孝标《何山草堂诗稿序》记载初会吕师濂的场景:“斋中四壁皆名贤诗,中有《老柏》《盆梅》二歌,甚雄古,省之乃黍字作,遂拜倒而论交焉。”“雄古”二字拈出,不失为确评。

另外,吕师濂亦发挥组诗联章的功能,使篇幅短小的绝句、律诗形成规模效应,并擅长诗前加序、诗间加注,注意诗与史的有机结合。如《泛端溪诗》之短序,为考察端砚老坑重启的年代问题提供了确凿证据。不过,这些手法不仅在吕师濂作品中极为多见,实则已成为当时“诗史”书写所墨守的规则,兹不赘述。

第三节 “比类少陵而并观”
——吕师濂的文学史意义

在肯定吕师濂“诗史”书写价值的基础上,我们不妨就其文学史意义作进一步评价。

一、群体肖像与心史图景

吕师濂以特立的形象丰富了明遗民的群体肖像和心史图景。

---

① 叶嘉莹笔记,高献红、顾之京整理:《顾随讲唐宋诗》,河北教育出版社2018年版,第205页。

② [清]刘熙载:《刘熙载文集》,凤凰出版社2017年版,第101页。

他秉持以天下为己任的士人文化传统，携笔从戎，激扬着保家卫国的浩然正气。学界关注的明遗民群体，以游离于南明政权之外、不与清廷合作而放浪山水之间者居多，他们虽然独善其身，却显得缺少抗争精神。参与抗清斗争的遗民则呈现出持久的气节风骨，此类个案尚存在发掘和阐释的空间。

以往，学者视屈大均为该类型之代表，并就其北上湖南、监军桂林的近三年的从军生涯加以考察。① 相比之下，吕师濂携笔从戎的经历更为漫长，几乎穷其一生的抗清夙愿堪称典范。“弱冠书窗卧，烽烟特地惊”(《陇西旅邸呈舅氏徐公》其三，《何山草堂诗稿》卷三)，“甲申之变”打破诗人安逸的生活，自此漂泊江南抗清，北上游历九边，参与“三藩之乱”，入吴兴祚两广总督幕府，直至去世，吕师濂始终在明清易代的漩涡中左冲右突，上下求索。他借助诗歌记录了崎岖而丰富的生命历程，以血泪书写践行并诠释了“诗史”创作传统，成就不在屈大均之下。尤其他栖身吴三桂幕府时间特久，于“三藩之乱”文人群体中声望特高，更甚于屈大均。明清易代的历史是复杂的，清初文人群体的面貌也各自不同，只有就其不同展开充分阐释才能尽可能还原历史真相。

二、“以诗证史”

吕师濂的一生贯穿了清初诸多重要历史事件，透过其诗歌创作，“以诗证史”成为可能。无论在吴三桂幕府还是吴兴祚幕府，吕师濂作为幕府文学生态体系的一个关键节点，他的诗歌保留了大量信息，为学界就两大幕府展开深入考察提供了优质的样本。当

---

① 袁鳞:《清初三藩之乱与屈大均的诗歌创作》,《苏州大学学报》(哲学社会科学版)2019 年第 3 期。

我们将视线由文学生态投向更为宏大的社会发展层面,吕师濂的诗歌对吴三桂发动叛乱的始末以及吴兴祚两广幕府所处的时代新变有发覆之功。吴兴祚幕府生活状态的相关记载在前文“对社会现象的歌咏”部分已有论及,这里仅就吕师濂在“三藩之乱”期间的作品略作阐述。

“三藩之乱”期间,吕师濂的创作以应酬赠答居多。康熙十六年(1677),距吴三桂起兵已四年,处于战局拐点,五十一岁的吕师濂随吴三桂在衡阳军中,有诗云:“舵楼高稳俯晴波,玉镜光寒初罢磨。海味入盘龙虱怪,故人把盏凤毛多。三更舞扇双垂手,四载征途一放歌。况有雪儿能媚客,风生酒政奈他何。”(《春夜同诸公船顶看月饮周仪郎》,《何山草堂诗稿》卷四)真实地记录了吴三桂政权人士的日常生活状况,战事胶着时刻尚且如此奢华,则幕府的日常可想而知。当然,我们不仅仅将这份奢华视为“战士军前半死生,美人帐下犹歌舞”的对照,更愿意将它视为动荡莫测战局中的放纵麻醉,诚如诗人自道:“聊呼盈樽酒,娱此兵戈夜。”(《得彭子夜话》,《何山草堂诗稿》卷一)透过此类书写,对于了解吴三桂政权的种种细节不无裨益。这些作品,诚如李符在《何山草堂诗稿序》中所指出的:“故(吕师濂)虽日见其处于纷华靡丽之场,而凄怆悲愤之衷恒郁结于怀而不能去,宜其为诗之益工矣。”

至于吴三桂政权下的文人心态变化,前文所引《述怀》十二首已经非常具有代表性了,这里不再赘论。

三、清初“诗史”衍变

吕师濂的“诗史”书写实践是清初“诗史”衍变谱系的重要一环。明清易代之际,以“诗史”著称的杜诗受到政治立场和文化心理都很复杂的诗人群体的追捧实非偶然。杜诗以其忠君爱国和

“穷年忧黎元”的精神内核，不仅为抗清斗士、江湖遗民提供了思想武器和精神寄托，而且对出仕新朝的“贰臣”而言无疑也是一种灵魂忏悔与救赎。就有“江左三大家”之誉的钱谦益、吴伟业、龚鼎孳而言，他们均对杜诗或“诗史”观念有所涉及。钱谦益注杜，《钱注杜诗》成为“注杜”谱系中的一大经典。吴伟业倡导“诗与史通”，认为诗歌若能“关于世运升降、时政得失”，“虽野夫游女之诗，必宣付史馆”①，并付诸创作实践，无论《圆圆曲》对于吴三桂的讽刺谴责，还是《贺新郎・病中有感》的悲感万端、自怨自艾，文字皆直指国史或心史深处。龚鼎孳亦多和杜之作，寄托其幽渺难言的苦衷。

与他们不同的是，吕师濂一生“慷慨多奇节”，不至于发出“为当年、沉吟不断，草间偷活”“竟一钱不值何须说”②的悲嚎，这也正是吕师濂的特殊性。他的“诗史”书写既是对杜甫这一典范的继承，又是对同时期“诗史”氛围的突破与开拓，这一特质充满了厚重的诗学价值。有学者曾指出，明清之际“身经世乱的越中文人有着敏锐的政治意识与深沉的历史情怀，他们用诗歌反映这一时期的历史面貌，记录重大的历史事件与人物，抒写个人的心路历程。概言之，表彰忠义气节之士，表达复国之志，抒写兴亡之感，成为越中诗歌的时代主题，它在某种程度上具备了以诗证史、以诗观史的作用。”③这在同为浙东士人的吕师濂的诗歌中有突出体现。与此同时，清初“诗史”理论和实践多有新变，“以黄宗羲为首的浙东学派不但重视诗歌保存‘心史’的文化功能，而且极大地拓展了‘诗史’的文化内涵，既重视诗歌对于时事的书写，也重视诗歌对于历史事

① ［清］吴伟业：《吴梅村全集》，上海古籍出版社 1990 年版，第 1205 页。

② 同上，第 585 页。

③ 李灿朝：《明清易代之际越中诗歌中的生死节义与故国之思》，《绍兴文理学院学报》（哲学社会科学版）2012 年第 5 期，第 7 页。

件和乡邦地域的叙录功能,强调诗人的文化担当和社会责任"[①],吕师濂的诗歌书写中同样有所涉及。

当然,一位历史人物的性格的形成不可能只受单一因素的影响,而应当是在生涯的各阶段、各角落受到多元的刺激,只是程度有主次厚薄之区别而已。同样的,一位诗人的风格形成也不可能仅向李杜这样的诗史巨擘学习就够了,而应当是转益多师的。吕师濂亦是如此,在他整体人物性格和诗歌风格的形成过程中,除了杜甫的影响,还受到一位明代文士的极大影响,这就是徐渭。尤其是徐渭的狂侠精神在吕师濂这里得到了传承和吸收。"侠"与"狂"是吕师濂的性格烙印。康熙三年(1664)前后,陈维崧与吕师濂定莫逆之交,陈当时即指出,"山阴吕郎侠者流"[②]。无独有偶,叶燮《寄怀山阴吕守斋》云:"百万一掷眇孤注,敛袖天空吹一袂。等身长剑绕乾坤,地老海枯手自掴"[③],亦描绘出一幅"侠者"肖像。以他传奇的一生行迹观之,"侠者"之誉极恰当。"狂"与"侠"的气质在吕师濂身上孪生并存,陈维崧曾回忆道:"忆昔悲歌痛饮,有疏狂吕八。"[④]康熙二十五年,花甲之年的吕师濂栖身两广总督幕府,万树《满江红·庆投琼六赤词》道:"先生是,隆中葛。正壮心未已,唾壶常缺。"[⑤]喻吕师濂为壮心未已的隆中诸葛,"唾壶常缺"则典出《王敦列传》(《晋书》卷九十八):

---

① 曾礼军:《清代浙东学派"诗史"观的理论创新与文学实践》,《苏州大学学报》(哲学社会科学版)2019年第6期,第153页。

② [清]陈维崧:《酬赠姜桐音兼怀吕黍字》,《陈维崧集》,上海古籍出版社2010年版,第587页。

③ [清]叶燮:《已畦集》卷四,《清代诗文集汇编》,上海古籍出版社2010年版,第104册,第626页。

④ [清]陈维崧:《坐姜家墩怀吕黍字》,《陈维崧集》,上海古籍出版社2010年版,第1005页。

⑤ 《全清词》(顺康卷),中华书局2002年版,第5564页。

“每酒后辄咏魏武帝乐府……以如意打唾壶为节，壶边尽缺。”[①]吕师濂之志节风采至老未改，并不避讳“狂侠”品性，面对吴兴祚亦以“狂奴老布衣”[②]自居。

这一狂侠思想其来有自。明末以王艮为代表的泰州学派的主要特征即“狂放雄豪的狂侠精神”[③]。吕师濂的同乡、著名文人徐渭受此思潮影响，以狂闻名，自称“吾书第一，诗二，文三，画四”[④]。吕师濂在许多诗篇中流露出对徐渭的接受，以《读徐文长先生集》一诗为例，“文名九岁腾，礼乐详沿革”，赞其文才；“难得更知兵，孙吴将避席”，赞其武略；“书法米苏兼”，赞其书法；“坎坷七十三，惟与酒胶漆”，赞其嗜酒；认为徐渭乃“星所谪”，“著作留人间，光芒射天日”[⑤]。不难发现，以上诸般特征正是二人之共性。左东岭针对此际士人与狂侠精神的关系指出，“士人作为一种独立的阶层来发挥舆论的力量以评议政治，代言民情，在中国古代始终只是一种美好的梦想，这种梦想在战国时昙花一现之后，在中国历史上几乎已成绝响，不料在明代中后期的泰州学派这里，竟然又能旧梦重温，仅此一点，便是可弥足珍贵的。”[⑥]就该特征适当关注，有益于对吕师濂思想和诗歌创作的整体把握。

就明清易代之际众多湮没无闻的文人展开发掘研究，还原真实的文学史面貌，推进作家、作品的经典化，都尚有漫长的路要走。诚如严迪昌先生所冀望，清代诗歌是“特定文化时空里‘三千灵鬼’历劫多难的心灵搏动之最见具体深微的抒情载体遗存。毋论就中

---

① [唐]房玄龄：《晋书》，中华书局 1974 年版，第 2557 页。
② [清]吕师濂：《九月八日与留村尚书郊游》，《何山草堂诗二集》卷三。
③ 左东岭：《王学与中晚明士人心态》，商务印书馆 2014 年版，第 273 页。
④ [明]徐渭：《徐渭集》，中华书局 1983 年版，第 1341 页。
⑤ [清]吕师濂：《何山草堂诗稿》卷一。
⑥ 左东岭：《王学与中晚明士人心态》，商务印书馆 2014 年版，第 286 页。

国诗史抑或文学史、文化史,乃至'士'之心灵史而言,一代清诗的认识价值、审美意义以及文献参酌、补苴功能,均值得今人投入学术心力,予以深入研究"①。吕师濂的相关研究不仅是吴兴祚海疆幕府文学研究体系中的重要一环,亦是上述语境下的一种努力。

---

① 严迪昌:《清诗史》弁言,人民文学出版社 2011 年版,第 1 页。

第四章 “全文体”式繁荣

——吴兴祚海疆幕府文学成就

吴兴祚海疆幕府处于明清易代的尾声，这是一个风云际会的时代。中西文化以重新开放的海疆为前沿阵地激烈交锋；背景复杂的文人群体游幕、还乡、出仕，聚合离散；诗派、词社、戏台，错落有致，各得其宜又和谐交响；幕府也伴随幕主的仕途沉浮，荣耀、奢华与失落、潦倒相杂糅。海疆幕府文学的创作与传播被纳入社会化的浪潮，一切都陷入了流动性当中。然而，正是这社会化与流动性造就了吴兴祚海疆幕府文学全面振发的景象，在诗、词、曲、文等领域皆有成就，堪称“全文体”式的繁荣。

第一节 “似胜江南”

——吴兴祚海疆幕府与岭南诗派

一、“自开面目”：岭南诗派探微

关于岭南地区的诗歌发展史程，陈恭尹曾总结道：“吾粤之诗，盛于广州。予少趋庭而外，所与上下其议论者，则邝中秘湛若、王明经说作，卓然成家者也；罗司马季作、薛高士剑公、陈给谏乔生、王中秘东村、程桂州周量，皆有当世名，而先民是程者也。吾与齿雁行者，梁子药亭、屈子翁山，为能发摅性灵，自开面目；吴子山带、王子蒲衣、陶子苦子，皆得其源而未畅其流，后来之杰也。翁山纵横阖辟，朴茂奇古；药亭雄迈滔莽，精警卓拔；而予以感激放浪之言，颉颃其间。”[①]俨然勾勒出一幅“岭南诗社宗派图”。

类似的，严迪昌先生曾就岭南诗歌的发展脉络作过一番梳理，宛如针对以上所引陈恭尹内容的阐释：“岭南诗风炽盛当起始于明之末，黎遂球、邝露、陈子壮、陈邦彦、张家玉等先后抗清殉身，作为屈大均、陈恭尹等的父师辈，他们慷慨赴难的悲壮雄劲之气，无疑播下了精神种子和诗品基础。以屈大均为首的岭南诗群随之应运而起，终于构成如洪亮吉所说的‘尚得古贤雄直气，岭南犹似胜江南’的‘雄直’风调。……从此，岭南诗人脉延相承，虽变化不断，但宗风法乳则无可置疑地启开于清初屈大均等手。”[②]这是强调并确立了“岭南三大家”在岭南诗坛的核心地位，所谓“宗风法乳”，正与陈恭尹所谓“得其源而未畅其流”的“源流”相映照，虽然只言“岭南诗群”而尚未径称之曰“岭南诗派”，但是一个诗歌流派的意味已经不言自明了。由于屈大均在岭南诗派中的盟主地位，所以当时有“翁山派”之谓。屈大均《屡得友朋书札感赋》十首其七云：“筜谷同心复同调，平湖皋旭亦渊通。三吴竞学翁山派，领袖风流得两公。”诗后自注：“周筜谷、郭皋旭皆嘉兴人，最赏予诗，以一时吴越相师法者为翁山一派云。”[③]屈大均生前诗名已显，追随者众多，不局限于岭南一区，即便吴越文化渊薮之地亦不乏“翁山派”的拥趸，可见

① [清]陈恭尹著，郭培忠点校：《陈恭尹集》，人民文学出版社 2018 年版，第 592—593 页。

② 严迪昌：《清诗史》，人民文学出版社 2011 年版，第 292 页。

③ [清]屈大均著，陈永正等校笺：《屈大均诗词编年校笺》，上海古籍出版社 2017 年版，第 1558 页。

当时岭南诗派之于全国诗坛的巨大影响力。

刘世南先生《清诗流派史》特设“岭南诗派”一节，就屈大均、陈恭尹、梁佩兰和释函可的诗歌成就做了探讨，就“岭南诗派”的艺术风格进行了初步的评判。在释函可一节的结尾处，他引用屈大均《广东新语》卷十二《诗语·僧祖心诗》的一段话：

> 充戍沈阳，痛定而哦，或歌或哭，为诗数十百篇，命曰《剩诗》。其痛伤人伦之变，感慨家国之亡，至性绝人，有士大夫之所不能及者，读其诗而君父之爱油然以生焉。盖其人虽居世外，而自丧乱以来，每以洟涊苟全，不得死于家国，以见诸公于地下为憾。而其弟骥、騄、骊以抗节，叔父日钦、从兄如琰、从子子见、子亢以战败，寡姊以城陷，妹以救母，騄妇以不食，骊妇以饮刃，皆死。即仆从婢媵，亦多有视死如归者。一家忠义，皆有以慰夫师之心。嗟夫！圣人不作，大道失而求诸禅；忠臣孝子无多，大义失而求诸僧；《春秋》已亡，褒贬失而求诸诗。以禅为道，道之不幸也；以僧为忠臣孝子，士大夫之不幸也；以诗为《春秋》，史之不幸也！《剩诗》有曰：“人鬼不容发，安能复迟迟？努力事前路，勿为儿女悲！”又曰：“地上反淹淹，地下多生气。”呜呼！亦可以见其志也矣。[①]

随后，刘世南先生指出：“这是极深刻的总结，也可以用来作岭南诗派的结论。”[②]言下之意，这洋溢着强烈的家国之恨的风格便是岭南诗派的整体风貌了。这与严迪昌先生拈出的“雄直”——“慷慨赴难的悲壮雄劲之气”，非常近似。然而，当我们全面考察岭南诗

---

① [清]屈大均：《广东新语》，中华书局 1985 年版，第 351—352 页。

② 刘世南：《清诗流派史》，人民文学出版社 2004 年版，第 41 页。

派的作家作品,却发现这“极深刻的总结”固然“深刻”,但是也不免以偏概全。事实上,岭南诗派的作品风格呈现出多元的气象,这和海疆地理的开放性和包容性不无关系。即便以屈大均为例,除了故国之痛的慷慨悲歌之外,亦不乏李白式的潇洒飘逸、神韵浑然的作品。如果再将岭南诗派的复杂的形成背景纳入考察范围,明清易代已经进入尾声,康熙盛世即将来临,吴兴祚海疆幕府大力推崇文治的理念,这些要素都使得岭南诗派的内涵和外延得到放大。

不无遗憾的是,无论陈恭尹还是严迪昌、刘世南诸先生,皆未就岭南诗派的形成原因进行完整详尽地考述。一个诗派的诞生,除了“源流”或“宗风法乳”方面的影响,地理环境、社会风尚、群体聚集等要素亦不可不察。沿着这一思路进一步深入,吴兴祚及其海疆幕府之于岭南诗派成立、成熟的重要性就凸显出来,对岭南文学的发展进程发挥过相当程度的助推力。从创作背景上看也的确如此,以屈大均、陈恭尹、梁佩兰等人为代表的清初岭南文士的文学书写与吴兴祚及其两广总督幕府有着千丝万缕的联系。他们与吴兴祚的交往固然是基于经济利益和文化声望等方面的诉求,是一种宾客与幕主的关系,然而同时也不能忽视文士之间的相对平等、相互尊重的意气相投。吴兴祚海疆幕府凭借庞大的作家群体规模以及旺盛的文学创作力,融合各方面的思想,凝聚不同身份的作家,在明清易代的武功之后极力倡导文治,使得岭南文坛不仅在成果数量、作品形式上声势夺人,而且在成果质量上亦获得了空前的提升,在文学史上占据了一席之地。

二、“肯容狂狷士”:岭南诗派的支持者

吴兴祚与岭南诗派的灵魂人物“岭南三大家”皆有密切交游。吴兴祚与屈大均交谊之笃厚已见前文,这里我们就吴兴祚与同为

“岭南三大家”之一的陈恭尹的交游作一些简单考察。陈恭尹与吴兴祚多有交往，诗词唱和之作亦不乏其数，其中陈恭尹赠吴兴祚的两首长诗特别值得注意。其一《献大司马制府吴公一百韵》：

北极盱长策，南天眷重臣。节移闽海近，恩及岭头新。睇望云霓久，沾濡雨露匀。旌旃皆改色，闾井自生春。地阔衡庐接，星分斗庙邻。滇流东注海，横浦北封秦。旧俗民猺杂，遗风邹鲁醇。威行千里肃，纲举百城振。文武趋莲府，溪山望画轮。诗须传乐部，德俟纪贞珉。往日弦歌暇，清篇字句真。飞腾珠不胫，磊落笔如神。世诵吟灯作，官闻酌水贫。孤标诚绝俗，高义久惊人。法重催科考，时兼荐馑臻。后先羁旧尹，三五及迷津。相戒车前辙，谁从井有仁。赖公垂恻隐，遂得免颦呻。数万金钱负，多年簿责频。下车皆遣去，重任畀于身。汤网开穷鸟，庄波借涸鳞。即云于物利，未或以财徇。侠气过朱郭，名流仰乐歅。各期空冀野，争得望车轮。银烛连开宴，瑶阶九列傧。攀留常累月，酬唱动兼旬。阳羡多栽茗，江东自足莼。四鳃鱼入馔，千日酒沾唇。白雪操常凛，芳兰佩自纫。骥才终必展，龙屈理须信。令誉通黄叟，能声彻紫宸。九重恩破格，万里檄征闽。爰自神明宰，高超岳牧伦。六条持法慎，九伐纪功纯。堠火飞猿峻，妖氛紫帽屯。逆萌生带砺，缓死冀宵晨。征士时缄剑，搜财或算缗。莫为分玉石，终见共胥沦。不枉闻清论，如丝拜御纶。绣衣明獬豸，高印跃麒麟。受节初开府，兼官属代巡。澄清徐揽辔，光霁俨垂绅。一鼓更弦瑟，先移曲突薪。万民歌乐只，多士荷陶甄。桃李三山遍，韬钤列校悛。岛人宵自遁，荒土日加畇。边计奇难测，雄功立不泯。扮谦师大树，克让协同寅。忆昨杉关出，将过粤海滣。香花连水驿，涕泣洒山榛。父老追邪谷，舆歌继洧溱。尚思崇俎豆，岂悍走嶙峋。岭峤人何幸,皇天若汝亲。矧当凋瘵后,初过乱离辰。乡落朝无火,郊原夜有磷。三毛名饭毳,百结号衣鹑。元气公能补,民心愿莫因。经时虚远想,一旦下高旻。疾痛难更仆,吁嗟自郁匐。顷从藩镇始,遂使利源湮。凌杂供求取,纤毫见怒嗔。生民如草芥,王度渐缁磷。丛借还无日,狐威假不驯。骄矜行自绝,骨肉且相狺。竟启东南衅,同归扑灭均。余波仍污染,囹圄日罥龂。孰市田文义,谁从郑侠陈。脂膏原粤物,鞭朴亦吾民。世幸销兵革,恩宜用抚循。输将前不易,旸潦近加辛。即尽敲民髓,何裨秉国钧。富强须有术,山海况多珍。夷舶原交市,遐方旧贡玭。有无通物产,声教暨纮寅。盐铁书何密,耕屯计可抡。兵民如复合,风俗庶能淳。夫子今豪杰,文章古孟荀。学能全体用,巧不事组紃。诗礼趋庭得,风规昔驯遵。先公开棨戟,大节挺松筠。善述真无忝,仁声美有洵。会吹寒谷律,终解捧心颦。贱子何为者,其生亦已迍。在金惭跃冶,于木更轮囷。好着登山屐,常冠折角巾。行藏依草野,出入远城闉。攲案看书卧,颓颜揽镜皴。何知年冉冉,只爱石粼粼。东渐曾过浙,西行未到岷。遥登太行上,亦泛五湖滨。处处闻风烈,超超远世尘。溯洄心未已,向往足犹踆。行部干旌出,防边介士蹲。飞扬明铁铠,镗鞳响金錞。并集三江鹢,初停六辔骃。霜应生白简,风欲起青苹。北斗瞻今近,南溟气自申。扶携观教化,洗涤待咨询。幕府多英俊,贤君爱笑嚬。肯容狂狷士,长揖列嘉宾。[①]

其二《送吴制军至三水因纪昔游作百韵赠别》:

① [清]陈恭尹著,郭培忠点校:《陈恭尹集》,人民文学出版社 2018 年版,第 164—166 页。

未别不忍言，将别常蹙蹙。旌旆在前路，不获展心曲。维时月在午，雨潦犹未足。高原土尚坼，平野苗稀绿。处处桔槔声，未敌炎蒸酷。斗米逾百钱，农夫遂枵腹。忆公下车始，颇亦忧饘粥。旧染污未除，遐陬莽犹伏。冥心运元化，大力旋坤轴。三江匝五岭，九载皆秋熟。西开官田戍，东建花城筑。海滨弛苛禁，万艘衔舻舳。贵贱通有无，梯航极倭竺。珍奇溢都市，技巧眩心目。南溟潮汐地，岛屿浮如鹜。潮生尽淹浸，及退仍为陆。船行洲渚下，支络相洄澓。奸徒棹舠舠，捷径飞驰逐。意外一疏防，坦途闻叫哭。自公严汛守，尺寸皆有属。摇飏芦苇外，雕戈间红纛。徒旅晓夕行，孤客投灯宿。相谓百年来，太平此时独。海关新榷税，使者忧盈缩。算课及渔舟，弃舟乃无屋。妻儿爨野岸，寝处巢林木。减米获生全，赖公为补牍。牂牁数千里，发源自滇筑。攒峰割云日，铦利侔刀镞。盘据百粤西，大半苗蛮族。君长世相承，中华频改卜。其人殊倔强，其性同麇鹿。得失几微间，赴死如蛾烛。有明中叶后，每每用杀戮。泰山压群卵，安有不摧覆。于德乖好生，于武为已黩。内地况骚然，所得焉足赎。岂闻抵恶鸟，辄以荆山玉。公威久已著，更用恩为育。召其黠桀者，赐坐与酒肉。貂裘及锦带，照曜归穷谷。传谕与而曹，邻好宜修睦。毋自启衅端，祸及诸伯叔。君长咸感怀，稽首望辇毂。边烽绝无警，一路蒙公福。粤于丙丁际，后乱而先复。五营与有劳，恃功颇难畜。前人务优容，军政渐不肃。及公明号令，童牛初就牿。戢其骄悍气，帖耳事轮辐。亲随多骁健，功在征闽录。夹持类蓬麻，臂指从所欲。乃知养士效，远虑素所蓄。从来成功人，土视金与粟。恩赏既以行，有罚敢不服。公令重如山，其照明如旭。东西山海隅，萑苻罔遗毒。朝发夕已擒，群奸畏神速。大象本无形，政理难更仆。睹此一方民，安和异曩夙。足知良工苦，非取悦时俗。往者破厦门,举世共瞻瞩。谋断本独行,功成让先告。是知大臣心,舍己期相勖。世人见浅近,事事求表暴。安识国手棋,下着关全局。粤疆乱甫定,培养宜先笃。休息以无为,治世之参茯。去其害马者,所以称良牧。老眼阅古今,或颇辨麦菽。识时在俊杰,屈指不五六。怀刺每生毛,素耻事干渎。长揖入军门,荷公不见督。疏狂谬宾礼,啸咏无拘束。尚记数年前,维舟值秋菊。在坐王将军,酒阑命笺幅。中间置几砚,杯斝罗四角。联诗公首唱,以次相赓续。一人操笔吟,二客飞觞促。雕盘减玉馔,小品珍蔬蔌。华灯继落晷,夜月生江澳。公才敏且健,珠玑泻千斛。不离古典型,别出新机轴。于时有公会,百政方蔟蔟。偶此一日闲,雅事洵难复。平沙列大幕,万马鸣山麓。扁舟此追送,仿佛犹前躅。南北一分途,飞潜隔寒燠。老态傍青门,生事依黄犊。目极车骑行,心为苍生祝。朝端望风采,功伐存山竹。九重思鼓鼙,天厩归骅騄。及此涉川时,扬帆发南隩。湘漓水清漪,洞庭秋汤穆。想到黄金台,寒风已谡谡。童叟咽江湄,挥涕成霡霂。何时天上霖,重作南人谷。伸章欲抒写,瞀乱笔先秃。以质不以文,将为后世读。拜别还空山,云中望鸿鹄。①

前一首是陈恭尹初次献诗干谒吴兴祚,当时吴兴祚总督两广不久。后一首作于吴兴祚离粤北上之际,陈恭尹回忆数年来与吴兴祚的深厚情谊。两首诗在任才使气的同时,对吴兴祚在闽粤的文治武功大加歌颂,如果说前一首的目的主要是引起吴兴祚的注意,希望能够进入吴兴祚海疆幕府,从而分享幕府给文士带来的经济和身

① [清]陈恭尹著,郭培忠点校:《陈恭尹集》,人民文学出版社 2018 年版,第 206—207 页。

份红利，那么后一首的目的则又多了为吴兴祚的功业立传的性质，正如诗人自道的，“以质不以文，将为后世读”。事实上，“以质不以文”固然是自谦之词，“将为后世读”的意图则是十分醒目的。两首诗并观，我们可以获得相当丰富的信息。第一，陈恭尹的幕府生活际遇、见闻，对我们还原吴兴祚海疆幕府的真实面貌有很大助益。虽然陈恭尹自荐入幕时内心忐忑，“幕府多英俊，贤君爱笑嚬。肯容狂狷士，长揖列嘉宾”，不过他显然是得到了吴兴祚的礼遇，“长揖入军门，荷公不见督。疏狂谬宾礼，啸咏无拘束”。幕府中人才济济，“文武趋莲府，溪山望画轮”；宴饮与文学创作场面异常盛大，“银烛连开宴，瑶阶九列傧。攀留常累月，酬唱动兼旬”。陈恭尹不仅频繁参与幕府中的文学活动，而且对直接与吴兴祚互动的联句游戏记忆深刻，“尚记数年前，维舟值秋菊。在坐王将军，酒阑命笺幅。中间置几砚，杯斝罗四角。联诗公首唱，以次相赓续。一人操笔吟，二客飞觞促。雕盘减玉馔，小品珍蔬蔌。华灯继落晷，夜月生江澳”，这是陈恭尹与吴兴祚交谊笃厚、意气相投的直观呈现。第二，两首诗记载了吴兴祚仕宦岭南期间所面临的海疆局势与取得的海疆治理政绩。由于连年战乱，岭南地区民生凋敝，陈恭尹为了展现自己的济世之才，特地向吴兴祚谏言：“富强须有术，山海况多珍。夷舶原交市，遐方旧贡玭。有无通物产，声教暨纮奫。盐铁书何密，耕屯计可抡。兵民如复合，风俗庶能淳。”积极开展海上贸易是极为显眼的一项建议。从吴兴祚治粤期间的施政策略来看，很大程度上采取了开海方案，使得民众休养生息，战乱之区逐渐成为富裕之邦。后一首诗中对此有呼应，开海禁之后的岭南呈现出一派繁荣景象，“海上丝绸之路”再度畅通，于国计民生皆有补足，“海滨弛苛禁，万艘衔舻舳。贵贱通有无，梯航极倭竺。珍奇溢都市，技巧眩心目”，这是对当时海上贸易政策成效的记录，不仅海疆民众的物质生活得以丰富充实，中西方文化、思想领域也打开了一扇窗。这是海疆政治、经济活动与文学、文化现象之间互动关系的又一生动证明。

上诗提及的陈恭尹与吴兴祚联句创作的经历在陈恭尹《唱和集》中保存了下来。上诗所记载的王将军在坐的一次即《吴大司马泊舟三水予挈白菊遗之适王将军在坐即事联句十一韵》一诗诞生的现场。不过,下面我们要举的是另外一个联句的例子——《庚午冬夜羊城燕集联句十二韵》,这是陈恭尹与吴兴祚、钱葭湄、周履坦等人的集体创作:

> 夜永寒云散(吴留村),灯明妙曲孤。远人同万里(陈元孝),座客半三吴。嘉会东南美(钱葭湄),壮游今昔殊。举觞追往事(周履坦),拥传合前驱。露冷花魂灭(吴),霜清柳眼枯。菊寻元亮径(陈),梅放浩然图。天地分南北(吴),门墙学步趋。投闲频卜夜(钱),角胜竞呼卢。漫访羊城迹(吴),须陈凤阙谟。使车宁久驻(陈),授简且为娱。客醉屏争触(钱),童疲鼾已呼(吴)。东方看既白(钱),余兴满归途(陈)。①

幕府中类似的多人联句创作活动相当普遍,然而,陈恭尹《唱和集》中《又次前韵即事呈吴留村司马钱葭湄太常》一诗则将四人联句创作转化为个人唱和之作:

> 五岭新寒浅,三更见月孤。皇华虽在越,莼菜已思吴。高宴歌吟洽,炎方景物殊。金台宵自击,火马夜能驱。吐焰千花乱,穿杨万叶枯。巧思难尽测,妙绘莫为图。幸备梁园赋,犹

① [清]陈恭尹著,郭培忠点校:《陈恭尹集》,人民文学出版社 2018 年版,第 402 页。

然幕府趋。偃师呈傀儡，西域献都卢。清晏承边计，雍容想远谟。人同陆贾使，地异老夫娱。庾亮南楼兴，曹参相舍呼。疏狂惭授简，不恸阮生途。[①]

之所以选择《庚午冬夜羊城燕集联句十二韵》《又次前韵即事呈吴留村司马钱莨湄太常》二诗为例，正是因为从这一由集体创作到个人创作的转化过程中，我们不仅领略了陈恭尹的互文性质的文本书写，更探寻到吴兴祚海疆幕府集体创作经验对于陈恭尹个体创作的广泛渗透，这是非常值得注意的一个文学创作现象，蕴藏着作者稳定的幕府文化心理。在这一文学活动模式的驱动下，吴兴祚及其海疆幕府成为岭南诗派强有力的支持者，影响着岭南诗派的文学创作。

三、“宠渥重词臣”：岭南诗派的参与者

除了上文涉及的一些联句诗，吴兴祚在岭南亦创作了为数不少的诗歌作品。然而，吴兴祚的诗歌风格与“岭南三大家”迥异，这也说明，岭南诗派是一个相对松散的群体，其价值主要在于推动岭南地区的诗歌繁荣，而并未有严密的群体性纲领或理念。吴兴祚的文学作品主要是《留村诗钞》和《留村词》。朱丽霞师在《江南·闽南·岭南：吴兴祚幕府文学年表长编》（中国社会科学出版社2013年版）一书中对《留村诗钞》的若干作品进行了编年。《留村词》一卷业已收入《百名家词钞》以及《全清词》（顺康卷）。通过文本细读不难发现，政治对吴兴祚文学之语词和风格的影响非常鲜

① ［清］陈恭尹著，郭培忠点校：《陈恭尹集》，人民文学出版社2018年版，第402页。

明,以下选取吴兴祚在岭南期间的若干诗作加以论说。

吴兴祚离粤北上之际,岭南诗人纷纷赠诗相送。吴兴祚创作了《次梁药亭韵》五首[①],作为对梁佩兰送行之作的回应。接下来我们就该组诗略作分析,一则见出吴兴祚与“岭南三大家”皆有较深的交往,二则管窥吴兴祚的诗歌风格。其一:

潦倒度残岁,韶华去不回。
瘴来陵谷变,雁过稻粱哀。
白璧终无玷,黄金古有台。
茫茫海宇内,若个是真才。

其二:

欲奏高山曲,宁无钟子期。
三春空入梦,十载苦吟诗。
月落钟寒夜,花飞蝶乱时。
壮心销已尽,不复理残棋。

其三:

四顾嗟摇落,天空燕雀稀。
江湖垂钓者,寂寞未能归。
风力吹人劲,雪花过岭微。
几回思往事,始信好名非。

---

① 朱丽霞:《江南·闽南·岭南:吴兴祚幕府文学年表长编》,中国社会科学出版社 2013 年版,第 350 页。

其四：

至尊勤翰墨，宠渥重词臣。
才大同沧海，如君有几人。
山高黄叶堕，水远白云新。
遗我苍茫句，闲吟亦怆神。

其五：

君恩深罔极，臣力愧涓涯。
倦鸟空啼树，春风未放花。
有怀愁对月，无绪屡闻笳。
惜与故人别，珠江帆影斜。

这组诗具有吴兴祚的鲜明烙印，主要是通过一位封疆大吏的语言风格流露出来。虽然此际的吴兴祚跌落至人生的最低谷，“潦倒度残岁”，但是其作为名臣的遣词造句习惯却没有改变，尤其是其四之“至尊勤翰墨，宠渥重词臣”，其五之“君恩深罔极，臣力愧涓涯”两句，颇具台阁气象。这是其身份导致的，非一般以游幕为生的贫寒文士所能道出。联系到吴兴祚此前的一些诗句，这一特征则更明显地呈现出来：

海若知王化，年年效百灵。(《屯白县观海步杜大司空韵》)

战苦云生纛，恩深血渍袍。……庙算无遗策，殊方贡旅獒。(《霜降祭纛追忆昔年行间有感》)

猺俗瞻天远，民风向化微。(《舟次浔州江上有感》)

皇恩原广大，民业复逍遥。(《出雷州东门至白鸽寨双溪口

阅视海界步大司空韵》)

自公宣帝命,甘雨喜随车。……指点归耕者,时劝桑与麻。(《登家三领阅界步杜大司空韵》)

通过这些诗句尤其不难见出吴兴祚一贯的颇具台阁气息的创作风格。通过以上论述,我们能说吴兴祚和他的这些作品不属于“岭南诗派”的有机组成部分吗?恐怕不能。而且,恰恰是因为吴兴祚及其此类作品的存在,“岭南诗派”才突破了传统诗派的地域限制,展现出极强的群体容纳度与风格多样性。

吴兴祚以上诗歌主要创作于闽粤海疆幕府期间,当他遭遇弹劾,离粤北上,亦有不少辛酸苦楚之作,然而却不失豪杰本色,在一定程度上更加接近了“岭南诗派”的“雄直”之气。《谒淮阴祠》作于北上途中:

秦鹿初穷楚亦亡,由来鸟尽叹弓藏。
解推有分酬真主,兴废无情恨假王。
七尺荒坟埋碧草,千年怨气啸长杨。
英魂寂寞归何处,系马祠边吊夕阳。①

该诗咏史怀古,处处透露着兴衰荣辱的喟叹。“鸟尽叹弓藏”是情感基调,联想到吴兴祚为闽海平定、粤海繁荣作出巨大贡献后却遭弹劾降职,其借古自况之意就显而易见。尾联尤其怆然,诗人由诗后走到诗前,系马淮阴祠边,英雄落寞的身影在夕阳的映照下分外苍凉。

① 朱丽霞:《江南·闽南·岭南:吴兴祚幕府文学年表长编》,中国社会科学出版社2013年版,第358页。

同样作于北上途中的《登泰山》，是繁华涤荡之后的真纯朴茂境界，亦具有感染力：

> 步入天门趋上方，罡风如铁刺衣裳。
> 身摩碧落双丸近，目纵黄河一线长。
> 万壑秋声闻远籁，千峰云气冷斜阳。
> 红尘到此应消尽，回首寰中总渺茫。[①]

前三联是登上泰山的见闻感想，颔联置身碧落，日月如丸，近在咫尺，而黄河如线，迢迢入海，气象宏大。颈联由宏大转入深幽，万壑千峰，秋声云气，远籁回响，斜阳冷结。随着景色描写的转变，诗人内心亦发生微妙变化，此前宏大雄壮也好，深幽绝尘也罢，都归结于诗人对于“红尘”“寰中”的回望。诗人或许没有“回首向来萧瑟处，也无风雨也无晴”的达观，但是他不乏远离红尘喧嚣的期待，辉煌的仕宦生涯与经历的艰难沉浮都显得“渺茫”不真实，这是诗人对过往的总结，充满了人生思考。当然，吴兴祚更多的作品主要是宴饮应酬、纪游登览之什，艺术价值并不见高，不过对于展现其海疆幕府的日常生活状态倒也不无价值。

岭南诗派虽然以一个流派的面目示人，但是其内部却是非常复杂的，不仅创作风尚因人而异，在诗歌理论上亦呈现多元化。屈大均在《广东新语》“诗社”一条即指出：“予尝与同里诸子为西园诗社，以追先达，然时时讨论，亦自各持一端。”[②]“各持一端”是岭南诗派内部观点纷纭、莫衷一是的直观反映，这主要集中于诗歌创作理念的

---

① 朱丽霞：《江南·闽南·岭南：吴兴祚幕府文学年表长编》，中国社会科学出版社 2013 年版，第 358 页。

② ［清］屈大均：《广东新语》，中华书局 1985 年版，第 357 页。

差异上。"陈恭尹论诗也和屈大均有所不同。屈大均深恶宋诗,陈恭尹则强调'性情',无分唐宋:'只写性情流纸上,莫将唐宋滞胸中。'并且又一次指出:'终古常新惟日月,金乌先自海东红。'(《次韵答徐紫凝》)仍然强调诗人自己的性情(包括本人的生活经历和文化素养)在创作中的决定性作用。"①

确实,屈大均的诗歌成就侧重创作力,而陈恭尹的理论力则较翁山更为豁达融通。"岭南犹似胜江南"不应该只是因为"尚得古贤雄直气",这一视野尚嫌狭窄,而我们一旦将岭南诗派的诗歌理论水平置于"江南"乃至全国来考察,看岭南此际是否出现过与江南地区乃至同时代一样或更为深刻的诗歌理论,那么"岭南犹似胜江南"的评价则将被赋予更深层次的内涵。陈恭尹在清初诗史上的价值尚未得到全面而深入地阐发。严迪昌《清诗史》指出:"(陈恭尹)以遗民诗人晚存者的身分已投入到对新朝特种文化统制之翼——诗界的争斗中来,从而在新的一轮朝野离立之势中,表现着'从来天下士,只在布衣中'的气概。所以,说陈恭尹是清诗前期向中期过渡阶段的在野诗论的承启中介人氏,并非是无根之谈。"②

至此,我们可以说,吴兴祚是岭南诗派的重要支持者和参与者,吴兴祚海疆幕府为岭南诗派的形成、存续以及文学理念的多元化碰撞提供了持久的支撑。

---

① 刘世南:《清诗流派史》,人民文学出版社 2004 年版,第 31 页。

② 严迪昌:《清诗史》,人民文学出版社 2011 年版,第 317—318 页。

第二节 蓄水池效应
——吴兴祚海疆幕府与清词复兴

当今学术界已经习惯性地将“清词”与“复兴”联系在一起，“词兴起于唐五代，大盛于两宋，衰微于元明，而又复振起于清代”①，已经成为学界共识。近年来，学术界对于清词的研究热度维持在高位，但是研究领域主要集中于清初词坛，尤其是对阳羡词派与浙西词派研究较多；另一方面，研究主要集中于一些主要作家，如陈子龙、朱彝尊、陈维崧、王士禛、张惠言、周济、陈廷焯、况周颐、王国维等人，而且研究地域多集中于北京、江浙、中原地区，对于岭南词学的研究尚显缺乏。我们有理由相信，既然清词堪称“复兴”，那么就应该是一种全国性的，而不应是某一地区的散点式的创作兴盛，那么岭南词坛就不可避免地进入研究者视野。

在对吴兴祚海疆幕府进行系统观照的过程中，我们发现其幕府中的词学创作相当旺盛，甚至岭南的清词创作群体也与吴兴祚海疆幕府保持着密切联系。吴兴祚海疆幕府对词学创作的倡导，对岭南文坛产生了深刻影响；而这一时期的岭南地区，与江浙、北京、中原等地词的创作一起组成了清词在全国范围内的复兴。由此可见吴兴祚海疆幕府之于清词复兴的重要意义。

有学者将清初词坛分为三个发展阶段，第一阶段从顺治初年到顺治十七年（1660）王士禛司理扬州之前，是清词中兴的重建词统时期；第二阶段大约从王士禛司理扬州之后至康熙七年（1668）《念奴娇》唱和结束之前，是清词中兴的开拓求变期；第三阶段从康

① 张宏生：《清词探微》，上海古籍出版社 2008 年版，第 3 页。

熙七年到康熙十八年，这是清词中兴的高潮阶段[①]。该分期虽犹有值得商榷的空间，但大体指出康熙前二十年是清词复兴逐渐达到高潮的阶段。以此分期来审视吴兴祚海疆幕府的词学创作，不难发现它与清词复兴在时间上具有一定的重叠性。直至吴兴祚卸任两广总督离粤北归，吴兴祚海疆幕府持续处于浓厚的词学复兴氛围之下。就吴兴祚海疆幕府中词学的兴盛以及这一景况对岭南词坛产生的深远影响予以考论，进而分析吴兴祚海疆幕府与清词复兴之间的联系，是本节的主要目的。

一、词学创作兴盛

吴兴祚有《留村词》传世，《全清词》(顺康卷)录其词 25 首。吴兴祚的身体力行无疑对幕府文士的词体创作产生了很大的激励作用。在吴兴祚的倡导之下，幕府中每次宴会雅集总少不了词的创作，既得小词，披之管弦，颇可助兴。吴兴祚海疆幕府中聚集着一批文人墨客，他们在为吴兴祚处理日常文字工作之外的大量闲暇时间里，登山临水、宴会雅集，其间多有诗词唱和。吴兴祚海疆幕府中词的创作数量相当可观，几乎每一位幕客都有词作传世。

康熙二十二年(1683)冬，屈大均至端州为吴兴祚祝寿，填《宝鼎现・寿制府大司马吴公》词，其中写道："幕内多才，新乐府、铙歌齐奏。"[②]称赞吴兴祚幕府中人才济济，"新乐府"即词曲的创作繁盛。据不完全统计，吴兴祚海疆幕府中的词人主要有：万树、屈大均、吴绮、吴棠桢、张梯、吕师濂、吕洪烈、徐釚、易宏、大汕、吴秉钧、

① 葛恒刚：《清初词学演变综论》，《名作欣赏》2009 年第 29 期。

② [清]屈大均著，陈永正等校笺：《屈大均诗词编年校笺》，上海古籍出版社 2017 年版，第 1943 页。

吴秉仁、余怀、陈集生、金烺、姜宸英、叶方霭等数十人。根据《全清词》(顺康卷)及《全清词・顺康卷补编》,现将他们的词作情况列表统计如下:

表 4.1 吴兴祚幕府文人词作情况一览表

姓名	生卒年	籍贯	词集	数量
吴兴祚	(1632—1698)	浙江山阴	《留村词》	25
万树	(约 1627—1689)	江苏宜兴	《香胆词》	572
吴棠桢	(1644—1692)	浙江山阴	《吹香词》《凤车词》	166
宋俊	不详	浙江山阴	《岸舫词》	206
吕洪烈	(? —1702)	浙江山阴	《药庵词》	14
金烺	(1641—1702)	浙江山阴	《绮霞词》	308
吴绮	(1619—1694)	江苏江都	《艺香词》	719
徐釚	(1636—1708)	江苏吴江	《菊庄词》	159
易宏	(1650—1722)	广东新会	《坡亭词钞》	23
大汕	(1633—约 1705)	江苏苏州	《离六堂集》附词	92
屈大均	(1630—1696)	广东番禺	《骚屑卷词》	224
吴秉钧	不详	浙江山阴	《课鹉词》	30
吴秉仁	不详	浙江山阴	《慎庵词》《摄寒词》	79
华侗	不详	江苏无锡	《春水词》	41
陈恭尹	(1631—1700)	广东顺德	《独漉堂诗余》	29
余怀	(1616—1695)	福建莆田	《玉琴斋词》	230
吕师濂	(1626—?)	浙江山阴	《守斋词》	15
姜宸英	(1628—1699)	浙江慈溪	《苇间诗集》附词	4

上述词人的词作数量多达 2936 首,尚不包括未查明的幕客之作。当然,这么庞大数量的词作并非都作于吴兴祚海疆幕府之中,但是我们从中可以清晰地看出众幕客对于词这一文学样式的熟悉

和热衷程度。

以上是从幕僚文士词作的规模和普及程度来看吴兴祚海疆幕府中填词之风的盛行,下面我们换一个角度,从眼花缭乱的宴会地点再做一番考察。在吴兴祚和幕府诸词人的词作以及历史文献当中,我们可以发现很多吴兴祚海疆幕府文人宴会游乐活动的线索,而宴会雅集正是词的理想创作环境。

文来阁之会。吴兴祚有《念奴娇·雅集尺木堂,用东坡韵》词,而万树《烛影摇红·元夕访吴季茂锡山,今岁灯火特盛》一词中有"尺木堂前,旧游常记吴司马"①之句,由此可见,万树对于尺木堂雅集记忆犹深,而从另一侧面说明吴兴祚之词不虚。尺木堂是吴兴祚知无锡时的雅集地点,早在无锡任上,吴兴祚幕府即标举填词之风了,至岭南时,这一风尚更盛,其相关事宜的操作布局自然也应当更为成熟,为填词活动创造出更加优越的条件。文来阁就是吴兴祚海疆幕府中的这样一处著名场所。万树《月中桂·文来阁灯月词》小序云:"阁倚制府东南,三累而登,可以揽全端之胜。然两载偶一凭眺,未有颜略其夜色者。今年灯夕,大司马将设宴于此,会巡海未果。及三月,公子琰青庀弦管觞客,曰:'聊以是续上元之游。'酒既酣,万子指谓同座曰:'群公以此为眼前景物耶,亦知天下环裔荒渺之观,悉萃于此乎?'"②雅集观灯,文人相聚,宴酣之乐,可以想见。吴秉钧亦有《戚氏·登文来阁有感》《酹江月·文来阁玩月》《蓦山溪·文来阁晚眺》等与"文来阁"相关的作品。此外,万树还有《还京乐·送素书北还。时中元夕于文来阁设饯》《风流子·文来阁雨望》等词,同样记载了众多文士在文来阁经历的词坛韵事。

① 《全清词》(顺康卷),中华书局2002年版,第5572页。
② 同上,第5600页。

七星岩雅集。据屈大均《广东新语》记载:“七星岩,在沥湖中,去肇庆城北六里。一曰冈台山,一曰员屋,七峰两两离立,不相连属。二十余里间,若贯珠引绳,璇玑回转,盖帝车之精所成,而沥湖则云汉之余液也……七峰皆中空,各为一岩,岩皆南向……当西水涨时,诸岩皆可舟游,宛似武夷九曲……七星岩岁久石长,磨崖篆刻皆浅,多所漫灭。李北海书‘景福’二大字在岩口,微有画痕,其深不能指许矣。崖门张弘范刻字形如梯,亦因石长所致。山以石为骨,其生气盛则骨长,所在皆然。”①作为广东肇庆附近的一处风景名胜,七星岩是吴兴祚海疆幕府文学活动的一个重要场所。吕师濂《七星岩留村先生饮中倡韵属仆与红友凝阳韩若元焕洎舍侄药庵同作》:“石怪非灵斧,星空得洞天。顿忘家万里,似隔世多年。花不寒冬落,衣当仲夏绵。饮游真绝胜,巧伴竹林贤。”诗题即明确了这是一场吴兴祚与众幕僚在七星岩诗酒风流的雅集活动。吴秉钧《满江红·八月廿六日,偕红友、莫庵、升公、禹金、九锡游七星岩,和红友韵》:“绿帆香萍,湖内外、鸥穿夹镜。望高岫、琳宫遥在,大罗云影。教买鱼虾渔客网,看收莲芡村翁艇。出城闉、便与俗尘疏,添幽兴。　　榕树底,庵清胜。芭蕉上,词清永。渐溪桥晚市,落霞风景。共饱山厨菰米饭,更尝僧舍兰花茗。伴斜阳、归去有凉蝉,邀人听。”②该词体现了浙西词派的一些影响,一派闲情雅趣,如沐细雨微风,颇见其悠游雅会之乐。吴兴祚幕府中的闲游之词大略如此,通过对固定游览场景的打磨糅合,形成了较为一致的词风。吕洪烈《满江红》自序云:“琰青偕红友、莼庵、禹金、九锡六君子游七星岩。惟余兀坐衙斋,独不与会,窃有憾焉。归示前调,则尤令人妒,顾余即不可附竹林之数,讵不能效《阳春》之和耶?信手

① [清]屈大均:《广东新语》,中华书局1985年版,第111—113页。

② 《全清词》(顺康卷),中华书局2002年版,第5646页。

漫成,用记其事。”①“信手漫成”,既是一种幕府生活背景之下的创作心态,又直接影响到词的风貌品格。吴棠桢有《一萼红·望七星岩有感》一词,怀念山阴故乡。万树有《满江红·秋日偕同人游七星岩,憩晋庵,怀真际上人,留题蕉叶上》《满江红·自星岩归,至宝月台,用前韵》《御街行·琰青约天霁游七星岩》《向湖边·游含珠洞。在七星岩麓,时沥湖新涨,乘舟而入,最为胜观》等词。此外,短暂来粤的著名文士也多有七星岩的游览吟咏,如朱彝尊有《七星岩水月宫》,王士禛有《游端州七星岩记》。七星岩更是“岭南三大家”诗中常客:屈大均有《七星岩摩崖题名歌》《吴制府招同诸公游七星岩有作》《七星岩下作》等作品;梁佩兰《石鼓歌》自注“在端州七星岩”,又有《石钟歌》;陈恭尹《游七星岩》诗中有:“立马眺平芜,萧萧见苍壁。不知何处云,飞作兹山石。嵯峨各异势,纷诡非一色。旁通类户牖,中虚成室宅。藤根上郁盘,石乳下涓滴。时闻钟磬鸣,宛若仙源隔。灵峰互亏蔽,微径缘空隙。颇疑混沌初,有此机巧迹。遨游兹已屡,岁月真如掷。川原无古今,世事空畴昔。徘徊倚层巅,北风感行客。”②另有《端州七星岩题名歌》《同禹州大斌游七星岩作》《端州至日黄敬旃进士招同叶渊发周维念集七星岩》诸作。

同时我们看到,七星岩作为岭南地区的名胜,不仅仅是吴兴祚与众人宴游的场所,而且是岭南广大遗民寄托家国之思或者失意的文人墨客抒发困顿不遇之怀的重要地标。以陈恭尹为例,他登临七星岩,每每有国破家亡、人生莫测之感,寄托良深。他在《寿陈母何夫人序》一文中道:

---

① 《全清词》(顺康卷),中华书局 2002 年版,第 6759 页。

② [清]陈恭尹著,郭培忠点校:《陈恭尹集》,人民文学出版社 2018 年版,第 79 页。

予年十二，从先君馆于吾家文忠公硕肤堂中，是时叔演三兄偕其兄登甫、耆仲同执经先君门下。硕肤堂后临广池，池之西为写叶山房，文忠所常坐卧也。池东架木桥为书室数楹，环以花竹，叔演书斋在焉。叔演长予三岁，每风日晴美，相与挟弹入林、把钓横波相乐也。后二年而有燕都之变。又三年，而先君与文忠后先殉节。明年，请恤端州，文忠以阁部赠忠烈侯，先君以兵垣赠兵部尚书，论功赐荫，叔演与予同官锦衣，自公之暇，往往沽酒七星岩上，相对而泣，人莫测也。[①]

正是因为大量明朝遗民如此复杂丰富的感情寄托，有关七星岩的作品才充满了恒久可读的文学性。

锡祉堂宴饮。锡祉堂也是吴兴祚海疆幕府中宾主宴饮的一个场所。万树有《应天长·饮锡祉堂》《齐天乐·五日宴锡祉堂》等词作。康熙二十三年(1684)秋九月，吴兴祚邀请吴绮、吴寿潜、鲍夔生等宴集锡祉堂，送徐釚归里，《留村诗钞》有《锡祉堂雅集即席步韵，送徐电发编修还朝》。吴绮《家留村大司马招同诸君子宴集锡祉堂兼送电发归里用其原韵》:“油幢高建海天雄，清夜留宾有上公。筵敞氍毹歌扇碧，杯浮琥珀烛花红。千山奥峤吟庄舄，一曲江南忆妙隆。几度送归归未得，惯催乡思是秋风。”(《林蕙堂全集》卷十九)吕师濂《端午高会锡祉堂观大司马与国手邹生弈邹胜一局得所赌之砚去》:“节序遵皇历，欢娱藉主人。日中方虑热，雨过却疑春。乳燕飞无定，双鹂哢转频。辟兵符乍贴，长命缕初纫。忘贵能宽礼，随宜便率真。岕茶香故久，塞酪味偏醇。角黍霜为质，鲥鱼雪腻鳞。席移杯可罢，兴发酌从新。计夏俄居仲，占时已及申。围

① [清]陈恭尹著，郭培忠点校:《陈恭尹集》，人民文学出版社 2018 年版，第 612 页。

棋安石好,落子弈秋神。既赌三棽尾,兼陪一结邻。捧行曾羡尔,醉卧不知身。夜烛犹生蕊,朝暾欲满轮。病酲如入骨,把药畏沾唇。竹槛惟思倚,花帘总怯巡。吾将希独醒,不敢酹灵均。”(《何山草堂诗稿》卷五)记载了幕府宾主齐聚锡祉堂,棋手邹生与吴兴祚博弈获胜得一端砚的趣事。

镇海楼登览。吴兴祚总督两广期间有不少文化惠政,其中之一就是他主持重修了镇海楼。陈恭尹在《登镇海楼赋》小序中介绍了镇海楼的地理方位、历史文化等内容:

> 镇海楼在广州北城上,因山为基,五层特出,高可知也。明洪武初,东莞伯何真以全粤归命,永嘉侯朱亮祖请合三城而一之,绘图入告,而建斯楼。三百年间,人文特盛,超轶宋唐,多骨鲠之臣,无僭窃之患,或以为斯楼之助也。甲申以后,日就倾圮,而城郭亦与之萧条。比岁甲子,大司马吴公、大中丞李公招徕旧民,各复其宇,乃命有司,撤而新之。己巳仲春,予偕诸同人登焉,相约为长律,以纪其胜。属以他事小阻,而诸公诗成,或百韵,数十韵,予无以加也。乃为之赋云尔。[①]

“己巳”年为康熙二十八年(1689)。由此小序末尾可知镇海楼已经成为岭南地区的游览胜地。单以陈恭尹为例,他的作品中多有集会镇海楼的记载,如《九日登镇海楼》《己巳九日登镇海楼作》《镇海楼同梁药亭送黄忍庵归太仓,毛会侯归严州,季伟公归杭州,分得都字》等,可见斯楼人文之盛。

石室岩游赏。陈恭尹有《石室颂》,考察内容知其作于吴兴祚

① [清]陈恭尹著,郭培忠点校:《陈恭尹集》,人民文学出版社 2018 年版,第 578 页。

海疆幕府群僚游览之际：

> 端州北郊，积水之外，平野之中，数峰苍然，皆石也。……每当春尽雨深，夏秋荷放，在水中央，盈盈可望；一苇杭之，如行天上；长堤高桥，翠幄华舫；晴日佳晨，尊罍相饷。其平原则讲武之所，恩威攸畅；司马临焉，云麾虎帐；克建元勋，更扬高唱；大笔如椽，射侯有亢。盖其溪山神异，气象遐旷；挹高峡之浩纡，带西江之滉漾；所以钟一郡之英华，增幕府之雄壮。以其独立风涛之中，而定山称焉；位于北而数则七，故号于星焉；虚能受而美可居，故石室名焉。大匠不能经营其巧，图绘不足议拟其妙；君子得之以为广厦，斯为寒士之依；下民处之而为幽谷，所望阳光之照。[①]

文中“司马”“幕府”“献颂”等词已经非常鲜明地道出此文与吴兴祚有关，颂词亦云：“天作兹山，以象明德。猗欤我公，文武是式。定波八闽，安我南国。何以祝之？万寿无斁。何以颂之？请勒岩石。”[②]将石室岩与吴兴祚的品德、功勋相联系，则此文确定是吴兴祚及群僚游玩至此乘兴而作无疑了。从相关文献可知，石室岩是吴兴祚海疆幕府文人雅集的又一重要场所，在这里，许多幕僚留下了文字记录。因为处于端州，故而往往和凭吊永历帝的主题结合起来，对于明朝遗民群体而言别有深意。康熙二十四年四月九日，吴兴祚招屈大均与王士禛、黄与坚饮于端州石室岩，屈大均所填《八声甘州》词即是登临怀古之作，本书第五章就此有相关讨论，这

① [清]陈恭尹著，郭培忠点校：《陈恭尹集》，人民文学出版社 2018 年版，第 648 页。

② 同上，第 649 页。

里就不赘述了。

离六堂雅集。僧人大汕与吴兴祚海疆幕府中诸幕僚有密切往来,因而大汕的离六堂也自然成为众多文人雅集的一个地点。梁佩兰有《大司马留村吴公招同茹琼山子苍、张惠来,时公刘将军季翼、新安王我占、山阴娄子恩、同里屈翁山奉陪京卿紫阁张公,集石公离六堂即席次张公韵,送之入都》云:“竹色深环寺,茶香静出杯。闲身聊复得,笑口偶然开。星列三台坐,人皆一代才。题诗怀李白,五月笛中梅。”[①]“人皆一代才”是对与会文士的褒奖,而尾联则继之以李白送别的形象,则人才之盛与别意之悠悠具现。梁佩兰的“六莹堂”、陈恭尹的“独漉堂”与“离六堂”相似,都是文人墨客雅集的场所。

吴兴祚海疆幕府的主宾文士还擅长在乏味或平庸的日常生活中制造一些有趣的文学场景或文学事件。康熙二十五年(1686),吴兴祚六十岁,幕府中娱乐活动格外丰富,宴会雅集本是词产生、发展的肥沃土壤,这为填词唱和提供了契机。八月,吴兴祚宴客,掷骰子行酒,吴兴祚掷六赤,幕僚填词相庆,吕师濂、万树等俱在。次日,吕师濂亦掷全红,万树再用《满江红》调为赠。万树《满江红·庆投琼六赤词》其一序:“丙寅八月杪,吴大司马宴客,命骰子行酒,公掷遇五红,因述往者丙辰宰锡山时,尝掷全四,未几即膺特恩,超晋闽臬,是博齿虽小戏,而休征兆焉。”万树《满江红·庆投琼六赤词》其二自序:“次日宴集,守斋亦掷全红,用前调为赠。”词云:

绣腕生花,乱撒下、宝珠鞣鞨。爱一把、玲珑红豆,玉盆光晔。共效杜陵衣尽袒,争如彦道巾先脱。恰昨宵、刚尔斗词

① [清]陈恭尹著,郭培忠点校:《陈恭尹集》,人民文学出版社2018年版,第394页。

葩，欢相接。 司马是，商廷说。先生是，隆中葛。正壮心未已，唾壶常缺。仙侣羡君同李郭，博徒容我为毛薛。向曾传、刲角解为媒，原神物。[①]

这首《满江红》作于清朝平定三藩、收复台湾，天下一统的太平时代，人民安居乐业，岭南一派欣欣向荣的景象。该繁荣景象的出现得益于吴兴祚的政治才能，而海疆幕府所发挥的重要职能亦功不可没，幕府汇集了大批天下才俊，万树词中所谓“先生是，隆中葛”，即是将吕师濂喻为诸葛亮，认为吴兴祚得吕师濂正如刘备得诸葛亮。

幕府中制作名贵的“万寿怡香”，众幕僚填词唱和。吕师濂得香四两，作《天香·观制万寿怡香》：

久视长生，无愁镇悦，伊谁得以如此。好个香名，巧将人祝，每思够他方子。韩康肘后，新解赠、三行绿字。买日龙涎有否，春时麝脐加未？ 才知性情更异。不宜烧、只宜轻沸。惹到远蜂邻蝶，一般欢喜。何幸投吾四两，手微触、流涎已沾袂。那觅银窝，钩帘煮试。[②]

万树同调词中自注：“凝阳传方，雪舫先制，余亦从之。”怡香是古代名香，需要名贵的原料如龙涎、麝脐等。制作时，“将麝研蜜揉。煮云膏、小窝银斗”[③]，温度需要控制，“不宜烧、只宜轻沸”。从“惹到远蜂邻蝶”可知，怡香芬芳醉人，足以招致远方的蜂蝶。这是一场

① 《全清词》(顺康卷)，中华书局2002年版，第5564—5565页。

② 同上，第2347页。

③ 同上，第5571页。

幕府文士的文化活动，活跃了幕府文化氛围，激发了文人雅士的创作热情，相关的诗词曲赋也应运而生。

通过各类文献记载，可以发现吴兴祚海疆幕府中的文人墨客有着许许多多聚会雅集的地点，在这些地点，一些比较大的事件都可以是他们挥毫泼墨、倚马千言的良机。他们把握住这些机会，将感情以诗词的形式表现出来，喜怒哀乐，悲欢离合，丰富了幕府生活，提升了文学造诣，将吴兴祚海疆幕府打造成一个诗词曲赋的平台。这些文人紧密联系在一起，可以称得上是一个名副其实的文学创作群体。

当吴兴祚海疆幕府中填词成为一种普遍的风尚，词集的刊刻也就是水到渠成的传播行为。吴兴祚海疆幕府凭借雄厚的经济实力推动了词集和词学著作在岭南地区的流传，从而扩大了吴兴祚海疆幕府词学生态的覆盖范围。金烺《绮霞词》即是在吴兴祚幕府的大力支持下才得以刊行，吴兴祚为之作序的扬誉价值亦不可小觑，序曰：

> 金生子闇，余石交吕清卿之爱倩也，固名家子，少年磊落不羁，读书笔下千言。岁在庚申，访余于晋安署中，出其所著《绮霞词》，就正于余。值军兴旁午，未遑披视。后入武闱，较阅之暇，因取而览焉。见其小令、长篇，无不幽芳香艳，俱臻北宋、南唐之胜。子闇真才士也。今春，过岩滩，涉彭蠡，越章江，度庚岭，重谒余于端州，复出其一路登临凭吊之作，并向者归度仙霞之词，合成一帙，而问序于余。因得重阅其词，又觉较向之所著，更进一竿头矣。昔龙门子长历览山川而才益富，眉山苏氏遍游海外而文益奇。今子闇涉九鲤之水，入五羊之城，凡纵笔所出，无不以感慨历落之气，抒其苍凉浩瀚之词，使读者赏心悦目，畅然有得。苏、辛、秦、柳直欲鞭挞衙官矣，则洵乎子闇真才

士也。为语清卿曰：冰清玉润，汝翁婿何多让焉。是为序。[①]

该序之后是吴棠桢所作之序，落款“康熙乙丑秋八月朔日同学弟吴棠桢伯憩氏拜题于端州制署之文来阁”[②]，这无意中明确了吴兴祚海疆幕府乃是清词复兴的一个重镇。

值得注意的是，在吴兴祚海疆幕府刊刻的词集中往往有幕僚的品评文字。仍以《绮霞词》为例，从其点评者名录中不难看出吴兴祚海疆幕府文士的广泛参与度，这也是吴兴祚海疆幕府之于清词复兴巨大推动力的源泉所在：钱去病、朱雪田、姜西溟、吴伯憩、陆冠周、计子山、毛大可、何珥公、弟子冶、卢文子、徐克家、董榕庵、商子贞、钱子璧、张长威、蒋莘田、朱仲轶、万红友、周鹰垂、林安国、姜亦载、徐安士、李孟芬、弟子怡、毛西河、周永持、胡韦若、董樗亭、唐雪堂、吴雪舫、马玉起、罗弘载、张式甫、何夏九、顾茂伦、弟子润、王季来、吴六益、陶颖儒、宗鹤间、弟子显、高季真、姜开先、张洮侯、兄子弢、姜苍崖、兄子晦、毛驰黄、诸良月、兄子藏、董无休、茹大来、陆荩思、兄子亮、沈壹皆、唐实君、沈笃人、赵二火、弟子和、姜山启、王丹麓、董子揞、钱武子、屈大均、张汉度、沈客子、刁澹人、张砚铭等等。

明遗民吕师濂抵达吴兴祚两广总督幕府后，除了继续从事一贯的诗歌创作，受幕府中文学环境影响亦染指词、曲创作，诗词评点即是一项重要的具有群体性质的文学活动。金烺《绮霞词》有吕师濂评点，并有许多词牌与吕师濂《守斋词》相同，且有与吕师濂、万树等人唱和的记载。考虑到吴兴祚幕府中文人作品刊刻之风盛

① [清]金烺：《绮霞词》，张宏生编：《清词珍本丛刊》第九册，凤凰出版社2007年版，第193—195页。

② 同上，第198页。

行，如万树《词律》、金烺《绮霞词》等，则可以推断吕师濂极有可能获得幕府资助而刊刻了《守斋词》。《绮霞词》中，吕师濂评《过江郎山》词曰："'青光冷浸'二句，刻划入神。"[①]评《五福降中天·上制府吴留村先生》曰："尚书公尚贤礼士，有吐握之风，每以才士目子闇，今读此词，益见其优容之重。"[②]评《天香·制万寿怡香》："此亦红蕉会课也。典雅华赡，宛尔玉楼金埒气象，正使宋学士愧其寒酸，党太尉诎于粗率。词成，不觉咋舌，余与红友、雪舫仅阁笔而已。"[③]吕师濂亦有《天香·观制万寿怡香》词。此外，吕师濂与金烺同有《隔帘听·枕上听鹦鹉诵孟襄阳春眠不觉晓句》《辊绣球·咏珊瑚球花》《瑶台聚八仙》诸作。吴兴祚幕府词学创作的灵魂人物万树品评金烺《瑶台聚八仙》曰："登临咸感慨兴会非常，即予亦动故乡云树之思。"[④]

与群体性的作品品评相关涉的是词社的形成及有序运转。稳定的词社组织能够促进创作，切磋词艺，探讨词论。"红蕉词社"就是吴兴祚海疆幕府中的一个非常典型的词学活动组织。金烺《隔帘听·枕上听鹦鹉诵孟襄阳春眠不觉晓句，红蕉词社百题》：

> 高阁梦回孤枕，归思浓如许。惺忪忽听鹦鹉语。恁舌溜，朱唇足。梳翠羽。天欲曙。唤春眠，几番轻絮。　遥闻处。襄阳佳句。五字声，十缕清音响入。红蕉树。若教当日开，元如遇。应留住。何须不才重赋。[⑤]

---

① ［清］金烺：《绮霞词》，张宏生编：《清词珍本丛刊》第九册，凤凰出版社 2007 年版，第 214 页。

② 同上，第 258 页。

③ 同上，第 265 页。

④ 同上，第 264 页。

⑤ 同上，第 263 页。

吕师濂《守斋词》保存了同调同题之作，只少“红蕉词社百题”字样：

> 香稻啄余饶舌，惯把天催曙。花窗正味高眠趣。奈絮逼呢喃，碎于怨慕。意再注。是吟哦、浩然佳句。 人怜汝。当筵题赋。惹到将军妒。洲边草色晴川树。至今含恨，寔由君故。恍然悟、何如不言为愈。[1]

万树亦有同调同题之作，亦录于下以见词社创作的风尚：

> 一枕故园残梦，才吃枇杷了。窗前啁唽频呼觉。是翠箔深深，雪衣小小。恁厮闹。把曈昽、曙光相报。 从谁教。襄阳诗调。句句传都好。声声只念春眠晓。料因风雨，客怀添恼。更不道。今朝落花多少。[2]

除了“枕上听鹦鹉诵孟襄阳春眠不觉晓句”，幕府中“制万寿怡香”也是红蕉诗社成员的一次同题吟咏唱和。万树、吴棠桢、吕师濂、金烺等人皆是该词社的重要成员。

吴兴祚海疆幕府自然不缺少传统的公宴分韵填词活动。万树《苏幕遮》词小序称：“大司马命座中俱和清真原韵。”[3]这是幕主吴兴祚主导的一次唱和创作，“命”字透露出传统公宴场景下的主宾创作的特殊属性。“五日宴锡祉堂”是又一例子，金烺《南歌子·五日宴锡祉堂》序：“同留村先生、药庵家岳、红友、黍字、集之、韩若、

① 《全清词》(顺康卷)，中华书局2002年版，第2346页。

② 同上，第5549页。

③ 同上，第5540页。

雪舫分赋。”[①]吕师濂作品中表现海疆幕府特色非常鲜明的《齐天乐·五日宴锡祉堂》即属于此次公宴分韵的创作成果。虽然“五日宴锡祉堂”的词客在词牌选择上较“大司马命座中俱和清真原韵”的情况下拥有更多自由,但是由幕府主导的性质却大略一致。与公宴之作相比,词社的同调同题创作更强调了词体的游戏性和竞争意味,并且能够增加评点、研讨的环节,尤其具有切磋提升之功,对于理论总结大有裨益。无论是公宴之作还是词社之作,其所倚靠的皆是吴兴祚海疆幕府的优越环境。这群经济困顿的遗民和布衣文士一旦离开这一环境,类似的诗词雅集虽然也有,但却是难以为继的。

填词创作和词集刊刻之外,是一批词学著作的问世,这三者鼎足而立,构成了吴兴祚海疆幕府清词繁盛的框架支柱。幕府中有许多幕客都精通音律,他们对于词学有极深刻的造诣,并且孜孜不倦地探索着。比如,万树著有《词律》,吴绮著有《选声集三卷附词韵简》,徐釚编纂了我国第一部大型词学理论资料著作《词苑丛谈》十二卷,吴兴祚也著有《宋元诗声律选》。这些理论著作与幕府文人大量的实践创作相结合,相互补充,相互借鉴,共同推动了吴兴祚海疆幕府的词学盛况。吴兴祚海疆幕府在清词复兴领域极具典型性,走在了时代前列。

二、相近词风生成

吴兴祚海疆幕府中的文人大多没有功名,家境贫寒,依附吴幕,潦倒一生。幕府中数量最多的是江浙籍文人,他们或者从吴兴

① [清]金烺:《绮霞词》,张宏生编:《清词珍本丛刊》第九册,凤凰出版社2007年版,第265页。

祚祖籍浙江山阴投奔而来，或者自吴兴祚任无锡知县时便与之友善，后来也追随吴兴祚栖身于幕府之中。这样背井离乡的共同经历，幕府中相对安逸、与外界相对隔绝的生活环境，使得他们的诗词创作有了近似的题材、内容，在客居岭南的漫长时光里，他们逐渐形成了相似的创作风格。总体而言，吴幕词人之作内容较为狭窄，思乡念家、羁旅行役、酬唱赠答、宴会雅集成为他们词作的主要内容，其作品所流露出的感情基本上是哀愁伤戚的，而创作手法虽然常有刻红镂翠，但多数作品又能直抒胸臆，细腻而不呆滞，爽快而有寄托。下面我们以万树、吴棠桢、吴秉钧等人为例，深入分析其词作所展现出来的共同风格。

（一）幕府生活对词人创作题材、内容等方面的影响——以万树为例

长期的幕府生活不仅促进了万树词的曲化倾向，而且在词的题材、内容等方面也有广泛而显著的影响。下面就从其思乡之作、唱和之作以及凄苦之作等三方面简要论述之。

第一，思乡之作颇多。从万树词中可见其思乡之强烈，怀乡念旧之作宛如家书，以《蝶恋花·问江东米价》一词为例：

> 闻说江乡秋欠熟。王述南来，急欲询乡曲。为问粳田收几斛，农家可有盈篝谷？　却道百钱能斗粟。料我出园，饲鹤新粮足。韭笋归时腴比肉，长腰香煮梅花粥。[①]

万树久寓岭南，思乡之情可想而知。听说江东收成不好的消息，一有故人来便相问讯：“为问粳田收几斛，农家可有盈篝谷？”后来得知百钱可以买斗粟，心情转好，想象着等自己回到老家时候的美好

① 《全清词》（顺康卷），中华书局2002年版，第5535页。

情景:"饲鹤新粮足",而且韭笋肥美如肉,还有香喷喷的梅花粥可供食用。通过这样一件平凡小事,幕府生活的一个琐碎片段,足以见出万树思乡之切。

"独在异乡为异客,每逢佳节倍思亲。"生而为人,不外乎如此。每当节气变化的时候,羁旅异乡的万树都会很敏感地怀念家乡和亲人。例如《小桃红·除夕对笔》:

> 五岭多猿韵,万里无鱼信。一事何成,一身空寄,一年垂尽。只添将几缕似银丝,入菱花青鬓。 搜得吟肠困,磨得霜毫钝。柏酒都酲,腊梅重剪,墨池犹润。管城侯忙煞到今宵。也应教对印。①

又如《忆江南·寒食》词中所言:"寒食近,风景远思家……"②再如《夏初临·立夏四月三日》一词道:

> 被晓钟来,促残春去,今朝已是朱明。流序飚驰,天南久客偏惊。卷帘方听雏莺……忆乡山、翠茗朱楼。访诗朋。西园经遍,弓月初生。③

万树在《浣溪沙·新年夜坐》一词说得更明白:"夜夜夜深愁永夜,年年年节惜华年。可堪身滞海南天。"④如果说"身滞海南天"所传达的是对客居漂泊的感慨,那么《一剪梅·从军》词中所说的:"身

---

① 《全清词》(顺康卷),中华书局 2002 年版,第 5547 页。
② 同上,第 5511 页。
③ 同上,第 5573 页。
④ 同上,第 5517 页。

在蛮乡，心在吴乡。”[①]则是对从福建到两广的从军生涯、对南方环境的不适应而产生的苦恼与抱怨。

类似的思乡之作在万树的528首词作中不胜枚举。游幕文人的思乡念家情绪往往难以抑制，在《皂罗特髻》一词中，万树直抒胸臆，表明“不如归去”：

> 不如归去，况客游知倦。……愁里不如归去，对家山消遣。欢场也、不如归去，便黄金、红袖何堪恋。不如归去、慰遂初幽愿。[②]

第二，唱和之作颇多。幕府是一个社交的圈子，宴会雅集、填词谱曲是幕府文人日常生活的重要组成部分。万树在这个圈子里是个“活跃分子”，与吴兴祚及众多幕僚都有唱和，这使得万树作品中的唱和之作颇多。只需浏览万树词作，这一论点即可得到印证，故在此不再赘述。

第三，凄苦之作颇多。万树词中“泪”“愁”“瘦”“客”“忆”等字出现频率极高。万树一生长期寄居他人篱下，离乡万里，家人远隔，虽然衣食无忧，而且有着吟诗作赋、宴会雅集的良好环境，但毕竟他乡信美而非吾土，于是憔悴异常。心中凄苦发为词令，遂多凄苦之音。能够集中体现这一创作特征的是万树的几首画像词。万树《香胆词》中共三次提到关于自己的画像。第一首为《归朝欢·题吕柏庭小影》，此词有小序：“四明罗芝房为余与柏庭写照，余愧憔悴不堪入画，作两帧俱毁之。柏庭丰神奕奕，如作擘窠字罢，狂

① 《全清词》(顺康卷)，中华书局2002年版，第5538页。

② 同上，第5554页。

叫索酒时，因嘱余题书赘卷尾。”[①]第二首为《西江月·顾犀佩为余写真，咏此为赠》：

多病棱棱鹤骨，忘机泛泛鸥心。疾书长爪呕肠吟。欲写此公惟恁。　只可一丘一壑，原无三甲三壬。多君貌我及而今。他日瘦狂尤甚。[②]

第三首为《青玉案·自题小像》“用放翁韵”：

三年吃尽牂江浪。怕底是、鹦哥瘴。瘦骨虽存精采丧。沈郎多病，庾郎多恨，化作枯禅样。　归与偃卧梅花帐。但剩挥毫兴犹壮。原没铜山金印相。一丘一壑，一觞一咏，合老云溪上。[③]

综观三首词，通过“憔悴不堪入画”“多病棱棱鹤骨”“瘦狂”“瘦骨虽存精采丧”“多病”“多恨”“枯禅样”等词语，瘦弱憔悴的万树形象可以想见。而且透过这些词作，透过万树的形象，我们看到的是一颗极度凄苦的游幕文人的内心。纵然在吴兴祚海疆幕府之中衣食无忧，但是由于思家心切，终不免多愁憔悴，这是幕府生活给万树心理带来的影响。值得一提的是，推而广之，这样的复杂心理在游幕文人群体中间具有一定的普遍性。寄人篱下，心中却有万般愁绪，言为心声，故而发为歌咏，一吐为快。

（二）幕府生活状态下普遍的词人心态——以吴棠桢为例

历来很多人认为幕府之中诗酒雅集，文人唱和，过着悠闲自在

---

① 《全清词》（顺康卷），中华书局2002年版，第5602页。

② 同上，第5524页。

③ 同上，第5546页。

的生活，但是通过对吴兴祚海疆幕府中诸多文人的考察，我们发现事实并非全然如此。在清初，游幕文人的心态有着特定的历史印记。在这里，频繁的酒席歌宴所带来的不全是风流倜傥，或许，“借酒浇愁”“强颜欢笑”更能说明他们的心态，因为在频繁的酒席歌宴、诗文唱和的背后是他们不得不面对的谋生问题。谋生犹如一副镣铐，而这些文人墨客无非是在戴着镣铐舞蹈。他们的经济实力、生活状况使得他们别无选择。吴棠桢是吴兴祚海疆幕府中的一位重客，通过对其现存词作的解读能够使我们更好地还原历史真相，了解当时幕府文人的普遍心态，而这一共同的心态对于幕府词人群体共同风格的形成有着潜移默化之功。

《全清词》(顺康卷)共计收录吴棠桢167首词作，几乎每首都流露出客居异乡、思念故土亲人的情绪。其《戚氏·阁上有感》云：

恨扁舟。昔日桥畔载离愁。锦荔丹蕉，数年长把，客衣留。罗浮，未曾游。仙鬟月底落花羞。惟多瘴雾蛮雨，锁却清梦在端州。记室心困，参军才短，戟门节序悠悠。愧旁人错比，徐孺悬榻，王粲登楼。高阁镇日凝眸。铜鼓锦石，翠色扑天浮。清江上、一村渔户，艇趁沙鸥。……逐莺柳絮，殢蝶梨花，美景偏触烦忧。　　故园亭台好，真珠半卷，隐约梳头。曲指红灯送别，早麝裘、冷却小香毬。况兼鹦鹉空吟，鸲鹆枉赋，难觅青丝绶。便匣中、神剑芙蓉瘦。真可叹，虚拟才流。惜镜中、两鬓先秋。子规到、夜夜劝归休。正销魂处，斜阳紫翠，影弄帘钩。①

词中的“恨扁舟”“戟门节序悠悠”“高阁镇日凝眸”“真可叹，虚拟才

① 《全清词》(顺康卷)，中华书局2002年版，第6164页。

流。惜镜中、两鬓先秋。子规到、夜夜劝归休”等语,无不浸透着词人嗟伤漂泊、有家难回的哀愁。在吴兴祚海疆幕府中,吴棠桢担任幕府书记,不可能随意归家,不仅不能,而且往往是连续数年滞留异土蛮乡。当吴棠桢收到妻子的家书之时怎能不感慨万端:

札恼鱼迟,笺惊燕吝,愁丝织满交州。敲香梦冷,分明飞入妆楼。心欲语,泪频流。醒痴魂、风曳帘钩。谁人禁得,啼鸦月苦,窥鼠灯幽。　红鹅小字亲修。怪底无多问讯,怎罄离忧。房栊屈指,误他细算归舟。梨花雪,柳花毬。怨王孙,因甚淹留。何时返棹,好吹凤曲,还典鹴裘!(《夜合花·得内子书》)①

虽然游幕文士几乎人人都有“怨王孙,因甚淹留”的自恨自问,虽然他们知道仅仅是为了养家糊口的现实经济问题而离乡背井、寄人篱下,但是谁又能潇洒忘俗、乘风而去呢?“留”与“去”的思考纠缠在一起,常常使得他们也分辨不清楚自己的选择是对是错。游幕文士就在“欢”与“哀”的纠缠中矛盾地生活着,“欢”是片刻的、勉强的,“哀”则是持久的、真实的。

幕府之中多有喧哗热闹的场合,但是也不乏独处的机会,而且这些幕客在行动上有一些自由,可以在幕府所在地登山临海。吴棠桢在《临江仙·粤台春望》一词中写道:

独到粤王台上立,春风万里蛮天。晴山飞翠滴窗前。树文摇海日,帆影破江烟。　莫问伏波铜柱绩,黄涛乱打楼

① 《全清词》(顺康卷),中华书局2002年版,第6166页。

船。鹧鸪声里客经年。蕙香遮去屐，柳絮隔归鞭。[1]

这是一首登高临海、怀远思归之作，面对一幅迥异于故乡的海天画卷，海日、帆影更能搅起羁旅之愁。酒阑人散之后，兴尽悲来之时，吴棠桢想到的是故乡，是家人，而当独自凭栏的时候又何尝不是呢？虽然这首词不乏“海日”“帆影”“黄涛”“楼船”等一系列意象所营造出的辽阔景观，甚至带着几分豪迈，但是“去屐”“归鞭”仍是其抒情的归宿。在其另一首《遥天奉翠华引》的小序中，吴棠桢写道：“月中凭栏，有故乡之感。”词中又说：“家乡万里，愁多不敢凭栏。参差烟树影，逼倦游、人带泪花看。峡嘴沙腰，停桡却是三年。”[2]一片伤心人怀抱，至今读来，如临其境，感同身受。

由于吴兴祚海疆幕府在两广规模盛大，人员流动性因而大增，吴棠桢在迎来送往的词中也常常流露出漂泊无依之感，尤其是送友人还乡的作品中充满了羡慕和对家人的怀念。吴棠桢的作品中经常以“蛮天”“蛮土”等词来指代岭南地区，从中反映出的是诗人对于岭南环境的不适应，更主要的是诗人内心“虽信美而非吾土”的感慨和对江南故乡的无限怀念。他在《大有·送家止柔归里》一词写道：

弃砚洲云，沉香浦月，尽酿成、心上愁绪。问春风、如何未得归去？客中送客浑无奈，泪暗化、桄榔疏雨。但唤软滑莺声，好把布帆留住。　　雄才旧，参幕府。据玉马霜蹄，踏残蛮土。解绶多时，懒到桂林官署。试料故园花鸟，仅相忆、酒

① 《全清词》(顺康卷)，中华书局2002年版，第6170页。

② 同上，第6166页。

宾琴侣。莫忘了、拔剑朝吟,烧灯夜雨。[1]

整首词除了对故人的依依惜别情外,还有"客中送客"的无奈和无限嗟伤。通过吴棠桢的许多作品,我们总结幕府文人的心态是怎样的?他们的基本心态就是为了谋生,寄人篱下、有家难回的情境下,自怨自艾是普遍的,他们的情绪通常是感慨伤戚的。至于高出经济生活的匡济理想则是极少数游幕文士的精神领域的"奢侈品"。

(三)幕府中词人创作风格的相互影响——以吴秉钧为例

吴秉钧贵为两广总督吴兴祚的公子,虽然他身处岭南,远离故乡,但是家眷却都在身边,生活更是锦衣玉食,无忧无虑。他与幕府文士保持着相当频繁的交往,与万树等人关系尤为密切,他不是落魄的文人,但是在他的词作之中我们所见到的仍然有不少思乡之作。一个文学创作群体创作风格形成以后就会有一定的稳定性,并且能够同化、感染周边的作者,更何况吴秉钧整日和这帮"他乡之客"交往,自然受其感染,以至于堂堂贵公子也不时发出思乡之哀鸣了。

吴秉钧与万树相交最善,并参与修订《词律》,有《课鹉词》传世,《全清词》(顺康卷)第十册收录其词作 30 首。总体来看,吴秉钧词中反映最多的是儿女之情,交织着大量的"愁""泪""相思味"等字眼,甚至有为赋新词强说愁的嫌疑,这与他在幕府中的年龄和身份是相吻合的。然而,即便如此,吴秉钧的词作中仍然流露出没有归宿的情绪,有一些词更是直接抒发故乡之思。他在《昭君怨·山阴故里》一词中回忆道:

朝往兰亭舒啸,暮返鉴湖垂钓。日落晚霞生。远山平。

① 《全清词》(顺康卷),中华书局 2002 年版,第 6173 页。

月映小舟如鹜，欲向酒家留宿。更喜摘清波。晚菱多。[1]

这首词通篇描写山阴故里生活的悠闲美好，以至于后来吴秉钧还深有感慨地说：“纵有轩车驷马，终不如、短竹疏椽。”[2]生长于富贵之家的吴秉钧偶尔有厌倦钟鸣鼎食的情绪不足为怪，而对山阴故居的怀念则很大程度上是受了万树、吴棠桢、吕师濂、吕洪烈、金烺等人的影响。

在吴秉钧的词集中，有一首词表现思乡之情较为集中，这便是《戚氏·登文来阁有感》：

暮春天。乱云低压漠江边。江岸人稀，只多新燕，逐飞棉。当年，说梅关。罗浮花月美人鬟。无限岭表烟景，曾是留得五羊仙。不道来此，端州风物，但觉萧瑟堪怜。只荒崖断涧，栖竹红鹁，啼树青猿。　　官舍也恁萧然。罗雀砌下，蔓草碧相牵。长来向、逼天高阁，徙倚危栏。意阑珊。纵目万里，吴头楚尾，都在云间。酒旗戏鼓，记得年时，每自花底流连。更忆京华事，东风绮陌，宝灯鸣鞭。也拟投毫弃帛，三杯拔剑舞龙泉。自来数载庭趋，转蓬闽海，志愧凌霄展。任赏心、良友西园宴。时抱感、玳瑁歌筵。况对他、瘴雾蛮烟。望羚峡、几叶蜑人船。又岩城外，桄榔弄影，日下平川。[3]

这首词猛看上去，真会让人误以为是吴棠桢、万树等人的作品，一副漂泊零落、无所依傍的神情，充满浓郁的思乡情结。然而需要说

---

① 《全清词》（顺康卷），中华书局2002年版，第5642页。

② 同上，第5644页。

③ 同上，第5645页。

明的一点是,虽然吴秉钧写出类似万树、吴棠桢的作品,但是他的思乡情结比之万树、吴棠桢是差很多的,万树、吴棠桢等人的思乡念家之情是刻骨铭心的,是时时刻刻存在的,而吴秉钧的这一情绪的强度在作品中要显得逊色很多。他在另一首《酹江月·文来阁玩月》中道:"更阑扶醉,总忘身在南粤。"[①]由此可见,作为吴兴祚幕府中的贵公子,在他的感情中"总忘身在南粤"是常态,起故乡之思是偶尔的。但是这并不影响他的词作和幕府词客的作品相互激荡,形成共同的风格。

最后,我们可以用一个字来概括幕府中诸多幕僚的心情常态,这便是"愁"。无论是思乡之愁、念家之愁、功名难就之愁,还是岁月蹉跎之愁、客老他乡之愁,总之是个个"闲愁万种""识尽愁滋味""为赋新词强说愁"。让我们以万树的一首"愁词"来结束这一段落的论述:

> 欲却闲愁愁未许,心作愁窝,无限愁相聚。推遣心窝愁不去,眉窝偏惹愁来住。　为问何来愁万绪?但觉愁多,不识愁来处。愁觅镜中人共语,镜中还与愁人遇。(《蝶恋花·愁来》)[②]

三、清词复兴重镇

以往的研究将清词复兴的探讨集中于北京、中原、江浙一带,在不同程度上忽视了对于岭南词坛的考察。在近些年的清词研究中,岭南词坛或者说岭南词人群体开始成为关注对象,甚至有人提

---

① 《全清词》(顺康卷),中华书局2002年版,第5644页。

② 同上,第5534页。

出“岭南词派”这一概念，给予岭南词坛较高评价。对于“岭南词派”之说，笔者比较赞同范松义《论清初岭南三家词——兼论岭南词派》一文中的观点，所谓的“岭南词派”在文学史上并未形成。[①]

严迪昌先生在《清词史》中说：“岭南词风炽盛于乾、嘉，后来道光时期南海谭莹《乐志堂诗集》卷六《论词绝句》中论列岭南词人多达四五十人，这开创风气之功端应归于清初这‘三大家’。”[②]严先生此说诚然不错，但是，“这开创风气之功”似乎不应完全“归于清初这‘三大家’”。除了“三大家”之外，还需要考虑其他诸多历史、文化等多方面因素的影响，其中吴兴祚海疆幕府的词学成就和影响力就不得不予以考虑。我们查阅相关史料就会发现，即使是严先生所讲的“三大家”，尤其是“三大家”之首的屈大均，与吴兴祚海疆幕府也有着微妙的联系。以吴兴祚海疆幕府的文人汇聚与经济落魄的“三大家”相比较，吴兴祚海疆幕府在岭南词学发展史上的意义更加突出。我们在研究岭南词坛的过程中，应该从不同的角度切入，而就吴兴祚海疆幕府中的词学发展状况进行研究，对于清初岭南词坛研究应该是大有裨益的。所以，考察吴兴祚海疆幕府与岭南词坛的关系，进而由岭南词坛推而广之到清词复兴，显得非常必要和有价值。

吴兴祚海疆幕府不是封闭的，而是与中原、江浙等外界有着频繁的交往。一方面，吴兴祚海疆幕府的存在为岭南词人与江浙、中原等地区词人的相互交流创造了一个优越的条件，或者说搭建了一个理想的平台。通过幕府词人的唱和之作，我们可以验证这一点。宋俊与屈大均多有唱和，有《庆春宫·过楼桑村，同翁山作》

① 范松义：《论清初岭南三家词——兼论岭南词派》，《韶关学院学报》2008年第1期。

② 严迪昌：《清词史》，江苏古籍出版社1999年版，第111页。

《雨中花慢·越王台怀古,桐君、翁山、学裴、又康同赋》《声声慢·闻城上吹螺,同项学裴、屈翁山广州作》《玉团儿·白杜鹃,同翁山作》《破阵子·春去,同翁山作》等词作相赠答。万树与陈维崧也没有间断过联系,万树有《鹧鸪天·怀其年金陵》《临江仙·戏书。昨岁余游豫章,小除始返。其年自白门归,亦已腊尽,两未相遇也。元日,忽把晤于大士兄斋头,因戏书此,以为一笑》等词寄赠陈维崧。

另一方面,幕府中许多文人是由江浙一带跟随吴兴祚来到岭南,这些幕僚因为还乡探亲或者出游等原因具有较大的流动性,在江浙与岭南地区之间频繁流动,这就更加增添了吴兴祚海疆幕府中词学创作与外界的交流,使得岭南的词学发展受到多样的词学思想影响,同时也更好地吸收了不同区域、不同词家以及不同流派的宝贵经验。吴兴祚海疆幕府中词学创作的兴盛扩大了岭南词坛的影响力,同时也培养了众多后起之秀,使得它与中原、江浙地区的词学繁盛局面遥相呼应,共同组成了清初词坛复兴的浩大声势。

吴兴祚海疆幕府就是如此"流入""流出"循环运行着,它在岭南形成一个巨大的词学创作"湖泊",这个"湖泊"联系着岭南和岭南之外其他地区的众多词学创作"河流",这个"湖泊"吞吐着各条"河流"的水量,并且在一定程度上确保了这些河流不枯竭。吴兴祚海疆幕府在清词复兴的历史中就起着这么一个"蓄水湖泊"的作用。由此我们可以想见,清初还有诸多类似的词坛"蓄水湖泊"。

由于吴兴祚海疆幕府的存在,岭南词坛呈现出一派兴盛的局面,而岭南词坛的兴盛与中原、江浙等地词坛相互影响,共同推动着清词复兴。我们可以说,没有岭南词坛的参与,清词复兴是残缺不全的,是没有说服力的。通过上面的论述,我们可以证实清词复兴是一个全国性的现象,而非某一个地区词学创作的兴盛。在今天我们研究清词复兴的时候,不但应该充分认识到岭南词坛对于清词复兴的重大影响，而且应该充分认识到吴兴祚海疆幕府对岭南词坛的发展所起到的巨大作用，充分认识到吴兴祚海疆幕府的词学创作实绩对于清词复兴所作出的重要贡献。事实上，这一“蓄水池”效应不仅仅存在于词坛，诗坛、曲坛莫不如此。

第三节 江南与岭南
——吴兴祚海疆幕府与戏剧传播

吕师濂《一百句简怀留村制军》回忆吴兴祚海疆幕府的宴饮娱乐场景：“因忆棨戟开，鼓吹震半壁。峨弁鱼雁趋，雕题跳舞入。庭燎射星红，炉烟穿雾出。西园锦席张，南国歌喉集。鳞介玉盘鲜，酒浆金盏溢。宾醉夜欲分，主留爵再涤。忽放火树花，万态变穷极。一物霸王鞭，机械难忖测。滚激眩坛场，轰腾骇霹雳。甚至孩童啼，我亦神魂惕。佳哉五羊城，地暖海滢濙。鸾鹤惯翱翔，仙人爱止息。木樨吐晚葩，山蕉孕甘实。九节菖蒲根，遵服滋气力。寿可凌松乔，香故异橙橘。不审颂祷人，能似前络织。不审耳目娱，能似前充塞……”（《何山草堂诗二集》卷一）文武群僚往来不绝，珍馐美酒杯盘杂陈，火树银花变幻莫测，自古荒芜蛮野之乡，竟成人文荟萃之地。戏剧作为这一繁华场景的重要组成部分，“南国歌喉集”，拥有不可低估的价值。吴兴祚海疆幕府中戏剧之盛，由幕府文士创作新曲，由幕府乐班表演，形成了一个有序的循环系统，所以特别具有生机活力。可以说，吴兴祚海疆幕府的戏剧成就达到了清初戏剧史上的一个峰值。

在明末清初的文化史上，文化世家往往与戏剧这一文学样式结缘甚深。余姚吕氏家族之吕天成著有《曲品》，其子侄孙辈如吕师著、吕师濂、吕洪烈等人皆能作曲，弦歌不辍。山阴祁氏家族之祁彪佳与吕天成分庭抗礼，在戏剧书籍的搜集、保存和整理方面达到新高度,编撰了《远山堂曲品》和《远山堂剧品》。和吕氏家族、祁氏家族一样,吴兴祚家族丝毫不落下风,虽然吴氏家族没有出现吕天成或祁彪佳一样的标志性人物,却以吴兴祚海疆幕府为中心形成了一个流动性的戏剧创作、演出群体。这一群体伴随吴兴祚的仕途升迁,在江南、闽南、岭南等地,数十年间不曾断绝,为研究清初戏剧的繁荣局面和传播机制提供了极具典型性的样本。

探究明末清初昆曲兴盛不衰的原因,主要是由于昆曲集文辞、唱腔、音乐和表演于一体,构建起一个空前完美和独特的日常文化空间,士大夫阶层深度介入到昆曲从创作到表演的全过程,成为士大夫阶层专属的娱乐方式。以吴兴祚为例,作为江南名士、一方父母官,及至封疆大吏,一生都与昆曲结下了不解之缘,其身份话语也借由昆曲这一形式得以表达。昆曲深刻融入文化世家的日常生活,家族戏班之风的流行,彰显着文化世家的威望声势、文化秩序与生活风貌。①

清初,昆曲获得士人的喜爱,迅速由江南向全国各地传播。以吴兴祚为代表的山阴吴氏家族对于昆曲从江南到福建、岭南地区的传播起到了不可替代的作用。吴兴祚担任两广总督八年,居留岭南近十年,其幕府规模达到顶峰,影响力较以往尤盛,文人诗词文曲日相唱和,借助两广总督府的崇高文化地位,昆曲由江南传至岭南,迅速落地生根。“吴兴祚幕府引领了清初岭南昆曲的勃兴,同时也揭开了清代昆曲‘如何传播’的神秘面纱。”②

戏剧之盛须有两个必要条件,一是有戏曲家创作出有吸引力的曲目,二是有歌喉曼妙的伶人付诸演出,此二者在吴兴祚海疆幕

---

① 张璇:《昆曲与晚明江南士人之身份话语表达——以祁彪佳为中心》,华中师范大学2016年硕士学位论文,第19页。

② 参见朱丽霞:《江南与岭南:吴兴祚幕府与清初昆曲》,《文学评论》2014年第2期。

府之中珠联璧合地存在着。吴兴祚幕府中多有江南伶人的身影。吕洪烈《满江红》序：“琰青偕红友、莼庵、升公、禹金、九锡六君子游七星岩。”[①]其中“莼庵”乃张姓苏州名伶，擅弹琴，为总督所聘至岭南教授昆曲并登台演出。万树《梦横塘·送张莼庵归姑苏》“一曲幽兰，留响在、锦山香树”句后自注：“莼庵工琴。”[②]可见江南名伶在岭南总督府传授曲艺。与专事表演的伶人相映成趣，吴兴祚幕府的文人群体在佐政之余，积极创作传奇戏剧成为风尚，戏曲家万树作为一代宗师，经常指教幕僚从事戏剧创作。吴秉钧在《风流棒序》中称：“余之所得于山翁者，由是更进。因操觚而学为《电目书》一种。雪舫亦诚作《赤豆军》《美人丹》，山翁皆为印可焉。惟时药庵吕君，亦有《回头宝》《状元符》《双猿幻》《宝砚缘》诸撰。药庵令叔守斋亦携《金门马》曲出示。”[③]演出人才与创作人才相得益彰，众人拾柴火焰高，使得吴兴祚幕府新剧迭出，往往“甫脱稿，大司马即令家伶捧笙璈，按拍高歌以侑觞”[④]。当然，幕府中有些文人不仅可以创作戏剧，而且可以自谱自歌，堪称创作与表演的全能型人才，著名戏曲家吕天成之孙吕洪烈正是这样一位，“新填乐府自能歌”(吕师濂《将自端州由闽泉还里，药庵赠诗十章，情绪缠绵，无穷悲感。时虽濒行匆促，安能缄咋忘言，援笔答成，依次如数，自览一过，华实皆输，至于愁离怨别之思，则相似不殊也》其九)。不仅据吕师濂诗可以得知吕洪烈能够演唱自己谱写的新曲，就吕洪烈的家学渊源及戏剧理论涵养而言，亦有充足的可信度。康熙二十五年(1686)秋，吕洪烈为万树《念八翻》传奇作序：

---

① 《全清词》(顺康卷)，中华书局2002年版，第6759页。

② 同上，第5604页。

③ 吴毓华：《中国古代戏曲序跋集》，中国戏剧出版社1990年版，第425页。

④ 《(嘉庆)增修宜兴县旧志》卷八，成文出版社1971年版，第332页。

余又少嗜音声,时时得窃闻先人绪论。……岁在壬午,乃获见吴石渠先生《粲花五种》,始跃然大快,以为传奇之观,止于是矣。然自是遂不敢妄有所作,而往者效法之思,又成虚愿。特日置几案,曼声吟唱而已。至辛酉壬戌间,与吴子雪舫,同研席于三山幕府。雪舫喜有同嗜,顾亦未辄撰作。未几而阳羡红友万先生至。于是三人则时唱和,短章小词,先生许可。因出其向所编传奇三种相视,余不觉惊起曰:"何其酷似我私淑之粲花也?"讯之,则粲花实先生之舅氏。余盖踊跃自喜,虽不幸不见石渠,犹幸得见红友。因日夕得闻所未闻,偕至粤中,先生即令雪舫与余亦效之而作。雪舫遂成四种。余不自量,强颜勉作三种。先生则又得五种,并散剧数曲。余又不觉失声而叹:土牛何钝!才分之限,不信然耶?先生每脱一稿,则大司马留村先生,必令家伶演之登场,授之梓人。盖不欲仅播之管弦,而传之名山也。此《念八翻》一部,先生不以余不敏,而命之题评,余得附名以传,抑何幸焉。噫!先生于词曲一道,诣已入神。不谓强作以效之者,乃及于余,余其愚妄之人乎哉!前有石渠,后有红友,世人苟欲轩轾其间,是又妄之妄矣。凡其结构之新巧,文采之香艳,音律之精严,先生诸作皆然。余于部中,既逐节阐明其上,庶观者信余心知其妙之言,为不诬尔。时康熙丙寅秋月,山阴弟药庵吕洪烈题于文来阁下。①

该序记录了吕洪烈学曲的历程,虽有"先人绪论",但是离不开现实生活中名家的交流与点拨,尤其是与万树、吴雪舫做客吴兴祚海疆

① 蔡毅编著:《中国古典戏曲序跋汇编》第三册,齐鲁书社 1989 年版,第 1649 页。

幕府期间长进最大，成绩也最显著。“雪舫遂成四种。余不自量，强颜勉作三种。先生则又得五种”，正是在这样良性的较量和教学相长当中，吴兴祚海疆幕府中曲家群体得以壮大。该序记叙相当细腻生动，使人身临其境，堪称吴兴祚海疆幕府中戏曲创作生态的光影再现。

学术界关于吴兴祚海疆幕府戏剧成就的研究已经相当充分，朱丽霞师的论文《江南与岭南：吴兴祚幕府与清初昆曲》以及李凯丽的硕士学位论文《吴兴祚幕府戏曲活动研究》都是其中的代表作。本节我们无意复述这些研究成果，而是考虑在以上陈述梗概的基础上再强调几点：

首先，戏剧的兴盛表明海疆幕府文学是一种“寻根”与“探奇”的结合体。江南文化作为明清时期中华文化的一个标志，业已成为流行全国的风尚，具有高度的代表性、文化向心力和传播力。六朝以降，江南地区得到持续开发，成为全国的经济中心，与经济地位相对应的是极其兴盛的江南文化，成为中华优秀传统文化的重要支脉，在许多场景下，江南文化甚至成为中华文化的代名词。明末清初，人们对于江南文化的特质展开了总结思考，诗人吴伟业《偶成》写道：“关河萧索暮云酣，流落乡心太不堪。书剑尚存君且住，世间何物是江南。”[①]在这里，吴伟业发出了“世间何物是江南”的“设问”。之所以称之为设问，乃是因为一代文坛巨擘吴梅村当然有自己的深沉的答案。经历易代沧桑，因贰臣的身份而声名破裂，辉煌与耻辱交织，“吾病难将医药治，耿耿胸中热血”“剖却心肝今置地，问华佗解我肠千结。追往恨，倍凄咽”，吴伟业细细咀嚼着彻骨之痛，“世间何物是江南”正是一个发自灵魂深处的设问，清军

① [清]吴伟业著，李学颖集评标校：《吴梅村全集》，上海古籍出版社1990年版，第525页。

的铁骑过后"关河萧索",诗人无可奈何"流落乡心",然而"书剑尚存"即值得"君且住",因为"书剑"即是江南。"书"是江南的文雅气质,"剑"是江南文化刚毅的一面,明清之际的抗清斗争在江南地区尤为激烈,正是"书剑"一体的江南文化的表征。所以,有学者认为,"简单说,他心目中的江南,代表真正的华夏文化精神气质"①,是不无道理的。昆曲作为一种艺术形式,在明清之际成为江南文化的象征,我们不妨这样理解,亲近昆曲就是亲近江南文化,就是亲近真正的华夏文化精神气质。从这一点而言,吴兴祚海疆幕府文化不仅仅因为面向海洋而具有鲜明的外向型探奇气质,亦具有探寻文化之根、致敬中华传统的诉求。由于吴兴祚海疆幕府浓厚的传统文化氛围,才导致大批明遗民的汇入,尤其是类似屈大均、吕师濂这样曾以抗清为志业的著名遗民。

其次,吴兴祚海疆幕府戏剧生态边缘的戏曲家同样具有深入研究的价值。万树是吴兴祚海疆幕府戏剧领域的一位定海神针式的人物,他对于幕僚的影响是显而易见的,这在上文中已有论述。这里需要着重指出的是,未被充分重视的处于边缘的戏剧作家,他们或者是曲坛新人,创作尚不成熟;或者是文坛名宿,但是新染指戏剧创作。前者如吴秉钧、吴秉仁等晚辈,后者如已经以诗名家的吕师濂。不可否认,作为典型环境中的典型作家,就万树予以重点研究固然能够对吴兴祚幕府戏剧生态在题材、风格等方面获得较为深入而准确的把握。然而,当我们将视线转向相对边缘的作家时,亦能观察到吴兴祚海疆幕府戏剧生态的完整性、生动性,观察到这一生态由核心作家进而传播到边缘作家的动态过程,有助于对文学文化现象做出规律性的总结,并从整体上评说该生态系统

① 胡晓明:《水德江南——江南精神的七项辩证》,《华东师范大学学报》(哲学社会科学版)2021年第5期,第134页。

的影响力和文学史价值。金烺以词著称，《绮霞词》获得幕僚们的青睐，这在前文已经论及。现在我们考察一下他的戏剧创作，显然，金烺和吕师濂一样只能算作戏剧领域的新手。金烺《满江红·自制红鞋鞨传奇题词》：

> 作客端州，正遇着、炎荒时节。小楼外，长江一幅，征帆远接。瘴雨蛮烟铃阁上，红蕉丹荔华筵设。看参军，幕府尽人才、芳词缬。　　初未识，阳关叠。从不解，鹦哥舌。也邯郸学步，自惭痴绝。板错还凭雪舫校(同里吴伯憩)，句讹常向鹅笼别(阳羡万红友)。却成来、减字与偷声，红鞋鞨。[①]

该词作为传奇《红鞋鞨》的“题词”，内涵相当丰富。首先，它点明了创作背景，是在人才荟萃的吴兴祚幕府中受到整体氛围的刺激而获得了创作动力和灵感；其次，《红鞋鞨》乃是金烺的传奇处女作，在创作过程中不可避免地出现“板错”“句讹”等问题，得到吴伯憩、万红友等僚友的指点助益，终于告以完成。吴伯憩评论此词道：“予在开府署中，日与吕子药庵、万子红友填词度曲，付诸伶工。乃雪岫自越中来，不觉掀髯技痒，亦成传奇一种，音韵和谐，词旨秀令，不减大晟乐府，遂登作者之坛。始知才人固无所不可。”[②]如果说金烺词中所记录的是《红鞋鞨》的创作过程，那么吴伯憩的点评则明确地指出金烺是如何从一位戏剧创作的门外汉成长为一名成熟的剧作家的。金烺能够“登作者之坛”，“才人固无所不可”固然是很重要的因素，但是吴兴祚海疆幕府强劲的戏剧消费需求调动了戏剧生产的积极性，进而形成浓厚的创作氛围和群

①② [清]金烺：《绮霞词》，张宏生编：《清词珍本丛刊》第九册，凤凰出版社 2007 年版，第 287 页。

体互助切磋的良好关系,亦是金烺得以迅速成长的必要条件。从类似金烺这样的戏剧创作新手着眼,对于吴兴祚海疆幕府戏剧生态的形成以及它对中国曲坛深远的影响能够有更为完整和清晰的把握。

关于吴兴祚海疆幕府戏剧创作生态的文化层面的更多考察,我们将在第五章由戏剧的“娱乐性”所蕴藏的政治隐喻角度切入以作进一步讨论。

第四节 《古文观止》
——从私塾教材到文学经典

学界关于《古文观止》的研究已经相当深入,有学者总结其版本与流传情况道:

> 《古文观止》性质由最初作为童蒙教材使用,到现在的经典读物,随时间变迁,在版本上涌现出诸多新变化:清刻版时期主要作为童蒙教材为辅助科举使用;民国时期版本上开始刊行断句本、白话注释本,性质上由科举辅助教材向私塾文言文教材和课外读物转变;新中国成立以后,版本上出现众多新的编排方式,英译本随之出现,性质上转变为经典读物。[①]

虽然《古文观止》在诞生之初的流传并不十分广泛,其风靡海内要等到“乾隆时映雪堂本重刻、同治年间姑苏小西山房刊刻和李光明

---

① 田慧:《〈古文观止〉版本流变的三个阶段》,《文教资料》2021 年第 3 期。

藏刻本的出版”[①]，但是吴兴祚在《古文观止》的传播过程中仍然起到了不可或缺的作用。在此，我们需要进一步了解《古文观止》诞生前后的一些史实，从而对吴兴祚的介入作出准确公允的评价。

书籍的传播离不开“流动性”。具体地，我们可以将“流动性”分为三类：第一，文本的流动性，这涉及《古文观止》的版本刊行情况。第二，受众群体的流动性，读者或作为教材的使用者存在于哪些地区？第三，文本通过德高望重之人的扬誉能够摆脱实体书籍而获得相关人士的了解、关注。事实上，《古文观止》诞生后正是在以上三个方面都有不同程度的进展，从而为以后在全国的盛行奠定了重要基础。

《古文观止》刊行于康熙三十四年(1695)，当时吴兴祚业已卸任两广总督，在归化(今呼和浩特)任职。康熙三十四年端午，吴兴祚为《古文观止》撰写序言，序云：

> 余束发就学时，辄喜读古人书传。每纵观大意，于源流得失之故，亦尝探其要领。若乃析义理于精微之蕴，辨字句于毫发之间，此衷盖阙如也。岁戊午，奉天子命抚八闽。会稽章子、习子以古文课余子于三山之凌云处。维时从子楚材实左右之。楚材天性孝友，潜心力学，工举业，尤好读经史，于寻常讲贯之外别有会心，与从孙调侯日以古学相砥砺。调侯奇伟倜傥，敦尚气谊，本其家学，每思继序前人而光大之。二子才器过人，下笔洒洒数千言无懈漫，盖其得力于古者深矣。今年春，余统师云中，寄身绝塞，不胜今昔聚散之感。二子寄余《古文观止》一编。阅其选，简而该，评注详而不繁，其审音辨字无

① 马荣升：《〈古文观止〉分类之管见》，《辽宁师范大学学报》1986 年第 3 期。

不精切而确当。披阅数过,觉向时之所阙如者,今则輾然以喜矣。以此正蒙养而裨后学,厥功岂浅鲜哉! 亟命付诸梨枣,而为数语以弁其首。康熙三十四年五月端阳日,愚伯兴祚题。[1]

序中的时间节点非常值得注意,“岁戊午”即康熙十七年(1678),吴兴祚任福建巡抚,此时“会稽章子、习子以古文课余子于三山之凌云处。维时从子楚材实左右之”,这事实上是指出吴楚材的古文修养在吴兴祚福建巡抚幕府期间已经开始积淀,并且通过与吴调侯“日以古学相砥砺”,其古文涵养更为精进。可以说,《古文观止》的编纂者与万树、易宏、金烺等幕府文士一样,借助吴兴祚海疆幕府浓厚的文学乃至学术氛围逐渐成长为相关领域的突出人才。

与此序形成承续关系的是吴楚材、吴调侯于康熙三十七年(1698)所撰的另一篇序言:

古文宜选乎? 曰:无庸也。琳琅满目,美不胜收,则选尚已。古文至今日,操选政者代有其人,骎骎乎有积薪之叹矣,尚宜选乎? 曰:无庸也。详略互见,醇疵错陈,则选又尚已。且余两人非敢言选也,集焉云耳。集之奈何? 集古人之文,集古今人之选,而略者详之,繁者简之,散者合之,舛错者厘定之,差讹者校正之云尔。盖诸选家各有精思深义以抉古人之奥。读之者取此置彼,则美者或遗;一概观览,则劳于睹记。此余两人所以汇而集之也。

至于考订之下偶有所得,则亦谨附之以备参究,不敢雷同附和以取讥于大雅。若夫声音之间,点画之际,诸家或以为无

① [清]吴楚材、[清]吴调侯选:《古文观止》,中华书局1959年版,第1—2页。

益于至义而忽之，而不知童子之所肄习，于终身勿能忘。况棘闱之中，字画一有不合即遭摈斥，可不慎欤？余两人之从事于兹也有年矣。兢兢焉，一义之未合于古，勿敢登也；一理之未慊于心，勿敢载也；一段落、一钩勒之不轨于法度，勿敢袭也；一声音、一点画之不协于正韵，勿敢书也。

山居寂寥，日点一艺以课子弟，而非敢以此问世也。间有好事者，有所许可辄手录数则以去，乡先生见之者必曰：“诸选之美者毕集，其缺者无不备，而讹者无不正，是集古文之成者也，观止矣！宜付之剞劂，以公之于世。”余两人默然相视良久曰：“唯唯，勿敢当，勿敢当。诚若先生言，抑亦何敢自私？”退而辑平日之所课业者若干首，付诸梓人，以请政于海内君子云。

康熙戊寅仲冬山阴吴乘权、吴大职氏题于尺木堂。①

值得注意的是，吴兴祚命付诸梨枣的版本只存吴兴祚序言，并无吴楚材、吴调侯的自序。二吴撰写此自序之时，吴兴祚已于前一年（康熙三十六年）病殁戍所。二吴翻刻的版本（即文富堂刊本）删除了吴兴祚的序文，这不能说只是一种疏漏或巧合。当吴兴祚在世之时，吴楚材、吴调侯自然隐去锋芒，避免与吴兴祚争辉，而一旦吴兴祚病殁，二吴的扬名心态则显露出来。当然，自吴兴祚命人付刻的版本至二吴重新翻刻，之间已经过去了三年有余，二吴在此时期内对选本多有完善，在具体的运用中也多积攒了更为充分的经验和各界人士的美誉是可想而知的，即二吴序中“乡先生”所谓：“诸选之美者毕集，其缺者无不备，而讹者无不正，是集古文之成者

① ［清］吴楚材、［清］吴调侯编；陈蒲清导读注释：《古文观止》，岳麓书社 2019 年版，第 419 页。

也,观止矣!”不无另一种可能,吴兴祚的刊刻版本数量极少,不足以广为流传,从而导致了二吴的新版刊刻。

有趣的一点是,二吴序中落款之“尺木堂”位于无锡惠山云起楼,是吴兴祚任无锡知县时重要的宴集场所,包括吴兴祚本人在内的众多文士都在尺木堂留下了诗词作品。尺木堂堪称吴兴祚的遗产。

吴兴祚《念奴娇·雅集尺木堂,用东坡韵》:

梦中仿佛,春催到、花鸟山川云雾。搦管题诗长则向,第二泉边石壁。云气填空,雨丝湿夜,窗外梅如雪。惭非北海,座中都是英杰。　　犹忆昨岁寻春,梧轩高会,恰桃花初发。曾几何时,方转盼,乌兔东生西灭。剑气峥嵘,琴音磊落,搔鬓添霜发。休辞烂醉,九龙峰畔烟月。①

吴兴祚《立春后二日宴集尺木堂即席限韵》:

轻寒犹自刺春衣,尊酒论文逸兴飞。
溪雨几声梅骨瘦,山烟一片柳条肥。
宦情久负君恩重,客况今传友道稀。
名人归帆重回首,征鸿无数共依依。

吴兴祚《步秦留仙元夕饮尺木堂》:

聊将杯酒燕嘉宾,喜值传柑媚令辰。
遍地歌声飞白雪,填空笑语起芳尘。

① 《全清词》(顺康卷),中华书局2002年版,第6249页。

灯摇丽影霞俱灿，树绽银花夜有春。
尺木堂前忘漏尽，兴酣落笔欲惊人。

刘体仁《七颂堂诗集》卷五《吴伯成招集尺木堂分韵酬诸公送别之作》：

吴会贤人聚，归帆讵忍开。
山城霜叶尽，夜雨渚鸿来。
白发犹谈侠，青樽几爱才。
到家飞梦远，却忆折江梅。

徐乾学《憺园集》卷四《别伯成》三首其一亦云：“莫嫌屈百里，尺木伫云霄。”诗中自注：“尺木，堂名。”

综上，我们看到，在《古文观止》的社会化过程中，吴兴祚生前为之作序，并出资安排刊刻；在其殁后，吴调侯仍然于吴兴祚在无锡的旧时寓所从事《古文观止》的刊刻活动。

《古文观止》作为历代散文选本，是基于吴氏家族古文学习所编的启蒙教材，故吴兴祚在序言中指明编选《古文观止》的目的是为“正蒙养而裨后学”，二吴序言中也说：“童子之所肄习，于终身勿能忘。况棘闱之中，字画一有不合即遭摈斥，可不慎欤？”实际也是就启蒙与科举两个方面立论，可见，《古文观止》的终极目标是对科举考试有所裨益。时至今日，它仍然畅行不衰，发挥着重要的教育承载和文化传承功能。清末民初，吴兴王文濡编《续古文观止》，继承《古文观止》的体例，上起明末清初，下迄清末民初，基本反映了有清一代的散文成就，堪称《古文观止》影响之余绪。

不过，《古文观止》固然是山阴吴氏家族集体努力的成果，但是其诞生与流传除了吴兴祚、吴调侯、吴楚材等人的贡献之外，还受到当时文化氛围的影响。康熙皇帝于康熙二十四年(1685)亲自选录上起春秋、下讫宋末的文章,包括表、书、议、奏、疏、论、序诸体文,康熙逐篇品评,命徐乾学等人编注。康熙四十九年刊刻完竣,名曰《古文渊鉴》。《古文观止》的编选、刊刻时间与康熙此举基本一致,这显然不单单是一种巧合。换言之,包括《古文观止》《古文渊鉴》一系列古文选本的出现并不是孤立的文化事件,而是治国策略、文化风尚合力影响的必然结果。

清初康熙盛世到来之际,文治政策的重要性超越金戈铁马的武力征服而走上了历史舞台的中央,科举考试亦受到空前重视。如此背景下,通过吴氏家族成员的努力,以及吴兴祚凭借政坛和文坛的双重权威身份予以扬誉、资助刊刻,吴楚材、吴调侯此后又于"尺木堂"对吴兴祚的"遗产"加以使用,《古文观止》终于由私塾走向更为广阔的学林而"社会化"了,逐渐成为中华文化宝库中的一部经典之作。时至今日,当我们在汲取《古文观止》的丰厚营养的同时,不应当遗忘吴兴祚本人及其海疆幕府为《古文观止》的诞生和社会化流布所作出的贡献。

第五章　从"抒愤"到"娱乐"

——文体视角下明清易代的完结

明清易代是一个复杂的历史过程，当我们秉持较为通达且科学的观点来审视它时，不应该忽视世人对待新朝的态度。当世人心态、尤其是明代遗民心态发生较为彻底的转变，王朝更替的汩汩血泪终于枯竭，明清易代方画上殷红的句号。本章即聚焦吴兴祚海疆幕府文学所传递出的"抒愤"和"娱乐"这一组对比鲜明的情绪或心态，从而揭示文学表达、文体选择与历史政治之间的某种深层次关联。

第一节　明代遗民的余响

——吴兴祚海疆幕府的文学抒愤

吴兴祚海疆幕府的幕僚规模庞大，构成复杂，官员、明遗民、布衣文士等三教九流皆得到吴兴祚的慷慨接纳。吴兴祚至广东的次年，台湾郑克塽降附清朝，清王朝在版图上实现了全国统一，但是就此认为明清易代伴随全国的统一即告完成，恐怕还有失偏颇。尚活跃于历史舞台的大批明朝遗民面对明郑政权的消亡，心态正发生着某些转变。其中颇具代表性的是吕师濂、屈大均，他们早年从事抗清活动，"三藩之乱"爆发之际又各自加入反清阵营。吕师濂自康熙五年(1666)入吴三桂幕府,直至康熙十七年左右,全程参与了吴三桂的叛乱。吴三桂称帝不久,旋即殒命,吕师濂方辗转流离,最终在亲友的引荐帮助之下,抵达肇庆,成为吴兴祚两广总督幕府文士群体的重要一员,留下了丰富的文学、文化踪迹。屈大均在“三藩之乱”初期亦有奔赴桂林等地从军反清的经历,在认清三藩尤其是吴三桂的野心后,即返粤不出,其间创作的数百首诗歌为后人研究他的行踪、心态提供了凭据。吕、屈二人在吴兴祚海疆幕府期间的心态转变是明显的,不过,其文学作品“抒愤”的惯性还是持续了相当长的一段时间。

一、屈大均:“蹈明季诸公愤懑之习”

关于屈大均的文学书写风格,其同时代学者早已意识到了突出的“愤懑”特征。对此,朱彝尊《九歌草堂诗集序》有较为清晰的把握:

> 予友屈翁山为三闾大夫之裔,其所为诗多怆怳之言,皭然自拔于尘壒之表。盖自二十年来,烦冤沉菀,至逃于佛老之门,复自悔而归于儒,辞乡土,陟塞上,走马射生,纵博饮酒,其傥荡不羁,往往为世俗所嘲笑者,予以为皆合乎三闾之志者也。……予与翁山相遇南海,嗣是往来吴、越,十年之间,凡所与诗歌酒宴者,今已零落殆尽,至窜于国殇、山鬼之林,散弃原野,翁山吊以幽渺凄戾之音,仿佛乎九歌之旨,世徒叹其文字之工,而不知其志之可悯也。予故序之,以告后之君子。诵翁山之诗者,当推其志焉。①

① [清]屈大均著,陈永正等校笺:《屈大均诗词编年校笺》,上海古籍出版社2017年版,第2页。

朱彝尊从中国传统文论知人论世的角度强调了屈大均之诗与"志"的密切关联，并指出屈大均的诗歌多有"怆恍之言"以及"幽渺凄戾之音"，是与屈原之志一脉相承的。

周炳曾《翁山诗略序》指出屈大均诗歌打上了深刻的"愤懑"烙印。"特其故犯忌讳，虽身命歼彝而不顾，假使其不蹈明季诸公愤懑之习，雍雍乎发而为盛世和平之响，其诗与人未必不传，而翁山断不以彼易此，是则翁山已矣。……余谓翁山产于蛮乡，其人狂怪，不尽满于时俗；然其诗虽冤家仇人欲投诸溷，使灭没不传，岂可得哉！"[①]该序作于屈大均殁后，周炳曾之评论便具有了盖棺定论的性质，他明确指出屈大均"蹈明季诸公愤懑之习"，较少"雍雍乎发而为盛世和平之响"。正是由于这一坚守，其作品才有了不可磨灭的文史价值。

屈大均的抒愤之作所在多有。《季伟公赠我朱子纲目诗以答之》中有名句"天留一岛作华夏，茫茫海外长相望"[②]，是康熙二十二年(1683)郑克塽降清之前屈大均的作品，他将华夏正朔寄托于台湾孤岛，表现出一介遗民的不屈与希冀。吴兴祚镇守粤疆期间，屈大均与之建立起非常密切的往来关系。两广总督府驻地——肇庆，正是南明永历帝当年的行宫所在。隆武二年(1646)十月，朱由榔称帝于肇庆，这就是历史上有名的永历帝，肇庆遂成为行宫，直至永历四年(1650)正月，君臣弃肇庆遁逃梧州。这使得肇庆具有浓烈的社稷衰亡之感。屈大均在肇庆留下了许多凭吊感愤之作，可以视为他在吴兴祚海疆幕府期间文学抒愤的代表。这些创作于肇庆的抒愤之作与为吴兴祚祝嘏之作几乎同时，其中流露出一个

① ［清］屈大均著，陈永正等校笺：《屈大均诗词编年校笺》，上海古籍出版社 2017 年版，第 3—4 页。

② 同上，第 924 页。

细节,即屈大均与吴兴祚海疆幕府的其他幕僚不同,他更为自由,不居住在幕府之中,故而其抒愤之作往往不受幕府之“礼法”所约束。这在屈大均词的创作中也可以得到印证。吴兴祚海疆幕府诸文士热衷填词、谱曲,同题唱和者多有之,然而我们在屈大均的诗文集中尚未发现他参与其中的记录,亦可知屈大均尚且保持着独立的志节操守和创作底线,与吴兴祚海疆幕府及诸幕僚的关系相对疏离。以下就屈大均在肇庆的凭吊抒愤情况作一简要分析。

就屈大均《骚屑词》而观之,《戚氏·端州感旧》《八声甘州》《淡黄柳·端州郡署作,署曾作行宫》三首肇庆抒愤之作,集中创作于康熙二十四年春。其中,《戚氏》为自番禺至肇庆途中作,《八声甘州》为登临肇庆石室岩作,《淡黄柳》为游览署衙作,故而呈现出不同的艺术视角和情感层次。《戚氏·端州感旧》云:

片帆开。又上西水向崧台。想像当年,羽幢东驻,作蓬莱。宫槐。接天街。纷纷银烛早朝催。无端白面年少,出师书奏意酸哀。五岭天险,无人分戍,控弦一夕潜来。为萧墙变起,钩党相角,朝士驽骀。　　龙舸夜动喧豗。三两扈从,报国少涓埃。三宫苦、筑阳飘泊,桂管摧颓。正衔枚,爨僰一路,迟回。六诏喜仗雄才。晋王再造,惠国重兴,稍作屯难云雷。　　又苦遭凶逆,为雠羽翼,作祸胚胎。四引楼兰铁骑,度金沙、血战磨盘开。寄命缅甸凄凉,六军溃裂,鱼服辞滇海。念龙饥、谁与文君块。空呕血、诸葛时乖。又命屯、玉步难恢。恨凶渠、逼胁上云堆。自重华逝,苍梧痛哭,血泪成灰。[①]

---

① [清]屈大均著,陈永正等校笺:《屈大均诗词编年校笺》,上海古籍出版社2017年版,第1951页。

整首词，诗人沉浸在愤懑沉痛之中无法自拔，他全面回顾了永历一朝的历史，从“五岭”，至“滇海”，再至“缅甸”，萧墙祸起，钩党相角，苦遭凶逆，六军溃裂，不堪回首。屈大均在词中汇聚了“酸哀”“苦”“漂泊”“摧颓”“凄凉”“呕血”“恨”“痛哭”“血泪成灰”等众多极度愤懑苍凉之语，使人读之动容。《八声甘州》云：

> 恨蛮江、亦复向东倾，峡门小难收。任牂牁万里，含烟吐瘴，全注交州。往日水犀三万，战血剩龙湫。零落艨艟影，雨外沉浮。　　不忍崧台凭吊，更有无玉玺，试问沙鸥。自黄龙朝去，波涌失宸楼。叹三宫、春随蜃气，与沓潮、变幻海西头。渔翁汝，向金沙浦，可见胶舟。①

“不忍崧台凭吊，更有无玉玺，试问沙鸥”一句是全词的换头，亦是点明主题的关节所在。该词由自然之景起笔，先写崧台江流形势，但着一“恨”字，山川顿时染上作者的情感色彩，遂导致景语、情语难以剥离。随后回忆历史战事，进入到人世沧桑之感的抒发，“往日水犀三万，战血剩龙湫。零落艨艟影，雨外沉浮”，激战之后的零落沉浮，倍觉凄凉，硝烟散去，唯余“波涌失宸楼”的山河破碎、社稷倾覆景象。《淡黄柳·端州郡署作，署曾作行宫》一词则主要从微观景物落笔，托起今昔对比：

> 萧条郡廨，曾作芙蓉殿。谁记池头蒙赐宴。来去茨菰叶畔，长与君王旧凫雁。共肠断。　　龙髯已零乱。剩垂柳，欲攀遍。御沟西、可有残红片。乳燕窥人，但衔春至，巢向空梁

① ［清］屈大均著，陈永正等校笺：《屈大均诗词编年校笺》，上海古籍出版社2017年版，第1952页。

莫管。[①]

昔日繁华的行宫,今日萧条的郡廨,物是人非国事休,是最使人“共断肠”的。末句转写新燕,衔来新春,却不解也不管空梁,是由万物无情而生发出的悲凉,更是诗人内心难以排解的愤郁之情的另一种委婉的表达,或者说是避免被刺痛而做出的逃避,不如不去理睬这些兴亡吧。通观以上三首词作,堪称南明覆亡之后士人怀旧抒愤之作的最高音之一。不过,这一残延的最高音此后便难以为继,一去不返。

二、吕师濂:“壮心未已,唾壶常缺”

吕师濂是吴兴祚海疆幕府又一位“抒愤”之士。他秉持明朝重臣后裔的身份认同,坚持抗清活动,几乎全程参与了吴三桂叛乱,并且和杀害福建总督范承谟事件有直接关系。其前半生在抗清、反清活动中上下求索、颠沛流离,于“三藩之乱”后得以埋名避祸,在其族侄吕洪烈的推荐下进入吴兴祚两广总督幕府,度过了数年安稳无忧的名士生涯。吕师濂以诗著称,现存诗歌近千首,虽然其中的愤懑情愫偶尔有所低落,但整体来看却贯穿其一生的文学创作。诚如姚文燮在《吕黍字何山草堂辛壬癸三集序》中所评论的:“黍字之腕丽眼疾,胆粗思巧,人知奇之,不知其所以奇者,则在神与骨,又在乎其心悲,其气锐,悲乎人忘乎悲之时,锐乎人尽乎锐之后,忍乎其所不忍,成乎其所必成者。”[②]这是从吕师濂的气质与遭

① [清]屈大均著,陈永正等校笺:《屈大均诗词编年校笺》,上海古籍出版社 2017 年版,第 1952 页。

② [清]姚文燮:《无异堂文集》,《清代诗文集汇编》,上海古籍出版社 2010 年版,第 106 册,第 135 页。

际所造就的持久的动机而言，颇能解得吕师濂的风神。吕师濂入吴兴祚海疆幕府之前的作品我们姑且不论，在此专就与吴兴祚海疆幕府有关的创作及其气质传达予以简略探析。

吕师濂《何山草堂诗二集》卷一《一百句简怀留村制军》是其五言古诗的代表作，深具抒愤的气质：

别公戊辰春，岁钥俄三历。昨夏闻左迁，买舟拟把觌。酷暑虐虚脾，患厥河鱼疾。停就汉口医，迨冬方饮食。裁书遣野童，千言布寸臆。后读批答笺，事已十了七。遥期麦及秋，便道接颜色。梦寐帆樯过，风雨江干立。乌兔抛双丸，黄钟又应律。长至是明朝，弧辰巧逢值。因忆棨戟开，鼓吹震半壁。峨弁鱼雁趋，雕题跳舞入。庭燎射星红，炉烟穿雾出。西园锦席张，南国歌喉集。鳞介玉盘鲜，酒浆金盏溢。宾醉夜欲分，主留爵再涤。忽放火树花，万态变穷极。一物霸王鞭，机械难忖测。滚激眩坛场，轰腾骇霹雳。甚至孩童啼，我亦神魂惕。佳哉五羊城，地暖海潆潏。鸾鹤惯翱翔，仙人爱止息。木樨吐晚葩，山蕉孕甘实。九节菖蒲根，遵服滋气力。寿可凌松乔，香故异橙橘。不审颂祷人，能似前络织。不审耳目娱，能似前充塞。今雨或不来，庚桑敢背德。踦捧介眉觞，肩摩理所必。谁陪太傅棋，仍运士行甓。书法骨格高，鲁公争坐的。揽袂作擘窠，王董兼遒逸。薛券拉杂焚，冯驩叉手默。宦橐愈萧条，补帑鲜方术。徒满孔融樽，枉置郑庄驿。世界工负心，掉头孰缓急。无怪匣剑鸣，能弗冠发直。贪泉酌不妨，廉吏为可得。孤忠惟帝知，赐环料在即。余滞大别东，卧雪耐寒栗。亡猿希择林，穷鸟想假翼。道义裴冕敦，歧路杨朱泣。青翰来何时，襟抱伫披沥。杖履正康强，倡和还顷刻。抚景思更深，况将开六衷。庾岭坐云霄，途资难贷质。心驰衮绣旁，风寄冈陵什。尊体系安危,精神冀葆啬。待绘香山图,忝入渔樵笠。只此重丁宁,其他弗遑及。

该诗作于康熙三十年(1691),此际吴兴祚正跋山涉水,离粤北上,吕师濂通过对昔日幕府生活的回忆,遥寄思念之情和感怀旧恩之意。虽然此诗中抗清复明的情愫已经荡然无存,但是吕师濂的耿介性情仍然留有蛛丝马迹。"孤忠惟帝知"固然是就吴兴祚而言,"赐环料在即",吕师濂认为吴兴祚定会再度得到皇帝的信任和重用。然而,"孤忠"一词意义丰富,亦可作为吕师濂一生的自况,相信了解吕师濂一生的吴兴祚必然能够有所觉察,从而在这一品质上产生共鸣。继而,吕师濂倾诉自己的处境,"余滞大别东,卧雪耐寒栗。亡猿希择林,穷鸟想假翼。道义裴冕敦,歧路杨朱泣",是说离开吴兴祚幕府后漂泊荆楚,生活困顿,但仍然不失孤倔的精神,并且期待吴兴祚路过之时借机相会,"青翰来何时,襟抱伫披沥",披肝沥胆,促膝长谈。事实上,正如吕师濂所期待的,康熙三十年秋,吴兴祚如期抵达吕师濂汉阳寓所,二人把酒赋诗,当真再续往日情义。时近重阳,二人同登郊外神女台,吕师濂《九月八日与留村尚书郊游》四首记载了此次聚首。在怀念幕府生涯的美好岁月、赞美吴兴祚文治武功之后,其四写道:"月知今夜有,人恐百年稀。良会休轻放,狂奴老布衣。"将此次相聚置于人生苦短的语境中,并感慨自己一介布衣,垂垂老矣,但幸而未改"狂奴"本色,是自嘲,亦是自慰。吴兴祚有《九月四日郊游步韵》四首[1],是步韵吕师濂之作,两者日期略异,应当属于记忆之误差,实乃同日之事:

① [清]吴兴祚:《留村集》,清康熙刻本。

其一：

结伴东皋去，秋高云树苍。
桥崩存画意，驴瘦挈诗囊。
叶堕霜飞影，花衔鸟带香。
连朝风力劲，落帽近重阳。

其二：

落落将三载，衣冠疏礼仪。
病多游子倦，金尽故人疑。
把菊看逾细，挥杯兴每迟。
欲□鸥与鹭，不复识安危。

其三：

徙倚郊原外，西风射目中。
青山未改色，白发已成翁。
霜露秋初重，茱萸朝更红。
登高应有约，愿与古人同。

其四：

酒醉花偏艳，斜阳催客归。
暮云行复断，孤雁落还飞。
野阔秋声壮，江空帆影稀。
徘徊烟柳外，眉月上征衣。

这组诗在吴兴祚诗集中属于上乘之作，其感慨之深是以往作品鲜能具备的。诗中自始至终充斥着无法排解的落魄与抑郁。尤其第二首，将一代封疆大吏遭弹劾落职后的情状描写得淋漓尽致。落职三载以来，不似昔日衣冠，礼仪也随之稀疏。颔联“病多游子倦，金尽故人疑”堪称警句，毫不避讳地指出“金”与“故人”之间的内在联系，多少人情冷暖、逢场作戏，一时涌上心头，令人无限唏嘘。诗人“把菊看逾细”，不正是看穿、看透、看淡之后，回归自然与平常的隐喻吗？然而，终究提不起兴致，即便面对美酒亦觉无力与无聊。该诗以“不复识安危”作结，是不识还是难以辨别？为宦一方，荣辱安危真个莫测！第四首表达了面对渺茫前途的疲惫心态，“暮云行复断，孤雁落还飞”，是写景，也是自况，“行复断”的“暮云”，“落还飞”的“孤雁”，皆着诗人之情感色彩。而“野阔秋声壮，江空帆影稀”一句则壮阔与清冷相对举，秋野愈辽阔，征途愈劳顿；秋声愈壮，内心愈寂寥。何况寒江之上过客稀疏，美酒、重阳本是安然栖息的境界，谁堪身不由己的生命苦旅！这些凄楚情绪是吴兴祚以往繁华得意时所难以体验到的，甚至在一定程度上受到了吕师濂抒愤风格的感染；而正是由宦海浮沉中如此清醒地品咂出世道人情，这组诗才有了长久的动人魅力。

万树是吴兴祚海疆幕府中以词曲成就著称的游幕文人，他的不少词作记录了幕府中的文学生态以及诸多文士的气质特征，其中就有关于吕师濂的品评。万树《满江红·庆投琼六赤词》其二小序云：“次日宴集，守斋亦掷全红，用前调为赠。”“守斋”是吕师濂的自号，在该词中，我们能够略窥吕师濂居处吴兴祚海疆幕府期间的风采之一斑：

绣腕生花，乱撒下、宝珠鞣鞨。爱一把、玲珑红豆，玉盆光晔。共效杜陵衣尽袒，争如彦道巾先脱。恰昨宵、刚尔斗词葩，欢相接。　　司马是，商廷说。先生是，隆中葛。正壮心未已，唾壶常缺。仙侣羡君同李郭，博徒容我为毛薛。向曾传、刲角解为媒，原神物。[①]

万树对吕师濂的评价集中在词的下阕，“先生是，隆中葛”，将其喻为诸葛孔明，有隆中对策的才华。然而清朝此际已经统一了全国，受长期政治动荡所带来创伤的社会各领域开始复苏。这固然是历史发展的主流，但是对于一位大半生坚持抗清的明遗民而言，吕师濂依然保持着一份不平，这份不平在万树词中展现出来就是“正壮心未已，唾壶常缺”的形象。“唾壶常缺”乃是用了一个著名的典故，刘义庆《世说新语·豪爽》记载：“王处仲（王敦）每酒后辄咏‘老骥伏枥，志在千里。烈士暮年，壮心不已’。以如意打唾壶，壶口尽缺。”[②]借助这一典故，吕师濂的刚毅不屈的耿介形象栩栩如生。

戏剧在吴兴祚海疆幕府受到欢迎，且取得了巨大的创作成就，在沟通江南与岭南文化层面发挥了积极作用。关于吴兴祚海疆幕府中的戏剧成就，下一节将专门作详细论说，在此只拈出吕师濂创作《金门马》一例加以评析。吴秉钧《风流棒序》称：“余之所得于山翁者，由是更进。因操觚而学为《电目书》一种。雪舫亦诚作《赤豆军》《美人丹》，山翁皆为印可焉。惟时药庵吕君，亦有《回头宝》《状元符》《双猿幻》《宝砚缘》诸撰。药庵令叔守斋亦携《金门马》曲出示。”[③]在吴兴祚海疆幕府戏剧创作成为风尚的大背景下，吕师濂创作了《金门马》。该剧今不传，考察题名，则不难引发一些关于内

---

① 《全清词》（顺康卷），中华书局2002年版，第5664—5565页。

② 朱碧莲、沈海波译注：《世说新语》，中华书局2011年版，第586页。

③ 吴毓华：《中国古代戏曲序跋集》，中国戏剧出版社1990年版，第425页。

容的深层猜想。张萍在《明代余姚吕氏家族研究》一书中猜测:"'金门马'本事出自《史记·滑稽列传》中的东方朔故事,传奇大约据此而敷衍之。……在东方朔身上,应该寄寓了吕师濂这位有着飞扬才情而漂泊无依的故明大学士后裔的郁勃不平。"[①]此论可备一说。我们认为,该剧的主题阐释另有两种可能性。其一,金门是南明抗清的重要根据地,无论是唐王、鲁王,还是郑成功集团势力,均在金门长期盘踞,是南明军队挥师北伐的战略要地,郑成功抗清和收复台湾的基地[②],也是明朔栖息的一方乐土和圣地。"金门"之后着一"马"字,令人瞬间联想到金戈铁马的战争背景,联想到南明的海上坚守,联想到南明与清军的海陆对峙,联想到民族英雄郑成功收复台湾的英勇雄壮,海疆之上,血泪以之。明此,则不妨大胆猜测《金门马》一剧当是以南明抗清或郑成功收复台湾为背景展开的故事书写,或写某次战事,或写某位英雄人物,或讴歌不屈之慷慨,或寄托回天无力之悲哀。其二,《金门马》亦可能歌颂吴兴祚在金门的赫赫战功,吕师濂通过戏剧创作的形式为吴兴祚扬誉,行使"布衣权"的同时向吴兴祚表达知遇之恩情。康熙十九年,"兴祚发红衣炮……直趋厦门,斩溺无算,贼大败溃散,遂克厦门。复遣兵取金门,余贼悉窜台湾"[③]。总之,《金门马》与吴兴祚海疆幕府以娱乐消遣为题材的戏剧创作迥然有别,只稍将《金门马》与幕府生态下创作的诸多戏剧如《电目书》《赤豆军》《美人丹》《回头宝》《状元符》《双猿幻》《宝砚缘》《风流棒》《珊瑚球》《十串珠》《金神凤》

---

① 张萍:《明代余姚吕氏家族研究》,浙江大学出版社 2012 年版,第 126 页。

② 邓孔昭:《郑成功与明郑在台湾》,厦门大学出版社 2014 年版,第 80 页。

③ [清]铁保等纂:《钦定八旗通志》,学生书局 1968 年景印嘉庆四年刊本,第 13770 页。

《舞霓裳》《藐仙姑》《青钱赚》《焚书闹》等相参照，即不难发现《金门马》之尖锐与峻拔，慷慨与沉痛。所以，我们更倾向于认为吕师濂创作《金门马》是试图在喧嚣娱乐中寄托其一如既往的抒愤特质。进而不难想象，该剧在当时的喧嚣娱乐背景下的影响力应当并不很大，因为它不属于吴兴祚海疆幕府文化构建的主流方向。纵然其用意可歌可泣，可敬可仰，但在历史潮流的大势面前却只能为承载娱乐风格的惊涛拍岸的千堆雪所埋没。

不得不承认的是，在吴兴祚海疆幕府繁盛期间、乃至幕府解散以后，包括吴兴祚在内的幕府文士涉及明清易代之愤懑的作品已然非常稀少，吕师濂《金门马》这样的作品堪称是“孤篇横绝”的特例。如果说，近似于愤懑的情绪仍然不绝如缕的话，也只能向个人身世沉浮一类的题材中寻觅了。这恰好构成了吴兴祚海疆幕府文人抒愤的不同层次与侧面。总体而言，娱乐以摧枯拉朽之势将不合时宜的抒愤撞出了历史文化嬗变与发展的快车道。

第二节　明清易代的完结
——文化娱乐的政治性隐喻

幕府的官方属性决定了它首先是为服务政治而存在的，当清朝铁骑征服大江南北的辽阔版图之后，作为武功的必要补充，统治者对于文治的作用开始重视起来，其中文学之于文治策略体系占据重要位置。当然，在中国封建社会历史上杀戮之后往往会迎来文治，这一规律非因清朝为少数民族政权而有特别之处。例如，明代“在靖难之役对士人的残酷杀戮之后，他（永乐帝）很快地采取了重视士人和开展文化建设的政策”[①]。对于清廷的文治政策，严迪

① 罗宗强：《明代文学思想史》，中华书局2019年版，第131页。

昌先生曾在《清诗史》中指出:

> 要稳固入主中原后的政权,必须在以"武功"起家平天下的同时,迅速辅以"文治",来收拾民心,箝制民心。……强化以儒治儒,较之一般所谓的以汉治汉,显然更具有深远的战略眼光。"文治",即强化文化统制,而舍去"儒"术,实无从"化"起,亦难收其效。而诗作为心灵之窗,作为高层面文化之一种,特别又与科举文化密相复合,实在是变演风气、制约心态的关键之环,足以带动其他文艺之事。在"文治"之长链中,制控住诗这一最敏捷、最灵动、最易导播的抒情文体,对制约、网罗、笼络、消纳汉族士子的心性,也就把握了一种主动性和制控权。[①]

严迪昌先生持论相当通透,然而也需从两方面来审视、借鉴。一方面,在肯定清朝入主中原后采取"文治""武功"并重的统治策略的前提下,强调"诗"的作用,"诗作为心灵之窗,作为高层面文化之一种,特别又与科举文化密相复合,实在是变演风气、制约心态的关键之环,足以带动其他文艺之事",自然有其不容否定的正确性。然而,我们亦应当清楚"诗"的若干局限性,比如就影响阶层而言,严先生认为的诗乃"高层面文化""与科举文化密相复合",这是诗的长处,亦恰恰是其短处。在清初,文学谱系已非诗的一尊独大,小说、戏剧蓬勃兴旺,其光辉尤为耀眼夺目。况且,称诗"最敏捷、最灵动"或许恰当,但认为是"最易导播的抒情文体"则存在一定疑问。戏剧以其广泛的阶层受众,雅俗共赏,在清初迎来大发展,其"导播"能力、动人效果以及教化功能往往为传统的"诗"所不能。

---

① 严迪昌:《清诗史》,人民文学出版社 2011 年版,第 16—17 页。

故而，在这里我们将“文治”之功不独专于诗，而扩展到词、小说、戏剧等门类繁多的文学样式。正是从这一点着眼和立论，“娱乐”对于“文治”的重要性才能够更为清晰地呈现，供我们加以剖析研究。

本书所借用的“娱乐”概念，乃是一种刻意营造的文化喧嚣，它代替了孤愤的痛苦呻吟。它得以实现的形式或渠道有许多，但是在吴兴祚海疆幕府中最直接的无非两种：一是借助戏剧，制造娱乐或喧嚣是戏剧的天然禀赋，人们纷纷被纳入到娱乐之网中；二是传统的抒愤形式——诗、词、文之娱乐化，其中宴饮应酬、寿庆奉承之作的增多亦往往能够消解愤懑之音。明朝遗民的呻吟声被娱乐的喧嚣覆盖、驱逐，渐行渐远，成为明清易代完结的重要表现之一。

一、娱乐基调：戏剧创作搬演之盛

戏剧以其浓厚的娱乐性，自明中期迎来大发展，渗透到黎民百姓的日常生活中。即便是南明小朝廷盘踞闽疆的风雨飘摇之际，仍然难以遏止士农工商各阶层民众看戏的潮流。王忠孝《与左营康颖舍书》：“敝乡虏兵日日往来，贵兵以看戏被捉，皆系我兵从虏者为之向导。”[①]这则材料表明戏剧成为民众日常精神文化消费的必须品，即便战乱之下官兵仍冒险看戏，陶醉其间。如果说这则材料流露出一丝滑稽，那么抗清名将张煌言就义前的一则史料则彰显出戏剧所能够承载的历史严肃性和生命厚重感。“时提督僦民舍为阁部(张煌言)寓，列卒守之。有一千夫长者，有心人也，夜半隔窗唱《牧羊记》传奇苏武骂李陵词，音调凄凉。阁部击节赏之，呼与共坐，倚歌而和。和已，泪数行下。提督闻之，乃令诸将选优人

① [明]王忠孝：《王忠孝公集》，福建人民出版社 2010 年版，第 146 页。

奏乐,以娱阁部。"[①]该材料一方面表明戏剧寄托亦大矣,同时又揭示出戏剧在当时受欢迎之程度,不同社会阶层人士皆对戏剧有所接触。

戏剧以"人生如戏"的观念,对遗民之"愤"、鼎革之"愤"起到了消解的作用。张煌言《北征录》:"回首霍山奔走以来,之安庆、之池、之徽、之严、之婺、之浦江、之义乌、之天台、之宁海,计程二千余里,间关百折,何其穷也。复思向崇明进师,而瓜步、而润江、而和阳、而太平、而宁国、而徽、而池、而庐之诸邑州,乘腾长驱,又何其壮也。然而转瞬成败异势,荣瘁殊形,是又戏耶梦耶。余自丁亥已亥,前后入江,岂岁在双鱼,而一再蹶,疑若有数焉。然以十五载之揣摩简练,既得之而复失之,人寿几何,河清难待,不亦重可慨也夫。"[②]"戏耶梦耶",流露出的正是一种虚无幻灭的心态,抵抗之力也随之涣散消融了。

明中期以来,戏剧的"抒愤"功能得到张扬,形成了戏剧"抒愤"的创作传统。"在作者,不妨托诸意中;在读者,尤当索之言外云尔"[③],正是着眼于"抒愤""寄托"而言的。在此基础上,戏剧的另一重要功能——社会教化作用——亦被拈出,并被赋予了等同于传统诗文的载道劝世功能,我们不妨将此理解为戏剧"尊体"的一种努力,但是它确实为戏剧的社会价值的进一步明确与树立提供了推动力。范承谟《书〈续离骚〉后》:"……捧读之际,具感友谊忠怀,不禁涕泗滂沱,一见不忍再见。想伯约信国睹此,必有余哀也。意谓猩猩、鹦鹉、枭獍、狮虫等类,虽属怪种,亦当痛快一击,使后世

① [明]张煌言:《张苍水集》,上海古籍出版社1985年版,第227页。

② 同上,第201—202页。

③ [清]嵇永仁著,刘奇玉辑校:《嵇永仁集》,湖南人民出版社2017年版,第309页。

知有底止，畏惧少存，人性所广功德，不可称，不可量。非特为麟凤、龟龙，吐气生色已也。”[①]范承谟认为，戏剧不仅感情真挚，“为麟凤、龟龙，吐气生色”，而且对“猩猩、鹦鹉、枭獍、狮虫等类”的“怪种”也有“痛快一击”的功能，可以使后世知晓规矩、心存畏惧，从而广播人性正道。此说赋予戏剧的教化功能基本上接近于传统诗文了。范承谟在《又口占一绝》诗中继续对以上思想加以阐释，“却听三棒渔阳鼓，胜似焚香读楚骚”[②]，则将戏剧与《离骚》为代表的正统诗歌传统相关联，着一“胜似”，尤可见出戏剧在情感抒发和教化世人方面毫不逊色。作为狱中唱和的重要成员之一的王龙光亦云：“骚坛即席逢中散，警世当场快屈平。”[③]这就进一步指出了戏剧的艺术优势所在，“即席”“当场”的特征使得戏剧的感染力远超传统诗文，这一点是非常值得注意和肯定的。这表明，在范承谟幕府中对戏剧的功能已经达成了广泛认同，这在当时是十分具有代表性的。至此，戏剧的“娱乐性”与“教化性”得到充分的挖掘，为戏剧在清初的进一步发展提供了认识基础。在“乱”时，“娱乐性”的属性转弱，“教化性”或者说“抒愤”“载道”的属性转强。在“治”时，“娱乐性”的属性转强，“教化性”反而转弱。不过，在理论上讲，和平稳定的环境确实有助于两者达到一个均衡点，戏剧的整体艺术魅力得到更为全面的呈现。吴兴祚海疆幕府正是承载了这样一个均衡点的文化生态。

吴兴祚喜好戏剧，这与吴兴祚祖籍浙江山阴的文化基因不无关系。虽然吴兴祚生长在北方，并未在山阴成长，但是在无锡县令任上近十年，加之身边亲信多从山阴等江南地区竞相攀附，即便身在岭南，仍如置身江南，耳濡目染，雅好风流。这一个性因素与喜

---

①②③　[清]嵇永仁著，刘奇玉辑校：《嵇永仁集》，湖南人民出版社 2017 年版，第 309 页。

好戏剧的社会风气相激荡，幕主所好，上行下效，由幕主倡导主持、幕僚推波助澜的戏剧创作生态很快便得以形成。或许，幕府中的当事者们并没有预料到此举将载入中国戏剧发展史。

吴兴祚不仅能赋诗填词，他赏曲亦颇具慧眼，功力非浅，而且戏剧的理论涵养相较于专业作家、评论家亦不落下风，品评中国戏剧源流如数家珍。康熙十五年(1676)二月，吴兴祚曾为毛奇龄定本《西厢记》作序：

> 古乐之失传久矣。《皇华》四篇，亡于晋乐，安世轶于魏六季，三唐凡诗歌之播乐者，五调相沿，尽遗其契注拍序之法。而宋乐引慢，变为掐弹尔。元乐院本杂剧又变为道念、筋斗、科泛，然犹杂剧之遗也。今南曲兴而北音衰，院本杂剧又亡矣。旧传院本只《西厢记》耳，虽不能歌，犹幸宫谱未灭，伊羊令吾，庶几铎音灰线可以寻其微而会其义。而今则伪本盛行，窜易任意，朱紫混列，淄渑莫辨。宜西河之奋而起之，而为之论也。顾西河善音律，尝欲考定乐章，编辑宫徵，而蹭蹬有待洪钟之响，落于寸莛，岂其志与。尝按之制以填词十二科，其间所传遗剧，如东篱、汉卿、德辉、仁甫，彬彬称盛。然欲如《西厢》之经文纬质、出风入雅，粹然一归于美善，仍所罕有。至一代之文，所传有几？而令俗人以窜易亡之可乎？世有以《西厢》为艳曲者，吾不得知。若以谓才子之书，唯才子能解之，则世不乏才，毋亦填为其真者而已矣。时康熙丙辰仲春延陵兴祚伯成氏(清泉主人)题。[1]

---

[1] 吴毓华：《中国古代戏曲序跋集》，中国戏剧出版社1990年版，第386—387页。

该序文即体现出吴兴祚成熟的戏剧观。许多幕僚文士留下了吴兴祚喜好戏剧的文字记载。前文所引吕师濂《一百句简怀留村制军》一诗中，诗人描写吴兴祚海疆幕府宴游之盛：“因忆棨戟开，鼓吹震半壁。峨弁鱼雁趋，雕题跳舞入。庭燎射星红，炉烟穿雾出。西园锦席张，南国歌喉集。鳞介玉盘鲜，酒浆金盏溢。宾醉夜欲分，主留爵再涤。忽放火树花，万态变穷极。”其中，昆曲的助兴不可或缺，“南国歌喉集”正是吴兴祚给岭南地区带来的戏剧繁盛的历史记忆。

我们特别注意到，无论作为一项理论共识，还是作为创作成果的客观呈现，吴兴祚海疆幕府中戏剧作者往往重视作品的娱乐功能。吴秉钧在为万树《风流棒》撰写的序言中特别强调万树戏剧的娱乐功能：“山翁（万树）撰著最富，而稿多散佚，即余所见者，幽秀若《空青石》，俊爽若《锦尘帆》，奇横若《念八翻》，新颖若《十串珠》，剪裁点缀若《黄金瓮》《金神凤》，皆陈言务去，巧法兼备，而诙谐滑稽，其风肆好。”①“诙谐滑稽”是娱乐概念的重要组成部分。吴秉钧继而言道：“烧灯踏月之次，家大人即命拍新词侑觞，三载于兹，忘其为瘴乡旅客也。”②“家大人”，即吴兴祚。吴秉钧在这里揭示出戏剧娱乐功能的一种微妙的呈现方式，传统的诗词文莫不擅长抒发故乡之思，“独在异乡为异客”（王维《九月九日忆山东兄弟》），“春风又绿江南岸，明月何时照我还”（王安石《泊船瓜洲》），“故乡遥，何日去。家住吴门，久作长安旅”（周邦彦《苏幕遮》），诸如此类。换言之，传统诗词往往提醒作者的乡愁，举杯消愁愁更愁。但是，戏剧对这一情境构成了颠覆，正如吴秉钧所言，“忘其为瘴乡旅客”，其内在机制正依赖于娱乐性。康熙二十五年（1686），吴棠桢在给万树《空青石》所作序中亦表达了类似

---

①② 吴毓华：《中国古代戏曲序跋集》，中国戏剧出版社 1990 年版，第 425 页。

的娱乐精神,兹摘录如下:

> ……要其注意,大抵言情。……惟其胸藏武库,斯能斗避文星。倘徒袭故纸以谭兵,岂异向痴人而说梦?至夫灵心不测,依稀宋玉微词;慧舌无涯,宛转东方恢语。欲使解颐而去,只须匡鼎之一言,……由来院本,鲜此雕华;自昔传奇,让兹清艳。弃诸笥箧,尽堪佐一斗觥船;演出氍毹,不觉费千行烛树。试问舞态歌声之外,何从得冰雪文心?谓言揞筝挝鼓之余,别自具绮罗香骨。……不同俗子,仅说当行。肯学鄙君,专夸本色。料知旧剧,都可炬以秦灰;只恐新编,未得贵夫洛纸。然而,世乏菁英之侣,时多庸妄之夫。或单重文章,致诃兹为小道。或高谈名理,竟叱此为外篇。……茫茫宇宙,宁无识曲之人?……此家大司马,寿诸梨枣以传。而余老雕虫,序为荃兰之继者也。……任诸子尽跋扈于丹铅之囿,吾两人且跳荡于粉墨之场。舞鸲鹆而何辞,按鹧鸪以不吝。君将妙曲,闲吟十里茶山。余把长歌,归唱半城菱艓。①

吴棠桢将戏剧的“为欢”“行乐”置于“天上有无愁之曲,人间寡蠲忿之方”的人生多愁苦与无奈的底色之上展开讨论,在“诸子尽跋扈于丹铅之囿”与“吾两人跳荡于粉墨之场”的针锋相对中尤其显示出戏剧的解忧遣兴之价值,绝非庸妄之夫所认为的戏剧乃是“小道”“外篇”。进而,吴棠桢表示愿意投入到戏剧创作和戏剧的娱乐化审美体验中去。他同样为万树《风流棒》作序,并就“娱乐”的深层内涵有所生发:

---

① 蔡毅编著:《中国古典戏曲序跋汇编》,齐鲁书社 1989 年版,第 1642—1645 页。

《风流棒》一编，则其新作也。言乎才藻，不妨屈关、郑为衙官；论厥编排，几欲唤高、施为小友。南音杳丽，珠圆玉润之辉；北调砰訇，裂石崩云之响。冷艳则湘娥倚竹，幽奇则山鬼吹灯；悲来觉杨柳之含啼，欢处恍芙蓉之索笑。而且文情曲折，格局回环，……乃谓座内歌来，殊乏剑拔弩张之势；灯前演出，绝无蛇神牛鬼之奇。文非巷语街谈，听时欲睡；事不惊魂荡魄，观者多逃。……康熙二十五年丙寅，清和月上浣，山阴后学雪舫吴棠桢伯憩氏戏题于端州之文来阁。[①]

一方面，他指出戏剧的文辞、格局之美，这固然是文艺审美过程中的重要内容；另一方面，他深入一层，认为戏剧之娱乐不仅包括“欢处恍芙蓉之索笑”，而且同时包括“悲来觉杨柳之含啼”。这看似相互矛盾的一组“欢”“悲”，实则统一于戏剧的审美框架之内。关键的是，这“悲”须是虚构的，近于闲愁，而且较脱离于现实。这样，戏剧就近似于一种提供娱乐的梦幻境界，足以消解现实中的烦忧。事实上，这一较为统一的戏剧理念背后，仍然是官方文化政策的引领和助长。

二、泛娱乐化：文学创作形态重塑

所谓“泛娱乐化”是和戏剧相比较而言，吴兴祚海疆幕府之文士在娱乐化潮流的裹挟之下，其创作形式与思想内容发生了相应改观，这种改观可以是溢出旧时创作范畴，也可以是某种程度的边界收缩，而其客观结果则是新的作品受到大环境影响而涂抹上娱

① 蔡毅编著：《中国古典戏曲序跋汇编》，齐鲁书社 1989 年版，第 1647—1648 页。

乐化的色泽。

吕师濂在进入吴兴祚海疆幕府之前,以诗名家,刊刻了自己的诗集《何山草堂诗稿》。进入吴兴祚海疆幕府之后,他虽然一如既往地从事诗的创作,但是,填词作为吴兴祚海疆幕府宾主之间的一种普遍而重要的文学、文化活动形式,显然强烈地感染着吕师濂。或者说,出于"和光同尘"的安身谋生的现实考虑,吕师濂加入了填词作家的行列。吕师濂现存《守斋词》[①]一卷,皆作于吴兴祚海疆幕府期间(见表5.1)。他在入粤之前以及离粤之后的生涯中不见有填词的记载,这再次印证了文化氛围和风尚对于一个作家的深刻影响,有时甚至是重塑。接下来,我们试就《守斋词》作些分析,以探讨"泛娱乐化"的表现形式和影响效果,从而对文体视角下的明清易代完结规律增加一重论证支撑。

表5.1 吕师濂《守斋词》统计表

序号	词牌	词　题	词中包含吴兴祚幕府信息
1	梅子黄时雨	客端州对梅雨作	端州
2	夏云峰	赋得夏云多奇峰	运筹堂
3	蓦山溪	送友归山阴	——
4	夏初临	立夏和万吴两先生	万树;吴棠桢
5	并蒂芙蓉	盛夏见木芙蓉盛开	——
6	隔帘听	枕上听鹦鹉诵孟襄阳春眠不觉晓句	幕僚有同题之作
7	意难忘	见月怀朱别驾游德庆州未还	扫翁雪舫;星岩
8	辊绣球	咏珊瑚球花	幕僚有同题之作
9	瑶台聚八仙	宝月台落成	宝月台;谓制府吴公也。

① 《全清词》(顺康卷),中华书局2002年版,第2344—2348页。

续表

序号	词牌	词　题	词中包含吴兴祚幕府信息
10	天香	观制万寿怡香	幕僚有同题之作
11	拜新月慢	运筹堂对月坐话	运筹堂
12	临江仙	访友留饮有赠	——
13	齐天乐	五日宴锡祉堂	锡祉堂
14	苏幕遮	新秋用周美成韵	幕僚有同题之作
15	明月逐人来	制府中秋公宴，限用张芦川韵	制府；幕僚有同题之作

《百名家词钞》收录《守斋词》15首，集后有吴绮、聂先评语。吴绮：“黍字读书破万卷，壮游远万里，而不遇若此。不得已而漫兴填词，出入于秦、柳、辛、陆之间。致况萧瑟，良可哀也。然读其词华流丽，铿锵和雅，若出金石，宛然正始之音。吾于是不奇黍字之才，而奇黍字之养矣。”①聂先：“钞词以气骨为主，故专尊平易疏畅一路，以矫近来抉摘刻削之弊。吾友殳山夫常道：黍字天下才也。其为诗词，章法雄横，有清庙明堂之声，力致太平之气。今读其《守斋词》一编，洵知黍字之作，岂独为词坛药石也哉。”②他们给予《守斋词》的艺术价值和吕师濂的词学思想以甚高的评价。

从《守斋词》词牌的选择上来看，值得注意者有二端：其一，与所咏对象有较高的关联度，更为切题，如对梅雨则用《梅子黄时雨》，赋得夏云多奇峰则用《夏云峰》，送友归山阴则用《蓦山溪》，立夏则用《夏初临》，咏木芙蓉则用《并蒂芙蓉》，枕上听鹦鹉则用《隔帘听》，怀朱别驾则用《意难忘》，咏珊瑚球花则用《辊绣球》，宝月台落成则用《瑶台聚八仙》，观制万寿怡香则用《天香》，运筹堂对月则

①② 孙克强、杨传庆、裴哲编著：《清人词话》，南开大学出版社2012年版，第19页。

用《拜新月慢》，盛宴则用《齐天乐》，新秋则用《苏幕遮》，中秋则用《明月逐人来》。以上一一对应，十分贴合，这是重拾了填词的原始作法，继承了填词的优良传统。其二，追逐词牌的新奇，从而增加创作的"难度"，某种程度上讲，这种"难度"是摆脱陈旧的书写套路的有效方式，逼迫作者有所创新。

《守斋词》在词牌选择以及内容呈现上显示出鲜明的娱乐、应酬属性，这些作品并非仅仅是幕府文化生活的记录，亦是作者思想变化的真实写照。《守斋词》诸作按照主题可分为两大类，一类是抒发羁旅思乡之情的作品，怀乡念归，寓漂泊羁旅之慨；另一类是在吴兴祚海疆幕府中赞颂幕主功勋之作。前者以《梅子黄时雨·客端州对梅雨作》为代表，后者以《齐天乐·五日宴锡祉堂》为代表。只有《临江仙·访友留饮有赠》之"遭乱最怜王粲"一句隐约流露出"三藩之乱"的乱离往事。

《梅子黄时雨·客端州对梅雨作》：

> 游忆春分，见梅子个黄，牙底酸溅。到戴胜鸣桑，落完金弹。今捉蒲葵来对雨，已过两月时光换。家园畔，笋晒嫩尖，茶焙方片。　　天半。轰雷摇电。泻银河顷刻，乾坤弥漫。恐斗跃鱼龙，交愁莺燕。娱老琴书新润湿，太阳思借休喷饭。还牵绊。得无荔枝淋烂。

此词意象繁密，尤其值得注意的是在一系列日常意象（梅子、戴胜鸟、桑树、蒲葵、雨、家园、笋、茶、鱼龙、莺燕、琴书、荔枝等）中，"天半。轰雷摇电。泻银河顷刻，乾坤弥漫"一段陡然突起，一气呵成，形成大气磅礴的境界，并与繁密的日常意象形成反差，丰富了整首词的叙述层次和表现力。

在这里，我们不免再次提及《齐天乐·五日宴锡祉堂》：

今朝刚是天中届，乡心忽飞天外。北海风高，延陵谊古，雅设琼筵恭待。登柈物怪，却都产龙宫，故屏虾菜。碗内香醪，亦从番舶万钱买。　　堂深帘静日仄，命分行左舞，右歌相赛。黑鬼蹒跚，红儿窈窕，喜得宾僚无奈。擎犀掷采，竟醉倒朱家，竹床眠在。看新蟾半弯，沉醉霭。

在这首描写盛大宴会场景的词里，珍馐佳肴，海外美酒，红儿舞女，国外黑奴，“贤主嘉宾欢歌笑语，是一幅西园雅集图”[1]。词主要写热闹，而起笔却写思乡之切，“乡心忽飞天外”，继而“北海风高，延陵谊古，雅设琼筵恭待”一句转入宴会描写，笔力也颇为雄健。高，侧重空间感；古，侧重时间感，相互配合，表达对宴会的发起者——吴兴祚的仰慕与感激。不难发现，这一宏大深厚的意象组合与《梅子黄时雨・客端州对梅雨作》“轰雷摇电。泻银河顷刻，乾坤弥漫”一句所呈现的艺术特色较为一致。

下面，我们就《守斋词》中的高频字加以统计，在为《守斋词》艺术特色的科学判断提供帮助的基础上探寻“泛娱乐化”的踪迹。

表 5.2　《守斋词》高频字统计

序号	字	频次
1	天	11
2	高	8
3	香	8
4	花	6
5	愁	5

① 张宏生编：《清词珍本丛刊》第九册，凤凰出版社 2007 年版，第 268 页。

续表

序号	字	频次
6	红	4
7	海	3
8	酒	3
9	寒	3
10	冷	2

我们不妨以“天”字为例来考察高频字在《守斋词》中的具体使用情况。天,甲骨文字象为,突出了头部的正面人形,意在表示人的头顶。金文()将头简化成一横,篆文()整齐化,隶变后楷书写作“天”。本义为头,头顶,“刑天”之名即由“砍断头”而来;也指古代一种在额头上刺字的刑罚。引申义有:高空、天象、位置在上的、气候、季节时令、不以人的意志为转移的自然、天空下的某一空间、一昼夜(也单指白天或晚上)、一天中的某一段时间、自然界的主宰者、神佛仙人及其居住的地方、赖以生存的事物、君王或人伦中的尊者、人的命运、天生的(自来就有的),又形容很高大,用作“天干地支”等。

表 5.3 《守斋词》中“天”字使用情况

序号	诗句	本义/引申义
1	天半。轰雷摇电。泻银河顷刻,乾坤弥漫。	高空
2	天涯况,平安札,都借君传达。	高空
3	思赊秋色,就切祷天公,也难必依听。	自然界的主宰者
4	香稻啄余饶舌,惯把天催曙。	夜晚
5	引羁愁,直飞天上,与月同高。	高空
6	天把紫丁香,团簇就、丹砂包裹。	不以人的意志为转移的自然

续表

序号	诗句	本义/引申义
7	端阳日，订击鲜载酒，天上登来。	高空
8	今朝刚是天中届，乡心忽飞天外。	高空
9	今宵由他莲漏杳，醽醁如泉，莫说天能晓。	夜晚
10	布筵露井，耽近姮娥意。共道天香可致。	神佛仙人及其居住的地方

综合来看，《守斋词》中的“天”以引申义“高空”（6次）为多，“夜晚”2次，“自然界的主宰者”1次，“不以人的意志为转移的自然”1次，“神佛仙人及其居住的地方”1次。“高空”义的高频出现配合着诗人强烈的感情，营造出高远辽阔的境界。而其他引申义的丰富使用，则展现了“天”字的复杂内涵，为作品的丰富多彩起到了作用。“高”“香”等字的使用效果与“天”字大致相同，在此不再一一分析了。

需要指出的是，上述高频字在意境上有刚劲与柔美、辽阔与轻微的分别。“天”“高”“海”“寒”“冷”，刚劲、辽阔；“香”“花”“愁”“红”“酒”，柔美、轻微。这样的组合为作品的多样化意境呈现，整体风格营造，起到了一定作用。而且，“天”“高”“海”“寒”“冷”共出现27次，“香”“花”“愁”“红”“酒”共出现26次，整体平衡。这从一个侧面看出，《守斋词》整体呈现出和雅的特征。当然，这不是绝对的，由于高亢豪迈的句子常常集中出现，这造成了局部段落以峭拔或轻柔为特征的不平衡。

从诗人身份和思想转变的层面来看，这一情况的出现和诗人胸中抗清复明的抱负有关，虽然康熙二十四年（1685），“三藩之乱”已平，台湾郑氏政权已降，江山定鼎，吕师濂词也以乡愁和唱酬为主，但早期形成的豪迈诗风仍不时涌现，也是符合文学创作规律的。显然，在吴兴祚海疆幕府文学生态“泛娱乐化”的过程中，无人能够避免其强大影响力，但是像吕师濂这样的明遗民犹不失其风骨本色，所以就造成了似是而非的非典型性娱乐，从中可以见出其气节的坚守，这份坚守可以说是在有意与无意之间，自觉与不自觉之间。最为紧要的是，吕师濂词作仅有“遭乱最怜王粲”一句隐约流露出“三藩之乱”的乱离往事，这无疑是娱乐性对于抒愤的消解。经此消解，《守斋词》沦为不关国事的闲愁万种，丧失了慷慨悲歌的张力。当然，这是推行“文治”策略的清朝统治者所喜闻乐见的。

事实上，《守斋词》呈现出的非关国事的闲愁万种形态和吴兴祚海疆幕府中戏剧创作的去“自喻性”书写的现象有相当高的相似度。学者已然意识到，“幕僚和塾师的身份在清代所占比例居历代戏曲作家之首……以文章为剧，因才制曲，构成了清代杂剧创作的典型特征。”①我们不妨理解为，幕僚、塾师皆是没有社会地位的底层文人，这和戏剧在文学谱系中的地位是一致的。正如杜桂萍指出的，“《四声猿》促成了文人杂剧的自喻性书写”，“在对前代文人精神气度的摹写和追怀中，清代杂剧作家发现了自我，确证着自我，进行了有关人生与社会的思索，杂剧的自喻性书写亦因之获得了有效地实现”②。这一“自喻性”，首先应当是身份的认同决定了幕僚和塾师从事戏剧创作的行为动机，此后更从作品内部寻找进一步的“自喻性”书写。在戏剧创作领域的“自喻性”书写传统其来有自，李开先《宝剑记》序称：“古之豪贤俊伟之士，往往有所托焉，以发其悲泣、慷慨、抑郁不平之衷。”②至于徐渭的《四声猿》，其“自

①② 杜桂萍：《论清代杂剧对徐渭〈四声猿〉的接受》，《文学评论》2007年第3期。

② 蔡毅编著：《中国古典戏曲序跋汇编》，齐鲁书社1989年版，第612页。

喻性书写”早已为学者指出，罗宗强先生在《明代文学思想史》中即认为，《翠乡梦》“反映了徐渭早年思想的复杂性，有对官场的不满，有因果报应的思想，但也有情欲难禁的思想”；《狂鼓史》“所指可能涉及更为广泛，兼及发泄对于在朝所有权奸的愤慨”；《雌木兰》“表现得已经不仅仅是无可奈何地替父从军，而是有一种虽历艰辛而题名凌烟阁的企望”，“这或者使人联想到作者空负一身才能而一生坎坷的经历”；“《女状元》则字里行间，直指科举考试的不公正”，“徐渭数举不第的一肚皮牢骚不平，借着剧中人物发泄”。作者总结道：“四出小戏表现的都是自己的心绪，是个人所感所得，故事虽不同，而嬉笑怒骂，同是真性情的发泄。”同样的，《歌代啸》亦“充分展现徐渭的性格特点，畸人写畸事，无所顾忌，展现的是真性情抨击人间丑恶”。[①] 当我们持此研究视角和审美标准来聚焦吴兴祚海疆幕府充满活力的戏剧创作时不难发现，文士的这一“自喻性书写”观念乃至创作实践皆相当淡薄，甚至可以说是被抛弃，究其原因仍是受到娱乐性的挤压所导致。就该意义而言，杜桂萍教授提出的“自喻性书写”规律在吴兴祚海疆幕府中失灵了，这是文学规律受到政治策略干扰后发生波动扭曲的又一例证。

尤其值得指出的是，吴兴祚海疆幕府的文学创作所呈现出的以上风尚并非凭空出现、孤立存在，它是对统治者文治政策的一种奉行与弘扬，是距离京城最为遥远的清王朝版图之一的岭南地区对京城文化标准和风尚的一种呼应。稍早于吴兴祚赴任两广总督的历史时期，王士禛的“神韵说”已经在京城引发越来越广泛的认同，并将这一理念迅速向全国传导，在有清一代的诗歌史上留下了深刻印记。对此，严迪昌先生在《清诗史》“‘绝世风流润太平’的王士禛”一章高屋建瓴地写道：

---

① 罗宗强：《明代文学思想史》，中华书局 2019 年版，第 475—478 页。

清代诗歌的衍变发展史上,王士禛"神韵"诗风的倡导和盛行,是个关系到一代诗歌演进走向的重大转折关键;它意味着甲申、乙酉以来,百派急漩、千帆竞扬的诗国格局将面临一次整饬和制约,以就范于新的"醇雅""正宗"之"一尊"。"风气原随世运移",这种以一驭万的统领之策,正是新朝继"武功"之后而弘扬其"文治"所必需;王士禛则恰好具备最佳的条件,适应着特定的时机,成为"绝世风流润太平"的骚坛宗主,从而也实践了钱谦益当年所期许的"瓦釜正雷鸣,君其信所操。勿以独角麟,媲彼万牛毛"(《古诗一首赠王贻上》)的宏愿大志。①

沿着严迪昌先生的思路展开联想,吴兴祚海疆幕府文学成就的取得无疑可以纳入"文治"政策针对全国或者一个时代的文艺思潮的"整饬和制约"体系当中。"神韵"诗风在康熙十九年(1680)前即已经畅行于政治文化中心——京城,吴兴祚海疆幕府文学之风尚的振起紧随其后,不能说只是一个偶然事件。这些看似散点式的文学现象,是新朝国家意志及统治秩序在政治、文化领域的全国性、多角度、立体化的生动呈现。

总之,无论是抒愤还是娱乐,皆与文体关系紧密,甚至形成双向的互动、互塑。诗、词体制短小者,便于唱和,这满足了文学消费即时性的需求;戏剧的篇幅较诗、词为巨,便于承载更多的容量,伴随社会商业化、日常性的传播模式,满足了文学消费历时性的需求。吴兴祚海疆幕府的文学生态是清初全国范围内文学风气的一个缩影,强大的政治力量倾注到"文治"策略当中,使得作品从文体到内容共同形成由抒愤到娱乐的嬗变合力,文人心态、尤其是明朝

① 严迪昌:《清诗史》,人民文学出版社2011年版,第384页。

遗民心态因而获得重塑，入主中原的清王朝形象亦得以重塑，明清易代这一历史大事件就在旷日持久的战争杀伐之后，以文学与文化领域的温柔抚慰和浸润牵引而宣告完结。

结　语

大批文士及其作品在吴兴祚海疆幕府内外流动，在岭南与其他地域之间流动，甚至在海内外流动；与此同时，时代与人生则随之浮沉，透过文学史的迷雾我们仍能感受到历史的跌宕震颤以及文士的心灵悸动。

吴兴祚海疆幕府文学成就之巨大，影响之广泛，在清初为数众多的海疆幕府中堪称首屈一指。究其原因，得益于一个风云际会的时代，得益于文学生产和传播的日益显著的社会化趋势，得益于崇文尚贤的吴兴祚以封疆大吏的身份不遗余力地主持倡导。就全球化进程而言，自明朝中叶以来，海疆作为世界政治、经济、文化交流乃至碰撞的载体，重要性日益增强。这一态势迅速反映在文学作品当中，形成了明清海疆幕府文学的潮流。换言之，全球化进程为中国文坛的发展注入了新的动力。具体到吴兴祚海疆幕府，它处于明清易代这一漫长的历史大事件的尾端，无论是清朝统治者，还是明朝遗民，他们无不渴望走出明清易代的苦难，迎接新的社会秩序的到来。于是，清朝统治者的政策由武功转向文治，这导致了文学气质由“抒愤”向“娱乐”转变的痕迹日益显著；明朝遗民的态度也由抗清反清转向和解释怀。吕师濂、屈大均的后辈已经放弃了父辈对待新朝的态度，纷纷走向了科举考试，投入到新朝的崭新秩序当中，并且共同为太平盛世的诞生贡献其应有的价值。吕师濂《生日早起有感书于小像之后》一诗提到:“四儿乏舟资,秋闱阻入棘。身畔第七男,可以授婚室。”当年的遗民已不排斥后辈入仕。这样,我们不妨认为吴兴祚海疆幕府文学正是发挥了“诗可以群”的古老价值,将不同民族、不同立场的人们纳入到命运共同体的框架内,吴兴祚海疆幕府的作家正在挥手作别痛苦的记忆,而他们的作品也已经折射出盛世的曙光。

受此时代背景的影响,吴兴祚海疆幕府呈现出极强的开放性与容纳度,不同政治立场,不同身世,不同气质,不同文学禀赋的文人交相辉映,汇聚一堂。本书在幕府文人群体概览之后,重点就“游于艺”的以词曲为生命的万树、为稻粱谋的岭南诗坛盟主屈大均以及吴兴祚的忠实追随者易宏等三人做了个案分析。群体肖像的概览是一个平面,万树、屈大均、易宏三人则是散点,这样的点面结合的研究是有必要的。尤其值得注意的是,我们在随后一章聚焦了吕师濂这样一位长期埋没于历史褶皱中的吴兴祚海疆幕府文士,其研究较以上三位显得尤为深入、具体,在一定程度上弥补了学界的一些研究空白。

依托庞大且流动的文人群体,吴兴祚海疆幕府文学“全文体”式的繁荣呼之而出。在清初岭南这一独特的地理空间,在海疆幕府这样一个介于官方和民间之间的社会组织中,文学与社会生活的关系显得尤为紧密,因而适合运用文学社会学的研究视角切入。岭南诗派的发展、清词的全面复兴、清初戏剧的传播,以及《古文观止》从私塾教材演变为风靡不衰的文学经典,无不是吴兴祚海疆幕府文学对特定时代和空间的反映。当我们由文体视角深潜下去,不难发现这一繁荣景象背后实际存在一条主线,即我们屡次论及的由“抒愤”到“娱乐”的演进,当明清易代即将画上殷红的句号,称此际的文学“娱乐”化为一种政治隐喻是不难成立的。这就又回归到本书开篇所强调的文学和政治、经济、文化等社会关系的阐释轨道上来。

遗憾的是,本书尚未就"海疆幕府文学"的整体艺术特征予以系统总结,主要是出于这需要在明清海疆幕府文学的发展谱系中加以整体把握的考虑。事实上,笔者已经做了初步的归纳,认为明清海疆幕府文学具有奇、壮、愤、深、巧、真等特征。以下,我们拈出奇、愤、真三端为例,抛砖引玉,略作评述,寄希望于以后更加深入的研究。

首先,"奇"是海疆幕府文学的突出特征。关于海疆幕府文学的基本构成——意象,在本书第一章略有涉及。海疆幕府之景奇、物奇、人奇、事奇,可以说,新奇是海疆幕府文学给读者的第一印象。"山水探奇秘"[①],是海疆幕府文士普遍的生活经验。"越峤与闽峤,蜿蜒错落,相距数千里,云岫微茫,风潮喷薄,鳌柱之离奇,蜃楼之变幻,真足洞心骇目。"[②]由于海上贸易的不可遏制,海外物品迅速涌入。《广东新语》卷十五:"玻璃来自海舶,西洋人以为眼镜。儿生十岁,即戴一眼镜以养目光,至老不复昏蒙。又以玻璃为方圆镜,为屏风,昔汉武帝使人入海市琉璃者此也。……广人或铸石为之,然殊不及。"[③]海疆幕府得风气之先,幕僚吕师濂《齐天乐·五日宴锡祉堂》云:"……登柈物怪,却都产龙宫,故屏虾菜。碗内香醪,亦从番舶万钱买。　堂深帘静日仄,命分行左舞,右歌相赛。黑鬼蹒跚,红儿窈窕,喜得宾僚无奈。"[④]可以说,这是一场海疆主题的盛宴。尤其在吴兴祚倡导下,清朝重开海禁,出现了"海滨弛苛禁,万艘衔舻舳。贵贱通有无,梯航极倭竺。珍奇溢都市,技巧

---

① [明]徐孚远:《钓璜堂存稿》卷八《赠林烈宇》,《清代诗文集汇编》,上海古籍出版社 2010 年版,第 14 册,第 459 页。

② [明]张煌言:《张苍水集》,上海古籍出版社 1985 年版,第 17 页。

③ [清]屈大均著,陈永正等校笺:《屈大均诗词编年校笺》,上海古籍出版社 2017 年版,第 1249 页。

④ 《全清词》(顺康卷),中华书局 2002 年版,第 2347 页。

眩心目”[1]的繁荣景象。

当我们追溯创作现场，发现海疆幕府文学所表现的内容远超出海上景物的范畴。其中，由日常化书写所导致的“奇”颇为醒目。宋代以降，文学的日常化书写已非常普遍，探其根源，固然与打破唐诗书写模式的樊笼不无关系，但受程朱理学之影响亦深。[2] 和日常化相关而又不尽相同，海疆幕府文学中别有一种“奇”，虽然源自生活之日常，但以往极少进入诗歌的书写范畴，乃是在海疆幕府跌宕的背景下的特殊产物，它们一旦突破诗歌的书写边界就被赋予了浓厚的“奇”的色彩，给读者以巨大的艺术冲击。范承谟及诸幕僚在狱中唱和《百苦吟》，其中多有新奇的吟咏对象，《溺器》《秽厕》《馊饭》等是较为突出的代表。以《溺器》一题为例，“溲气”“儒冠”“狱卒”“床榼”“牛溲马渤”“医道”“虱”“裈”等意象杂糅在一起，庄重与不经之间形成鲜明对比，而又不离比兴传统，从一系列的错乱离奇中传递出不平之气、愤懑之情。此类作品不惟对作者的创作心理是一种挑战，对读者的接受心理也是不小的刺激。正是在与传统题材的差异中，海疆幕府文学之“奇”得以持续生发。

其次，海疆幕府文学构成了“愤”的深境。在浩无际涯的海疆之上，自明中叶至清初，军事战争几无较长时间的消停。胡宗宪幕府，抵御倭寇；南明鲁王幕府，流亡海上，征兵复国；郑成功幕府，矢

---

① ［清］陈恭尹著，郭培忠点校：《陈恭尹集》，人民文学出版社 2018 年版，第 206 页。

② 程朱理学主张在日常中体认学问、道理。《朱子语类》卷八：“如今看文字，且要以前贤程先生等所解为主，看他所说如何，圣贤言语如何，将己来听命于他，切己思量体察，就日用常行中着衣吃饭，事亲从兄，尽是问学。”《朱子语类》卷十一：“读书，不可只专就纸上求理义，须反来就自家身上推究。秦汉以后无人说到此，亦只是一向去书册上求，不就自家身上理会。自家见未到，圣人先说在那里。自家只借他言语来就身上推究，始得。”受此理念影响，文学创作的日常化倾向也日益突出。

志北伐,流血漂橹;范承谟福建幕府,正值耿精忠叛乱;台湾降附后的吴兴祚广州幕府看似最安逸,然而幕府中却留寓颇多抗清失败的明遗民。所有这些,导致了海疆幕府文学体系的血液中流淌着"激愤",构成国家与个体双向维度的情感结合体。"试问其所以工此之故,……当极愁极痛极愤激之时,有不自禁其哑然失笑者,……如病者之呻,哀者之哭,噫气而已。"①卢若腾指出"岛上诗"(海疆幕府文学)之多且工的原因,乃是因为"极愁""极痛""极愤激"。这也恰恰道出了此际海疆幕府文学的风格特征,其中,"愤"无疑占据了核心的地位,"愁""痛"等诸多情感莫不是由"愤"所衍生。

海疆幕府文学多涉及道义伸屈、社稷兴废,文士身当其中,书愤的冲动往往难以遏制。倭寇杀掠乱象固然使人愤慨,时届末世,山河破碎,尤堪悲愤。王忠孝《即事有感》云:"忧国念深惭抱杞,匡时力殚空悬旌。尊前偶话疆场事,弹剑悲歌不胜情。"②观诸自身,无力报国、匡时,而生"惭愧"之感;观诸疆场,节节败退,中兴渺茫,由"惭愧"而升华为"悲歌",字字泣血。更多海疆幕府中的布衣文士的悲愤往往较为关注个人和世态之炎凉。范承谟之幕僚嵇永仁誓与范氏同患难,深深痛恨于从前依附范幕"巧于攫金"而临难即辞幕的保身之徒,作《颠倒歌》以讽之,诗中有云:"颠倒英雄孰是非,伯夷饿死盗跖肥。太史著书发悲愤,问天不应增歔欷。"③将与难同僚喻为伯夷,"巧于攫金"者比作盗跖,并以太史公著书以抒发悲愤自况,身陷囹圄的诗人走投无路,空自嗟叹。该诗还历数了生

① [明]卢若腾:《岛噫集》小引,陈庆元编:《台湾古籍丛编》第二辑,福建教育出版社2017年版,第516页。

② [明]王忠孝:《王忠孝公集》,福建人民出版社2010年版,第236页。

③ [清]嵇永仁著,刘奇玉辑校:《嵇永仁集》,湖南人民出版社2017年版,第6页。

平种种之“愤”,一则“好古”而“艰遇合”,科场牢落不中;一则家徒四壁,却拙于依傍权势,终生潦倒;一则担忧家中老母的赡养问题。面对这般不合理的际遇,追求大义者穷困,明哲保身者“闾里温饱翻偷生”,诗人发出“辜恩报恩君莫计,世上休轻天下士”的不屈喟叹。布衣文士之“愤”,显然与社稷倾覆之际的重臣之“愤”有较大区别,“宾主尘蒙骤断魂,满腔悲愤土泥温”①,这样的悲愤同样是普遍而深刻的。胡宗宪幕府文士沈明臣在胡宗宪身死狱中后多有悼挽之作,并编《孤愤集》,幕府宾主的悲愤交织一处。

再者,“真”是海疆幕府文学的艺术张力。明清之际,学者对于传统诗学展开总结、反思。黄宗羲《万贞一诗序》:

> 今之论诗者,谁不言本于性情。……然吾观夫子所删,非无《考槃》《丘中》之什厝乎其间,而讽之令人低徊而不能去者,必于变风变雅归焉。盖其疾恶思古,指事陈情,不异薰风之南来,履冰之中骨,怒则掣电流虹,哀则凄楚蕴结,激扬以抵和平,方可谓之温柔敦厚也。②

黄氏对“温柔敦厚”的传统诗学理念展开反省,认为僵化地信奉之极可能“厌厌无气”,充斥虚情假意。“四时之发敛寒暑”,不应只取“发敛”;“人之喜怒哀乐”,不应只取“喜乐”。黄氏援引孔子删诗的做法,“讽之令人低徊而不能去者,必于变风变雅归焉”,充分肯定了超越“温柔敦厚”传统的理念,并将“怒则掣电流虹,哀则凄楚蕴结”的这种超越视为“激扬以抵和平”,纳入到“温柔敦厚”的诗学体系中。

---

① [清]嵇永仁著,刘奇玉辑校:《嵇永仁集》,湖南人民出版社 2017 年版,第 70 页。

② [明]黄宗羲:《万贞一诗序》,《黄宗羲全集》第十册,浙江古籍出版社 2012 年版,第 94—95 页。

海疆幕府文学充分肯定性情之“真”前提下的“变风变雅”的价值。因而,“变风变雅”成为海疆幕府文学的重要风貌。海疆幕府文学往往处于激烈动荡的社会时期和空间背景下,对于“温柔敦厚”之诗风有不同程度的突破,诚如明郑时期海疆幕府生态下的著名文士徐孚远所指出的:“……吟成诗句听者希,此时愁叹欲烧砚。青铜曳击蛟龙鸣,古调凄清风雅变。入暮萧萧作楚声,幽绪千端泪如霰。”[①]“变风变雅”成为海疆幕府文学的一个重要特征。在海疆幕府文学体系中,“温柔敦厚”一定程度上让位于“排忧书愤”,然而异曲同工,海疆幕府文学以鲜明的“书愤”特质直抵“深衷”。

幕府充满利益竞争,文学往往成为幕僚寻求利益最大化的工具之一,这就使海疆幕府文学笼罩了一层挥之不去的技巧性。该技巧已不拘泥于文字层面的艺术技巧运用,亦体现在幕僚微妙心态下的文学的工具性运用。除拟代文本的多重指向性,海疆幕府的应酬性文字游戏,隐私类之吞吐幽微,莫不倚重书写之“巧”。在海疆幕府文学体系中,“巧”与“真”这一组充满矛盾的概念相融合,提升了海疆幕府文学的艺术张力。

至此,虽然吴兴祚海疆幕府文学的整体面貌和成就已经较为系统地呈现出来,但是就明清海疆幕府文学谱系而言,这只是冰山一角。海疆幕府文学作为明清文学史上的一个独特支脉,其研究才刚刚起步。

---

① [明]徐孚远:《钓璜堂存稿》卷七《叹别》,《清代诗文集汇编》,上海古籍出版社2010年版,第14册,第439页。

附录　吕师濂年谱

吕师濂，字黍字，号守斋，浙江山阴人，生于天启六年(1626)，卒年待考，族中排行第八，人称“吕八”。

《两浙輶轩录》卷一：“吕师濂，字黍字，号守斋，山阴人。”

魏耕《雪翁诗集》卷九《同吕八师濂诸公游陶太史曹山别业》。

陈维崧《迦陵词全集》卷三《好事近・坐姜家墩怀吕黍字》：“忆昔悲歌痛饮，有疏狂吕八。”

天启七年丁卯(1627)，一岁

《何山草堂诗二集》卷一《生日早起有感书于小像之后》：“六十五年来，蓬莱几浅溢。”该诗作于康熙三十年(1691)，推知吕师濂生于天启六年(1626)。

十月初十日亥时，王础臣生。陈恭尹《王础臣行状》：“君生于明天启丙寅年十月初十日亥时，以今癸酉五月二十六日辰时卒于广州卖麻街公馆，得年六十有八。”①

叶燮生。

① ［清］陈恭尹著，郭培忠点校：《陈恭尹集》，人民文学出版社 2018 年版，第 670 页。

崇祯元年戊辰(1628),二岁

崇祯二年己巳(1629),三岁

朱彝尊生。早年与魏耕、祁理孙、祁班孙、吕师濂等往来,从事抗清斗争。朱彝尊对吕师濂评价甚高,互有赠诗。

崇祯三年庚午(1630),四岁

万树生。曾追随吴兴祚由闽至粤,在吴兴祚两广总督幕府与吕师濂词曲唱和。

屈大均生。曾与魏耕合作开展抗清活动,晚年居岭南不出,在吴兴祚两广总督幕府与吕师濂多有诗歌赠答。

崇祯四年辛未(1631),五岁

崇祯五年壬申(1632),六岁

吴兴祚生。康熙二十一年,吴兴祚任两广总督,与吕师濂交谊笃厚。

祁班孙生。早年与吕师濂、魏耕等人暗通海上抗清力量,康熙元年"通海案"发,遭流放宁古塔。

崇祯六年癸酉(1633),七岁

与同里刘孟雄一起学书,这为日后成为出色的书法家奠定了基础。《何山草堂诗稿》卷一《八子咏·刘子孟雄》:"七岁共学书,尔须今白九。遘乱复多故,方壮坐老丑。投将明月珠,按剑遭毒手。所以鲁仲尼,往往丧家狗。"按,刘廷俊,字孟雄,生卒年不详。魏耕《雪翁诗集》有《送刘廷俊》:"华山西望白云寒,欲折莲花顶上看。闻道秋风渡灞水,家家明月捣长安。"[①]刘廷俊游滇,曾为《何

① [明]魏耕:《雪翁诗集》,浙江古籍出版社1985年版,第173页。

山草堂诗稿》作序。客死湖北，毛奇龄《刘大廷俊客死湖北同人哭于夕照寺有诗奉和姜二承烈原韵》其三："一世才名擅越东，休将时数问穷通。醉来但说狂时酒，醒后何曾识次公。"姜承烈，有《乐志堂文钞》四卷，清康熙二十八年刻本。

崇祯七年甲戌（1634），八岁

吕父卒。《何山草堂诗稿》卷一《述怀》十二首其三："陟岵陨清涕，我生何不辰。八龄即孤儿，六尺行负薪。就师限章句，怫郁无所申。践足望霄汉，陵谷俄濡沦。莺花触大愤，丝竹悲当樽。蹙蹙辞乡县，蒙首淹风尘。欲投怀中刺，一举一逡巡。原尝迹已扫，自亦嫌其身。肝胆薄披沥，鬼即揶揄人。不如扪我舌，甚而惭仪秦。"

崇祯八年乙亥（1635），九岁

吴晋生。吴晋，字介兹，江苏江宁人，卒年待考，康熙三十三年游昆明，与师濂会面，为《何山草堂诗二集》作序。按，吴晋与周亮工交游甚深，居周亮工幕府二十年，康熙二十一年壬戌为清初著名篆刻家林皋所撰《宝砚斋印谱》作序。魏禧《一砚斋记》："吴子介兹以诗文游四方，匣中有宋砚，纵五寸，衡半之有几，高五分之一又加半焉。形方，有池，无雕文，质厚而色理泽。吴子甚宝之，出入数千里不离侧；置诸清溪读书之楼，则又以'一砚'名其斋。或问之曰：'此祖若父之遗留欤？'吴子泫然曰：'变革以来，居室化为军营，流离患难，先世之手泽尽矣。是砚也，师友之所贻，吾奉之如先器焉。'盖栎园周公之被征也，公子雪客惧覆巢之祸，手是砚而谓吴子曰：'此吾父所藏弃爱玩，蔡中郎家书籍，举以与王公之孙，是请属之子矣。'吴子拜手而受。及公得白，吴子奉砚归公者再，公不可，吴子于是再拜，受而藏之。公再蹶再起至于即世，吴子皆委身周旋。其奉是砚也,若奉公,乃属记于宁都魏禧。魏子曰:'嗟乎,是诚一砚而已足矣。虽然,吾于此得三道:器之能久传于世者,必厚以重,是曰先质而后文;不负于师友,必仁孝之人也,是曰情而义;吴子为人静质而好古,是曰物以类从。是为记。'"[①]屈大均《题吴氏一砚斋》:"中山王之琢,南京有四园。其东傍青溪,一曲流潺湲。秦淮窈窕通,钓鱼来至尊。至今濯锦塘,御气生朝暾。左右多居人,蒲荷接市门。罂粟与文无,一一含旧恩。我将携妻孥,于此开层轩。为怜有吴君,掌故相讨论。呜咽成春秋,纪亡不纪存。君言有玉砚,吐辞如春温。将输仁爱思,与我同晨昏。"[②]毛奇龄《西河集》卷一百四十八有《吴晋画像》二首,其一:"夫君本佳士,濯濯冰霜姿。何处传幽思,秋林独坐时。"其二:"黄叶翻白云,清神映寒水。我来频见君,如此画图里。"此外,当时文士题咏赠答吴晋之篇什颇多:孙枝蔚有《题吴介兹一砚斋》,周亮工有《秋夜虎林寓园同胡元润吴介兹王隆吉》《介兹三十初度酌以红露》,佟世思《题吴介兹一砚斋》,吴嘉纪有《秣陵酒徒歌赠吴介兹》。

崇祯九年丙子(1636),十岁

崇祯十年丁丑(1637),十一岁

崇祯十一年戊寅(1638),十二岁

崇祯十二年己卯(1639),十三岁

正月十一,李符生。康熙八年至十二年,李符游滇,与吕师濂多有诗词唱和。

---

① [清]魏禧:《魏叔子文集》,中华书局2003年版,第773—774页。

② [清]屈大均著,陈永正等校笺:《屈大均诗词编年校笺》,上海古籍出版社2017年版,第790页。

崇祯十三年庚辰(1640),十四岁

崇祯十四年辛巳(1641),十五岁

九月二十日,金烺生。毛奇龄《西河文集》之《山阴金司训雪岫墓志铭》:"君生于崇祯十四年九月二十日。"金烺曾远赴吴兴祚两广总督幕府,与吕师濂填词唱和。吕师濂参与评点金烺《绮霞词》。

崇祯十五年壬午(1642),十六岁

崇祯十六年癸未(1643),十七岁

顺治元年甲申(1644),十八岁

康熙三年秋,在陇西旅舍回忆往事。《何山草堂诗稿》卷三《陇西旅邸呈舅氏徐公》其三:"弱冠书窗卧,烽烟特地惊。"古人二十岁为弱冠,诗中"烽烟特地惊"当为此际,亦为吕师濂年龄推断之一证。

顺治二年乙酉(1645),十九岁

顺治三年丙戌(1646),二十岁

顺治四年丁亥(1647),二十一岁

顺治五年戊子(1648),二十二岁

顺治六年己丑(1649),二十三岁

顺治七年庚寅(1650),二十四岁

顺治八年辛卯(1651),二十五岁

顺治九年壬辰(1652),二十六岁

顺治十年癸巳(1653),二十七岁

顺治十一年甲午(1654),二十八岁

冬,与沈荃、朱朗诣、吴懋谦等人登览杭州南屏山。沈荃《一砚斋诗集》卷四《同沈天石吕黍字朱朗诣扶师六益秉叔粹生登南屏绝顶》二首,其一:"绝顶南屏聊纵眼,嵯峨石势耸云霄。晴霜万木穷冬出,夕照千峰隔岸遥。天目旧蟠龙虎气,海门空锁浙江潮。一时怀古深惆怅,不尽天风下沆瀣。”其二:“径仄崖悬愁杖履,酒酣据石俯层空。城台远散千岩日,雕鹗高盘万里风。细竹檀栾依涧碧,残枫萧瑟映江红。羁栖漫有登临兴,矫首乡关思不穷。”[①]按,吴懋谦,字六益,江苏华亭人,著有《苎庵遗集》《苎庵二集》《华苹山人诗集》等。

顺治十二年乙未(1655),二十九岁

顺治十三年丙申(1656),三十岁

与魏耕等赴姑苏开展秘密活动。《何山草堂诗稿》卷七《早发姑苏》:“放舸金阊晓露晞,霸图怀古欲沾衣。城边不见要离冢,草上低看黄蝶飞。”魏耕有《晓发苏州逢故人》:“鸡鸣残月下金阊,白鹤孤栖城上霜。匹马萧萧衣后短,重关杳杳路初长。相逢屠狗皆亡虏,对泣南冠半故乡。回首东吴遗恨在,胥门犹自向江湘。”[②]同卷有《丙申守岁》诗。蔡仲光《谦斋诗集》卷八《送朱士稚魏耕吕师濂之吴门》:“吴门凡几里,欲去强徘徊。若到要离冢,应思勾践台。刺人风气顺,复国剑华开。吊古谁为咏,伤今但举杯。江榴低洒树,山雉暗投罾。双履愁栖托,孤帆任往来。几人韦相后,此辈建安才。匿影椎难击,登高赋易裁。受书邳桥侧,留井岘山隈。梓瑟鸣弦缓,凫壶激矢回。柘浆酾作酒,花烛灺成灰。送尔庄亭路,长吟使我哀。”[③]诗中“要离冢”与吕师濂《早发姑苏》意境合,又据“勾践”“复国”等内容,推测此行为秘密抗清活动,以上诸诗所指当为同一件事。按,江南地区的抗清活动在顺治年间异常活跃且顽强,

---

① [清]沈荃:《一砚斋诗集》,《清代诗文集汇编》,上海古籍出版社2010年版,第93册,第24页。

② [明]魏耕:《雪翁诗集》,浙江古籍出版社1985年版,第146页。

③ [清]蔡仲光:《谦斋诗集》,《清代诗文集汇编》,上海古籍出版社2010年版,第43册,第530页。

这与越王勾践卧薪尝胆、破吴复仇的精神基因有很大关系。夏承焘于1937年抗日战争期间作《抗敌歌》有云:“钱塘呜咽兮越山苍茫,我念此浙江兮,是复仇雪耻之乡。”[①]即是江南文化传承上的一个证明。

作《落叶行托陈菊裳寄蔚然沙弥》(《何山草堂诗稿》卷二):“荡子何年准投笔,两度淮南逢九日。登楼看雁云霞浓,风嫁梧桐叶无力。飞向晴空惹客愁,新黄旧绿总难留。双丸作恶疾于电,霜华容易窥人头。对兹慷慨满饮酒,便欲逃禅谁可偶。闻说师容玉琢成,堕地如今止十九。慧心雅质百事宜,吮台伸纸点缀奇。昨日写赠白鹦鹉,仿佛紫竹林间啼。斜立双姝竞调笑,或是朝云与琴操。佛印风流许继灯,输师画笔天生妙。山水精神北宋来,墨花细皴千岩开。远榭横塘剧幽致,小艇何人弄月回。焚香把玩忘饥渴,楼西恰见金银塔。咫尺蒲团会面难,梦里相亲蒙笑纳。朝来寂寞转无聊,芭蕉槛竹寒萧萧。年过三十不得志,虎溪之约非迢遥。开帘喜到陈菊裳,讯师近履知安康。只愁健儿哮如虎,弓刀绣血腥禅房。菊裳诺我洛神图,秋来却笑眼模糊。温柔旖旎胭脂铺,低徊婉转费支吾。凝眸含态魂有无,欲令一丝不失粗。若舍师也谁操觚,师不闻合尖功德压浮屠,现身设法唱醍醐。”诗后注:“陈菊裳,名鹄,崇川人,隐于画。”康熙三年,陈菊裳曾与吕师濂等参与通州刺史毕际有组织的依园集会。另据首句,知吕师濂此时期常出没淮南一带。

顺治十四年丁酉(1657),三十一岁

在山阴,与蒋大鸿诗酒倡和。蒋大鸿《天元五歌自序》:“丁酉之岁,偕我周生翱翔入越,越之彦士觞予于宛委之山。惟时同游者多人,吕子相烈,求卜一邱奉藏母,窆并于宛委南麓,为定马鬣之

① 夏承焘:《天风阁学词日记》,浙江古籍出版社1984年版,第532页。

封。而吕子之再从叔师濂及弟洪烈，先与予诗酒倡和，得意忘形。”《何山草堂诗稿》卷三《蒋大鸿爱吾越山水谓可修炼神仙故卜居不去》：“倦游思寄隐，卜宅选兰亭。落笔饶姿态，论文极性灵。自言丹已结，能使鬓长青。我若无仙骨，如何不爱醒。”创作时间待考，姑系于是年。

宋士曾、钱霍游白下。魏耕《送宋大士曾钱六霍游白下》，诗列《同吕八师濂诸公游陶太史曹山别业》后，姑系于是年。按，钱霍，字荆山，山阴人，与魏耕、祁班孙齐名，有《望舒楼诗集》，编《望舒楼古诗选》，游幕为生，与吕师濂交笃，时人往往将二人并称。

顺治十五年戊戌(1658)，三十二岁

与魏耕等人往来。魏耕《同吕八师濂诸公游陶太史曹山别业》：“白石庄开东海边，未知疏凿自何年？潭深屡照蓬莱月，台敞长飞华顶莲。丝管中流邀却扇，春风归客暂回船。飘飘携妓仍须遂，他日雄豪更可怜。”[①]写作日期不详，“春风”句知是春天。此诗后有《遥送潘时升谪戍塞外》《兰溪舟中闻云间陆庆曾遣谪塞外遥有此寄》，考科场案发于顺治十四年（丁酉），至戊戌始结。据《清世祖实录》卷一百十八，顺治十五年四月下诏，“举人王树德、陆庆曾、潘隐如……流徙尚阳堡。”顺治十五年春，吕师濂买舟北上，则此诗当略早，姑系于是年。

春，买舟北上，与絅庵促膝四十昼夜。《何山草堂诗稿》卷三《纪晤诗》十一首，序云：“絅庵与仆同井而居，故甚友善，戊戌春，买舟北上促膝四十昼夜，其米盐酒脯各举所携，或嘲弄风月亦各率其性，徜徉纵恣，若无尔我者。”

魏耕《雪翁诗集》卷三《送吕八师濂》：“贤生丞相家，蹀躞负才

---

① ［明］魏耕：《雪翁诗集》，浙江古籍出版社 1985 年版，第 129 页。

华。筑中常置铅，鱼腹隐镆铘。报雠轻鸿羽，结客遍海涯。陆沉无所属，高义难自剖。忽有蓟门行，还醉离亭酒。天寒渡黄河，日暮临汶口。秋砧落哀雁，边马倏回首。送归指白云，遥岸枫纷纷。惆怅鸡鸣曲，蹴舞不可闻。计程赴燕台，试忆望诸君。”①《雪翁诗集》虽无具体编年，但大略按年编次，该诗之后有《己亥岁移居南阳朱素庄作》，序中称“今春”，则推测《送吕八师濂》作于顺治十五年，恰与吕师濂《双松歌》吻合。

秋，至北京，游天坛。《何山草堂诗稿》卷二《双松歌》：“从来松叶贵五针，含云吐雾常阴森。香脂入地幻琥珀，飞花铺水浮黄金。我向山僧购得两，尺寸仅可丈六仰。茏葱伴植堂东西，迎风辄作江涛响。帝京天坛郁紫烟，戊戌秋见龙鳞缠。颇有乌鹊喧客耳，何无甘露垂梢尖。黄冠指说长陵种，彼时重译梯航贡。流贼西来火烛天，万年枝断鸣阳凤。我之踪迹日踞蹐，树此双松又何益。不如艺秫酿为醪，取醉开愁还得力。君不见殷周柏粟久无踪，徂徕大夫亦枉封。蛟宫剩有珊瑚树，也入而今铁网中。”

龚鼎孳招集兴庆寺。《何山草堂诗稿》卷三《北京九日芝麓先生招集兴庆寺属为五律而限叶重阳登高四语于句末》四首，其一：“新寒惊独客，九日类三冬。琪树门停马，金仙钵放龙。入堂园茗话，欲午起齐钟。似隔红尘远，还登阁几重。”其二：“历落来宾友，山林间庙廊。闻名皆绣虎，随意踞禅床。新酿杯浮绿，寒花席簇黄。一时云气结，黯黯失斜阳。”其三：“分曹苛饮政，畏罚凛春冰。凿落仍难脱，阑干暂一凭。孤烟秦绝塞，细雨汉诸陵。那更闻笳吹，愁肠断此登。”其四：“若个诗先得，山公兴太豪。不须义及手，已是叶成糕。对景嫌持笔，乘香且剥蛋。醉余频指点，雁逐暮风高。”

秋，作《忆锡嵒》(《何山草堂诗稿》卷四)：“秋色西湖更可怜，能

---

① [明]魏耕：《雪翁诗集》，浙江古籍出版社 1985 年版，第 47 页。

来游览谪来仙。荷花百里红无地,桂树千山香惹天。怪尔放歌眠月底,是谁倚和步檐前。我曾泛艇幽寻到,携手高楼醉管弦。”诗中原注“遥闻朗诣亦喜日在倡和”,朗诣卒于康熙十七年十二月,姑系于是年。

朱士稚客游白下,爱燕子矶前小洲,欲与魏耕筑精舍,退老其上。见魏耕《己亥岁移居南阳朱素庄作》小序。

魏耕又有《山阴吕师濂宅留题》:“云门子猷宅,苦竹贺公湖。林迥饶烟色,园空多鹧鸪。飞花长送客,对月也倾壶。莫注逍遥论,东山老壮图。”[①]写作日期待考,因诗中“园空多鹧鸪”句,似是吕师濂北游后所作,姑系于是年。

吕师濂将北游。朱士稚为《何山草堂诗稿》作序:“人生喜怒哀乐四者,情之至也。少有违焉,非情也。故诗者,缘情而寄志者也。志动情得,和之至也。若当喜而戚,遇乐而悲,逢哀而欢,乘怒而嬉,是拂人之性也。故当今之世,报必及于一饭,而剸刃于睚眦之间,然后舒积愤而翦残恨。……今吕子黍字,怀忧抱愤,发为诗辞,语必当机,事必极情,去一切淫靡浮丽、柔缓轻妖之态,喜怒不颇,哀乐合宜,时或过哀而不轨于怒者,和之至也。若夫英雄快志,不屑绳墨之间,而宽深雅谭,则平世士大夫之常,非所以语大度之士也。吕子将渡淮涉泗,登彭城戏马台,吾将携酒从之,抵掌而谭,毋徒眺楚汉战垒,作广武之叹也。”按,朱士稚卒于顺治十七年,故该序之作当先于此次北游,姑系是年春。该序后收入《何山草堂诗稿》卷首,以怀故人,以明己志。

顺治十六年己亥(1659),三十三岁

在梅市,与朱彝尊、祁班孙、祁理孙候朱士稚不至,分韵作诗。

① [明]魏耕:《雪翁诗集》,浙江古籍出版社1985年版,第106页。

朱彝尊《曝书亭集》卷四《梅市对雨迟朱士稚不至同吕师濂祁理孙班孙分韵得泥字》:"溪亭萧瑟水云低,积雨千山极望迷。落叶渐看沙径满,寒乌偏傍女墙啼。重来宾客仍羁旅,此去乡关亦鼓鼙。何事怀人坐惆怅,且拚今日醉如泥。"①

入暑,为钱谦益作《钱虞山先生属题书榻之帼》(《何山草堂诗稿》卷四):"入暑新帼雾縠悬,属吾题咏墨亲研。欲留高士谁徐稚,若揖奇人必鲁连。酒满床头容易醉,月窥窗里不难圆。东山夙负匡时略,何日苍生尽稳眠。"按,钱谦益于顺治十六年左右联络南明及郑成功海上力量,或与吕师濂、魏耕等交往,姑系于是年。

姚文燮中进士。姚文燮《刘西来稿序》:"余与刘子西来己亥同举南宫而相识于乾清门。"姚文燮(1627—1692),字经三,号羹湖,晚称黄蘖山樵,安徽桐城人,著有《无异堂集》等。《清史稿》卷二六三有传,初为云南开化府同知,后吴三桂叛乱,"文燮陷贼中",在滇期间为吕师濂诗集作序。

顺治十七年庚子(1660),三十四岁

仲春,应毕际有之邀游陶园。《何山草堂诗稿》卷五《仲春新霁毕载积请游陶园》:"疏慵本天性,游赏即猖狂。最爱条风暖,曾迷野雾黄。连朝啾小雨,几处负斜阳。昨得双鱼约,期过五柳庄。披衣开晓牖,旭日射遥岗。觅锁封书簏,呼童具盥汤。出城蜂堕帽,踏草蝶栖裳。溪浅鸥眠稳,山晴鸟语长。歌声天上去,舞态掌中扬。客压西园盛,衣争荀令香。花间飞翠罼,扇底度红妆。旅境能欢适,生涯任渺茫。再须催画艇,趁月上雷塘。"该诗列于《辛丑腊朔,作客兰陵,因忆今朝亦喜三十,拈兹百韵写我遥怀》之前。毕际有于顺治十五年至康熙二年仕宦江南,陶园在通州,则此诗当作于

---

① 张宗友:《朱彝尊年谱》,凤凰出版社 2014 年版,第 91 页。

顺治十五年至十八年吕师濂游通州之时,姑系于是年。

十二月,朱士稚卒。朱彝尊作《贞毅先生墓表》,士稚生于明万历四十二年。

陈三岛卒。三岛,字鹤客,明末清初长洲人,与魏耕、钱缵曾、张宗观、朱士稚等暗通海上抗清力量,事败,郁郁而终。

顺治十八年辛丑(1661),三十五岁

十二月初一,在山东兰陵,忆及祁班孙三十岁生日,作五言排律寄怀。《何山草堂诗稿》卷五《辛丑腊朔,作客兰陵,因忆今朝亦喜三十,拈兹百韵写我遥怀》:"天接长江堑,星缠牛女闾。会稽朝玉帛,禹贡列金汤。拓地怀勾践,分封藉少康。祖龙秦辇度,祝鸟汉帆扬。客重东山卧,人称鉴曲狂。泛舟曾访戴,题扇却输王。未入柯亭路,争传梅市乡。岧峣飞远岫,潋滟浸寒塘。宅兆彤峰秀,宗源丹水长。簪缨垂圣世,甲第拂文昌。更挺中丞彦,端然上驷良。铁冠元触廌,绣斧竟除狼。指佞庄辛直,看碑叔子伤。单于句注溃,汉帝白登创。将相骄门户,金钱眩济踌。永嘉云忽散,建业水休尝。赤县连虎幕,皋亭变鹿场。白虹冲斗极,碧血洒沧浪。大节丹青烈,忠猷谏草香。遗孤双璧合,仲子颇驹昂。通士如文友,难兄比季方。家声能振拔,母德日芬芳。冢宰金闺质,尚书玉笋行。工诗才并谢,补衮系为商。夜集九熊案,秋勤理枲筐。红颜添白发,寡鹄隐离肠。峤志辉南史,侃名起北堂。侑餐频钓鲤,舞袖暗携桑。河驾逢乌鹊,台箫唤凤凰。贴翘怜薄翠,画额点轻黄。裁锦常铺韵,停针擅和章。帘虚笼蛱蝶,池涨洗鸳鸯。两两窥妆镜,盈盈坐洞房。鹿门坚避世,兔策懒游梁。不乏然膏计,无劳借雪光。书夸穷二酉,句许富千囊。小雅含宫徵,新篇逼晋唐。谁论张武库,直亚蔡中郎。舍宅遵严命,逃禅信苇航。后身金粟贵,旧梦石麟祥。浩劫凌三乘,玄宗畅九墙。多能偏解悟,适性亦徜徉。倒屣迟王粲，投鞭顾葛疆。赌吟先跋烛，就月偶移床。杏阁浮晴蔼，芝轩纳暑凉。小山丛桂赋，野老芰荷裳。蕙叶翻层砌，藤花罥曲廊。鱼闲随去住，鹤喜定回翔。酒剧投壶罚，谭听夺席详。园黄杨柳露，树赤橘橙霜。菱芡秋陪茗，莼鲈晓作汤。烹雌匀酱豉，擘蟹稍酰姜。学圃须锄艾，为鱼忆授璜。折巾聊郭泰，宝剑示干将。乍吐芙蓉色，重衔玛瑙装。何年酬烈士，几日击欃枪。雷焕终能识，要离或可偿。似应仍韫椟，莫即露锋芒。武事知宜备，兵谋必豫防。弯弧求正鹄，发矢试穿杨。飞舰屯蓬岛，长缨挂骕驦。曾闻烧壁法，合审聚沙量。宿□徒言勇，游师空在望。运械当拙速，借箸岂寻常。曲畏周郎顾，歌催子夜唱。缠头扶荻管，皓齿送瑶簧。鼓得鼍皮活，筝休银甲忘。抚弦惊爨尾，剖笛识溪篁。律吕严清浊，冬烘辨渺茫。神清专博物，气逸俨腾骧。揽袖擎毛颖，临池舞大娘。兰亭唐榻秘，缝帖太清藏。柳米难踪迹，欧苏自颉颃。西升璀印记，东观簇缥缃。木直波文细，檩痕纸色苍。尽教怡典室，况是赐春坊。昨过萧仙史，来游魏伯阳。龙精依竹杖，卫足锁筠箱。紫气关前动，青鸾阶下跄。问年三十壮，卜岁八千强。海外胡麻种，亭边火枣秧。初从玄圃入，植向药栏旁。神女流霞袜，双鱼明月珰。凝眸光熠熠，垂手佩锵锵。细按长生药，频飞补脑觞。一庭和气聚，令伯岁星当。早已辞汤聘，兼之笑管匡。老聃分道德，叔度拟汪洋。密院调银鼎，重楼引玉浆。欲令凫化舄，堪使石为羊。真诀将贻汝，生洲可放樯。伊予惟汗漫，致负祝圭璋。借雁通魂梦，离群想涉昂。张良未虎啸，诸葛且龙岗。岁晚裘全敝，时非砚复荒。操斤收樗栎，垄断贱琳琅。情自清流洽，交因大义张。闻鸡思击节，放鸽阻鸣榔。纵目瞻申岳，遥音寄石仓。愿崇方富力，共策未颓纲。”按，亦喜，即祁奕喜，名班孙，明崇祯五年生，至是年恰三十岁。

康熙元年壬寅(1662),三十六岁

六月初一,魏耕因"通海案"被凌迟处死于杭州。

祁班孙遭流放宁古塔,作《壬寅杂诗》三首,多慷慨悲歌,"亲故尚徬皇,妻子流四方"(其一),"达人已知命,即路还如归。杳渺泰山路,谁见此徘徊"(其二)。[①]

康熙二年癸卯(1663),三十七岁

冬,与陈维崧相逢崇川(今南通)官舍旁,相约上扬州。《何山草堂诗稿》卷二《御香歌》:"阳羡才子陈其年,逢我淮南之崇川。此时天意欲舞雪,狼山五点凝寒烟。冻柳僵梅浑未放,约上扬州腰无缠。陈也擎出金银颗,珠圆玉滑纷盘旋。误疑海上不死药,服之或可求神仙。那识此是都梁属,熏衣隔月香犹黏。世庙宠赐顾冢宰,公孙好事今夸传。试焚一丸消懑闷,幽兰丛桂围当筵。载焚一丸解烦渴,滋喉溢齿将流涎。火球半烬篆烟绿,凤凰仿佛翻云端。洵为天下难得物,玉蕤石叶浪值钱。忆昔吾祖参庙谋,中安外攘功名优。纶扉劳瘁十三载,始蒙予告林中投。复赐黄金营甲第,恩深养老娱春秋。谁酿西陲炽妖火,未央长乐俄荒丘。群盗纵横鬼昼哭,青毡旧物鲜遗留。佣书糊口岂得已,真惭弗克承箕裘。请将余香一一收,畏闻往事先生休。我今从此学锄耰,污邪蕃熟满车篝。衣食之外无他求。呜呼!芳草实贻王孙羞。"陈维崧《湖海楼诗集》卷一癸卯稿《赠山阴吕黍字兼怀钱去病》:"杜陵与我交不薄,常道吕生及钱霍。吕也栖栖江表游,钱兮贩贩淮南幕。寒冬海水吹枯桑,吕生相见官舍旁。主人爱客客笑乐,片言契合神飞扬。十年姓氏有人借,满臆填胸泪倾泻。绿鞲弟子工唱歌,青娥美人善行炙。世

---

① [清]祁班孙:《紫芝轩逸稿》,《清代诗文集汇编》,上海古籍出版社2010年版,第798册,第6页。

间万事真可怜，酒酣踏地争唤天。寿王已夭鹤客死，杜陵腰下无一钱。汉槎彩笔偏流戍，奕喜红颜竟配边。江东一半酒徒尽，而我与君非少年。此中作客无一可，万骑桃花色如火。遮莫藏名卖酱家，不然且拥名倡卧。闻君径欲游山东，狐裘鞣軩鸣角弓。男儿那能日刺促，会须一识燕昭宫。韩信城边遇钱霍，道予问讯今何若。"[1]按，杜陵，即杜濬。鹤客，即陈三岛。汉槎，即吴兆骞，受顺治十四年科场案牵连遣戍宁古塔二十三年之久。奕喜，即祁班孙，康熙元年"通海案"发，魏耕、钱瞻百、钱缵曾、潘廷聪等被杀于杭州，祁班孙、李谦汝、钱氏三兄弟等百余人受牵连戍宁古塔。韩信城，淮安。

仲冬，陈维崧访陈世祥于南通。九日，共读吕师濂绝句。《湖海楼诗集》卷一癸卯稿《仲冬九日崇川署中即事》其二："隋苑罗生能卖药，銮江王叟妙弹棋。与君酒绿灯黄夜，坐读山阴调笑诗。"诗后原注："时共读吕生绝句。"[2]据此推测吕师濂有诗或诗集相赠陈维崧，则吕师濂当时已有意识编辑其诗歌。

陈维崧作《和吕黍字红桥诗四首》。其一："新街原在新城里，红粉油竿酒旆挑。更过东头转西弄，瓦房低处种樱桃。"其二："关东大贾坐城阛，积钱百万高隐人。郎来一掷片时尽，出门笑拂红罗巾。"其三："最爱吹箫斑竹好，爱他生长在潇湘。同心谁打红绒结，知是春闺新嫁娘。"其四："马中赤兔人中布，十首红桥绝妙辞。谁把隃麋重叠和，江南愁客杜分司。"[3]按，未见吕师濂所作"红桥诗"。

康熙三年甲辰（1664），三十八岁

暮春，参加通州刺史毕际有组织的依园集会。《陈迦陵散体文

---

① ［清］陈维崧著，陈振鹏标点，李学颖校补：《陈维崧集》，上海古籍出版社2010年版，第554页。

② 同上，第556页。

③ 同上，第561—562页。

集》有《依园游记》:“出扬州北郭门百余武为依园……甲辰春暮,毕刺史载积先生觞客于斯园……同集者闽中林那子先生古度、楚黄杜于皇浚、秣陵龚半千贤、新安孙无言默、山阴吕黍字师濂、山左刘孔集大成、曲智仲勤、吴门钱德远梦麟、真州王仲超昆、崇川陈菊裳鹄、李瑶田遴、张麓逑翥、徐春先禧、秦邮李次吉乃纲、舍弟天路骞,暨崧共十有七人。”[①]按,毕际有(1623—1693),字载积,山东淄川人,时任江南通州知州。

与方亨咸定交。《何山草堂诗稿》卷一《简邵村并烦致意楼岗令兄》诗云:“初逢廿四桥,飞觞弄秋月。重晤苴兰城,裁绡画奇石。”二人或初逢于扬州此际。

为陈维崧《九青图》题咏二绝句,其一:“也占巫山第一峰,停箫孤坐恨无穷。可怜如线天涯泪,偷洒花前簇簇红。”其二:“罢浴支颐耐晚凉,生绡半臂送熏香。红桥是我销魂地,愁绝披图对玉郎。”按,《九青图咏》有“濂,叶本‘濂’字上有‘师’字。汪本注有‘泛舟红桥,为其兄题九青照’”。“为其兄题九青照”或脱一字,似当为“为其年兄题九青照”。

送刘孔集还乡。《何山草堂诗稿》卷二《广陵送孔集归临淄》:“偶向崇川窥记室,天涯最亲尔孔集。……已订今秋重蜡屐,再蹑遥峰看空碧。”刘孔集为毕际有幕客,时毕际有任江南通州知州,“通州”即吕师濂多次提及之“崇川”所在地。

同年,王士禛与诸名士于红桥修禊,王士禛作《冶春绝句》二十首,和者众多。《何山草堂诗稿》卷七《广陵冶春辞和阮亭先生》九首,其一:“两年扬州不得来,今来却怨红桃开。伤心春色媚羁客,还欲听莺斜阳催。”其二:“无数野燕衔泥忙,横飞直飞平山堂。可

---

① [清]陈维崧著,陈振鹏标点,李学颖校补:《陈维崧集》,上海古籍出版社 2010 年版,第 138—139 页。

怜居士读书处，错认卢家玳瑁梁。”其三：“沉沉绮阁斜临水，面面绒帘懒放钩。倦坐熏香好性格，凭人看杀不梳头。”其四：“谁家少妇浣萝菔，砑罗溅湿鸳鸯幅。挈此珊瑚傍晚归，堆向郎边送醽醁。”其五：“纸竹裁糊称瘦肥，乘风纵线贴云飞。分明一只瑶池鹤，误到人间懒馑归。”其六：“郭北园亭饶野趣，柳花腻雪度晴巾。每过一坐定半日，况复异地清明春。”其七：“花骢骤下人争簇，油幕高张锦阔铺。射到鹧鸪生割炙，共夸香脆似他无。”其八：“百戏都开禅智寺，击球跳索偶双提。小姑惯上青天去，偷得娥池烛夜鸡。”其九：“寒食笼烟惹恨时，河山依旧对芳卮。欢人莫上梅花岭，丞相坟前叫子规。”

毕际有送吕师濂归越州。《皇清诗选》载毕际有《赠别吕黍字归越州》：“山阴增战垒，卜宅且还乡。别意余偏剧，归思尔正长。钱塘春雨阔，杨子早潮凉。珍重为相送，颠毛一夜霜。”

陈玉璂《和王阮亭冶春词二十四首》其十八提及吕师濂：“茂之先生八十余，山阴吕生方上书。杜陵老叟大作乐，五言诗句百不如。（时林茂之、杜于皇、吕黍字同客扬州）”[①]吕师濂当与陈玉璂等人一同创作。陈玉璂《学文堂集》有《孙处士歌送无言归黄山在毕载积刺史席间同诸子赋》，席间文士中，吕师濂在列：“……毕公好客客满座，一时衮衮皆名流。茂之先生八十余（林古度），攒眉曳杖歌四愁。杜陵老叟大名热（杜濬），秦淮画师笔势遒（龚贤）。程生吕生才并绝（程邃、吕师濂），酒酣往往弹箜篌。复有崇川刘孝廉（刘之勃），下第落拓来燕幽。我亦献书遭摈斥，相逢促膝涕不收。毕公之客信豪杰……”[②]按，程邃，字穆倩、朽民，号垢区、青溪，是

① ［清］陈玉璂：《学文堂集》，《四库全书存目丛书补编》，齐鲁书社 2001 年版，第 48 册，第 10 页。

② 同上，第 47 册，第 609—610 页。

明末清初著名的篆刻家、书画家,师承华亭名士陈继儒,诗文、书画、金石,无不精究,为明末书法家黄道周所器重,将程邃与吕师濂并称,不独因诗才,亦因二人皆精通书法金石之故。毕际有之幕客多为明遗民及落拓不得志的文士,可窥清初文人游幕生态之一斑。陈玉璂,字赓明,号椒峰,清初江苏武进人,著有《学文堂集》。

七月三十日,吕师濂族兄吕师著卒,享年六十六岁。毛奇龄《敕授江宁北捕通判吕师著墓表》:“康熙甲辰七月三十日,以微疾卒,距生明万历己亥,享年六十有六。”①

离家北上,开始二十余年之久的游历。《何山草堂诗稿》卷七《药庵昨制十绝赠行,仆已倚和之矣。顷谓情意犹未悉舒,复制十绝见投。仆亦方思昨和欠畅而离怀戚戚,故又照韵酬答。然辞终不工,怫郁殆甚,奈何奈何》其二:“甲辰怀刺出蠡城,秦楚关山历艰平。美梦竹林风味美,飞扬跋扈恼天明。”至于其原因,同为明遗民的方文在《题酒家壁》一诗中写道:“问我来何数?非关饮兴豪。风尘燕市里,或恐有荆高!”②这或许是吕师濂北游的真正原因。

北上至山东。陈维崧《酬赠姜桐音兼怀吕黍字》:“山阴吕郎侠者流,偕我三月来邗沟。杨花乱扑倡家楼,红桥放歌百不愁。江南茧纸滑似油,楷字不惜双银钩。题诗掷赠安陵侯,醉翻酒柈污貂裘。此时逢君坐上头,一笑且干红玉瓯。朔风十月吹暮秋,别君忆君何日休。敬亭叠嶂谁雕镂,宛溪沙鸨鸣啾啾。乘兴便放沙棠舟,道逢一客跨紫骝。熟视讵是姜生不,果然伯约来宣州。喜剧吟跳声咿嚘,贵人朱轮前八驺。牵来杂坐呼酒筹,人生聚散如浮沤。相

---

① [清]毛奇龄:《西河文集》“墓表”五,商务印书馆万有文库本,第1045页。

② [清]方文撰,胡金望、张则桐校点:《方嵞山诗集》,黄山书社2009年版,第474页。

见不乐何所求，独惜吕郎函谷游，干戈阻绝心烦忧。”①

陈维崧《迦陵词全集》卷三《好事近·坐姜家墩怀吕黍字》：“闲坐竹林边，绿暗暮禽啁哳。跂脚科头笑傲，更主人投辖。　万竿丛筱昼阴阴，风动声敲戛。忆昔悲歌痛饮，有疏狂吕八。”②按，陈维崧与吕师濂此时情谊深厚，此后则未发现二人联络的记载。二人对清朝的态度日渐殊途，或是导致二人不复联络甚至友谊破裂的真实原因。类似的，吕与王士禛、朱彝尊等人的关系变化可作此解。

秋夜，在陇西旅舍，作诗四首呈寄舅氏徐公，诗情虽豪迈，却对不能赡养萱堂心怀愧疚。《何山草堂诗稿》卷三《陇西旅邸呈舅氏徐公》其一：“乱离频岁月，双鬓忽星霜。高尚南州重，松筠北垞凉。红霞贮酒碗，白云探诗囊。小子疏慵甚，趑趄对渭阳。”其二：“藉藉声名久，翩翩书檄新。依人非得已，夫子岂长贫。击楫当年梦，登楼万里身。今宵虽秉烛，不敢话酸辛。”其三：“弱冠书窗卧，烽烟特地惊。无才惭似舅，延誉枉知甥。百万家轻破，奇危计未成。至今江口望，残垒断啼莺。”此诗记叙了散财结客的往事，尾联尤为值得重视，“江口”当为长江口，“残垒”当为郑成功北伐围困南京一役。而所谓“奇危计未成”则表明，吕师濂参与了魏耕“通海”为郑成功传递情报的行动。其四：“吾母日思儿，秋寒倚眄时。盘餐虚菽水，针线怅边陲。绣佛非邀福，将孙或解颐。庭闱谁不恋，趋我是恒饥。”此诗想象山阴家中老母境况，感人至深，尾联点出背井离乡的原因是持续的饥饿贫乏。可以推测，除了高尚的抗清理想，艰难的生活处境也客观上驱使诗人游幕四方。

① ［清］陈维崧著，陈振鹏标点，李学颖校补：《陈维崧集》，上海古籍出版社2010年版，第587页。

② 同上，第1005页。

怀念冯舒。《何山草堂诗稿》卷三《忆默庵》:“四海正仓皇,风波一苇航。健妻悬桎梏,死友耐冰霜。何日吹箫到,还闻骂座狂。秋原足禾黍,洒涕不成行。”按,冯舒(1593—1645),字己苍,号默庵,别号癸巳老人,自号孱守居士,江苏常熟人,冯复京之子,冯班之兄。明末清初学者、藏书家、刻书家。幼承父教,笃志于学。冯舒颀然长身,善口才,宾筵客坐,辩论锋起。编著有《空居阁杂文》《炳烛斋文》《文谷》《历代诗纪》及《空居集》等。清王应奎《柳南随笔》记载,“吾邑冯舒,字己苍,嗣宗先生(复京)子也。尝以议赋役事语触县令瞿四达,瞿深衔之。会己苍集邑中亡友数十人诗为《怀旧集》,自序书大岁丁亥,不列本朝国号、年号;又压卷载顾云鸿《昭君怨》诗,有‘胡儿尽向琵琶醉,不识弦中是汉音’之句。卷末载徐凤《自题小像》诗,有‘作得衣裳谁是主,空将歌舞受人怜’之句。语涉讥谤,瞿用此下己苍于狱。未几死,盖属狱吏杀之也。己苍之孙修与余善,为述其颠末如此。又闻己苍在狱中,梏拳而桎。友人往候之,己苍自顾笑曰:‘此特冯长作戏耳!’盖己苍颀然长身,人以‘冯长’呼之,‘冯长’与‘逢场’同音,故云尔。”①

冬,在甘州。《何山草堂诗稿》卷三《登甘州城楼呈大将军张公》:“神皋严锁钥,形势此西偏。博望空能凿,匈奴臂不联。八门屯铁阵,一壁障金天。约扫昆仑雪,摩崖到上边。”按,张公,即清初名将张勇,有《张襄壮奏疏》传世。方孝标《何山草堂诗集序》:“历九边,至酒泉、张掖间止焉。日与卖浆屠狗者悲歌游市上,其节帅张公闻而致之礼馆。”可相印证。

冬,在酒泉。《何山草堂诗稿》卷二《寄怀行先开先两表弟》:“还读水亭午醉后,茫茫车马齐秦行。山东旧识稍缓急,酒泉有客邀居停。一滞经年鱼雁断,春秋花月空含情。”

---

① [清]王应奎:《柳南随笔　续笔》,中华书局1983年版,第4页。

康熙四年乙巳(1665),三十九岁

燕支山下,蹉跎两月。《何山草堂诗稿》卷二《寄怀行先开先两表弟》:“燕支山下当垆女,款客殷勤意足取。使吾日醉忘羁愁,兼以马瘖天只雨。”

秋,经阴平,入成都,目睹“献贼”乱后惨状。过新都,见杨文忠公故第,一片残垣。《寄怀行先开先两表弟》:“西风飒飒度阴平,我亦迢迢入锦城。白骨如山恼献贼,龙孙邸第遭焚倾。丰碑虽仆字还楚,低徊细读沾秋襟。新都风景更荒恶,猿啼鬼哭凄黄昏。次早忽见双桂树,芬芳花朵开断垣。棘蔓之中何有此,戍卒说是杨家园。丞相状元昔在日,花里楼台绾金碧。流寇残屠鲜孑遗,县官住此门卫席。且弗多言防虎来,翻身走别惊心魄。”

秋,作《故人游燕赵有赠》(《何山草堂诗稿》卷四):“离筵一起解丝缰,雨雨风风路正长。易水歌存天尚怒,平原客散骨犹香。才能吊古游为壮,性果如姜老不妨。我亦平头交四十,秋来双鬓薄吹霜。”是年四十岁,在入滇途中。

行至常德,游德山,对美景,见古冢,过禅院,宿农家。《何山草堂诗稿》卷三《薄暮游德山》四首,其一:“我来寻胜览,溪转见崚嶒。……善卷芳踪在,徘徊隐思增。”倦游之中,流露出归隐之意。然而对于政治追求的持久用心,使得这一抹归隐之意如林间烟雾,聚散皆容易。

经三月,除夕,抵达交水。《寄怀行先开先两表弟》:“仆夫又复驱行李,隔将三月抵交水。可怜恰值岁之除,寒夜挑灯百愁起。”《何山草堂诗稿》卷四《除夕八首》当作于是日,其六:“秋别居延到放梅,愁风愁雨兴全灰。乡遥日远书难得,岁暮云低雁枉来。阮籍何人该哭路,马周家客惯贪杯。歌鱼扪虱俱多事,兀坐挑灯读七哀。”与《寄怀行先开先两表弟》诗境合。

康熙五年丙午(1666),四十岁

正月初六,进昆州,病痔。《寄怀行先开先两表弟》:“新年马日进昆州,劳发呻吟病在痔。伏枕调停夏略差,忽然兴尽车将脂。”

立春前一日,参与吴三桂幕府猎游活动。《何山草堂诗稿》卷四《猎游诗》四首,序曰:“公博淹载籍,詟服诸蛮,折节交游,人传吐握,骋情藻丽,天助风华。爰于立春之前一日,敦致都雅之客十人。维时月挂霜前,鸡鸣林杪。乍跻进耳之岫,旭日初映山茶。回望太史之祠,晓露未晞庭柏。汗湿桃花马,倚剑大华之巅。樽布木兰舟,悬帆昆濇之曲。急管促繁弦以殢耳,清歌逗缓舞而销魂。馔斫银鳞,酒飞玉碗。既全宽其礼数,宾主之尔我皆忘。共纵目此山川,飘渺之云烟尽揽。方诸右军曲水胜事,还饶叔子砚山名流为盛。仆投荒落魄,物色含惭。侍坐向英豪,舒怀收沆漭。薄酣顿露狂态,引玉敢避词锋。辄序之贻哂耳。”其一《先至进耳山》:“嫖姚速帖桃花纸,出郭风凄戍柝寒。马上书生酣卯酒,月中仙子炅晶盘。荒鸡叫断千山晓,旧猎思留两日难。瞻眺琼宫消百虑,道人呼鹤下瑶坛。”其二《次登大华顶》:“立马苍茫接帝阍,半杯碧海渴思吞。乡山已远云全碍,春色非遥露尚繁。官柳垂条含舞态,野梅剩叶伴香魂。忽闻鼓角中流震,跃出燕支日一盆。”其三《谒杨升庵太史祠》:“伤心昨岁过新都,城郭曾遭献贼屠。当日草玄人不见,今朝载酒客非无。山茶簇簇红争放,庭柏森森翠郁铺。鳞阁云台何处问,犹陈俎豆禁樵苏。”其四《由海澨泛楼船归》:“层崖缓下午蹉跎,兰棹齐开飏绮罗。倾国人怜吹玉笛,乘风客拟问银河。镜中寒鹭翩翩起,醉里斜晖冉冉过。莫遣牙樯归太疾,群公听我唱回波。”

夏,病脾,怀念查容。《何山草堂诗稿》卷一《伏枕思韬荒》:“入夏必病脾,信如潮与疟。贪间懒所成,贱质本羸弱。新息逐站鸢,横天狎锋锷。盛气在功名,寒暑敢作恶。我有同心朋,两载感离索。做开负米还,行将登国学。饶既绮丽才,留心更民瘼。定上痛苦书，良于苦口药。贾谊虽少年，汉廷谁尔若。傥能捧檄来，高堂及矍铄。亲怡志稍申，愿言节杯杓。枉酗不足师，葆啬休嫌缚。相期并松乔，携手游寥廓。”自康熙三年离乡漫游，至今两载，故系于是年。按，查容（1636—1685），浙江海宁人，字韬荒，号渐江，又号洴翁。“洴翁卓荦之才学为竹垞诸公所推服。”有《弹筝集》《江汉诗》。《清稗类钞·明智类》“查容知吴三桂欲叛”条：“吴三桂之未叛也，幕有查容，敬礼倍至。查察其有异志，久欲去之。一日，与宴，伪为醉后失仪状，不告而出。濒行，题一诗于壁，有‘将军有酒能投辖，壮士闻鸡已出关’句，三桂亟遣材官往追，查策骑直前，提材官掷之于地曰：‘乃公终不为汝留也。’材官归报，三桂大怒，遣人杀之，微服间道乃免。”查容《查洴翁文集》有《与朱锡鬯书》：“仆年十三始识字，十五始通经书大义，学诗学文者凡十余年，一误于竟陵，再误于北地，近稍知正道，而驰骋之，然未常诡辞以谀显者，亦不能屈意以求显者。家既贫，身既贱，性复简抗，故仆文独不见知于时。……仆今自梓其文者，非凝比，盖修意云武曾与广汉并为仆作序，过为推重，何敢当。”钟渊映（1639—1667），字广汉，浙江秀水人。生卒年均不详，著有《历代建元考》。另有《与李云田书》：“仆少而失学，长而饥寒，奔走乱其心，年逾三十，茫乎其未有得。近驱驰滇黔，百蛮魋结之地，所与饮食游处，其无益可知也。”李以笃，明末清初湖北汉阳人，字云田，贡生，诗文多奇采，而终身不得志，乃放情诗酒，自号老荡子，有《菜根堂集》。查容生于 1636 年，按照文中说“年逾三十”，则在 1666 年，即康熙五年。可判断查容最早于康熙五年在滇黔。又据吕师濂康熙十年诗《送础臣还锡山》序，查容“昨挈妻子就食汉阳”，则知查容于康熙五年至九年间在滇。康熙十一年冬查容入粤，次年秋北归，“岭南三大家”皆作送别诗赠之：梁佩兰作《送查韬荒归秀州》，陈恭尹作《赠别查韬荒》，屈大均有《赠别查韬荒》九首，称赞查容“俊异才”，“白首天犹困，狂歌日已哀”(其一),“滇王惊大笔,汉将赠轻裘”(其二),“才高偏下俗,气侠不惭恩”(其四),可以想见查容之为人。①

秋,云南巡抚袁懋功邀游鹦鹉山。《何山草堂诗稿》卷四《九叙袁大中丞邀游鹦鹉山用壁间韵》:“长松浩浩作龙吟,风气秋崖日半阴。云界袖边生羽翼,仙源意外得招寻。丹鸡白犬秦人洞,豪竹哀丝谢傅心。王粲不须嗟失路,故乡无此好登临。”按,“九叙袁大中丞”即袁懋功(1612—1671),字九叙,顺治十七年,授云南巡抚,抚滇九载。康熙六年,以父忧归。九年,起授山东巡抚。故当作于袁丁忧归之前,姑系于是年。

秋,与葛震聚饮。《何山草堂诗二集》卷一《简葛星岩附讯化南》:“碧鸡丙午秋,兄腾月窟里。姮娥敛衽迎,含笑涩举止。”按,葛震(1636—1692),字甫之,号星岩,江南句容人,为吴三桂政权“六曹”成员,著有《种松堂文集》四卷、《诗集》八卷、《史赞》十六卷等。

冬,作《寄怀行先开先两表弟》,详细诉说漫游经历。该诗对于考察吕师濂行迹颇为重要,兹录如下:“还读水亭午醉后,茫茫车马齐秦行。山东旧识稍缓急,酒泉有客邀居停。一滞经年鱼雁断,春秋花月空含情。昨陟昆仑向东望,思君兄弟神情王。半天洒落嚏如丝,知是故人念孟浪。此乃越谚非典坟,譬如铜崩钟自撞。燕支山下当垆女,款客殷勤意足取。使吾日醉忘羁愁,兼以马瘏天只雨。蹉跎雨月始复兴,客囊从此羞贻汝。西风飒飒度阴平,我亦迢迢入锦城。白骨如山恼献贼,龙孙邸第遭焚倾。丰碑虽仆字还楚,低徊细读沾秋襟。新都风景更荒恶,猿啼鬼哭凄黄昏。次早忽见双桂树,芬芳花朵开断垣。棘蔓之中何有此,戍卒说是杨家园。丞相状元昔在日,花里楼台绾金碧。流寇残屠鲜孑遗,县官住此门卫

① [清]屈大均著,陈永正等校笺:《屈大均诗词编年校笺》,上海古籍出版社2017年版,第621页。

席。且弗多言防虎来，翻身走别惊心魄。仆夫又复驱行李，隔将三月抵交水。可怜恰值岁之除，寒夜挑灯百愁起。新年马日进昆州，劳发呻吟病在痔。伏枕调停夏略差，忽然兴尽车将脂。授餐设醴如何敢，贫也病也三年斯。非才讵可縻人禄，明秋必拟还茅茨。便得剪烛话契阔，轰饮溪窗闷始拨。今冬米曲好多醅，理我高阳旧生活。兰亭之竹若千长，携手松阴探禹穴。”其中，“贫也病也三年斯”，当从康熙三年北游算起。

刘廷俊游学云南，为吕师濂诗稿作序。序曰：“余交黍字三十年，而未能为诗。黍字出诗而命序，余谢不敏，黍字曰：‘余之诗，余之性情也，知余之性情，则序之。’余曰：‘然。’昔子长之于史也，传再世矣，然而探宛委历龙门，编游列国名山之业乃成。康节之于易也，探颐索隐妙，契先天渊源，三圣鬼神不可知矣，然而旁彻百氏，尽交天下，访求风土，涉履山川，晚而叹曰，道在是矣。诗之为诗，何独不然。青莲，蜀人也，而其览物适情，故多得之吴楚之际。少陵，鄜家也，而其造端托兴，故多得之夔府孤城之下。孔明，高卧南阳也，而其沉郁悲歌，故特切于齐城梁父之间，故曰迁其地而弗良者，物之相物，拘于墟而未化者，人之囿人，两者不同亦已明矣。忆余于黍字束发授书，寤歌一室，时方并工举子业，黍字辄作而呼曰：‘诗以道性情，出治化，顾何负于制艺而不为。’而黍字之于诗乃始进。及乎遭时坎壈，琐闱困厄者数年，而黍字之于诗乃益积。既而干戈渐息，啸咏负郭，益肆力于圣贤经济之书者，又数年而黍字之于诗乃益醇。今乃溯江河，达淮济，驱车京洛，登陟岱华，经历朔方，自雍及梁，税于滇云绝徼，而余适以游学夜郎往与会焉。因出其数年所著者，余手而卒读，不能释去，黍字之于诗盖大成矣。且夫黍字之于诗，非独诧与风雅尔昔。今黍字之来也，箕踞王侯之左右，倜傥忼慷，岸然自放，吾知其夙有专对之才，而无愧于诵诗三百矣，犹未尽也。黍字母老而家贫，一篇之中每致意焉，君子读其诗，

当观其志矣。”(《何山草堂诗稿序》)

康熙六年丁未(1667),四十一岁

惊蛰,与黄仁斋交游。《何山草堂诗二集》卷一《与黄仁斋话旧》:“忆与叔度交,丁未蛰始惊。”

作《苴兰送春辞》十首(《何山草堂诗稿》卷七)。其一:“衮衮阴晴奈醉何,夭桃放早久辞柯。今朝约折春归柳,若个风前泪更多。”其二:“五华寺上散斜晖,怕向江头看翠微。多事莫如双燕子,还衔春色故宫飞。”其三:“雪消每怯落梅风,二月嫌他山未红。才欲泥人生促别,韶光何苦亦飞蓬。”其四:“正系花骢捉羽觞,飞来玉笛乱人肠。勾芒无事还归去,问尔何犹滞夜郎。”其五:“玉案山青过雨痕,临溪弄柳暗销魂。鲤鱼不得一双到,花信无端廿四番。”其六:“春来断送是黄昏,春去如今可掩门。但拟客心先铸铁,不教飞梦苎萝村。”其七:“山郭云楼枕碧鸡,铜驼蒿荻与人齐。伊时杜宇愁虽剧,白昼何曾敢浪啼。”其八:“每到春归送不休,行行去国反淹留。频年阁扫蛾眉笔,万里谁人独倚楼。”其九:“蒌子槟榔春倍阑,普儿茶剖小龙团。樱桃红滑黄瓜脆,饱食鼾鼾春事完。”其十:“病里窗帘不敢钩,千红万紫未当眸。如何偿我寻芳债,约尔明春秉烛游。”按,自甲申至康熙六年,恰廿四载,故有“花信无端廿四番”之说。

怀念陈玉璂。《何山草堂诗稿》卷一《对芙蓉怀椒峰》:“日驭不我停,冶靓顿雕削。壮士奋气力,升伏自龙蠖。曩昔广陵逢,适子第新落。阴晴卧酒垆,醉口善谐谑。忽携阳台云,骑去双白鹤。维时玉勾柳,蒙蒙掩官阁。吾马西向秦,音问各渺漠。迴驾碧鸡山,万里岁六作。闻子捷南宫,辞赋调管钥。仆犹捧刀锥,动辄愁束缚。对兹木末花,颜色何娟灼。相思彼美人,三弄怀中笑。”按,陈玉璂是年中进士。

毛奇龄游滇，寄诗与吕师濂、刘孔学、来度等故人。《西河集》卷一百七十一有《吕八师濂刘大孔学游滇府有怀》："司马持驍檄，张骞出夏城。高文标铁柱，大府重银生。蒟酱三都赋，兰王七郡兵。彩云何处见，终古望昆明。"又，《将投滇阳寄吕八》："避俗投穷徼，无家逐荷戈。死生留八甸，居处托诸罗。黑角蛮中路，青蛉荒外河。永昌吕凯在，文教近如何。"同卷又有《怀来十四度别驾云南》："万里滇阳道，孤身洱海边。从军逾绝徼，别驾任南天。岁课车蛮井，春开路赕田。中郎方建节，归国是何年。"毛奇龄与吕洪烈、金烺等布衣文士亦多有往来，《饮金十四烺园看草花同姜九廷干吕四洪烈罗大坤吴大棠祯张二锟即事》："樱桃初熟梅子酸，草花烂漫开东园。从从日下好颜色，青黄紫白蓝绿丹。燔炰盈盘酒盈斝，履舄纷纷集前榭。龙涧何曾在洛阳，辟疆不复称吴下。当筵插得花数枝，短箫横笛吹差池。最怜垂老看花客，醉倒花前花不知。"（《西河集》卷一百六十七）

祁班孙《紫芝轩逸稿》有《赠陶燕公》，诗注："时丁未四月。"[1]

康熙七年戊申（1668），四十二岁

向吴三桂献策，营造贪图享乐假象，以消除清廷疑虑。抱阳生《甲申朝事小记》"吴三桂始末"载："凤翔府知府傅宏烈参桂必有异志，宜早为防备，部议宏烈越职言事，劾奏亲王，革职，充广西军中。城御史李棠，亦以参桂革职。浙人吕黍字言于桂曰：'王权尊势重，致使傅、李参劾，盍营园亭，多买歌童舞女，日夜欢娱，使朝廷弗疑。'桂以为然，即命黍字督造安福园于王府之左。松柏高五六丈者，移种皆活。历三年，园成，与吴复庵等弹琴赋诗，徜徉其间。又

① ［清］祁班孙：《紫芝轩逸稿》，《清代诗文集汇编》，上海古籍出版社2010年版，第798册，第11页。

使赵燮采买吴伶之年十五者,共四十人为一队。申衙故有戏具,犹以为未足,另造各色哆罗及金甲嵌胡珠,银甲嵌珊瑚。又玉带、金带、银带、枷南带、犀角带、沉香带,俱嵌珠宝。凡为箱三十,约费数十万金,送入安福园。又以象牙抽丝为凉笠,孔雀毛为伞盖,其穷奢极欲类此。每岁年节及桂生辰两次,胡太乙为桂子应熊办人参、貂皮、潞绸、京绢、茧绸、松仁、榛肉、瓜仁、苹果、银桃、蒲桃、秋白、高丽纸等物来献。计五百驼,每次费银数万。桂亦每年两次进奉太后及格格,潽茶、鸡纵、伏苓、凤兰、金壶、金碗、水西皮碗、象牙器皿之类,每次亦费数万金。一日,解役投宿店,遇赍诏官先在,解役挥鞭驱之,其势横放肆如此。”[①]按,此记载不仅展现了吕师濂在吴三桂幕府中深受信赖器重的谋士形象,更呈现出吴三桂幕府的奢华面貌,其中关于营造安福园、打造戏班的内容则客观反映出吴三桂幕府是江南戏剧文化在滇南传播的一大载体。

五月初四,送赵明府还太湖。《何山草堂诗稿》卷二《五日前一日送赵明府罢归太湖》:“黑龙潭底龙夜吟,倾盆之雨真甘霖。农夫披蓑播嘉谷,稚子放罶邀鲜鳞。吾友赵子适东发,今宵必欲歇杨林。何不同我过五日,蒲根细切酒对斟。自言绾绶近十载,久违白发双尊亲。昔日有弟善定省,昨也病没黄泉阴。恰获微罪可归去,得慰倚闾斜阳心。冲泥跋踄故不惮,抵家或可秋未深。戒途行李颇轻薄,岂但无鹤且无琴。远志小草具成说,祸福隐伏存乎人。况值时态尚巧媚,最嫌言动流天真。括囊缄口古有训,愿即儆惕书于绅。从来致远本宁静,惟恃血气徒危身。才调天生终有用,慎无亟亟愁窭贫。临岐赠语略如此,馈赆恨乏千黄金。那得附尔五湖棹,弄月摇烟一问津。”

李绳远游昆明。李绳远《补黄村农生圹志》:“戊申一过昆明,

---

① [清]抱阳生:《甲申朝事小记》,书目文献出版社 1987 年版,第 127 页。

己酉归家，寻入闽中。庚戌辛亥由淮济至京师。复从梁宋出江汉，逾洞庭，再达贵阳，即下沅澧，溯湘衡，经郴岭韶石重客于广州。及癸丑先妣顾孺人六十诞辰，时两弟良年客黔，符客滇。”①

康熙八年己酉(1669)，四十三岁

正月十九日，晓雪，送客还平原。《何山草堂诗稿》卷二《晓雪送客还平原兼讯王陇西阮亭贤伯仲》诗中有“今日正月十有九，晓雪吹来大于手。……广陵弄涛隔五载，尔还必即交臂逢。仲君阮亭更妙绝，歌传白雪洋齐风。”“广陵弄涛”为康熙三年，故此诗系于是年。诗中另有“耽游五岳轻汗漫，试冲瘴疠来点苍”，知在滇。

初夏，李符三十一岁，辞亲远游滇黔，预计三年归。至滇，与吕师濂过从甚密，其《何山草堂诗稿序》称：“入而促席，出则联镳，切磋砥砺，期辅我于明，风雨无间也。”

康熙九年庚戌(1670)，四十四岁

二月，李符送张晦先副使回黔。见《香草居集》卷一《己酉冬同张晦先副使自贵阳至昆明庚戌二月即送回黔三首》。

三月，送查容离滇赴汉口。《何山草堂诗稿》卷七《赠韬荒行》十六首。

春，收到姜绮季表叔来书。《何山草堂诗稿》卷四《接绮季表叔来书忆广陵往事酬答》：“柳花春半玉勾限，扶伎兰舟促酒杯。骂座陶郎能绰板，美髯张绪亦吟才。公方倚醉长笺扫，我只熏香袖手陪。不道雨云迷绝域，六年魂梦一书来。”康熙三年在广陵，六年后为康熙九年。按，绮季，即姜廷干，一名廷翰，山阴人，工书画，陈洪

---

① ［清］李绳远：《录蹇外言》，《清代诗文集汇编》，上海古籍出版社 2010 年版，第 130 册，第 624 页。

绥《宝纶堂集》卷一有《姜绮季手录陈诗,老连自叙》。

与幕僚唱酬。《何山草堂诗稿》卷二《溓窅鱼歌》:"朝日暮月水底跃,鳞虫何敢居当中。溓窅水族最细弱,辄敢竭蹶随蛟龙。碧鸡旅食于五岁,买此引醉宽愁胸。昔年是物沿壕有,儿童无不放筌罶。茅屋华堂顿伴餐,百钱便可捉一斗。元动开邸入金盘,啖之嫌苦哇出口。即戒膳夫休举庖,鳞也遂逐澄江走。老蛮坐我话颇详,指点雕题旧战场。当日鹓行池上散,鸣钟鼎食何芬芳。红糟细缕珊瑚脍,绿蚁浓浮琥珀觞。日沉月黑罢供奉,饥乌啼死秋林霜。回首故乡鲈四腮,槎头缩项柳穿来。橙黄姜嫩蟹肥绝,三三五五定当杯。家在湖边游最易,采菱牵荇船迟回。自伤久客断滋味,药裹缠身鬓渐催。垂鱼组虎彼豪杰,寸洑涔蹄我涸辙。低头寄食泪难支,偶然弹剑讥饕餮。口腹累人贱丈夫,钓丝不理还曳裾。何由觅着鲸骑去,枫树晴矶唤酒徒。"李符《康郎渔歌》有"我来南土两经春"句。

方孝标兄弟来滇。方孝标为吕师濂《何山草堂诗稿》作序,该序记录了二人的初见情形,对吕师濂诗歌评价甚高。序云:"余盖尝闻山阴有吕子黍字,而未获交其人。余友李研斋谓余曰:'黍字,先朝相国之裔孙也,擅文藻,知兵略,遭乱遂散家财结客,有张子□志蹈海上,为祖士稚、刘越石之所为。及后事罢归,一省坟墓而去,今不知所在云。'余友姜绮季又曰:'黍字固在。盖自山中归,既浮大江,渡黄河,顿辔于梁、宋、燕、齐之郊,历九边,至酒泉、张掖间止焉。日与卖浆屠狗者悲歌游市上,其节帅张公闻而致之礼馆。久之,复驱车西入昆明,王侯卿贵莫不敬重欢好。故所为诗文多,南云人士至比之枚乘、刘桢焉。'余于是益忻慕之,而未知托交何日。今年来滇,于怡斋座上见有客颀然而黝,意落落不轻与人合,即之又蔼然,意必黍字,而未通姓名。又见斋中四壁皆名贤诗,中有《老柏》《盆梅》二歌,甚雄古,省之乃黍字作,遂拜倒而论交焉。而后知研斋、绮季非虚誉也。居月余，余将归，黍字乃以其诗质余曰：'仆亦海内能诗者，尔既交仆，今将别，无一言以赠，则异日归何以见尔之友乎？'余受读之，而又叹研斋、绮季之尽之也。以黍字之才，岂不能履程戴式，为曼声，为矩步，如世之所谓六朝盛唐者。而黍字意不屑，若宁为覂驾之逸良，而不甘为盐车之骀躅；宁为燕市之筑音，而不甘为房中之缶响。儗之古人，其李昌谷、徐文长之间乎！昌谷生名胄，负奇才，使加之年，所就必不止此。文长之诗文翰墨，后世推重，而当日自少保胡公外，世鲜知者，即胡公亦未能终始尊礼之。然则人才之遇，岂不难哉？今黍字之得天者既胜于昌谷，得人者复多于文长，则异日造诣又岂二公可及。余将归告余友曰：'黍字遇知己，有若温处士之客河阳，而诗更进往时，则又若杜少陵夔州之后诗也。'"

与方亨咸往来甚密。《何山草堂诗稿》卷七有《邵村画两蝶嗅水木樨便面索题如命》《又题邵村小鸟坐竹边梅枝图》。

方孝标兄弟二人在滇，留酌李符。李符作《方学士楼冈侍御邵村留酌千松庋书屋》。

年底，方氏兄弟离滇，吴三桂幕府宾僚出城相送，吕师濂在列。方孝标《钝斋诗选》卷十九《滇南留别诗》四首，其一："曳裾何足重王门，设醴时分上赐樽。自是阳城容杜甫，岂徒枚叟恋梁园。梅开早雪惊乡梦，酒报长亭宠别言。更枉宾僚出城府，万山千骑夕阳村。"其二："新诗细楷盈囊箧，未许黄金比献酬。"其三"别胡怡斋先生也"。其四："把酒幸逢陶令菊，怀人先命吕安车。……遥知彦会南楼夕，定亦临风忆索居。"特指出吕师濂，知二人相交甚深。

康熙十年辛亥（1671），四十五岁

春，李符作《滇南春词》十二首。

王础臣游昆明，与吕师濂、李符诗歌赠答。《何山草堂诗稿》卷四《雨后础臣买红莲两朵置我瓦甕中央佐以蒲叶数苗袅袅可爱》，李符有《雨霁王础臣过访留咏而去柬寄报谢兼约偕游太华》。按，太华山，在昆明。按，王世桢，字础臣，明亡后改"臣"为"尘"，无锡人，据陈恭尹《王础尘行状》："留村吴公之令无锡也，奇君之才，周旋其患难。及开府于闽，君访旧谒之，适有总督两广之擢，复约之入粤。前后数至，因有终老罗浮之志。辛未夏，归无锡图葬地，秋九月奉考静持公妣邹太君合葬于邑东凤凰翅新阡。其冬，复至粤，惠州使君宝坻王紫诠与君相见广州，意气契合，序为兄弟。"[①]"君生于明天启丙寅年十月初十日亥时，以今癸酉五月二十六日辰时卒于广州卖麻街公馆，得年六十有八。君博学强记，生长世家，习先朝典故……"[②]

赠诗王础臣，对王础臣的才华给予高度评价。《何山草堂诗稿》卷二《今日行酬础臣》："今日不乏管仲乏鲍叔，荆山良璧合捧哭。当年既生马卿又汉武，干将宝气故破狱。夷齐近闻垄断登，原尝颇珍荒年谷。嗫嚅踯躅复谁怜，不周山可容人触。如君才调十我倍，命亡亦遂为奴队。投荒无赖只吹箫，却恼杨朱轻落泪。那能居货计硬头，敢说封侯到猿臂。一枝彩笔宛如龙，娱亲课子何无智。几番欲举辟谷谋，赤松难得仍楚囚。野岸梅花偏扑鼻，百年明月愁当头。可笑魑魅白日作人语，俨捉如意登席谭风流。我今与尔坚相约，宁教饿死闭户休。"

夏，滇中大水。《何山草堂诗稿》卷二《浸城南》，序云："仆旅滇日苦于雨，暴水忽浸城南角。塌坏市廛兵农庐舍，无数老稚男女多裸而窜者。先是有秃鹙飞入城里，其大若鹏。谣曰水，今果然。辛

① ［清］陈恭尹著，郭培忠点校：《陈恭尹集》，人民文学出版社 2018 年版，第 669 页。

② 同上，第 670 页。

亥六月廿七日事。”诗曰：“去岁黄河口子决，前年齐鲁地开裂。泛滥淮阳苏浙杭，粟贵民饥邻籴遏。我坐蛮荒目未经，人口儿书如此说。兹见秃鹙大似鹏，飞来郭内嘈嘈鸣。吞噬谷雏血淋漉，谣云此是霪涝征。□令军中选火手，一发即堕铺天翎。昨宵雨势分外急，山水奔向城南立。高低庐舍尽倾翻，声喧万鼓兼霹雳。十贯青蚨渡富翁，贫人惟对波臣泣。吾闻南坝海咽喉，金陵河也汇支流。设或未雨先绸缪，岂容陆地忽沉浮。昔人镇水铜作牛，军与鼓铸红炉投。杀马沉璧费讲求，魍魉刻鼎龙负舟。疑信相半徒张眸，兵农邦要须善谋。莫即委之天灾休，乡关混茫迷去留。可怜催白羁人头，射潮强弩八月秋。吴越伏腊尸钱镠，愿□同于己溺忧。亡羊补牢桑榆收，小儒仅知辨麦麰。安能直溯河源探消息，归来抵掌谈笑取通侯(南坝金棱河，并注水于海之要所，昔黔宁王造铜牛其上，以镇泛滥者，庚子间那铸作钱，而牛无矣)。”

大水期间，与李苻同送王础臣还无锡。《何山草堂诗稿》卷三《送础臣还无锡》七首，其五有“蛮天惊巨浸”句，与《浸城南》诗境合。序云：“(查容)昨挈妻子就食汉阳，础臣顺帆经过，出此示之。查子与础臣亦友也，仆知其读是诗也，必淋漓倒酒，有以补吾两人之未及言而为础臣痛快言者。”李苻《送王础臣归太湖》五首其三：“不为高堂养，谁轻万里来?”这为一年后李苻离滇还乡贺母六十大寿做了情感铺垫。

寄诗方孝标兄弟。《何山草堂诗稿》卷一《简邵村并烦致意楼岗令兄》，有“自君返白门，屈指岁一隔”句，知作于康熙十年。从诗中可知，吕师濂与方亨咸初逢于扬州(廿四桥)，重晤于昆明(苴兰城)。

近重阳，寄诗李孝廉。《何山草堂诗稿》卷三《李孝廉归觐后枉札存讯答此二篇》，其二：“我亦思亲者，伤贫故四方。送君会湿袖，计日况重阳。去路云俱白，蛮天菊早黄。愁边堕双鲤，赖有酒杯当。”

九日，与李符登昆明城楼。《何山草堂诗稿》卷四《九日眺苴兰城楼》四首。李作《九日登昆明城楼》。

是年秋，李符有《观猎》诗："高秋射猎南山下，出郭旌旗十里长。大将自横赤羽箭，偏裨俱控紫游缰。峰前才见驱驰散，帐外俄闻割炙香。自笑书生惟袖手，翻令美味得先尝。"吴三桂幕府经常举办猎游活动。

除夕，吕师濂、李符、程石门等人和十唐人诗。《何山草堂诗稿》卷三《除夕和十唐人》。《和骆宾王》(《西京守岁》韵)："飞檄西戎蠢，金沙动马尘。乱知天欲厌，愁是夜交春。柳叶摇风早，桃花媚眼新。孤灯难独守，童仆客中亲。"《和孟浩然》(《岁暮归南山》韵)："酌酒且抛书，伊谁到草庐。逢迎新节近，跪拜野人疏。泪欲春前滴，年如梦里除。见闻都不惬，方丈或清虚。"《和杜甫》(《杜位宅守岁》韵)："自知无可喜，挑落紫灯花。死痛填江乌，生惭反哺鸦。美名还没分，客鬓漫颠斜。此夜君亲梦，沾裳天一涯。"《和丁仙之》(《京中守岁》韵)："今夕曾廷客，喧阗夜敞扉。玉樽谁滑碎，金络未辞归。在在炉香细，遥遥河汉微。可怜如隔世，乞食虎罴闱。"《和戴叔伦》(《除夜宿石桥馆》韵)："有舌张仪钝，知贫鲍叔亲。扫门元下客，鼓瑟逊何人。友侠千金寿，酬恩七尺身。坐令青岁晚，怕报玉壶春。"《和王谭》(《除夜》韵)："谁不知年去，邻鸡还浪催。穷神无送处，浊酒用倾来。寒暑红颜谢，莺花暖信回。即看冰雪解，应放故山梅。"《和韦庄》(《岁除对王秀才》韵)："稚子今都长，诗书讲必频。未完昏嫁债，苦系尚平身。遥想趋庭乐，谁堪异地春。我犹违膝下，休念远游人。"《和曹松》(《除夜》韵)："茅堂千个竹，清响不时闻。瘦引诗朋爱，寒疑渭亩分。晴枝摇绿雪，湿叶惹流云。独客当残腊，萧然对此君。"《和刘禹锡》(《岁夜咏怀》韵)："闺书秋即断，井臼近如何。汗漫偏吾惯，饥寒累尔多。霜砧惊岁月，眉笔怨蹉跎。业已三冬尽，无由万里过。"《和罗隐》(《除夜》

韵)："门外符新贴，床头橐旧倾。今年辜四序，此候已三更。飘泊思无限，欢娱冀太平。不须重换烛，东窗欲微明。"李符作《辛亥除夕和十唐人诗程石门倡》。按，康熙三十年辛未除夕，吕师濂在汉阳又和十唐人诗。显然，康熙十年的这次集体倡和活动给他留下了深刻记忆。程石门，即程封，字伯建，号石门，湖北江夏人，拔贡，有《山雨堂集》，吴三桂政权授以中书给事。周亮工有《书程石门再游燕台诗后》，杨晖吉有《程石门先生搜滇中诗有感》。

怀念刘廷俊、程尔瞻、钱去病、童振公诸故人。《何山草堂诗稿》卷二《酣松图歌》，序云："刘、程、钱、童四子，为仆旧游，别已七岁，思之不置，况有生死之感者乎。"

秋，吴兴祚时任无锡知县，名士雅集尺木堂。陈玉璂《尺木堂公宴诗序》："岁辛亥秋，梁溪吴大令伯成，集四方名士之至其地者十有六人，宴署中尺木堂。"[1]正是自无锡开始，吴兴祚交游文士，幕府高张，开始了辉煌一生，后至福建、广东，幕府之盛，冠绝清初。

康熙十一年壬子(1672)，四十六岁

姚文燮迁滇开化同知，作《滇行草》。见姚文燮《无异堂文集》卷五《滇行草自序》："滇行草者，姚子于壬子岁迁滇开化司马之所作也。历燕、齐，过吴，经豫、楚趋黔而至于滇，统以滇名者，纪行也。揽昆明畇町之胜，以莅于开，复摄于曲，仍以行名者，终岁未遑宁居也。姚子登进士十四年，由司李长令以迁今官。武夷、上谷皆有诗，未尝示人，而独先滇者，以人难滇，自我行之，无难也，欲以示后，余滇行之人与不仅夫行滇者也。姚子性不工于宦，第求工于文章诗画。而工于宦者不乐行滇，自文章诗画视之，胡滇行之不乐

① ［清]陈玉璂：《学文堂集》，《四库全书存目丛书补编》，齐鲁书社2001年版，第48册，第138页。

也。古今山川莫奇于滇,滇又莫奇于古今未有之开山川者,天地之文章诗画也,而文章诗画则为人心之山川。夫穷则变,变则通,通则神化辖塞。闷奥者穷也,沉郁顿挫者变也,高下自适无往不宜者通也。至太虚浑然,迹象俱泯,无所为穷为变为通,亦无所为山川文章诗画者,天地与人心两不相胜也。斯岂非神化之极诣乎。亦必待行者而后知之乎。抑未尝行而能知之乎。夫有行与未行,同者天下甚多也,而未行自同乎行,尤胜夫徒行者,天下不皆滇,滇不皆开也,此姚子滇行草之意也。"①按,此文对清初滇南之文学生态有发覆之功。

康熙十二年癸丑(1673),四十七岁

寒食,李符踏青归,向吕师濂索和。《何山草堂诗稿》卷四《分虎踏青归索和》有"若邪癸卯清明别,十载飘零想画桡"句,则知诗人自康熙三年北游之后即漂泊天涯,未还江南。

吕师濂将诗集托李符寄予李良年。李良年《秋锦山房集》卷四有《吕黍字以诗集属分虎见寄有此赠》,勾勒出吕师濂的生平行踪以及在滇的生活状况:"十龄学为文,十五爱结客。破产掷秋烟,瘗笔等山积。二十羽陵蠹,缥锦肆剥蚀。三十塞上鸿,秋南更春北。天使为散财,甲第编苇荻。被褐赴国门,贤豪许相识。五侯脚不到,漫刺岂足惜。揶揄路傍手,谓此一何癖。少小昧干谒,蹩躠始叹息。作书寄滇池,有弟远离隔。吾行悔前修,弟可鉴囊迹。弟报书曰否,此意讵可易。不见山阴生,啸傲王公侧。蛾眉乞题诗,虎旅待飞檄。非无燕拥彗,亦有赵襒席。生视若敝屣,倔强犹往昔。斯言真起予,良友何当觌。好风从西来,诗卷见风格。停琴拭青

① [清]姚文燮:《无异堂文集》,《清代诗文集汇编》,上海古籍出版社2010年版,第106册,第133页。

玉，红烛再三剔。怪君束笋中，灼灼光焰逼。玲珑若珠丸，锋锐或刀戟。昆明一万顷，澎湃走胸臆。诗定如其人，蠡管试窥测。夜郎多寓公，前游记历历。远闻天宝窜，近叹新都谪。子无放逐忧，徵声乃凄激。已矣谁能知，悠悠笑通国。贱子百无成，升沉昧难策。向来飞动意，束手就绳墨。对君慷慨词，便欲语肝膈。小弟约东还，果否并归鞫。酒钱会倾囊，吟醉过百驿。"[①]据"小弟约东还，果否并归鞫"句，知此诗作于李符离滇之前。

六月，李符自滇至黔，会良年，兄弟二人共游飞云岩等地，归里。《何山草堂诗稿》卷二《送分虎归家续娶偕新妇称母夫人之觞》，李母"癸丑严冬届六十"。《何山草堂诗稿》卷一《遥送李武曾自牂牁还嘉兴。武曾者，斯年之弟，分虎之兄，人称嘉兴三李云》，诗注"武曾寄秋锦诗一帙"，另有"急母谢信陵，长途发秋半……相隔东复习，归程渺难算。况是神交者，方寸故弥漫"等内容，知李氏兄弟乃"秋半"从贵州启程返嘉兴，而吕师濂与李良年乃"神交"，并未见面。顾氏十二月二十八日生辰，三李齐归为母寿，传为一时盛事。按，李符还乡寿母，看似情理之中，但与是年吴三桂叛乱相联系来看，则有避难托辞之嫌。

李符在滇期间为吕师濂诗集作序，姑系于是年。李符《何山草堂诗稿序》："余自少爱游佳山水，交良友朋，而读当世诗文之杰出者。犹记曩昔，索处故林，我友朱子锡鬯从山阴归，宴集于查子韬荒之宅，言千岩万壑之奇秀，了如指掌。问其惊才伟人，则以吕子黍字为对，即示箧中所携之诗数章，三复叹赏，倾慕久之。余既得读其诗，亟欲探禹穴之胜，造黍字之庐，而亲炙其音徽。将理檝渡钱塘，可以朝发而夕至者，乃复因事间阻。未几，闻黍字已拂衣出

① ［清］李良年撰，朱丽霞整理：《秋锦山房集　秋锦山房外集》，上海古籍出版社 2011 年版，第 169—170 页。

游,莫知车辙之所在。越数年,余有夜郎之役,生平知己,连舟相送于浒次,执手踌躇,以万里远行,各有惘惘之色,独华亭蒋大鸿夫子谓曰:'子往滇,有黍字在焉,与子必倾盖莫逆,天末虽僻远萧瑟而得一同心之助,可以慰矣。'余用是踊跃而西。于时,查子先我游滇,已跨鞍东返,与余遇于黔阳旅馆,篝灯樽酒之旁,道黍字不去口,较朱、蒋之称黍字为尤详。且出诗一卷,示余曰:'是黍字之诗也,览之可仿佛其为人。'余寝处浃旬,神魂惝恍,意中目中若有一黍字在焉矣。既而别查子,治装西驰,遇黍字如旧识,恨相见之晚。入而促席,出则联镳,切磋砥砺,期辅我于明,风雨无间也。因得悉读其诗,凡舟车所经,自吴楚近游,以及涉江逾河,过兖豫中原之区,北适幽燕,西极秦陇绝徼,复出汉中,走巴蜀,由栈道险隘以至碧鸡金马之乡,其间山川人物,吊古赠今,孤臣去国之感,游子思乡之作,细而至于虫鱼草木之属,无所不备,类皆摇笔迥异,离奇光怪,若银瓮天球,商彝周鼎,为世所希见之宝。然其触绪兴怀,喜怒哀乐之不齐,悉发乎性情之至,正喜而不荒,怒而不怨,哀而不伤,乐而不淫,深得三百篇之旨者也。昔司马子长涉龙门碣石,浮于沅湘,而文始奇;屈平历九州岛,去故都,而《离骚》以传。吾复以黍字之诗信之。夫余未遇黍字之前,虽两见其诗,恨不得多读,今既诵其新旧之制,如季札观乐而见舞韶箾止矣,蔑以加矣。或有告余者曰:'昌黎有言,欢愉之辞难工,而愁苦之辞易好;庐陵序梅圣俞诗亦曰,愈穷则愈工。今黍字生长华胄,负奇才异能,轻轩冕而事汗漫,声动宇内,举世无不知之,兹且□园幕府尊为上客,四方贤士大夫之至止者,必欲望见颜色,门多车辙马迹,西南之间有平原、信陵之誉。黍字之遇,可不谓隆欤。而其著作益工,岂古人之言有未足尽信者耶。'余曰:'否否。黍字宏览博物,任侠忼慨,负磊落不羁之概,纵饮豪奢,好结纳天下士,此其志有大过人者。乃坎壈于时,与世浮沉,不得已而轻去其乡,担簦蹑屩,为东西南北之人,夫岂黍字之志哉！故虽日见其处于纷华靡丽之场，而凄怆悲愤之衷恒郁结于怀而不能去，宜其为诗之益工矣。’黍字为太傅文安公裔孙，家故有何山草堂，在鉴湖之曲，为太傅所筑别业，壶觞啸咏，与宾客燕游处也。及乎兵燹之后，丞相莱田鞠为茂草，而乌衣之第宅委于荒烟荆棘之中，不可复问，独斯堂之榱题无恙，丘壑犹存，巍然如鲁灵光，是先业之未坠，若有待于后人之继之也，故其诗多旅客行吟之篇而必系之曰何山草堂之诗，是则黍字之志也夫。”

吴三桂将反清，方光琛与吕师濂“潜铸伪印百颗”。孙旭《平吴录》：“癸丑，可喜与福建靖南嗣王耿精忠先后疏请搬家归辽东。上差户部尚书梁靖标往广东，府尹陈一炳往福建，查算家口数目，以便沿途给与夫马口粮。方光琛等告桂曰：‘两藩移家，即将来搬云南之渐也，盍疏探上意？’桂遂上疏，如尚、耿之请。上亦允之，差户部侍郎哲尔肯、掌院学士傅达礼、兵部车驾司郎中王新命往云南，查算家口。光琛等曰：‘家口七八十万，安土重迁，奈何？’桂反意遂决。向胡国柱泣曰：‘恨应熊在京耳。’国柱曰：‘已遣鲁虾往京接取世子矣。’桂曰：‘俟鲁虾回再议。’鲁虾至京，密请应熊回南。应熊曰：‘当与格格商之。’入久不出，鲁虾恐事泄，走，回复国柱。国柱嘱鲁虾曰：‘尔见王当言世子已被害，河南、湖广沿路置刀斧手，埋伏地雷，专伺王过，罄杀无疑。’鲁虾如其言启王，桂捶胸大恸。国柱与鲁虾潜布流言，藩下数十万家无不愁苦。国柱潜令各家织网布，光琛与黍子潜铸伪印百颗。”按，“黍子”即吕师濂。

十一月十一日，祁班孙卒。见全祖望《祁六公子墓碣铭》[①]。

十一月二十日，吴三桂任命吕师濂为工曹。孙旭《平吴录》：“十一月二十日五鼓，桂集藩下官属于殿上，掷帽剪发辫。……以

---

① ［清］祁班孙：《紫芝轩逸稿》，《清代诗文集汇编》，上海古籍出版社2010年版，第798册，第20页。

方光琛为吏曹,来度为户曹,钱点为礼曹,韩大任为兵曹,冯苏为刑曹,吕黍子为工曹,郭昌为云南巡抚。”

姚文燮作《吕黍字何山草堂辛壬癸三集序》,姑系于是年。辛壬癸,即康熙十年至十二年。序云:“何山草堂者,黍字曾大父山阴相国之休浣地也。顷客游万里外,未尝居何山草堂,而仍以名集者,不忘本也,不忘本则不忘相国之黼黻。太平与身后之沧桑更变,均有以伤黍字之心者,即伤相国之心也。故对何山如对相国,即不忍居何山,而过都历国,举凡所阅之宫阙苑囿,海岳风云,胡莫非何山草堂也?其凭吊西山,徘徊易水,走雁门广武,远出贺兰,旋度连云栈,越玉垒蚕崖,遂入金马碧鸡,击剑悲歌,久之不归何山草堂,几几乎以为是即可作何山草堂,否则即归何山草堂是重辱何山草堂也。山阴多奇人,以黍字视之则不奇。人尽奇黍字与诗,而余言不奇,盖以貌奇黍字与诗者,浅之乎黍字与诗也。黍字之腕丽眼疾,胆粗思巧,人知奇之,不知其所以奇者,则在神与骨,又在乎其心悲,其气锐,悲乎人忘乎悲之时,锐乎人尽乎锐之后,忍乎其所不忍,成乎其所必成者。今而后,黍字方张大其何山草堂,而相国且让奇于黍字,即于是诗中见之也。”后有评论,“施尚白曰:通篇醇和完好气足之文。”[①]按,“其心悲,其气锐,悲乎人忘乎悲之时,锐乎人尽乎锐之后”,此正是吕师濂能够保全遗民气节的原因。与陈维崧之流分道扬镳,正基于此。另,王士禛、姚文燮皆为吕师濂诗集作序,但为何最终《何山草堂诗稿》及《何山草堂诗二集》皆未收,而现存版本中多篇序言作者或为遗民,或为烈士,这必然经过吕师濂的一番慎重考量。主要有两个可能,一是不愿与仕清者为伍,二是不欲因个人抗清、反清“罪行”牵连诸友。当然,也可能两者兼而有之。

---

① [清]姚文燮:《无异堂文集》,《清代诗文集汇编》,上海古籍出版社2010年版,第106册,第135页。

夏，与黄仁斋别。《何山草堂诗二集》卷一《与黄仁斋话旧》："忆与叔度交，丁未蛰始惊。后与叔度别，癸丑阳初亨。"

康熙十三年甲寅(1674)，四十八岁

康熙十四年乙卯(1675)，四十九岁

康熙十五年丙辰(1676)，五十岁

在闽，九月十六夜，协助耿精忠杀害福建总督范承谟。郭棻《范忠贞公传》："丙辰王师破仙霞岭，精忠降，饰辞希免死，虑公白其实，于九月十六夜遣逆党来害公。公时方侧卧，闻变，微笑曰：'今日方毕吾事。'索赐冠。贼党吕八者，夺而掷诸地，复蹴之。公怒，以械索摔其头，几毙。乃披衣露顶，遥望阙九，叩首曰：'罪臣奉职无状，死迟矣。'遂遇害。"(范承谟《范忠贞集》卷一)

七夕后一日，半完圃老人为李符《耒边词》作序。冬，曹贞吉为李符《耒边词》作序："分虎自南来，见示耒边新制，其温丽者真可分周、柳之席而入花间之室，即间作辛、陆体，而和平大雅亦不至于铁将军铜绰板。"

康熙十六年丁巳(1677)，五十一岁

春，随吴三桂在军中。《何山草堂诗稿》卷四《春夜同诸公船顶看月饮周仪郎》："舵楼高稳俯晴波，玉镜光寒初罢磨。海味入盘龙虱怪，故人把盏凤毛多。三更舞扇双垂手，四载征途一放歌。况有雪儿能媚客，风生酒政奈他何。"吴三桂于康熙十二年起兵反清，越四载则为康熙十六年。

秋，在衡阳军中，幕僚宴饮。《何山草堂诗稿》卷三《重阳前一日同诸公登回雁峰饮李子而醉座客成诗八首促和如数》八首。康熙十五年十一月初五，吴三桂率军至衡阳，以衡阳知府衙门为行殿，指挥战局。康熙十七年闰三月初二，吴三桂加冕称帝，同年秋病逝。次年清军收复衡阳。故断定此诗作于是年。其一:"预引登高兴,诗从天上题。篱花迎客早,岳树拍肩齐。白眼谁同阮,贪杯我似嵇。浮沉非本色,取次卧苍溪。"其二:"嘉节催重九,悲风大壑号。东山棋可赌,北海会元高。漉酒怀陶令,搴芳证楚骚。何由载箫管,击楫破秋涛。"其三:"龙门能倒屣,风客爱停轩。公等才惊世,吾将学灌园。把杯衔落日,送雁度前村。形势收凭眺,蒸湘此合源。"其四:"烟火低城堞,金银烂佛廊。鼓鞞垂老厌,花雨半天将。木末芙蓉紫,霜前杨柳黄。茱萸明日插,只恐忆沙场。"其五:"回雁宜晴雨,邀欢听主人。名朝如复至,美酒再千巡。善病应高枕,非才辱上宾。当筵挥洒疾,输和尔阳春。"其六:"望远归堪当,乡书懒惰裁。从军都浪子,命笔况奇才。梦得糕先叶,衡阳雁早来。百年愁占半,莫剩使君杯。"其七:"对席琴初罢,看卿腕有神。山河还带甲,节序故催人。抱玉愁无益,听歌喜似真。秋光休浪掷,行乐及良辰。"其八:"击节夸佳句,追吟不避狂。重阳堪屈指,此会颇难忘。头白今宵月,花黄隔夜霜。江声来浩浩,何处是钱塘?"

康熙十七年戊午(1678),五十二岁

吴三桂死,孙吴世璠即位,退守昆明。

逃出衡阳,秋,遭遇盗匪,死里逃生。《何山草堂诗二集》卷一《生日早起有感书于小像之后》诗间小注:"戊午秋,余四体为群盗烧烂,死三日而苏。"

康熙十八年己未(1679),五十三岁

死里逃生,苟全性命。《何山草堂诗二集》卷一《香海篇为冰壑老人赋》:"迷迭我癖好,旃檀佛作林。浮杯渡衣带,踏苇渡沧溟。众香已号国,蓬海曾飞尘。旨哉香海义,弥漫包乾坤。师敞高明怀，灼烁扶桑暾。师吐广长舌，蔼吉兰蕙芬。精庐环碧漪，浓柳掩柴门。谁脱腰间玉，希文偕右军（制军范公、抚军王公）。春色正佳丽，烟絮东风温。吹酣木芍药，啼断望帝魂。彩缬剪罂栗，繁霜凝素馨。飘然诗思发，隽逸流天真。造膝颇唐突，往事得细论。木公天童出（弘觉禅师号木陈），阐教兴能仁（寺名在越城中）。此地先祠部，请佃为丘樊。中间一梵王，百夫弗克升。别筑无量庵，舁之等叶轻。高台日晒书，园以樛木名。优游娱晚景，传及藐孤身。家门渐多故，寰宇俄弄兵。祁氏喜施舍（祁奕远尊人），祖母感前因。同志决善举，龙象俨复临。伊时师目炙，走也人未成。计年五十余，耆旧亦晨星。孰谓蛮荒域，重觐不坏形。自昨罹患难，性命幸活存。酬恩徒罔极，至德念鬼神。荣枯与哀乐，一一嚼蜡经。乞借花拈偈，指点将来程。知师扫塔愿，久矣镂胸膺。香海或暂辞，锡杖云门登。追随当负荷，蒲团折脚铛。"

自衡阳逃奔澧州，复往荆州。《何山草堂诗稿》卷五《奉别大将军尚书蔡公》："清白遵庭训，忠良本性成。才长能负荷，器大善含弘。威武追诸葛，勤劳逼士行。隐瘼为豁达，肥遁贲千旌。六诏烽迷楚，孤身气作城。岳阳波肆撼，梦泽草皆兵。冲浪当戈戟，安心置死生。铁衣三岁敝，青鬓一宵更。壕堑围形密，蒭粮截法精。穷鱼徒网漏，金马自犁平。不杀真仁义，如伤体圣明。孟春军驻澧，破衲我瞻荆（急欲出阱，故披剃为僧，亡命至澧州，谒军门，时仆犹僧也）。乍对如亲故，虚怀出悫诚。荐雄文岂似（公专拜荐疏，奉有该部议奏之俞旨），遇亥礼堪惊（折节忘尊，馆餐备至）。已烂惟存骨（体为群盗所灼，时犹焦烂），重危始出坑（自衡至澧，又被群盗劫辱诸惨）。沐猴烹客惯，伤鸟不平鸣。俨辱缁衣好，难酬国士情。明晨将解缆，此际敢吞声。更馈兼金贶，还申后会盟（公订仆至幕，有明春悬望之言）。感恩复知己，牵袂欲沾缨。"按，蔡毓荣（1633—1699），字仁庵，汉军正白旗人，祖籍锦州，出身官宦之家，其父为漕运总督蔡士英。蔡毓荣累官四川总督、湖广总督、云贵总督。在戡平“三藩之乱”过程中屡立功勋，领衔绥远将军，总统绿营，连败吴三桂军，收复荆、楚、滇、黔多地。因纳吴三桂孙女为妾，获罪遣戍东北。

徐元禹任华容县知县，作为山阴同乡，吕师濂与之过从甚密。《何山草堂诗稿》卷四《荆庵新宰华容专寄二首》，其一：“理剧扶残识尔能，苍点来暮有歌腾。初收烽火花休种，且缓征求稻可登。青草湖平云似岳，黄陵庙晚月如水。扁舟一泛清虚甚，不羡仙槎银汉乘。”其二：“自伤失足只低头，潦倒天涯泪暗流。熟晓使君能说项，近来荡子倦依刘。波涛纵险思兰桨，风雨无聊击蒯缑。莫虑微躯经患难，但教舌在复何求。”按，《华容县志》卷八“治绩”载：“徐元禹，字荆庵，山阴人，起家例贡，性敏甚，五官并用。康熙十八年莅任。时吴逆甫平，疮痍未起，抚绥招徕，民始复业。在任十二载，筑堤防，联保甲，兴学垦田，善政毕举，尝捧檄至会城筹运军需，皆有条理。遥制县事未尝不先期办。著有《治华集》，至今脍炙人口。道光初祀名宦。”

葛芝为《何山草堂诗稿》作序，有“今先生游巫黔，溯沅澧，而达荆楚”句，与《奉别大将军尚书蔡公》之“孟春军驻澧，破衲我瞻荆”句意相近，故系于是年。序云：“芝从松邑归，携何山先生近诗，读于天岳客馆，客有借而读之者，匝数月始归还，入曰：‘何山先生其屈子之后身乎？何其善怨而骚也。’曰：‘骚云乎哉，怨也者，三百篇之宗旨也，《风》《雅》既湮，《离骚》继作，爱君忧世，显忠斥佞，追始风人，骚之所以继诗也。’曰：‘诗发乎情，本乎性，止于义礼，骚则一哀而不可止矣。拟骚于诗，大有径庭。夫子之云滋惑甚矣。’曰：‘骚之非诗可也，谓骚之不发于情，本于性，止于礼义，不可也。如谓不发于情，本于性，止于礼义，则将谓忠君爱国、显忠斥佞之非性情、非礼义也。可乎，不可乎？故曰：怨也者，三百篇之宗旨也。孔子之教门弟子曰：小子何莫学夫诗，诗可以怨，然则怨亦何伤于诗乎？孔子存而不删，非逸诗者之可律矣。且夫诗之所载，鸟兽草木而外，大抵皆君臣、父子、夫妇、昆弟、朋友，则皆怨先生之诗，亦犹行古之道也。夫何尤乎？且子知先生之诗，未审先生之人，所谓知其一，不识其二也。先生喜倜傥，负奇气，长于文章经济之方，战陈纵横之策，坚白异同之论，人之视先生与先生之自视者为何如哉？乃少罹多难，破产甘心，江湖浪迹，竟忘岁月，若不知老之将至。今先生游巫黔，溯沅沣，而达荆楚。楚故怨地也，是以操心也，危虑患也，深凡于风物民俗，所见所闻，无不殷忧隐虑，毕致其缠绵无已之情。其志苦，故诗也而近于骚焉。要之先生所欲言，不自知其为诗为骚也，而又何知其为怨乎？古之忠臣爱君，孝子爱亲，贞妇爱夫，昆弟朋友之互相爱，而皆互相怨，即以先生为善怨也。夫亦不知为忠臣，为孝子，为贞妇，友兄与良朋也，故曰亦犹行古之道也。后之人读其诗，论其世，考其人，谓之诗，降为骚，可也。骚继为诗也，又恶乎不可。'"按，葛芝（1615—？），原名云芝，字瑞五，号龙仙，又号骑龙山人，晚号卧龙山人，江苏昆山人，明末诸生。张采之婿，张溥之高足，颇有学识声望。甲申之后，以遗民身份终老。著有《卧龙山人集》十四卷、《容膝居杂录》六卷。

康熙十九年庚申（1680），五十四岁

十月，逢毛子霞。《何山草堂诗稿》卷三《喜逢毛子霞于楚》，其一："十月江风厉，来遵大别山。闻声曾梦寐，把臂忽荆蛮。喜欲花前舞，愁都酒内删。健谭呼秉烛，明日莫辞还。"其二："见君诗不俗，识得是仙人。七十当头近，桃花驻色新。山高登独勇，曲误顾偏真。谁说无耆旧，相逢折角巾。"其三："盘礴临池兴，书成云雾迷。小夸欺黍粒，大怪与人齐。客顾鹅笼至，门将铁踏泥。山房须墨妙，饱笔一劳提。"其四："黄鹤楼还在，留题李白难。尔能吟不倦,我冒暑曾看。只觉清心目,无妨带瘦寒。直教江月上,犹未下阑干。”其五:“学问真无底,奇观篆刻中。六书通注脚,佳句配雕虫。寸石刀痕古,长笺款印红。文何精此艺,今复见毛公。”诗注:“文三桥何雪渔。”其六:“天涯攀赤壁,霜蹬媚黄花。风景怜人赏,樽罍得尔赊。故乡东望是,新雁一行斜。树杪收渔艇,城头起暮笳。”按,毛会建(1611—?),字子霞,别名客仙,江苏武进人。明末名士,曾流寓岭南,与屈大均等相识。屈大均有《答毛子霞二首》《赠毗陵毛子三首》等诗,称赞毛子霞有“悠扬国士风”。康熙年间曾出任仪曹郎、礼部郎中、乐昌令等职。后经由贵州至荆楚,侨居江夏。工诗善文,尤精擘窠书,喜书大字,《武进县志》记载:“尝摩岣嵝碑,立石大别山巅。”陈玉璂《毛子霞百一诗序》:“先生仕乐昌、历仪部,最后依楚大将军之幕,迫势无可如何,然后放浪江湖,一寄情于游咏。……予尝闻先生游浙,举竹阁大社,一时闻风至者至二百余人。……又闻入楚广采榆柳楸柏诸木,植之汉阳,一时楚人有晴川补树之谣。又为亭于襄之戚园,名曰霞寄,往往携酒榼与客游观,竟日忘返。又建高阳池馆于习家池,又构听雪楼以追宋玉白雪楼之遗意。……庚寅之夏,先生还毗陵,出稿属予为序,而并述其生平梗概如此。”①

作《山房口占》二首(《何山草堂诗稿》卷三),其一:“吾庐面若邪,渌漪接明霞。喧笑来娇女,流连学浣纱。三秋枫缀锦,五月藕都花。何日能归去,仍亲鸥鹭槎。”其二:“雨歇流泉响,砰礴万壑摇。飞鱼乘紫雾,白雪激秋涛。凉浥湘娥篁,香生楚畹苗。傥酤斗酒至,百郁或忘销。”与《喜逢毛子霞于楚》其三“山房须墨妙,饱笔一劳提”内容相关联,故系于是年。

---

① [清]陈玉璂:《学文堂集》,《四库全书存目丛书补编》,齐鲁书社 2001 年版,第 48 册,第 124 页。

万树五十岁，作《满江红·庚申元旦》，词云："自作孤鸿，怕底是、逢他新岁。长则是、辞家旅食，一身萍寄。爆竹放参僧阁下，樗蒱封印官衙里。却归来、今日又春头，浑难避。　无宴集，屠苏会。无拜揖，家庭礼。任云衣装雨，晓眠慵起。瓶有早梅堪共语，瓮余新酿成知己。问窗前、贺节有谁来，青山耳。"①

康熙二十年辛酉(1681)，五十五岁

二月，清军围昆明。十月，城破，吴世璠自杀。"三藩之乱"平息。十一月，陈维崧作《平滇颂》，见《陈迦陵俪体文集》卷二。毛奇龄作《平滇颂》，见《西河集》卷一。从他们对平滇的态度来看，吕师濂与当年故人在思想层面已存在较大分歧。

除夕，在舟中，赴华容。《何山草堂诗稿》卷四《辛酉除夕》二首，诗注："时为荆庵邀至华容"，其一："故人花县洞庭西，慰我飘蓬晚岁携。十日放舟风雪恶，孤灯觅路水天迷。荒芦肃肃愁闻雁，寒夜茫茫想听鸡。明岁行藏休预料，且将穷送学昌黎。"其二："千门万户换桃符，我独扁舟一叶孤。不耐饥驱抛岁月，可怜亲老滞江湖。无端野戍传刁斗，若个鸣榔唱鹧鸪。恼乱客怀难伏枕，开篷数问近城无。"

康熙二十一年壬戌(1682)，五十六岁

元旦，与荆庵等人宴饮，得知朝廷销兵命令，心情稍放松。《何山草堂诗稿》卷四《壬戌元旦》二首，其二："高筵春酒注壶觞，椒子浮红分外香。北海座中惭上客，南州名下对仙郎。章华歌舞迷青草，梦泽烟霞媚画梁。闻道销兵新有令，太平梅柳得徜徉。"

作诗感谢徐荆庵恩情。《何山草堂诗稿》卷二《双虎行纪华容

① 《全清词》(顺康卷)，中华书局2002年版，第5562页。

尹徐荆庵事》:“二月十六天风号,洞庭鼓浪君山摇。华容城东雌雄虎,日日啮人人闭户。使君闻之眦欲裂,拔取匣剑鱼肠铁。阴壑危崖手挽萝,束衣结袜身探穴。穷搜不见知逃藏,参差足印涔泥黄。深林澹日忽西坠,骑马返告神城隍。若闻神语感精诚,吾当为君效冥冥。诘朝大索撼溪谷,果然即获双狰狞。舁来不觉斑斓重,看去真教毛骨悚。菡萏霜刀白日寒,燕脂腥血红泉涌。要知凶猛不足恃,安用利尔爪与齿。笠叟髫童压背观,炊娘织妇钩帘指。皆言善搏数卞庄,岂能一举攫一双。渡河翻恐祸邻国,驯膝不异养痈疮。如今行旅罢结伴,农得安耕樵得爨。柴棘由他夜不扃,牛羊任汝忘呼唤。使君之德神之听,捷如抱鼓响即应。韩公祭鳄漫言无,李郎没羽徒夸劲。遄命庖丁割炙之,请啖其肉卧其皮。迂阔何由致麟凤,城社惭可问狐狸。如君为政美且多,即此杀虎亦不磨。云破二更月吐色,诗成一笑风为息。放桨君山仍弄笛。”

春,絅庵来访吕师濂于黄鹤楼前,话言四夕,不达旦不休。《何山草堂诗稿》卷三《纪晤诗》十一首,序云:“絅庵与仆同井而居,故甚友善。戊戌春,买舟北上,促膝四十昼夜,其米盐酒脯,各举所携,或嘲弄风月,亦各率其性,徜徉纵恣,若无尔我者。今年岁在壬戌,屈指盖已廿有四载,絅庵夙负才调,故能建立功名。仆迂疏蹭蹬,辄罹患难,已分,不复相见,不谓访我于黄鹤楼前。天际故人,绸缪如昨,话言四夕,不达旦不休。然尔我升沉梗概并相见之情,乌可无言以纪,因作纪晤诗,诗凡十一首。”其一:“百年敦世讲,一水接芳邻。孝友乡评重,才情国士真。弃繻曾出塞,投笔不依人。云雨从天到,蛟龙奋蛰新。”其二:“小日肩随友,元推尔独豪。共浮青翰舫,曾弄广陵涛。簇雪鲥催酒,含珠蛤爱糟。晨昏同七箸,雅谊在绨袍。”其三:“携手上金台,蹉跎我不才。声明能自树,通达理应该。献赋长杨似,弯弧满月开。书生偏武备,却欲笑邹枚。”其四:“岩邑汉临沮,郧襄倚辅车。山深兵啸聚,烽息户空虚。荒垄耕无犊，寒溪钓乏鱼。四年劳教养，渐渐有诗书。”其五：“吾兄夸学海，伯氏亦文雄。不耐官拘束，惟耽辩异同。依随还共被，呼唤尚如童。友爱谁能比，荆花岁岁红。”其六：“一别廿四年，俄逢烛影前。惊君髯若戟，怪我雪吹颠。似梦非虚境，相看翻泫然。如何开笑口，所喜着先鞭。”其七：“旅斋床恐窄，席地锦茵宽。细询情弥切，详酬鼻惹酸。挑灯鸡喔喔，就枕日阑干。车笠仍如故，于今觉更难。”其八：“话到联姻娅，吾家小阮狂。门寒虽不鄙，齐大敢相当。以友叨甥舅，将箫待凤凰。几时双卺合，老笔赋催妆。”其九：“闻道楼新构，嘉名介福称。鼓琴邀众响，索句一高凭。漳水晴光满，荆山宝气蒸。文帘钩处望，凉月照壶冰。”其十：“辇下声名重，公卿折节游。深怜吾哭路，俨许作曹丘。笔墨人间贱，原尝何处求。飞扬愁里倦，无奈敝貂裘。”十一：“才逢那可别，黯黯复依依。薄醉牵情甚，轻风挂席宜。柳浓鹂细啭，江阔燕双迟。已约荷花放，追欢待习池。”

陶煊作《客鄂渚九日逢雨，尚以朋邀同吕黍字、胡元驭、赵幼青、家甄夫弟集饮高观山小阁》，其一：“偶渡重湖客，多君意未阑。节刚逢九日，朋许集高观。风雨愁能洗，烟云牖较宽。不须寻菊去，良会有余欢。”其二：“昔插茱萸处，三年两度登。径偏开蒋诩，酒不待王弘。芳草情多怨，霜花放未能。快吟高阁上，试听雨如绳。”[①]按，《石溪诗钞》，陶煊著。陶煊，字石溪，又字奉长，出身于文学世家，陶汝鼐之孙。陈恭尹为作《石溪诗序》有云：“其所赠答大半与吾相知，而存者亦希矣。”[②]尚以朋，孔尚任《湖海集》中有《天宁邸署招蒋玉渊、何蜀山、黄仪逋、汪柱东、卓子任、尚以朋、家

① ［清］陶煊：《石溪诗钞》，《四库禁毁书丛刊》集部第183册，第369—370页。

② ［清］陈恭尹著，郭培忠点校：《陈恭尹集》，人民文学出版社2018年版，第749页。

樵岚拥炉看雪分韵》:"风流谢傅宅,丝竹夜厌厌。一自苔封寺,谁看絮舞檐。穷途人颇似,冷馆味难兼。索句同炉火,雪深不下帘。"[①]胡之棅,字元驭,号陶庵,安徽泾县人。性冲淡,以能诗名。康熙间由岁贡任天长县训导,升安庆府教授。《师俭堂诗钞》一卷。《河南通志》:"江南泾县人,副榜,康熙六十年任新安县知县。"钱又选,字幼青,青浦(今属上海)人。工山水、人物、花鸟。有花癖,所至以种花自娱。秦、晋、楚、蜀、燕、齐、豫、越,足迹殆遍,侨寓池州,喻成龙郡守延为上客。

春,收到钱霍手札。《何山草堂诗稿》卷四《晡矣忽得去病手札》:"负郭田倾久苦饥,因而汗漫失归期。当春懒问新烟柳,觅食慵耕旧砚池。时命坎轲眉尽案,章缝束缚悔同迟。隔年喜剧双鱼到,月满松窗且不知。"

与鄞宗臣交游。《何山草堂诗稿》卷四《鄞宗臣叠赠佳制专请游期奈何腹疾未瘳暂辞另订》:"两诗见赠字何香,大历开元总擅长。爱眺青山邀野客,拟酤绿醑弄斜阳。岂知脾病支难久,稍待秋寒气体良。木落霜清峰顶去,共骑黄鹄叩天阊。"

致信吕洪烈。时吕洪烈在端州吴兴祚两广总督幕府。《何山草堂诗稿》卷四《药庵在征蛮幕府,孟秋朔四日为六袠诞辰,闻其纳姬以娱,寄此长句当询当祝》:"渊源词赋我推卿,倒屣公侯藉甚名。初擘荔枝红玉滑,故歌桃叶紫箫轻。蟾光乍吐开帘引,眉样新弯倩画成。六十男儿元未老,后车还隔廿年迎。"按,吕洪烈,字清卿,号药庵,山阴人,金烺岳父,吕师著之子,吕师濂族侄。毛奇龄《敕授江宁北捕通判吕师著墓表》:"当予入郡为文社时,有以兄弟指名者,曰三张、三吕。三张者,张梯、张杉、张楞也;若三吕,则一为钜烈,一为相烈,一为洪烈。两家皆世家子弟,而文采烂然。"康熙二

① [清]孔尚任:《孔尚任诗文集》,中华书局1962年版,第56—57页。

十年前后，吕洪烈与万树同客吴兴祚闽粤幕府，故毛奇龄有“洪烈以记室从岭南来”之说。有《药庵词》传世，与幕府宾客多有唱和，如《探春慢·送姜苍崖归里》《金菊对芙蓉·咏弄色芙蓉，步万红友韵》《望海潮·吴雪舫订余同归，乃别我先行，漫作送至》等。与吕洪烈取得联系，是吕师濂游幕生涯的重要拐点。

四度至郊外看杏花，游兴颇佳。《何山草堂诗稿》卷四有《郊外看杏花》《次日再看杏花》《又次日三看杏花》《隔五日四看杏花纷纷谢矣》诸作，末首有“莫以花残将兴减，手杯正可逐花飞”句。

与絅庵唱和。《何山草堂诗稿》卷四《絅庵登春陵据胜楼怀古，遥用其韵》：“仙郎岁晚独登楼，百里山川一望周。诗兴知从怀古发，客愁若得倚阑瘳。仲华故里寒烟锁，文叔还乡置酒游。襄汉外潆形胜据，郁葱佳气可仍浮。”

冬至，在邓州。《何山草堂诗稿》卷四《冬至值士眉六十时同客于穰邸》：“正周花甲逢长至，从此添长老不侵。妙檄况能灯下草，闻梅犹欲雪中寻。诗书负尔匡衡腹，肝胆轻他鲍叔金。有话向人难出口，若教弹铗失初心。”

与毛子霞宴集唱和。《何山草堂诗稿》卷四《罢席后和子霞》：“相逢捉鼻雪当中，官舍双梅逼座红。已得共看春未至，不须折寄信才通。困穷怪我风流减，谈饮怜君气势雄。秉烛几时谋再会，千军易扫和难工。”

除夕，淹留难归，念衰母稚子，形容消瘦。《何山草堂诗稿》卷四《壬戌除夜》：“归计仍难岁复移，年年为客仅存皮。偶逢欢境思衰母，老入愁乡念稚儿。幸不眼花灯可读，纵然舌在镜羞窥。踌躇欲向苍天问，今夕何人哭路歧。”

是年还有《山中送万苏谒选》《絅庵云春陵亭子前梅二树殊极古老，蓓蕾将舒而别，明春过临，惟恐残谢，出示留别二梅之作，即索和章，然韵颇窘人，塞白而已》诸作。

康熙二十二年癸亥(1683),五十七岁

郑克塽降附清朝。

元旦,倦游思归。《何山草堂诗稿》卷四《癸亥元旦》:"寒鸡破晓报春来,三径知荒可放梅。游倦畏看新岁历,雪深感捧故人杯。微驱虽贱天还爱,痴态容医鬓莫催。困久定应通泰近,且将笑口醉中开。"

中秋,在武昌,念陶子。《何山草堂诗稿》卷四《八月望寓武昌思陶子为李明府邀向黄冈》:"手书话别恨生添,与李同舟仙共瞻。此地登楼谁庾亮,故人漉酒隔陶潜。三更欲下穷途泪,廿载违看东海蟾。赤壁去年晴魄早,我曾独醉卧花檐。"又有《闻绥远将军以滇郡刘司马苦节入告喜甚成诗》《寄刘南漳》诸作。

接吕洪烈回信,并人参若干,心情大好。《何山草堂诗稿》卷四《灯下得药庵岭外书并参若干》:"幼同笔砚壮分襟,北辙南辕信久沉。岭表忽来云朵字,函中横叠鸭江参。剪灯细读情殊切,沦水文煨味转深。气力觉强思亦慰,愁人今夕罢呻吟。"

除夕,在邓州。《何山草堂诗稿》卷四《客邓州四首》,其一《癸亥除夕》:"客里韶光不易过,那知暗里掷如梭。今年有闰仍虚度,此夕思亲可奈何。垂老佣书心勉强,依人对酒泪滂沱。鉴湖茅舍清幽在,悔欲飞扬负薜萝。"思乡情切,对少壮离家有悔意。盖清朝继平定"三藩之乱"后,于是年统一台湾,明祚复兴无望,吕师濂一生抗清心血付诸东流,故而悔恨与无奈之感交织。

康熙二十三年甲子(1684),五十八岁

春,在邓州,思亲怀乡,作《元日》《人日》《谷日》。《客邓州四首》之《人日》:"谁言有子即承欢,我事庭闱罪万端。廿二年来游孟浪,四千里外梦弥漫。山田虽足聊糊口,晨夕何由一问安。佳节每逢思更切,天涯无计放眉攒。"

暮春，路过南漳。《何山草堂诗稿》卷四《暮春重过南漳题壁》二首，其一有“卞和山下别经年，今日重来榻尚悬”句，知去年此时在南漳，与《寄刘南漳》诗意相合。其二称“后朝即有羊城役，一买扁舟万里违”，知将赴粤。是年春另有《戏赠白门文兰较书并嘲席上主人》《简驻节庆兴副元戎位参宗兄》《饮别闽少年后作》《奕仪亲家向麻城候其令兄含章大尹托记四韵》诸作。

暮春，自襄阳至汉口，买舟前往端州吴兴祚两广总督幕府。经闽，拜会张云翼。《何山草堂诗稿》卷四《当宁劳于南顾，特赐大廷尉张公节钺出镇闽疆，盖异数也，为赠长句六篇纪述其事》六首，其六有“尊公开国战功高，廿载征西青鬓焦”句，对张公不乏溢美之词。按，张公，即张云翼，张勇次子。

当年至端州，屈大均以莞香结相赠。屈大均《以莞香结赠吕黍字系以诗》：“百年香有胆，生结一精华。得自珠官手，来从莞女家。但令存一气，不必作双霞。日夕君怀袖，人疑处处花。”该诗系于康熙二十三年。[①]

康熙二十四年乙丑（1685），五十九岁

清明，与吴兴祚、万树、朱凝阳等泛舟端溪。《何山草堂诗稿》卷四《泛端溪诗》序：“世所谓水坑砚，实产端溪岩洞中。赵宋时，凿开旋亦禁闭，留村先生嗜古情深，意将复启。约清明，偕仆辈往探。适阴雨浃旬，虑弗能果。至期忽霁，移舫成游，及诣洞所，扪得‘治平四年丁未内官魏奉旨封’十二字，其郑重如此。考治平为英宗年号，而丁未迄今之乙丑盖六百十九年矣。”诗曰：“天知胜事故教晴，舟楫徜徉傲泛瀛。红吐木棉旗共色，绿闻烟柳鸟争鸣。溪深人到

① ［清］屈大均著，陈永正等校笺：《屈大均诗词编年校笺》，上海古籍出版社 2017 年版，第 1001 页。

迷归去,洞古云封记治平。若得此中蕉叶白,璠玙琬琰浪成名。”

吕师濂在吴兴祚幕府开始尝试填词。暮春,填《意难忘·见月怀朱别驾游德庆州未还》:“花底无聊,伴扫翁雪舫,谋及渔樵。斜曛辞屋角,素影逗林梢。怀别驾、滞游桡。长夏若来消。定踞床、酒如川吸,句必冰雕。　姮娥晓我心劳。着银蟾、拭镜珠蚌乘潮。星岩呼可近,锦石望仍遥。人远隔,首重搔。何事忽闻箫。引羁愁,直飞天上,与月同高。”[①]万树填《意难忘》词和之,小序曰:“怀朱凝阳德庆州,和守斋。”词中有“砚寻端水石,坑记治平年”句,句后注“清明同游端溪旧坑,宋英宗治平四年开,有宦官闫姓记”。[②] 与吕师濂《泛端溪诗》吻合,故此番唱和系于是年。

梅雨时节,填《梅子黄时雨·客端州对梅雨作》词:“游忆春分,见梅子个黄,牙底酸溅。到戴胜鸣桑,落完金弹。今捉蒲葵来对雨,已过两月时光换。家园畔,笋晒嫩尖,茶焙方片。天半。轰雷摇电。泻银河顷刻,乾坤弥漫。恐斗跃鱼龙,交愁莺燕。娱老琴书新润湿,太阳思借休喷饭。还牵绊。得无荔枝淋烂。”[③]万树同作《梅子黄时雨·黄梅雨》。

八月朔日,吴棠桢为金烺《绮霞词》作序,是年《绮霞词》在吴兴祚资助下由清怀云亭付梓,金烺离粤归里。吴棠桢《绮霞词序》:“康熙乙丑秋八月朔日,同学弟吴棠桢伯憩拜题于端州制署之文来阁。”[④]

吕师濂评点金烺《绮霞词》三首。吕师濂于康熙二十三年抵粤,评点《绮霞词》当于康熙二十三年至二十四年八月之间。其一,

① 《全清词》(顺康卷),中华书局2002年版,第2346页。

② 同上,第5559页。

③ 同上,第2345页。

④ [清]金烺:《绮霞词》,张宏生编:《清词珍本丛刊》第九册,凤凰出版社2007年版,第198页。

金烺《惜秋华·过江郎山》:"著屐村行,看秋林绛叶,一溪风剪。渐入险陂,岩云乱烟轻散。举头忽睹江郎,极目望崚嶒霄汉。青光,冷浸芙蓉翠,削危峰三片。　　恍见羽人面。却天开石罅,中分如线。峭壁耸峙,雪喷半空飞练。山腰雾锁茆庵,又满拖薜萝苍藓。堪羡。问年来、碧莲曾见。"吕师濂评曰:"'青光冷浸'二句,刻划入神。"①其二,金烺《五福降中天·上制府吴留村先生》:"闽疆作镇屏藩后,复拥海天旌钺。两粤分符,百蛮控制,开府征南时节。经纶黼黻,看戈甲楼船,烽烟歇绝。大帅旗悬,风动翻影摇秋月。　　曾记三山晤别,今还来、五岭情犹切。玳瑁筵开,珊瑚杯捧,入座嘉宾欢接。会须重奏,珠厓铜柱,伏波勋业。图画麒麟,簪缨垂奕叶。"吕师濂评曰:"尚书公好贤礼士,有吐握之风,每以才士目子闇。今读此词,益见其优容之重。"②其三,金烺《天香·制万寿怡香》:"乳翁流膏,胆瓶酿露,饮将四和重整。碎碾龙涎,轻研鸡舌,织□细团金饼。雕盘小贮,还只怕、麝兰香迸。莫使偷同贾女,珍重赠遗荀令。　　银钱爇来宝鼎。水溶溶,雾生□凝。一缕烟浮心字,腻添衣冷。缭绕屏山几曲,晕脸际、潮痕逐红影。好对茶清,偏宜酒醒。"③吕师濂评曰:"此亦红蕉会课也。典雅华瞻,宛尔玉楼金埒气象,正使宋学士愧其寒酸,党太尉诎于粗率。词成,不觉咋舌,余与红友、雪舫仅阁笔而已。"④

吕师濂作戏剧《金门马》。吕洪烈创作《回头宝》《状元符》《双猿幻》《宝砚缘》。吴棠桢作《赤豆军》《美人丹》。万树作《风流棒》《珊瑚球》《舞霓裳》《藐姑仙》《青钱赚》《焚书闹》《骂东风》

① [清]金烺:《绮霞词》,张宏生编:《清词珍本丛刊》第九册,凤凰出版社2007年版,第214页。

② 同上,第258页。

③ 同上,第264—265页。

④ 同上,第265页。

《三茅宴》《玉山庵》。吴秉钧为万树《风流棒》作序:"药庵令叔守斋,亦携《金门马》曲出示。烧灯踏月之欢,家大人即命拍新词侑觞,三载于兹,忘其为瘴乡旅客也。……康熙丙寅重九山阴琰青子吴秉钧题。"[①]康熙二十四年左右,吴兴祚幕府中昆曲创作、表演、刊刻之风已然盛行,吴兴祚幕府为清初昆曲之繁盛做出了巨大贡献。

查容卒。

叶燮是年游岭南,有诗寄怀吕师濂。叶燮此游共寓岭南三载,其《南游集序》:"康熙乙丑余于岭南。"[②]又《桐初诗集序》云:"乙丑游岭南。"[③]叶燮《己畦集》卷四《寄怀山阴吕守斋》:"会稽山水域内绝,云门若耶斗诡谲。天生健者与争雄,山鬼宵号石昼裂。高怀儿畜秦望峰,吞纳鉴曲千百折。万卷读破欻有神,绛灌随陆俱不屑。轩然八尺颧如罂,目闪岩电骨耸铁。少时短褐困一经,我初见之惊欲跌。争看骅骝地上行,终夜有声唾壶缺。飞扬天驷跃重河,幽忧杜宇盈眦血。百万一掷眇孤注,敛袖天空吹一吷。等身长剑绕乾坤,地老海枯手自捆。一逢知我是龙泉,天涯游子酬恩客。渝歌楚舞月未斜,羽扇蛰弧风乍歇。丽句翻花落海南(见友人扇头守斋《白燕诗》),霸才无主听啼鴂。重将翎剪赴雕笼,珍重故人不忍别。乌啼榕树海霞沉,烧灯回雪歌初阕。别君蹉跎二十秋,梦中犹见冲冠发。竭来随雁指衡阳,岭梅湘竹阴飙发。尉陀台下冠盖多,愧我龙钟项领拙。怀人河汉隔迢迢,欲往褰裳不可越。同是天涯冷落人,他乡偏叹相逢厄。人生离合那可料,但嗟数茎千霜迫。他日关

---

① 吴毓华:《中国古代戏曲序跋集》,中国戏剧出版社1990年版,第425页。

② [清]叶燮:《己畦集》,《清代诗文集汇编》,上海古籍出版社2010年版,第104册,第405页。

③ 同上,第410页。

山朗月时，来去青林肺肝热。”[①]此诗前有《岭南杂诗》《游七星岩》《上两广制府吴大司马》，后有《见侯官张超然扇头，钱塘季伟公赠五言一首，风致遒然，因次韵得八首，悯伟公久客不归，存没潦倒，抑郁情见乎辞，末托于游仙，亦可悲矣，并示超然》《送张超然游海外序》《送王阮亭宫詹祭海还朝》。按，季煌，字伟公，又作惟功，号南屏，钱塘人。抗清留粤，后入吴兴祚总督幕府。康熙二十八年，王煐知惠州，即与交游，后招入幕中。著有《南屏草》，惜未传。

叶燮又有《赠山阴吕清卿》：“鉴曲阑珊夜，稽山兀突秋。美人双袖拂，甲第五云留。幕府酬空阔，名山侈赠投。何时溪畔寺，重缆故人舟。”[②]亦系于是年。又有《感旧怀山阴吴伯憩》。

赠诗姜垚。《何山草堂诗稿》卷五《端州与苍崖》有“寻仙重入粤，览胜必经旬。爱砚逢开峡，移舟许问津”句，“爱砚逢开峡”即吕师濂《泛端溪诗序》所记之事。按，姜垚（1638—1698），字汝皋，号苍崖，余姚人，京兆少尹。姜希辙之子，姜亦载之侄，生而状貌奇伟，识量过人。幼从学于黄宗羲。康熙十五年，以岁贡生授新昌县学教谕，迁国子监学正。为代父供养祖辈，辞官归里。著《易原》《苍崖诗草》《樗里山房文稿》等。嘉庆《山阴县志》有载。姜垚入吴兴祚海疆幕府，未久即北归，临行，同邑诸子多有赠别之作，如万树《探春慢·姜苍崖归里赋别》、吕洪烈《探春慢·送姜苍崖归里》。

康熙二十五年丙寅（1686），六十岁

八月杪，吴兴祚宴客，掷骰子行酒，吴兴祚掷六赤，幕僚填词相庆，吕师濂、万树等俱在。次日，吕师濂亦掷全红，万树再赋《满江

---

① [清]叶燮：《已畦集》，《清代诗文集汇编》，上海古籍出版社 2010 年版，第 104 册，第 625 页。

② 同上，第 629 页。

红》为贺。万树《满江红·庆投琼六赤词》序:“丙寅八月杪,吴大司马宴客,命骰子行酒,公掷遇五红,因述往者丙辰宰锡山时,尝掷全四,未几即膺特恩,超晋闽臬,是博齿虽小戏,而休征兆焉。……”其二序曰:“次日宴集,守斋亦掷全红,用前调为赠。”①

与吴兴祚等人雅集锡祉堂。《何山草堂诗稿》卷三《锡祉堂北,蕉竹绿阴可爱,留村先生命樽玩赏,及坐而雨,益快人意》:“幕府多清景,蕉篁覆石丛。布筵宜牖北,听雨似舟中。酬酢三更近,掇抄六子同。烛光摇醉眼,只道玉蟾红。”

幕府中制“万寿怡香”,众幕僚填词唱和。吕师濂得香四两,作《天香·观制万寿怡香》。

秋,吕洪烈为万树《念八翻》作序。序云:“世有入神之艺,见者无不叹为不可及。惟愚妄之人,叹之不已而思效之,以为我既已心知其妙,或亦力所能及。遂有终其身,疲精劳神,殚思毕虑以几之,而卒无能及之者,才限之也。嗟乎!世未尝无才,使非有大小分限其际,则夫司马班扬之文,曹刘颜谢之诗,后世当必重见叠出。何自此千百年间,著述如林?谓各极其致则有之,必欲以此方彼,谓铢两悉称,而无毫发之憾者,余实未之见,即世亦不之许也。故余尝临文自咎:彼古人绝作,其字余无不识也,在彼何次第安帖,无善不臻,余乃不能以所识解之字之义,采集成章,每每得之心而失之手,岂非恨事!此意,殆自有文字以来,盖郁郁以至于今矣。然或理道高深者,非浅学可几,犹得自恕。若词曲一途,缘情结境,按谱填辞,似非浩无津涯者比。余又少嗜音声,时时得窃闻先人绪论。遂谓激征流商,当必可学而至。不意泛观古今传奇,类多不足学。因思非得绝妙好辞,我不以为矜式。岁在壬午,乃获见吴石渠先生《粲花五种》,始跃然大快,以为传奇之观,止于是矣。然自是遂不

① 《全清词》(顺康卷),中华书局 2002 年版,第 5564 页。

敢妄有所作，而往者效法之思，又成虚愿。特日置几案，曼声吟唱而已。至辛酉、壬戌间，与吴子雪舫，同研席于三山幕府。雪舫喜有同嗜，顾亦未辄撰作。未几而阳羡红友万先生至。于是三人则时唱和，短章小词，先生许可。因出其向所编传奇三种相视，余不觉惊起曰："何其酷似我私淑之粲花也？"讯之，则粲花实先生之舅氏。余盖踊跃自喜，虽不幸不见石渠，犹幸得见红友。因日夕得闻所未闻，偕至粤中。先生即令雪舫与余效之而作。雪舫遂成四种。余不自量，强颜勉作三种。先生则又得五种，并散剧散曲。余又不觉失声而叹：土牛何钝！才分之限，不信然耶？先生每脱一稿，则大司马留村先生，必令家伶演之登场，授之梓人。盖不欲仅播之管弦，而传之名山也。此《念八翻》一部，先生不似余不敏，而命之题评，余得附名以传，抑何幸焉！噫！先生于词曲一道，诣已入神。不谓强作以效之者，乃及于余。余其愚妄之人乎哉！前有石渠，后有红友，世人苟欲轩轾其间，是又妄之妄矣。凡其结构之新巧，文采之香艳，音律之精严，先生诸作皆然。余于部中，既逐节阐明其上，庶观者信余心知其妙之言，为不诬尔。时康熙丙寅秋月，山阴弟药庵吕洪烈题于文来阁下。"①

张云翼赴任福建陆路提督。张云翼《清源山记》："余于丙寅冬莅泉越，次年丁卯春，时和景清，机务既饬，欲升高以相形胜，非癖游如骚人墨叟，携风云月露之句，徒品石题泉也。"②又，《鼓山记》："丁卯秋九月，余自泉州至福州郡。"③

---

① 蔡毅编著：《中国古典戏曲序跋汇编》第三册，齐鲁书社 1989 年版，第 1648—1649 页。

② ［清］张云翼：《式古堂集》，《清代诗文集汇编》，上海古籍出版社 2010 年版，第 175 册，第 669 页。

③ 同上，第 671 页。

康熙二十六年丁卯(1687)，六十一岁

腊月，赠吴兴祚七律十六首，时吕师濂已有离粤返乡之计划。见《何山草堂诗稿》卷四《奉赠留村先生十六首》。

康熙二十七年戊辰(1688)，六十二岁

《何山草堂诗二集》卷二《元焕像卷诗》，诗前小引云："容若成骠骑，性耽云水，捐馆后，元焕感深知己，招魂不得，摹其遗照……"纳兰容若卒于康熙二十四年，又，诗中有"烦说不才归计拙，海南踯躅四经年"，当作于未归之时，故系于是年。

春，在端州接家书，祖墓为风湿所侵，旋即离粤经闽还乡。作别吴兴祚。将还山阴，吕洪烈先后赠诗二十首送别，吕师濂依韵和之，情深义重。《何山草堂诗稿》卷七《将自端州由闽泉还里，药庵赠诗十章，情绪缠绵，无穷悲感。时虽濒行匆促，安能缄咋忘言，援笔答成，依次如数。自览一过，华实皆输，至于愁离怨别之思，则相似不殊也》。同卷又有《药庵昨制十绝赠行，仆已倚和之矣。顷谓情意犹未悉舒，复制十绝见投，仆亦方思昨和欠畅，而离怀戚戚，故又照韵酬答，然辞终不工，怫郁殆甚，奈何奈何》。

慎庵前来相送。《何山草堂诗二集》卷三《怀慎庵》其二："三月春泥滑，怜余万里行。到船贻厚贶，把手话离情。江柳伤心绿，沙鸠故意鸣。此时风正便，别后泪翻倾。"按，吴秉仁，字子元，号慎庵。

九月，还乡途中，与人讨论淳化阁帖，彰显名士风度。见怀荫布修《(乾隆)泉州府志》卷七十五拾遗上"淳化阁帖十卷"条附《马蹄淳化帖考》。

近除夕，还山阴家中，见家中老小生活窘迫，心情怆然。《生日早起有感书于小像之后》："入门岁欲除。"值得注意的是，自粤返乡应该随身携带财物，故能"薪米忙买籴"，这直接证明了文人游幕的经济收益。

是年秋，吕洪烈亦辞幕回归江南，吴兴祚作《戊辰秋送吕清卿东归》诗四首相送。

康熙二十八年己巳(1689)，六十三岁

寄诗张云翼。《何山草堂诗二集》卷一《奉寄又南张侯帅》："一介得知己，天也非人谋。猥辱敦世讲，折简招遨游。龙门肃细柳，虎帐临斗牛。上巳达重阳，日夕倾绸缪。对花限险韵，结袜攀丹丘。醉观舞剑器，醒听流歌喉。曲终海月堕，烛炧曦光浮。命裁縠与绮，称身盈香篝。不令劳步履，出入引车驺。珍错太甘滑，匕箸难停留。试沦武夷茗，扑鼻秋兰抽。七碗安足辞，卢仝输前茅。材官列射圃，气势森罴貅。鸣弦皆贯虱，风雨惊飕飗。别后神魂驰，无动弗在眸。昨向北道旋，良书诵三周。念我祖骨露，范麦遗方舟。大事既襄毕，环草曷足酬。忆公与太常，礼举乐悉修。廷尉司生杀，天下无冤雠。甲兵蕴胸臆，圣哲善咨诹。惟闽水陆交，浙粤提两头。宪邦必文武，皋契荣兜鍪。建牙五寒暑，鲸豺化狸鲰。梯航臻万国，琛象罗长秋。班超振令子，李愬恢先猷。垂裳思弼亮，焉用烦旁求。纶扉天际开，早晚登轻裘。将相资一身，铁券培金瓯。相思兼相望，鱼素传离忧。"按，张云翼，字又南，张勇次子，袭封靖逆侯，康熙二十五年授福建陆路提督，有《式古堂集》传世。

三月十八日，李符卒于福州，享年五十一岁。华亭高层云为之撰《布衣李君墓表》。

还乡游幕，寄诗谢丰亭。《何山草堂诗二集》卷二《简谢丰亭》，有"今春曾过寿昌城"句，寿昌城在山阴附近，当为还乡后游经，又据"自开海禁得安渔"句，姑系于是年。

康熙二十九年庚午(1690)，六十四岁

夏，闻吴兴祚左迁，买舟拟把觌，因病阻汉口医治，至冬方能饮食。《何山草堂诗二集》卷一《一百句简怀留村制军》:“停就汉口医,迨冬方饮食。”

康熙三十年辛未(1691),六十五岁

作长诗寄怀吴兴祚。《何山草堂诗二集》卷一《一百句简怀留村制军》。吴兴祚将于是年秋北归,路过荆楚。吴兴祚是年五十九岁,故诗中有“况将开六袠”句。

六十五岁生日。见《何山草堂诗二集》卷一《生日早起有感书于小像之后》。

秋,吴兴祚至汉川,邀请吕师濂同登神女台。《何山草堂诗二集》卷三《郭西别业觞菊》,其四:“去岁吴司马,邀登神女台。”吴兴祚北上路线为:过韶关十八滩,大庾岭,南安,衡阳,汉川,东流县,抚州,杭州,无锡,淮南,济南,辛未除夕渡黄河。

与吴兴祚郊游。《何山草堂诗二集》卷三《九月八日与留村尚书郊游》四首,其一:“小队南郊驻,高秋野色凉。英雄偏拊髀,羞涩懒窥囊。扫叶烧茶便,当风漉酒香。星岩登眺日,也逼近重阳。”其二:“运甓防疏懒,弯弧教礼仪。穿云雕自落,没羽虎同疑。养士投醪惯,豪吟倚马迟。须知谢太傅,出处系安危。”其三:“一望山连水,身惊画笔中。烟林迷牧笛,云艇出渔翁。鹭翼缡褷白,荞花浅淡红。秋光都说好,耽赏几人同。”其四:“女墙衔夕照,且慢隔江归。得句微嫌瘦,余觞尚可飞。月知今夜有,人恐百年稀。良会休轻放,狂奴老布衣。”

吴兴祚步吕师濂韵,作《九月四日郊游步韵》四首,题中日期当为记忆误差,实与吕师濂《九月八日与留村尚书郊游》为同日之事。

重阳节,送赵子晦谒选。《何山草堂诗二集》卷二《送子晦谒选》:“男儿三十封侯便云晚,况复四十过头绶未绾。专工载籍误英雄,冠溺书焚好识胆。君不见赵子晦,倜傥生成姿颖慧。弱岁行文点不加，潘江陆海夸兼备。棘闱蹭蹬掷儒巾，长卿笑入资郎队。揣摩世务十更年，堪谒承明展蕴秘。时恰重阳秋正高，花黄驿路玉骢骄。斗酒壮行略簠簋，斫鲈擘橘烹霜螯。我滞汉滨惟得尔，风风雨雨灯双挑。尤怜结客重然诺，千金脱手轻铢毛。今也脂秣悉质贷，及至居官必廉介。温饱之谋夙鄙嫌，金穴铜山问安在。祖为端肃父大参，并守清操播遗爱。但遵家训恤黔黎，自起声名自报最。斜阳犹罥晴川树，骊歌漫把人催去。屈指重逢定几时，那禁直到明春暮。天涯羁客从此更零丁，纵欲开樽向若倾。浪说丈夫吞别泪，青衫不觉已湿半边襟。”查慎行有《送赵子晦之任延津》：“青袍谒选十三年，此去双凫便是仙。满眼簿书非俗物，太行山在印床前。”（《敬业堂诗集》卷十六）

赠诗荐公。《何山草堂诗二集》卷二《辛酉行赠荐公》：“辛酉之冬君五十，巧得瓷盂本万历。图画龙螭衔紫芝，云霞缭绕波涛立。罗列当筵泻酒量，准贮三升高一尺。主人劝客客趑趄，输吾猛吸乾涓滴。重斟再酌竟酕醄，一醉直与中山匹。烛炧参横宛眼前，不觉星霜暗偷易。而今六袠报初开，仍喜颧红鬓鬓黑。崇山峻岭阻猿猱，翩跹爱蜡双游屐。西园雅集帖蝇头，灯畔分明辨挑趯。大江风吼浪轰腾，端坐轻舠类安石。羊裘御雪廿年余，晏婴未免滋惭德。盘餐对食度从容，推让甘肥咀瘦瘠。投笔谋生市隐高，恭操忠信传蛮貊（交阯人曾留数千金，贡时交易，后兵戈道阻，十年始来，而前之授金者已下地，彼自谓休矣，此乃一一偿之）。事亲最孝出乡评，养志承欢并竭力。友于谊切鹡鸰呼，姜被田荆符往迹。每逢困乏必周旋，无论生平识不识。坐上宾朋满是常，罄瓶倒皮鲜倦色。宁人负我我由天，千顷汪洋荡胸臆。辟雍姓氏早辉煌，阛阓栖迟懒捧檄。将相公卿播令名，比拟韩康与王烈。膝前已侍六男儿，瓜瓞螽斯理可测。长君经术得渊源，次君总丱文华国。指顾乘飙搏劲翮，渥洼汗血难羁勒。其他头角个峥嵘，仿佛封胡偕羯末。稚孙小学昨春登，文若风流露标格。但藏人善即非夫，项斯尚且逢人说。仙祖曾称回道人，丹书秘箓留传的。如何不事导引功，依旧深藏枕帐侧。殊无长物佐添筹，串珠远自西洋入。红砂紫珀杂珊瑚，鱼吐龙胫问安息。万花浓露捣成丸，俨似樱桃雨新摘。朝夕摩挲香味甜，桂萼兰英供掩鼻。嗅之温暖补中宫，数去盘旋动千亿。倘到酒人豪饮时，记酒兼用珠亦得。”

除夕，寓居汉阳，和十唐人。和诗顺序为：骆宾王、孟浩然、杜甫、丁仙芝、戴叔伦、王諲、韦庄、曹松、刘禹锡、罗隐。《何山草堂诗二集》卷三《辛未除夕寓汉阳和十唐人》，《和骆宾王》：“虽为江汉客，依旧避车尘。萧索难禁腊，莺花巧盼春。悲歌元当泣，白首果如新。此际天涯恨，门闾负老亲。”《和孟浩然》：“越王台左畔，风雨念吾庐。客久声名贱，乡遥音问疏。无钱人易老，有闰岁仍除。不惯穷年力，离奇赋子虚。”《和杜甫》：“前夜惊雷雨，催开萼绿花。折来倍守岁，思发一涂鸦。春气闻香饱，疏枝射烛斜。故人凋谢尽，欲寄怅无涯。”《和丁仙芝》：“幸鲜公私责，安闲早掩扉。本因饥欲死，岂是老忘归。倦甚乡心切，愁坚酒力微。山妻遵嘱托，恭谨事庭闱。”《和戴叔伦》：“无憀书复展，此外渺难亲。窘缩如穷鸟，提携愧偶人。未曾酬夙志，敢不爱吾身。努力阴当惜，须臾又一春。”《和王諲》：“静夜江声响，严城漏鼓催。暖迟留雪在，寒剩带春来。炭湿零星簇，灯挑百十回。东风将半月，野蝶宿檐梅。”《和韦庄》：“今年何所作，药碗入唇频。莫笑零丁瘦，天存患难身。雄心消白眼，屈指悔青春。还拟游燕赵，阳狂握酒人。”《和曹松》：“忽忽思迁客（留村制军），音尘怅不闻。帆从烟浦挂，手向夕阳分。那处更车骑，何时履殿云。孤灯吟伐木，有梦定逢君。”《和刘禹锡》：“明朝占日食，果否试如何。秦晋凶荒久，流离襄邓多。朝廷劳轸惕，抚养莫蹉跎。给具教开垦，休令游手过。”《和罗隐》：“大儿粗率惯，肝胆颇能倾。受职应知惧，成规慎弗更。屯田谋蓄泄，决事凛和平。书就思传寄，开窗望启明。”按，辛亥除夕（康熙十年），吕师濂、李符、程封等人在吴三桂幕府有和十唐人诗的文学活动，吕师濂于十年后独自进行的这次创作，颇有以诗情致敬往昔岁月的游戏态度和苦闷情愫。

康熙三十一年壬申（1692），六十六岁

元旦，顶和除夕所和十唐人韵。和诗顺序为：罗隐、刘禹锡、曹松、韦庄、王諲、戴叔伦、丁仙芝、杜甫、孟浩然、骆宾王。《何山草堂诗二集》卷三《壬申元旦顶和除夕之韵》，《和罗隐》：“椒酒西邻买，浮杯第一倾。风光俄暗换，人事俨新更。四壁依原宪，名山欠向平。听莺观柳去，耳目幸聪明。”《和刘禹锡》：“北堂吴楚隔，奈此履端何。礼佛应如旧，尝糕可几多。平安知慰悦，温清罪蹉跎。稍有归耕计，扁舟膝下过。”《和曹松》：“献岁晴皆喜，喧阗金鼓闻。画鸡红纸立，冻柳绿丝分。细细风开雾，烘烘日出云。太平占有象，羁旅荷明君。”《和韦庄》：“古镜含秋水，摩挲对转频。朝来添白发，老至想轻身。问我何其槁，疑他未是春。不才应共弃，合作哭途人。”《和王諲》：“岁钥桃符启，春光草色催。司晨晴鹊噪，不速贺宾来。失路人犹滞，寻巢燕欲回。乡园高阁口，放破几枝梅。”《和戴叔伦》：“谁能敦国士，知己胜天亲。刘向谭经叟，篯铿抱道人（刘西来守朗陵彭秋水隐长沙，今并七十）。古稀同此岁，弄玉共为身。将买湖南棹，双呼麹米春。”《和丁仙芝》：“端溪钟宝石，宋帝锁岩扉（宋英宗遣中涓采取后即封闭）。似剑雷开出（谓留村），如珍蔺捧归。衬肤花楚楚，将雨水微微。此砚真神物，蛟龙气触闱。”《和杜甫》：“少年闺阁里，彩胜簇金花。宿火香迷鸭，新妆鬓倚鸦。祖慈高坐稳（先王母今家慈），婢仆两行斜。半世分悲乐，萍踪困楚涯。”《和孟浩然》：“太傅遗清白，饥寒典敝庐。浪游非得已，投刺怯生疏。落拓时难合，飞腾岁昨除。漫论穷与达，气血渐衰虚。”《和骆宾王》:“李白才无敌,元规尚有尘。行藏防月旦,岁序重王春。酬酢风遵古,衣冠样斗新。不知儿女辈,若个解思亲。”

与薛熙、毗陵蒋子玉渊、吴趋钱子慎庵游黄鹤楼。薛熙《秦楚之际游记》卷二《游黄鹤楼记》:“与薛子登斯楼者,盖先后三子焉。会稽吕子黍字曰:‘楼之制,未惬也。夫楼,重屋也,屋之制宜方,其为重可以二可以三焉,其为楹可以三可以五焉,楚之耆老壮少,暇而出游者,必之焉。士大夫与四方贵人名流之过楚者,必之焉。可以宴焉,可以休焉。今则启以八窗,其制圆,圆则隘,有类夫释氏之浮图而未成者,不可以宴而休焉。’薛子曰:‘然。’”按,薛熙,字孝穆,号半园,江苏吴县人,著有《依归集》《耕绿草堂诗草》,编选《明文在》。康熙二十二年,参与编修《江南通志》。客居广州,详细评点了屈大均《翁山文钞》。康熙三十二年撰成《秦楚之际游记》二卷,屈大均为之作序,其中评价薛熙文章、性情云:“今天下知学震川者良有其人,汪钝翁尤其杰出者也。钝翁与孝穆生同吴趋之里,居同夫椒之山,旦夕为文,相与讲论,盖已有年。予阅孝穆之文,谓其佳者不让震川,往往凌而上之。孝穆笑曰:‘钝翁固尝云尔。’则知非予一己之谀言也。……钝翁谓其文,质而不俚,澹而有致,此震川之所同也。若夫波澜之阔,才力之劲,而言之短长与声之高下,能一一不失其节者,孝穆又似胜之。……孝穆来广州,与予一见如旧识,相得欢甚。……孝穆自秦楚之际来粤,亦楚之境,遂以名编。予观孝穆,盖天下之有心人也,感时悲愤之意每于言外见之。噫,予亦何幸而晚岁得交于孝穆而尽读其文,且以见其师友之渊源如此哉。”[1]屈大均《翁山文钞》卷八又有《书薛孝穆先友传后》,足见屈、薛二人相交笃厚。薛熙“感时悲愤”的性情与吕师濂

---

① [清]屈大均:《翁山文钞》卷一,《清代诗文集汇编》,上海古籍出版社2010年版,第119册,第20页。

极为相近，无怪乎薛熙、屈大均、吕师濂三人互为同道。杨宾有《亡友薛孝穆》诗，谓其“文虽不足传，志在慕相如”。蒋珑（1625—?），字玉渊，一字驭鹿，毗陵人。钱慎庵，待考。

薛熙为吕师濂《何山草堂诗二集》作序。序云：“山阴吕黍字与余遇于江、黄间，适有远行，一日素衣冠而来告于余。坐余客亭中木榻上，凭几拭砚，而评次余所锓明人诗文卷帙。余为设馔而饮之酒。酒半，属余序其《何山草堂二集》诗。余告之曰：‘人之智巧所能至者，凡宫庐、器械、饮食、服用、耳目、玩好之具，皆后起者为工，而诗文亦如之。’黍字怃然曰：‘子试言。’余曰：‘茅茨不翦，土阶不完，易之以藻绘之椽，琢镂之砌，而又益之以亭台馆榭矣。竹为简，漆为书，编以韦，刻以石，易之以楮墨，系之以绦绳，而又登之于梨枣，镌之于剞劂矣。商周之季有杯箸，秦汉以来无几榻。太羹玄酒非不美也，陈之以珍错，酌之以醪醴，则月异而日不同矣。夏葛冬裘，古之制也，而绘帛锦绣，章采异施矣。淡黄浅绛，领缘异饰矣。其他玩好之具，不可更仆数，而端溪之砚必以新，非明证乎？’黍字于是乎摘明人某诗胜渊明，某诗胜子美，某文胜退之，某文胜永叔。余皆曰然。余又曰：‘君之诗，其壮丽，则台阁之巍峨也。其幽寂，则篱落之萧闲也。其咸酸适中，则五味之和也。其引人自醉，则曲蘖之醇也。其格则砚席之整洁也。其色则尊彝之陆离也。其度则冠佩之雍容也。后乎君而评君之诗者，又将以某篇某句胜于明人也。锓之于简策，虽纸敝墨渝而光景常新也。’黍字不谓然，余曰：‘君不信，请视君之《初集》，则《二集》胜欤？否欤？所谓智老而多非后起者工欤？虽然工者非人人，乃天下之有数人也。’黍字唯而曰：‘子之文则然。’为之各酾一觞以别。”

重阳，与孔迩、孟谷在郭西别业饮酒赏菊。《何山草堂诗二集》卷三《郭西别业觞菊》，小引云：“时子晦北发，孔迩、孟谷倡近体二首，寓将离惜别之意殊楚，仆迭知之，盖四首云。”其四：“去岁吴司马,邀登神女台。云霞笼舞袖,珠玉吐英才。有帽都簪菊,无人肯放杯。此翁京邸在,投刺莫徘徊。”可知作于是年。

贺余国柱寿。《何山草堂诗二集》卷一《大冶师相六袠八龄一百韵》:“鸑鷟本神瑞,鸺鹠视曰赫。獬豸恶奸邪,狐蜮屏其迹。卓哉我夫子,间气钟五百。胸襟蕴万有,献赋攀鳞翼。□妪遂民生,安攘措衽席。变理四序和,风雨无愆逆。瓯蝛满篝车,仓廪半红赤。旷土蔽桑麻,寒绵暑絺绤。鸡犬息烟村,牛羊恣蕃茁。弦歌共击壤,遐迩闻朝夕。山海利贸迁,镕煮走盐铁。锦绣埒蓬毛,泥沙比珠珀。宝马逐雕轮,香尘迷咫尺。上元大酺欢,灯火夺蟾魄。箫鼓雷潮鸣,戏跳鱼龙谲。歌舞选梨园,声态难甲乙。至尊赐缠头,公侯饷金帛。靺鞨间珊瑚,钗珥堕狼籍。椎卉竞梯航,穿胸及穷发。琛宝夹象貌,明堂受重译。尧舜载垂裳,皋夔真接舄。论道闵逸才,干旄劝草泽。升公颂拔茅,开阁容披膈。泰阶贺既平,浮云怪咄咄。同舟胡越睽,独立蛾眉嫉。曾参曾杀谁,三至母梭掷。进退幸绰然,保身正明哲。拂袖咏归欤,园林日以涉。丛兰玉吐花,长松涛吼叶。菊分鸾鹤翎,鸟送笙簧舌。户牖琴静张,层轩香湿爇。窥径握羊裘,会心注庄列。子午丹养还,旗枪火烹活。谈锋二酉开,诗烛三更跋。门外雀堪罗,山中屐懒蜡。念念感君恩,遥遥拜北阙。蠢尔动西戎,甘泉烽夜达。凿门太仓皇,靡溃鲜完辙。青霄陨将星,赫怒欲扫穴。饥鹰饱辄扬,画斧险乃设。锁钥议堤防,戊巳定更迭。洊降秦晋灾,旱蝗逼肘腋。斗粟几千钱,寻亦断买籴。贫富腹都枵,草木力已竭。茫茫豫楚逃,尾尾沟渠瘠。鸿雁号天涯,肝肠挂莽樾。九重宵旰忧,哀痛诏切切。漕糈以次停,秦赋通蠲歇。络驿运邻粮,憨囚秋免决。宽大济仁慈,黄虞迈丕烈。赈恤帑旋空,权宜许纳爵。弹冠沐舆台,累若纷摩击。立贤古无方,惟当慎考核。帷幄而豫筹,蛇豕敢奔突。阴阳倘善调,苍黔岂惨割。治乱凶稔机,宰辅实专责。端的一个臣,乾坤赖休戚。要知夫子心，仍悬日月侧。补救富嘉谟，奚由抒展出。兹逢诞甫辰，春光逗消息。亭榭绽寒梅，冰霜傲劲柏。鹤氅拥朝暾，兕觥浮琼液。鬒鬓郁青葱，齿牙坚镔璧。蔼蔼秀丰姿，珊珊响骨节。长公桂早攀，文章世矩絜。师开七袠时，巧值名题塔。斑彩换宫袍，承欢笑噱噱。次公配虔刀，尊崇驾特别。叔也下帷勤，雕搜精槷栝。庠序坐庭除，孝友遵贻厥。尚多岐嶷雄，麟趾绵瓜瓞。含饴弄孙雏，戈印看提挈。床东坦腹君，浩落青云杰。沉沉绿野堂，圭笏盈几榻。郭令过豪奢，平津近琐屑。何似谢东山，丝竹围楸弈。何似韩良臣，睍睆听柳陌。白传殢蛮腰，苏公耽禅悦。餐乳髦张苍，辟谷携黄石。述作夙昔敦，老彭喜比窃。贱子堕家声，自恨痴到绝。产破甑生尘，乱余衣镇结。蒙首惹揶揄，觌面幻冷热。叩户避亲知，交谪付妻妾。众弃固云该，长贫能弗疾。酸辛乡井抛，江汉三年客。饭牛吟可怜，卖赋计孔拙。歧路足安投，怀刺每磨灭。孤艇泊峥嵘，登龙虑谫劣。巨浸那择流，乔岳宁嫌垤。猥惭溲渤收，滥补门墙缺。奇字问偏忘，疑义晰未彻。共毳饫老饕，醇酿滋久渴。吴歈臬玉童，参横云直遏。情适韵皆成，礼宽帽先脱。卑弱累扶持，解推镌周匝。稽古也应稀，观今则全乏。复相司马光，庶几在眉睫。高会集耆英，丰亨洗兵甲。知己感恩身，年年此立雪。”按，诗中有“酸辛乡井抛，江汉三年客”句，姑系于是年。又，余国柱（1625—1697），字两石，号佺庐，湖北大冶人，康熙二十六年二月，授文华殿大学士兼户部尚书、光禄大夫，入阁为相，是年六十八岁。

是年另有《闻旭野勿药出游皖上》《子晦之婿吴生下榻外馆以俟赘期饮中即事》《二月十日赠慎庵四首》《偕钝叟赴育九牡丹之约紫庭尧文续至》《暹野由陆之杭》诸作。

康熙三十二年癸酉(1693)，六十七岁

入暑，启程赴弄栋。《何山草堂诗二集》卷三《八月望后借憩陶园即事》其一:“入暑动长征,分秋弄栋城。云山真万叠,气力竟孤撑。浦侧莲侵袜,眉边鸟呀晴。三杯高枕后,红日半天擎。”

入滇南,故地重游,苦恨万端。《何山草堂诗二集》卷三《入滇南胜境》:“得见天宽大,青空断雨痕。虬龙松万挺,虎豹石千蹲。土色黄金贱,溪光碧玉浑。廿年三出入,苦恨向谁论。”

过交水,有感于今昔。《何山草堂诗二集》卷三《交水二首》,其一:“周匝群山伏,东西两水交。翦旗防熟稻,带犊晒香茅。户密鱼盐贵,城坚形势包。去来皆歇此,夜半响烹庖。”

早发广通,饥驱奔赴前程。《何山草堂诗二集》卷三《早发广通途中口号》:“鸡鸣出郭行,万丈立晨星。草路荒荒白,禾田漠漠青。陟冈天压帽,穿涧水闻腥。衰晚何堪比,饥驱再一经。”

经过西海子,触景怀乡。《何山草堂诗二集》卷三《西海子堤上作》:“海云三面起,秋水百桥通。泛泛鹅群白,遥遥佛寺红。槟榔苏卯酒,杨柳胜春风。荡漾渔歌近,西湖梦寐中。”

至姚安,歇于安宁州,见杨慎书法遗迹。《何山草堂诗二集》卷三《至姚安歇安宁州见杨升庵太史擘窠书》:“弄栋行行近,连然早早休。子云悬铁臂,索靖失银钩。议礼宫廷哭,撄鳞魑魅投。皇天怜骨鲠,知可万年留。”

八月十六日,借憩陶园,作五言律诗四首。《八月望后借憩陶园即事》其一:“入暑动长征,分秋弄栋城。”

在弄栋,赠诗骆子幹。《何山草堂诗二集》卷二《索饼歌递骆子幹》:“半月之前弄栋守,饷我三枚热牢九。娇好燕支连理花,一围大小千层厚。椒兰触鼻引馋涎,咬破团圞月入口。莲鬓蔗髓和调匀,松实桃仁无不有。怪作铿锵金玉声,似嚼哀梨与雪藕。何曾十字拆堪抛,苏公古味名虚负。浪里槐芽荐冷淘,饽饦寒具供哇呕。当日垆头窈窕娘,惯打蓑衣住虎阜。扯松簇起傍眉齐,青蚨多少囊甘抖。将他同设水晶盘,彼自羞惭掩面走。香甜酥脆蔑以加,问知来历疑方剖。答云郡幕骆义乌，家有长须号能手。巧若宜僚滑弄丸，捷过般输斤运肘。方法教童拜作师，便得源源岂但偶。其如仆即据归鞍，遮阴难待新栽柳。子舆实疗子桑饥，监河也贷穷庄叟。干糇微愆刺前人，推食高风望良友。傥谓今无束皙才，夜光暗掷忍乎否。然而我颇具枯肠，搜索安知不八斗。博君捧腹饭遥喷，记此残年属癸酉。”

在弄栋，得雪兰，立冬前两月而花开，因忆昔日友人。《何山草堂诗二集》卷二《雪兰》，小序："兰产点苍山，罴熊猿狖，人迹所不到，危厓窈涧，绝幽险处，且颇鲜，为天地秘吝可知。曩客昆明，时购有二盎，苞箭如怒，入腊渐放。度春煦正月，与软枝红茶花相终始，色似凝脂，态娇含笑，端的尤物，其臭略不类兰，居然菡萏之味。良友至，必持杯左右，或分韵寤歌，不烂醉不休，咸谓可傲妃子沉香亭北。今游弄栋，偶得一盎，虽只两茎，亦尽媚眼。回忆曩昔之友，弃我堕世，无一存者，可见致尤物易，握良友难。此则尚未立冬，而辄早放两月，何哉？低徊感慨，聊纪以诗。"诗云："点苍拔地矗云里，洪荒古雪如新雨。冰精激石绘成图，寒气嘘兰兰异乳。挺出瑶葩变国香，香怜菡萏逼荷裳。时非水殿陪游衍，那得芙蓉及晚妆。眩眼妖娆争传粉，是邪非邪其玉轸。彼乃一梗只一花，此则十花粲一梗。以多为贵总赢伊，况复春冬后劲奇。岁寒声，高松柏，桃杏枯憔敢并驰。当年朋酒共卿欢，还映山茶赤玉盘。曾笑沉香亭可傲，醉吟每到月阑干。兹也蜻蛉河畔客，故人天上存亡隔。萧索蓬窗事事违，低头枉对倾城色。按节后日才交冬，何以开放乘秋风。倘欲孤臣纫为佩，灵均可惜从无逢。乾坤气运或盈虚，物力因之分疾徐。十月李花肯烂漫，虞廷屈轶今何如。"

十一月十五日，滞留蛉河感怀。蛉河即弄栋一带，明清时称姚州。《何山草堂诗二集》卷三《月》十首，小引："风雨固愁，对月而愁倍之，天公亦无如我何矣。序当冬望，犹滞留蛉河，就枕不能，思酒不得,旋成十韵,脉脉酸心,时命乖违,遭逢蹭蹬,又奚怪我愁之愈剧耶。”

诗赠葛震。《何山草堂诗二集》卷一《简葛星岩附讯化南》:“碧鸡丙午秋,兄腾月窟里。姮娥敛衽迎,含笑涩举止。揖让入珠宫,窗牖玲珑启。海岳隐眉梢,云霞衬袜底。请登瑶华筵,愿言留片晷。北斗注琼浆,霓裳舞纤体。凉飙忽西号,香欲透骨髓。借问香来由,林中金粟蕊。三岁一吐芳,特地媚才子。前身葛稚川,高枝折赠尔。珍重持之归,慈闱绰欢喜。讵料纪律兵,酿成不掉尾。尺寸惨戈矛,书生命如纸。威慑魂茫茫,亲在谁敢死。西南六七年,脂膏竭农市。始祸天所憎,自孽活宁几。阴翳罡风开,汤火出焦糜。万里我生还,八口兄乔徙。圣哲图治平,因才必器使。文章得子虚,犹以晚见悔。相思颇牧贤,不觉拊其髀。如兄行秘书,遭逢良有以。仰报峻极恩,忠诚实根柢。仆则困江湖,无从索升米。头颅霜半侵,意致绝颓委。耳目恙还无,观听弗聋眯。曲字误能知,蝇楷灯可拟。慷慨走荆州,寂寞鲜刘依。昨向淮阴过,徒蒙恶胯耻。故人手倘垂,沟壑庶支起。久阔同袍彭,忧乐近何似。鱼雁恐浮沉,握臂烦兰齿。”该诗概述了死里逃生经历,列于《一砚斋诗集并引》前,姑系于是年。

王础臣卒于广州。据陈恭尹《王础尘行状》:“君生于明天启丙寅年十月初十日亥时,以今癸酉五月二十六日辰时卒于广州卖麻街公馆,得年六十有八。”①

夜咏诗词有怀。《何山草堂诗二集》卷二《夜咏香山翁篦裀诗词集于佛阁》:“香山丈人吴祭酒,篦裀三卷光穿斗。石破天惊玉细倾,还缀新词八八首。高岑李杜错落逢,辛柳晁秦鞭策走。时当岁

① [清]陈恭尹著,郭培忠点校:《陈恭尹集》,人民文学出版社 2018 年版,第 670 页。

晚漏初沉，佛火琉璃晃雪牖。满林寒气阁中侵，千里江声城上吼。鼓舞吟哦那肯眠，揽袂击节斟红友。喜过中郎得论衡，秘藏帐底资谈口。绝胜曹碑昏黑扪，黄娟幼妇外孙臼。忆翁夙主文坛盟，复几之后同慎兴。班香宋艳竞斐郁，梁台邺邸谁聘婷。休夸歌啸西园集，实继道义东林灯。朅来风流痛星散，岿然犹幸存老成。膝前雏凤三鼎立，一领剧邑称贤能。孟也叔也分文武，鹰扬豹变将飞腾。天禄荣供富述作，六朝唐宋收镕烹。含桃凝露映颜色，康强定享松乔龄。贱齿劳劳六十七，歧路吹箫觅饮食。今朝岂道俨重逢，悲欢交□如新识。愿买缥缃什袭归，匹夫怀璧罪甘得。他年若画九老图，兼谟端拟酣旁侧。”按，同声社、慎交社，皆成立于顺治六年，乃明清之际江南文社，有几社之分社的性质。同声社成员有章在兹、王发、王昊、田茂遇等人。慎交社成员有宋实颖、宋德宜、宋德宏、尤侗、吴兆骞、计东、顾有孝、王揆等人。

在弄栋，下榻心远堂。《何山草堂诗二集》卷二《心远堂楮树》，诗前小引：“堂在栋川郡署中，一楮高阔不可测量，日月为其亏掩。仆下榻是堂，正当其扼塞，殊厌之。昔人何以不伐去，直养至此，大率宦游者视官舍如传，或所注在彼不在此，因循苟且，暗陋相仍，奚仅一楮也耶。慨夫。”诗云：“墙南老谷堂面向，俨然傲睨扶桑状。万桠千枝撑匝牢，遮天蔽日形神放。晴怪兜风作雨声，春偏喷雾资蛮瘴。触手黏脂膠漆欺，垂头结实杨梅诳。蝼蚁蟠根僭国都，鸺鹠藏叶啼怨望。摊书待读字遭迷，出月翘看影不让。借问此物谁人栽，其非召伯无须猜。宜棠宜柳宜松桧，或取香节宜筠梅。胡为蓄此不材木，纵横痈肿当官阶。但保嘉禾去稂莠，要安民社歼渠魁。滋蔓难图罪迟翦，贻灾酿祸由庸才。我欲砺斧尽嘸类，权无生杀空徘徊。”栋川即弄栋，姑系于是年。

康熙三十三年甲戌(1694),六十八岁

由弄栋回昆明,会吴晋游滇南。《何山草堂诗二集》刊刻,嘱吴晋作序。吴晋序云:“甚矣,今人之易言诗也!易言诗则不知诗人之重。将人人为诗,而诗为何等诗,诗人为何如人哉?此诗之所以亡也。考列国风诗,劳人思妇,里巷讴吟,何莫非诗,何莫非诗人。然必宣尼删后断自三百十一篇,始尊为经,而诗人以传。倘非然者,乌识所谓性情之正,贞淫之别,恐劳人思妇徒为劳人思妇,里巷讴吟终于里巷讴吟已耳,安望其称诗人,传千古哉?《何山草堂二集》,山阴吕黍字先生作也。先生博学负奇,好交游,敦行谊,早与其友钱去病收乡里之誉。时吴越间可社、孚尹社、正始社、玄远社,直继复社、几社而起,旗鼓甚盛,其尊宿才士之据坛坫者,罔不屈指浙东钱、吕云。两君固郁郁不得志,挟书剑走四方,与贤公卿士夫游,而贤公卿士夫无不折节,愿交恐后。荒陋如余,窃幸去病常过金陵,曾一亲颜色,黍字则一遇于西湖,再遇于金陵。两君子咸不屏弃余,引为末契,嗣各别去,越十数年,两君乡人毛大可奇龄、罗弘载坤先后来金陵,问两君踪迹,知去病久客淮上幕府,黍字则游屐所向,茫无定耗。今年甲戌,余汗漫滇南,忽闻黍字从弄栋来,亟诣寓楼,执手慰问,喜出意外。第皤然两老翁,相顾叹息,皆成六十以外人矣。噫嘻!睽隔三十余年,中间更阅世故,备尝颠连,黍字则繇京洛,经秦晋边塞,趋滇黔,窜荆常湘汉,全生叛乱。余则丧葬祸患,破家失产,迄今垂老,犹背乡井,旅食万里外。嗟乎!人生不满百,安得经此几回别耶!虽然,今两老翁寓居,相距不一里许,即不能晨夕共数,或月一见,或两月一见,见即把酒纵谈,各忘羁旅。既得卒读何山草堂前集,兹二集寿枣梨复竣,黍字谬属余序。余固不善此,抑何敢承,但天涯良会,不忍默默,辙不揣量,信笔诊缕,序黍字诗。未叙其诗乃先序其人,并及余托交始末,以见诗非难,诗人为难也。夫惟黍字然后可以称诗人,惟黍字之诗人然后可称诗。

诗固可易言哉。黍宇学力富而才气弘，且久蹈艰危，其经济智虑，不难出险守常，因念世之读何山诗，当取少陵集比类而并观之，始知黍宇所造之大，则益信诗人之不易矣。子美遭逢丧乱，窜身失志，与黍宇事异而迹同，共感时触事，托讽寓怀，一一自写胸臆，以故忠厚悱恻，沉雄博大，不拘于法而法未常或失，入之甚深，出之甚婉，极其排宕，极其蕴藉，非学力与才气欤？其久蹈艰危，非经济智虑有以出险守常欤？是子美固唐之诗人，黍宇实今之诗人，信不诬也。余于此道未知津逮，若工力得失，颇觉了了，黍宇之诗具在，天下后世有识者共见之，非余阿好，独设谀妄。虽然，黍宇岂仅诗人也哉！”

为吴晋作《一砚斋诗集并引》（《何山草堂诗二集》卷一）："退庵著诗十卷，即以居斋名，气格在南北朝、唐中盛之间，典雅清峭，读之足喜。其游览宴饮十之四，赠答故人十之六。故人强半余友，然存者少，亡者多，喜未竟而悲惋过当也。退庵姓吴氏，名晋，原字介兹，秣陵人。诗曰：砚为退庵田，百谷藉艺获。园囿亦在兹，群卉吐芬馥。又如山与川，云烟倏喷薄。又如影与形，行止随动作。其可傲王侯，跌宕珠玑落。盍具千百枚，仅一无乃错。只在运用间，譬之兵法若。淮阴善出奇，强楚扫秋箨。孤军赤壁鏖，一炬立鼎脚。安石一着棋，苻坚几生缚。坤舆以一宁，万象以一扩。贵精不贵多，理道最明确。史记尊世家，泰伯居第一。义重天下轻，迹向荆蛮匿。苗裔敦祖风，之子更诚实。自号曰退庵，正足审谦抑。才大拙谋生，素封倾缓急。抱砚汗漫游，将相俨长揖。侠客偕酒徒，肝胆指星日。登眺及赠贻，燕饮或欢郁。细细写声诗，编年成伟集。昨余弄栋还，尘恶迷茅塞。昼苦杂应酬，夜读寒灯侧。读入豪放时，菀结变悦逸。读入感愤时，眦发顿裂直。喜怒哀乐中，靡不准典则。五七古律殊，靡不蕴芗泽。陶谢李杜韩，熔铸兼刻画。悉从此砚来，故惹鬼神嫉。六十犹坎轲，肮脏甘蹶踬。集里王（山史）吴

(岱观)龚(半亩),高(云客)蓝(公漪)姜(武孙)毛(大可)屈(翁山)。亦余素心朋,依稀炙颜色。还有周(栎园)宋(荔裳)方(邵村),馆捐十六七。悲怆摧中肠,呼吸欲走出。诸公不九原,我辈岂喑嗌。窅渺惟皇天,难问到穷极。尔我姑置之,此是昆明池。违乡各万里,鬒鬓咸丝丝。牢忧惯伤人,且当耽浊醨。山云粉堞浮,水露青菰晞。铜牛莎岸鸣,金马春风嘶。花朝好气候,桃柳才芳菲。晨兴爱睍睆,绝畏闻子规。走也足安投,佛庑聊羁栖。谁怜张禄窘,暗湿杨朱衣。童仆渐崛强,使令降和怡。偶赴故人饭,哽咽抵腹迟。三杯辄沉醉,刘阮惭招携。伸纸眉先蹙,临池腕若槌。耳目纵无恙,情思颇有歧。掩卷语知己,慎弗讶钝痴。"

寄诗表侄。《何山草堂诗二集》卷二《六十六句示慕庄陶表侄》:"……尔之祖母我父姑,尔之长嫂我侄女。……投身万里悔孟浪,侘傺或可充书傭。昨辱方伯赐眄睐,吹嘘远达元勋聪。旅途蹙额日为岁,长漏欹枕心如舂。五华密迩懒曳履,七尺攒缩输僵虫。近赖相逢吴季札,投示诗篇一满箧。"姑系于是年。

春,在昆明。《何山草堂诗二集》卷一《与黄仁斋话旧》:"忆与叔度交,丁未蛰始惊。后与叔度别,癸丑阳初亨。今岁建甲戌,春暖喈仓庚。总计廿八年,聚首仅七正。中间占兵火,魂梦迷雷霆。谁道臂复把,依旧苴兰城。囊我泊沅澧,吃盗烧如烹。既殒而复苏,糜烂卧柴荆。调治匝四月,扶杖即当行。那知尔亦尔,疤瘢红白重。摩挲落清涕,酒簋忽杂陈。举杯难下咽,话到皆余生。击案罢叹息,不醉真愚伧。况有山茶花,倚席饶聘婷。秾艳珊瑚糁,攒簇芙蕖擎。夺目烂光彩,海旭升黎明。确的神仙种,除却滇何曾。尔固神仙谪,紫气时逢迎。弃儒识最高,身隐以医鸣。似酌上池水,脏腑见无形。欲笑韩康伯,药价不二声。如何及得君,与否一一听。美名播乡国,敬礼来公卿。俯仰笃孝友,三仲鲲翼成。岂惟让梨枣,同被同锅羹。活人约千万,上帝实式凭。殷优锡纯嘏,长发家传经。弟侄偕儿子，早晚云霄腾。汝今五十五，鬓鬓正葱青。寿世用刀圭，自寿非参苓。蓬莱任清浅，气体长轻盈。相期游五岳，驾鹿吹瑶笙。”

春，作《鸡日独饮》二首（《何山草堂诗二集》卷三），其一：“既饮何为独，聊居春酒名。风流难邂逅，市井畏生平。万里荒投苦，千州错铸成。道南师失料，侮慢甚于阬。”其二：“放杯高一叹，今日果天涯。客态非阳鱎，乡心决子规。不能娱厮养，何忍笑行尸。断简仍收束，衡门慰乐饥。”

中秋，为于先生作长歌。《何山草堂诗二集》卷二《云仍歌为方伯于先生作》，序云：“甲戌中秋，积雨晓霁，先生樽开东壁，嘉宾帽脱当筵，礼数全宽，歌钟叠叶，良足乐矣。昨到书鸿，更有充闾之庆。问投怀燕，乃为公子之孙。太夫人膝前五叶承欢，方伯公眼底四传接武。近时绝少，上古无多。虽曰家祯，猗欤国瑞。师濂忝窃天涯知己，敢效里巷讴歌。义取云仍，非止颂今朝振蛰。诗关风气，还欲征后日繁昌。殊愧不文，愿言操券。”诗曰：“中秋霪雨何日晴，黄昏月初人欢欣。薇垣芳燕开广庭，椒兰甘毳送酴醽。既醉既饱将有陈，鸾鼍箫鼓请暂停。四座弗哗希静听，听我拍掌歌云仍。于公阴德滋积深，诞生定国今甫申。忠诚孝友名上闻，鹰冠高着笔一簪。豪锄衮补百度贞，丰棱张敝直朱云。九重眷注西南民，耳目侍从劳藩屏。兴除利弊兼慈仁，击壤鼓腹甘棠阴。圣善八座太夫人，夙娴内则戒鸡鸣。义方秉教躬俭勤，中外雍睦膺康宁。膝边长孙领羽林，爪牙赳赳懋策勋。长孙之子举石麟，彝伦五代须臾臻。太夫人喜加饔餐，麻姑王母分华庚。开看宅报字楷真，充闾佳气恍氤氲。如醴有源芝有根，蓝田产玉珠产玭。岂惟仿佛万石君，业与杜相同传经（唐杜如晦五世五相）。童叟联袂舞巷门，阶鹿濯濯台鹤翻。芙蓉红紫流霞蒸，向阳菊萼喷黄金。我公双鬓丝未侵，绵长瓜瓞方芽盟。运筹运甓书斋行，参斜灯炯轰书声。提戈挈印频添丁，含饴抱弄多难名。考诸载籍伊谁曾，家瑞国瑞天佑成。草茅下士乏寸能，问奇剖义龙常登。躬逢盛事当令辰，不禁雀跃忘飘零。窃愿亦得度百龄，皋比左侧陪老彭。维时公之曾孙又育孙，七世八世斑彩娱晨昏。萱花宝婺相映长鲜新，走也索醉汤饼吐车茵。云仍之歌叨忝光丹青，博公笑曰尔言何其神。"

评点薛熙《秦楚之际游记》卷二之《度梅岭记》。吕师濂评曰："东坡有云，嬉笑怒骂之词皆可书而诵之。此文是也。孝穆具此笔力，真通身有仙骨者，宜多读。"此文作于康熙甲戌五月二十一日。此书王瑛序作于甲戌闰夏，前一月王瑛与薛熙、屈大均、梁佩兰会于广州，薛熙即请王瑛作序。姑系于是年。

康熙三十四年乙亥（1695），六十九岁

康熙三十五年丙子（1696），七十岁

康熙三十六年丁丑（1697），七十一岁

康熙三十七年戊寅（1698），七十二岁

陈鼎编纂《留溪外传》，"校阅同人"百余人，吕师濂在列。该书凡例曰："一是传稗史也。比正史不同。正史所载皆缙绅先生，德业事功及关国家兴废大纲，此则俱草野隐逸韦布之士，而能立名节者。间有一二前朝通显，皆忠贞贯日，杀身成仁，他书不载，诚恐湮没，故陈鼎及之。一是传所载忠义，多前朝遗老，知天命攸在，不敢妄思一奋与彼苍争气数，然其心眷眷，其志郁郁，未尝一日忘情故国，或终身穷饿山林，或没齿不入城市，或披麻戴白以至盖棺，皆国家之桢干，人伦之模范，俗所谓人种子也，足以标榜一时，启发后世，故陈鼎急为表章。一是传所载孝子顺孙，皆实实可法可师，典型一世之人，非泛泛口头说孝说友而盗虚声一时者；且多闾巷草莱，不能一时上沐旌荣，故陈鼎急为表章。……一是传所载皇冠缁衣，或抗节清时以明其高，或亡国旧臣遁入空玄以明其义，今上以忠义教天下，不因此辈流为方外而弃舍不取，故陈鼎亟为表章。”按，观此凡例，表彰明朝忠烈、遗民之类颇多，即是书“此虽迂阔，亦有苦衷”（陈鼎《征近代忠孝节义贞烈豪侠隐逸高人事实作传发刻启》）之深意所在。吕师濂参与此项校阅工作，是其遗民与名士身份的体现。

吴兴祚病卒于戍所。秦松龄为撰《副都统前光禄大夫总督两广军务兵部尚书兼督察院右副都御史正一品世袭拜他喇布勒哈番又一拖沙喇哈番留村吴公行状》，又撰《留村诗钞序》寄托哀思：“留村吴先生，所称社稷臣也，非诗人也。然读其诗可以知其人。弱冠负经济才，思有所树立于世，盛年敭历，所至辄著能声。及开府八闽，总制两粤，时值烽烟乱定，集嗷雁，苏赪鱼，荡涤烦苛，与民休养生息，使瘴乡元气得以渐复。又能恩威并济，清狐鼠之迹，销鲸鳄之波，以纾圣天子南顾江汉之忧。《诗》曰：‘于疆于理，至于南海。王命召虎，来旬来宣。’先生有焉。至今人思其德而歌咏不忘者，不见叔子风流，碑留岘首也。先生不屑以诗鸣，而喜与诗人游，或眺览山川，或留连觞咏，即席阄韵分题，钵响还留，烛痕未减，句辄先成，一时诗人皆服其敏妙。盖忠君爱国之心溢于肺腑，时从楮墨间流出，不徒作嘲风弄月已也。若乃马革裹尸，顾同新息，一段不可磨灭之志，令人读之犹凛凛有生气者，尤见于《出塞》诸作。昔曹景宗唱《凯归殿上赋诗》，续成竞病二韵。沈约诸公，莫不敛手称欢。先生顾盼自雄，思立功殊域，遽以疾卒于沙碛，不获随六师凯旋，荣勋饮镐，赋柏梁、绘凌烟为恨，则古所称社稷臣者，亦无愧矣。故其诗亦如其人。余与先生相知三十余年，得悉夫生平梗概，但其为诗若不经意，脱稿即随手散去。今其后人于残编断简间辑聚遗文，有《听梧轩集》《尺木堂稿》若干卷，中多豕鱼之误，尚期订正。兹先刻其诗中十之二三，以应世之向往者。嗟乎！茫茫宿草，华屋山丘，对兹一编，不禁为之泫然云。旧治年家眷弟秦松龄谨序。”

参考文献

A

安家琪《魏阙江湖：中晚明“布衣权”的可能及其文学史意义——以布衣山人与朝中官员的关系为视角》,《苏州大学学报》(哲学社会科学版)2022年第2期。

B

抱阳生编著《甲申朝事小纪》,北京：书目文献出版社,1987年版。

C

蔡毅编著《中国古典戏曲序跋汇编》,济南：齐鲁书社,1989年版。

曹旭《文学研究,请重视“特殊的”文学本位》,《文学遗产》2012年第1期。

陈鼎《滇黔纪游》,清康熙四十一年(1702)刻本。

陈恭尹著,郭培忠点校《陈恭尹集》,北京：人民文学出版社,2018年版。

陈国栋《清代前期的粤海关与十三行》,广州：广东人民出版社，2014 年版。

陈远洋《徐渭戏剧研究》，北京：中国社会科学出版社，2014 年版。

陈茗《海疆文学书写与图像——以金门林树梅为中心》，北京：人民出版社，2017 年版。

陈维崧著，陈振鹏标点，李学颖校补《陈维崧集》，上海：上海古籍出版社，2010 年版。

陈永正等校笺《屈大均诗词编年校笺》，上海：上海古籍出版社，2017 年版。

陈玉璂《学文堂集》，《四库全书存目丛书补编》第 48 册，济南：齐鲁书社，2001 年版。

陈垣《明季滇黔佛教考》，北京：中华书局，1962 年版。

D

戴逸《简明清史》，北京：人民出版社，2004 年版。

邓孔昭《郑成功与明郑在台湾》，厦门：厦门大学出版社，2014 年版。

邓之诚《清诗纪事初编》，北京：中华书局，1965 年版。

董以宁《正谊堂文集》，《四库未收书辑刊》本。

杜桂萍《论清代杂剧对徐渭〈四声猿〉的接受》，《文学评论》2007 年第 3 期。

杜浚《变雅堂文集》，《四库禁毁书丛刊》本。

杜臻《粤闽巡视纪略》，文渊阁《四库全书》本。

杜首昌《绾秀园诗选》，《清代诗文集汇编》第 111 册，上海：上海古籍出版社，2010 年版。

F

范承谟《忠贞集》,文渊阁《四库全书》本。

范松义《论清初“岭南三家”词——兼论“岭南词派”》,《韶关学院学报》2008 年第 1 期。

方文撰,胡金望、张则桐校点《方嵞山诗集》,合肥:黄山书社,2009 年版。

方孝标《方孝标文集》,合肥:黄山书社,2007 年版。

G

葛恒刚《清初词学演变综论》,《名作欣赏》2009 年第 29 期。

葛晓音《杜诗艺术与辨体》,北京:北京大学出版社,2018 年版。

顾炎武《亭林文集》,《四部备要》本。

谷应泰《明史纪事本末》,北京:中华书局,2015 年版。

H

何文焕辑《历代诗话》,北京:中华书局,1981 年版。

何宗美《明末清初文人结社研究》,天津:南开大学出版社,2003 年版。

胡忌、刘致中《昆剧发展史》,北京:中国戏剧出版社,1989 年版。

胡晓明《江南文化诗学》,上海:上海书店出版社,2018 年版。

黄宗羲《黄宗羲全集》,杭州:浙江古籍出版社,2012 年版。

J

计东《改亭集》,《续修四库全书》本。

嵇永仁著,刘奇玉辑校《嵇永仁集》,长沙:湖南人民出版社,2017 年版。

姜宸英《湛园未定稿》,《四库存目丛书》本。

江闿《江辰六文集》,《四库禁毁书丛刊》本。

江日升《台湾外纪》,福州:福建人民出版社,1983 年版。

金烺《绮霞词》,张宏生编《清词珍本丛刊》第 9 册,南京:凤凰出版社,2007 年版。

L

李贵《中唐至北宋的典范选择与诗歌因革》,上海:复旦大学出版社,2012 年版。

李凯丽《吴兴祚幕府戏曲活动研究》,山西师范大学硕士学位论文,2017 年。

李康化《明清之际江南词学思想研究》,成都:巴蜀书社,2001 年版。

李良年撰,朱丽霞整理《秋锦山房集　秋锦山房外集》,上海:上海古籍出版社,2011 年版。

李乔《中国师爷小史》,北京:学习出版社,2011 年版。

李士桢《抚粤政略》,《近代中国史料丛刊三编》本。

李邺嗣著,张道勤校点《杲堂诗文集》,杭州:浙江古籍出版社,1988 年版。

李渔《十二楼》,北京:人民文学出版社,1991 年版。

李志茗《晚清四大幕府》,上海:上海人民出版社,2002 年版。

李治亭《吴三桂全传》,北京:人民文学出版社,2017 年版。

李中素《梅花书屋诗选》,清康熙二十三年(1684)刻本。

梁佩兰《六莹堂集》,《四库存目丛书》本。

梁廷枏《藤花亭十种》,清道光八年(1828)刻本。

凌濛初编著《初刻拍案惊奇》，西安：陕西人民出版社，1993年版。

刘克庄撰，辛更儒校注《刘克庄集笺校》，北京：中华书局，2011年版。

刘世南《清诗流派史》，北京：人民文学出版社，2004年版。

刘水云《简论明清家乐对戏剧发展的影响》，《戏剧艺术》2004年第4期。

刘体仁撰，王秋生校点《七颂堂集》，合肥：黄山书社，2008年版。

刘熙载《刘熙载文集》，南京：凤凰出版社，2017年版。

龙榆生《龙榆生词学论文集》，上海：上海古籍出版社，1997年版。

卢若腾《留庵诗文集》，陈庆元编《台湾古籍丛编》第二辑，福州：福建教育出版社，2017年版。

陆次云辑《皇清诗选》，清康熙间刻本。

陆勇强《陈维崧年谱》，北京：中国社会科学出版社，2006年版。

罗时进《基于典型事件的清代诗史建构》，《江海学刊》2020年第6期。

罗时进《文学社会学——明清诗文研究的问题与视角》，北京：中华书局，2017年版。

罗宗强《明代文学思想史》，北京：中华书局，2019年版。

罗宗强《明代后期士人心态》，北京：中华书局，2019年版。

吕师濂《何山草堂诗稿》，清康熙间刻本。

吕师濂《何山草堂诗二集》，清康熙间刻本。

M

(美)韦勒克、沃伦《文学理论》,上海:三联书店,1984年版。

马荣升《〈古文观止〉分类之管见》,《辽宁师范大学学报》1986年第3期。

毛奇龄《西河集》,文渊阁《四库全书》本。

莫砺锋《莫砺锋讲宋诗课》,南京:凤凰出版社,2021年版。

闵丰《清初清词选本考论》,上海:上海古籍出版社,2008年版。

N

纳兰性德撰,赵秀亭、冯统一笺校《饮水词笺校》,沈阳:辽宁教育出版社,2001年版。

聂先、曾王孙编《百名家词钞》,清康熙绿荫堂刻本。

P

蒲松龄《聊斋志异》,北京:中华书局,2018年版。

Q

戚继光《纪效新书》,明万历十六年(1588)刻本。

祁班孙《紫芝轩逸稿》,《清代诗文集汇编》第798册,上海:上海古籍出版社,2010年版。

钱穆《国史大纲》,北京:九州出版社,2011年版。

钱谦益《钱牧斋先生尺牍》,《四库禁毁书丛刊》本。

钱谦益《钱注杜诗》,上海:上海古籍出版社,2009年版。

钱仪吉辑《碑传集》,北京:中华书局,1993年版。

钱仲联辑《清诗纪事》,南京:江苏古籍出版社,1989年版。

钱钟书《钱钟书集》，北京：生活·读书·新知三联书店，2007年版。

秦松龄《苍岘山人集》，《四库未收书辑刊》本。

《清代碑传全集》，上海：上海古籍出版社，1987年版。

《全清词》（顺康卷），北京：中华书局，2002年版。

《全清词·顺康卷补编》，南京：南京大学出版社，2008年版。

屈大均《广东新语》，北京：中华书局，1985年版。

屈大均《屈大均全集》，北京：人民文学出版社，1996年版。

屈大均《翁山文钞》，《清代诗文集汇编》第119册，上海：上海古籍出版社，2010年版。

屈大均《翁山诗外》，《续修四库全书》本。

R

阮旻锡《海上见闻录定本》，福州：福建人民出版社，1982年版。

阮元《两浙辅轩录》，《续修四库全书》本。

阮元修、陈昌齐等纂《广东通志》，上海：商务印书馆，1934年版。

S

尚小明《清代士人游幕表》，北京：中华书局，2005年版。

沈荃《一砚斋诗集》，《清代诗文集汇编》第93册，上海：上海古籍出版社，2010年版。

施闰章撰，何庆善、杨应芹点校《施愚山集》，合肥：黄山书社，1992年版。

宋建晓主编《“一带一路”视野下妈祖文化传承发展研究》，北京：人民出版社，2021年版。

孙克强《清代词学年表》,《南阳师范学院学报》(社会科学版)2003 年第 8 期。

孙志强《清初印坛"一砚斋主人"考》,《印学研究》2014 年第 4 期。

T

唐圭璋编《词话丛编》,北京:中华书局,1986 年版。

陶煊、张璨辑《国朝诗的》,《四库禁毁书丛刊》本。

田慧《〈古文观止〉版本流变的三个阶段》,《文教资料》2021 年第 3 期。

铁保等纂《钦定八旗通志》,台北:学生书局,1968 年景印清嘉庆四年(1799)刊本。

W

万树《词律》,北京:中华书局,1957 年版。

万树《璇玑碎锦》,《四库存目丛书》本。

王富鹏《岭南三大家研究》,北京:人民文学出版社,2008 年版。

王国维《王国维戏曲论文集》,北京:中国戏剧出版社,1957 年版。

王士禛《带经堂诗话》,北京:人民文学出版社,1998 年版。

王士禛《王士禛全集》,济南:齐鲁书社,2007 年版。

魏耕《雪翁诗集》,杭州:浙江古籍出版社,1985 年版。

魏禧《魏叔子文集》,北京:中华书局,2003 年版。

张璇《昆曲与晚明江南士人之身份话语表达——以祁彪佳为中心》,华中师范大学硕士学位论文,2016 年。

王应奎《柳南随笔　续笔》,北京:中华书局,1983 年版。

王忠孝《王忠孝公集》,福州:福建人民出版社,2010 年版。

汪琬《钝翁类稿》,《四库全书存目丛书》本。

邬庆时《屈大均年谱》,广州:广东人民出版社,2006 年版。

吴邦枢纂修《山阴州山吴氏族谱》,民国十三年(1924)铅印本。

吴楚材、吴调侯选注,安平秋点校《古文观止》,北京:中华书局,1987 年版。

吴伟业《吴梅村全集》,上海:上海古籍出版社,1999 年版。

吴伟业辑《太仓十子诗选》,民国二十二年(1933)铅印本。

吴毓华《中国古代戏曲序跋集》,北京:中国戏剧出版社,1990 年版。

吴兴祚《留村诗钞》,清康熙间刻本。

吴熊和《吴熊和词学论集》,杭州:杭州大学出版社,1999 年版。

X

夏承焘《天风阁学词日记》,杭州:浙江古籍出版社,1984 年版。

厦门大学台湾研究所编《郑成功档案史料选辑》,福州:福建人民出版社,1982 年版。

谢国桢《顾宁人先生学谱》,上海:商务印书馆,1930 年版。

谢国桢《明清之际党社运动考》,北京:北京出版社,2014 年版。

徐孚远《钓璜堂存稿》,《清代诗文集汇编》第 14 册,上海:上海古籍出版社,2010 年版。

徐嘉炎《抱经斋诗文全集》,清康熙三十八年(1699)刻本。

徐珂《清稗类钞》,北京:中华书局,1984 年版。

许建平《意图叙事论》,北京:人民出版社,2015 年版。

许建平主编《去蔽、还原与阐释》,北京:社会科学文献出版社,2007 年版。

徐乾学《憺园文集》,《续修四库全书》本。

徐釚《词苑丛谈》,北京:人民文学出版社,1998 年版。

徐釚《南州草堂集》,台北:学生书局,1973 年影印本。

徐师曾《文体明辨序说》,北京:人民文学出版社,1998 年版。

徐渭《徐渭集》,北京:中华书局,1983 年版。

薛熙《秦楚之际游记》,《四库禁毁书丛刊》本。

Y

严迪昌《清诗史》,北京:人民文学出版社,2011 年版。

严迪昌《清词史》,北京:人民文学出版社,2011 年版。

严迪昌《阳羡词派研究》,济南:齐鲁书社,1993 年版。

严绳孙《秋水集》,《四库禁毁书丛刊》本。

杨凤苞《秋室集》,《续修四库全书》本。

杨海英《山阴世家与明清易代》,《历史研究》2018 年第 4 期。

杨艳香《明代中后期海疆诗研究》,南京大学博士学位论文,2013 年。

姚文燮《无异堂文集》,《清代诗文集汇编》第 106 册,上海:上海古籍出版社,2010 年版。

叶春生《岭南俗文学简史》,广州:广东高等教育出版社,1996 年版。

叶方霭《叶文敏公集》,《续修四库全书》本。

叶恭绰《全清词钞》,北京:中华书局,1982 年版。

叶嘉莹《迦陵论词丛稿》,石家庄:河北教育出版社,1997 年版。

叶梦珠《阅世编》,上海:上海古籍出版社,1981 年版。

叶燮《已畦集》,《清代诗文集汇编》第 104 册,上海:上海古籍出版社,2010 年版。

永瑢等《四库全书总目》,北京:中华书局,1965 年版。

尤侗《西堂乐府》,《续修四库全书》本。

余怀《板桥杂记》,上海:上海古籍出版社,2000 年版。

俞为民、孙蓉蓉辑《历代曲话汇编·曲海总目提要》,合肥:黄山书社,2009 年版。

袁鳞《清初三藩之乱与屈大均的诗歌创作》,《苏州大学学报》(哲学社会科学版)2019 年第 3 期。

伍元薇辑《粤十三家集》,清道光二十年(1840)南海伍氏诗雪轩刻本。

Z

曾大兴《文学地理学研究》,北京:商务印书馆,2012 年版。

曾礼军《清代浙东学派"诗史"观的理论创新与文学实践》,《苏州大学学报》(哲学社会科学版)2019 年第 6 期。

张法《怎样建构中国型海洋美学》,《求是学刊》第 41 卷第 3 期。

张瀚《松窗梦语》,北京:中华书局,1985 年版。

张宏生《清词探微》,上海:上海古籍出版社,2008 年版。

张宏生《清代词学的建构》,南京:江苏古籍出版社,1999 年版。

张煌言《张苍水集》,上海:上海古籍出版社,1985 年版。

张萍《明代余姚吕氏家族研究》,杭州:浙江大学出版社,2012 年版。

张其淦辑《东莞诗录》,清宣统二年(1910)张氏寓园刻本。

张维屏《国朝诗人征略》,广州:中山大学出版社,2004 年版。

张问陶《船山诗草》,北京:中华书局,1986 年版。

张云翼《式古堂集》,《清代诗文集汇编》第 175 册,上海:上海古籍出版社,2010 年版。

张璋编《历代词话》,郑州:大象出版社,2002 年版。

张宗友《朱彝尊年谱》,南京:凤凰出版社,2014 年版。

赵尔巽等《清史稿》,北京:中华书局,1998 年版。

赵景深、张增元编《方志著录元明清曲家传略》,北京:中华书局,1987 年版。

周骏富辑《清代传记丛刊》,台北:明文书局,1986 年版。

周庆贵《吴兴祚幕府与文学研究》,上海财经大学硕士学位论文,2010 年。

周庆贵《海洋镜像:明清之际文坛与海上丝绸之路》,《中国传统文化研究》第一辑,青岛:中国海洋大学出版社,2020 年版。

周庆贵《论清初诗人吕师濂的“诗史”书写》,《绍兴文理学院学报》(哲学社会科学版)2022 年第 5 期。

朱丽霞《清代辛稼轩接受史》,济南:齐鲁书社,2005 年版。

朱丽霞《清代松江府望族与文学研究》,上海:上海古籍出版社,2006 年版。

朱丽霞《明清之交文人游幕与文学生态》,上海:上海古籍出版社,2008 年版。

朱丽霞、周庆贵《杜浚年谱》,《明清小说研究》2010 年第 2 期。

朱丽霞《江南·闽南·岭南:吴兴祚幕府文学年表长编》,北京:中国社会科学出版社,2013 年版。

朱丽霞《文人游幕与清初戏曲——兼论万树词人与戏曲家身份》,《苏州大学学报》(哲学社会科学版)2013 年第 6 期。

朱丽霞《江南与岭南:吴兴祚幕府与清初昆曲》,《文学评论》2014 年第 2 期。

朱丽霞《海上丝绸之路与十七世纪太仓文坛》,上海:上海三联书店,2016 年版。

朱丽霞、于蕾、周庆贵《江左风华:绍兴世家文化史》,北京:中国社会科学出版社,2021 年。

朱舜水著,朱谦之整理《朱舜水集》,北京:中华书局,1981 年版。

朱彝尊《静志居诗话》,北京:人民文学出版社,1990年版。

庄一拂《古典戏曲存目汇考》,上海:上海古籍出版社,1982年版。

宗白华《美学散步》,上海:上海人民出版社,1981年版。

左东岭《王学与中晚明士人心态》,北京:商务印书馆,2014年版。

后　记

2018年，时隔八年之久，我重新回归校园，以大龄之身，续读博之业，往往独立大荒，四顾茫然。诗心与学术，成人与成才，兼济与独善，是我常常思索的人生命题。数年前，夏承焘先生的一段话给我极大触动，催生了我辞职读博的决心，他说："虽琐琐无补于世，然觉兴趣生活为真生命。人生甚短，俯仰随人，甚不屑也。"[①] 近两年，莫砺锋教授的一系列发言同样给我很深的感触。2020年12月，《刘学锴文集》首发暨出版座谈会上，莫教授指出："列祖列宗留给我们的文学瑰宝，传到今天，最重要的意义并不是供学者进行研究，而应该是让它走入千家万户，让广大的民众都来阅读它，都来接受它里面蕴含着的传统文化精神的熏陶，从中得到启发，这才是最大的目的。"2021年，《莫砺锋讲宋诗课》一书出版，他再度强调："从事宋诗研究的学者当然应有坚持坐冷板凳的精神，但我们的目光必须穿透学术象牙塔的墙壁而进入现代社会。"[②] 坦白而言，这反映出现实之无奈的同时更显露出文化传承与普及的迫切。好在激浊扬清，别开生面，或在我辈。所以，本书的出版不仅是我以往研究成果的一份总结，更是我学术成长道路上的一项必要锻

---

① 夏承焘：《天风阁学词日记》，浙江古籍出版社1984年版，第57页。

② 莫砺锋：《莫砺锋讲宋诗课》，凤凰出版社2021年版，第29—30页。

炼;而且,我由衷期望借此涵养性情,砥砺品格,为古典文学和传统文化的传承与普及贡献涓滴之力。

拙作付梓之际,不禁想起漫长的求学生涯,感谢我的良师益友们。

首先要感谢业师朱丽霞教授。2008 年读研究生时,我即拜入朱老师门下。朱老师培养学生既严谨、严肃,又真诚、温暖。难忘 2009 年早春,朱老师带领我到无锡锡、惠二山考察吴兴祚遗迹,惠山寺、第二泉、云起楼、寄畅园、龙光塔、映山湖,杏花春雨江南!考察结束,朱老师请我在山下一家小饭馆用餐,特意给我点了特色菜——无锡排骨,甜度适中,味道极佳,只是菜量小,一盘排骨几乎全被我吃下,老师又点了一盘,送我面前。这些景观、美食和深情都化为恒久的意象定格在记忆中。硕士毕业后,每逢乍暖还寒时节,我总抑制不住登山临水的兴致,抛开烦琐的工作和烟酒熏腾的应酬,登临锡、惠二山,楼头凭眺,感受遗世独立的清冷。2017 年 3 月,我在映山湖畔作小诗云:"山寺经行感慨深,谋生未敢忘师恩。十年泡影韶华贱,还向残书置俗身。"一年以后,我考入上海交通大学继续追随朱老师攻读博士学位,继续聆听老师教诲。

在上海财经大学求学期间,我还结识了许多优秀学者并受益至今,他们是:詹福瑞教授、顾国柱教授、朱迎平教授、何玉长教授、李笑野教授、许建平教授、祁志祥教授、李桂奎教授、李贵教授。如今他们或退休,或转入其他高校任教,团火星散,抚今追昔,无限慨叹。不过,好在我一直与他们保持联络,或远或近,仰承教诲,颇足欣慰。

硕士毕业至读博之前的数年间,我在母校上海财经大学的商学院工作,这段经历是我宝贵的人生财富。孙铮副校长、陈信元副校长先后兼任商学院院长,戴国强教授、骆玉鼎副院长、薛丽萍书记,他们的宽容和认可不仅使我得以养家糊口,更让我对"何为领导力”“领导力何为”等问题有了深刻认知。2018 年深秋，我曾作小诗赠孙校长，他寄语勉励道：

> 庆贵吾弟，别来无恙。你弃职从学，令吾等敬佩不已，学的又非功利之术，而是真正的人文之道，大道朝天，志存高远。我年轻时恰逢“文革”，未能学到点滴，光阴荒废，百般无奈。后师从娄先生乃吾辈之大幸，明白了求学做学问之道理之乐趣。印象中管仲乃吾中华史册上唯一一个商人出身的总理大臣，比当今美利坚商人川普出任总统早了两千多年。管子提出礼义廉耻，乃构成吾华夏大地士农工商从业治理中遵循契约精神之文化基础，吾等财经学科若失去这样的根基，焉能有存在之意义？大义不举，弊端滋生；情怀不在，苟且偷生。我实在比不上这些先人前辈，但确实没有懈怠过学习他们、以他们为榜样的那股劲头。娄先生虽留过洋，但其中文底子甚好，吾这辈子也难以达成。谢谢吾弟的秋雨诗句，向庆贵致敬！

他们对我大有知遇之恩，尤具榜样之力，激励着我在为人、治学、处世等方面见贤思齐，锲而不舍，有所为有所不为。

读博以后，又有幸遇见多位著名学者，长我学识，豁我耳目，壮我精神。初入交大，杨庆存先生时任人文学院院长，对我的学业规划悉心指导，先生在课堂之上注重引导学生研讨、发问，不厌其烦地答疑解惑。詹福瑞先生和蔼可亲，屈尊为我的诗集《燕子山诗词稿》撰写序言。我与苏州大学罗时进先生亦有数面之缘，先生“望之俨然，即之也温，听其言也厉”，学识渊博，妙笔生花，是晚辈学习的楷模。我还要向北京大学张鸣先生致意，曾经为先生担任助教的经历让我领略了先生作为学者的精深和作为文士的风骨。上海交通大学王平教授、祁志祥教授、张玉梅教授，复旦大学郑利华教授,山东大学李桂奎教授,绍兴文理学院潘承玉教授,都在学业上给予我鼓励和指导。祁志祥教授作为上海市美学学会会长还吸纳我入学会,使我得以广泛地汲取营养。德高望重的陈庆元先生在百忙之中为拙作撰序,使拙作生辉。借此机会,我谨向先生们致以诚挚感谢。

该书虽有一部分我硕士学位论文的底子,但视角已然转变,文献大量充实,研究目标也得以宏阔提升。在该书的撰写过程中,我对书中涉及的波澜壮阔的时代背景下的个体生命亦颇多理解与同情。吴兴祚是清初著名历史人物,从他身上我感受欢喜与忧愤,高昂与潦倒,成功与挫败。无锡知县,诗酒风流;福建巡抚,楼船烽火;两广总督,大幕高张,文士咸集。仕途如此,何等风光。至于在两广总督任上遭劾去职,远赴边塞,投入征讨噶尔丹之役,病殁魂归,则又添无限唏嘘。吴兴祚的幕客吕师濂是我读博期间用力甚深的一位诗人,他是明朝遗民,更曾是散财结客、铮铮铁骨的抗清志士,清廷戡平"三藩之乱"后,吕师濂深知大事不可为,乃掩去锋芒,转入吴兴祚两广总督幕府,成为诗词、戏剧、篆刻、书法皆有口碑的名士。古代文学研究除了艺术的阐释,还需要人生境界的互通与共鸣。与古人为友,同其歌哭,这大概是我热爱古代文学的一个重要原因。

去年辛丑,我着手拙作的整理工作,本命年的流光与上海迟来的桂花香袭相互僵持着,世界各地的新冠疫情一波未平一波又起。岂料今年春上海疫情尤剧。拙作付梓使我陡然而生在不居的岁月中流动、在莫测的世事中浮沉的况味。但愿人长久,笔长健,志长洁。

周庆贵

2022 年夏